ANNE SANDERS

Wild at Heart

Willkommen im Hotel der Herzen

Anne Sanders

Wild at Heart
Willkommen
im Hotel der Herzen

Roman

blanvalet

Sollte diese Publikation Links auf Webseiten Dritter enthalten, so übernehmen wir für deren Inhalte keine Haftung, da wir uns diese nicht zu eigen machen, sondern lediglich auf deren Stand zum Zeitpunkt der Erstveröffentlichung verweisen.

Verlagsgruppe Random House FSC® N001967

1. Auflage
Copyright der Originalausgabe © 2019
by Blanvalet Verlag, in der Verlagsgruppe Random House GmbH,
Neumarkter Str. 28, 81673 München
Umschlaggestaltung: www.buerosued.de
Umschlagmotive: Flora Press/flora production; www.buerosued.de
LH · Herstellung: sam
Satz: Buch-Werkstatt GmbH, Bad Aibling
Druck und Bindung: CPI books GmbH, Leck
Printed in Germany
ISBN: 978-3-7645-0689-6

www.blanvalet.de

Für blö,
meinen höchstpersönlichen Herzfelsen

Die Kapelle war so alt wie das Meer, hieß es. Niemand wusste, wann sie erbaut worden war. Auch wer sie errichtet hatte, war nicht bekannt, und nicht, welchem Zweck sie gedient hatte. Da saß sie, auf dem Gipfel des Felsens, geduckt gegen den Wind, die braunen Steine gebleicht von Sonne und Seeluft. Sicher habe da nie einer drin gepredigt, erzählte Opa Theo jedem, der es hören wollte (und allen anderen auch). Ein guter Piraten-Ausguck sei sie gewesen, um Schiffe am Horizont auszumachen. Oder Schmuggler, Räuber der Keltischen See. Tatsächlich führte ein Geheimgang von der kleinen Kirche durch den Fels hinunter zum Strand. Er war zugeschüttet, und niemand ahnte, wo genau er eigentlich entlanglief, und doch ließen sich durch ihn Theos haarsträubende Theorien untermauern. Im buchstäblichen Sinn. Und dann gab es da noch diese Spukgeschichten. Doch die stehen auf einem anderen Blatt.

Wie dem auch sei – das Kirchlein St. Magdalen hatte es immer schon gegeben und bald danach auch das Hotel. Nun, nicht *gleich* danach. Mehr so ... ein paar Hundert Jahre später. Nachdem sich aus den vereinzelten Hütten am Hafen ein Dorf aus bescheidenen Steinhäuschen geformt hatte, das sich zu beiden Seiten einer steilen Straße den Hügel hinaufwand. Port Magdalen. Ein Bild von einem Ort. Auf einer Gezeiteninsel gelegen, was allein eine Extravaganz darstellte, und in der Tat dermaßen schön, dass es zu den hübschesten Dörfchen Cornwalls zählte (was bei einem solch charmanten Flecken Erde wahrlich als Auszeichnung gelten durfte). Die bescheidenen Cottages wurden mit den Jahren weiß getüncht, sie erhielten Giebelfenster, verspielte Vordächer und bunte Geländer, Blumenkästen vor den Simsen und im Wind schwankende Metall- oder Holzschilder, auf denen Dinge standen wie *Cornish Ice Cream*, *Graham's Inn* oder *Donkey Rides*. Und, ja: Esel spielten eine wesentliche Rolle in Port Magdalen wie auch in dieser Geschichte, und darüber hinaus besagtes Hotel. Das, welches auf der Rückseite des Hügels über den Klippen thronte wie das letzte Stück Land vor einem riesigen Ozean. In dem Opa Theo schon als Junge mitgeholfen hatte, wenn stadtmüde Städter auf das beschauliche Eiland vor der kornischen Küste flohen, um sich die salzige Brise um die Nase wehen zu lassen und die Aussicht auf den endlosen Horizont zu genießen. Und die auf den Felsen natürlich. Den herzförmigen Felsen vor den Steilklippen von Port Magdalen. Groß wie ein Haus war er und gab dem *Wild at Heart* seinen Namen.

Dies war nicht immer das romantischste Hotel Englands gewesen. Auch reisten nicht von Beginn an liebestolle Paare an, um sich einander vor dem steinernen Herzen ewige Liebe zu schwören. Es gab Jahre, da war das Haus nur selten mit Lachen erfüllt. Und Zeiten, da waren Staubmilben die einzigen Gäste. Doch all das ist lange vorbei, denn heute – heute hat dieser magische Ort zu seiner Berufung zurückgefunden. Selbst wenn seine Bewohner ein ums andere Mal straucheln. Weil es mit dem Leben eben oft nur halb so einfach ist, wie es scheint.

Und dennoch.

Oder gerade deshalb.

Willkommen im *Wild-at-Heart*-Hotel. Was kann die Liebe für Sie tun?

Warum der erste Tag
der Sommersaison
mit einem Knall begann
und beinahe mit
einem Kuss endete

Belegungsplan

Raum 1, Doppelzimmer, Blick über den Vorplatz hin zum Wald: Shawna und Larry Everson, Lehrer-Ehepaar aus Aberdeen, zum dritten Mal im *Wild-at-Heart*-Hotel, die beiden feiern ihren zwanzigsten Hochzeitstag.

Raum 2, Doppelzimmer, Meerblick: Dana Leister und Jim Cellar, Kosmetikerin und IT-Spezialist aus London, zum ersten Mal im *Wild-at-Heart*-Hotel. Anlass: Jahrestag.

Raum 3, Zwei-Bett-Zimmer, Blick über den Vorplatz hin zum Wald: Valerie Fournier, Fotografin aus Lille, fotografiert die Gegend um Port Magdalen für einen Bildband.

Raum 4, Doppelzimmer, Meerblick: Dean und Doreen Wanderer, Rucksacktouristen aus Neuseeland.

Suite, Meerblick: Heather Mompeller und Ivan Trust, Theaterschauspieler aus London, er gilt als ewiger Junggeselle, was einen Teil seines Erfolgs ausmacht. Beziehung zu Mompeller geheim.

1.

$\mathcal{A}$tme ein. Atme aus. Sauge den Sauerstoff in dich hinein, bis er dich erfüllt, vom Ansatz deines Haars bis in die Spitzen deiner Zehen. Lass die Kraft der Ruhe den Geist durchströmen und die Energie des Tages deinen Körper durchfluten. Mit dem ersten Tropfen goldenen Sonnenlichts, der in dein Inneres fließt, sollen deine Sinne geweckt und deine Kräfte mobilisiert werden.«

»Amen«, murmelte Nettie.

»Kaffee«, grummelte ihre Mutter.

»Atmen«, wiederholte Theo streng, während er von der Position des ersten Kriegers in die des zweiten wechselte und seinen beiden Mitstreiterinnen dabei einen mahnenden Blick zuwarf. Die Uhr, die das Trio gerade nicht zu betrachten in der Lage war, zeigte 5:32 Uhr an. In sieben Minuten würde die Sonne aufgehen, und schon jetzt warf sich der Himmel in seine pastellfarbene Schale, spannte sich schmeichelnd über den Ozean, der vor ihnen lag, über die Klippen, auf denen sie standen, über das Hotel hinter ihnen, das sich zu diesem Zeitpunkt noch in tiefem Schlaf befand. Etwas, das Gretchen von sich selbst auch gern behauptet hätte. Das Aufstehen war das Schlimmste für sie. Nach all den Jahren, die sie nun schon das *Wild at Heart* führte, hatte sie sich an die frühen Zeiten nie wirklich gewöhnen können. Und heute war es besonders hart gewesen. Nach dieser ruhelosen Nacht hätte sie den Wecker am liebsten aufgegessen, nur, damit er Ruhe gab.

Gretchen streckte die Muskeln. Sie wollte jetzt nicht daran denken, was ihr den Schlaf geraubt hatte, nicht für die nächsten paar Minuten zumindest.

Ihre Tochter gähnte neben ihr, ungeniert und anhaltend.

»Wenigstens du hättest liegen bleiben können«, raunte Gretchen ihr zu. »Immerhin ist heute dein erster Ferientag. Da musst du doch nicht gleich Vollgas geben.«

»Witzig, dass du ein paar Yogaübungen schon für Vollgas hältst«, gab Nettie zurück und warf ihr einen gespielt mitleidigen Blick zu.

Gretchen verdrehte die Augen.

Theo sprach mit seiner besten gebieterischen Stimme: »Und nun heißen wir den Morgen willkommen mit einem Gruß an die Sonne. Langsam aufrichten. Hände über den Kopf strecken, als wollten wir die Wolken am Bauch kitzeln. Ganz allmäääählich nach vorn beugen ...«

»Uffz.« Gretchen stöhnte. Nettie kicherte. Die zwei sahen sich an, und schließlich mussten beide lachen.

»Wir strecken ein Bein nach hinten und bereiten uns vor auf den herabschauenden Hund«, sagte Theo.

Und so wurde es denn auch gemacht.

»Die Eversons checken heute aus«, verlas er fünfzehn Minuten später, als sie in der gemütlichen Wohnküche Platz genommen hatten, die zu Gretchens und Netties Privaträumen gehörte. Der Wasserkocher fauchte im Hintergrund, während Gretchen schwarzes Pulver in ihre Espressokanne rieseln ließ, Nettie Müsli und Milch auf den runden Holztisch stellte sowie den Toastständer und die Orangenmarmelade und Theo über seinem dicken, in

Leder gebundenen Terminbuch saß. »Und Dana Leister wird nicht müde zu betonen, wie sehr ihr das Date-Night-Dinner gefallen hat. Es sei ein bisschen zugig gewesen im Stall, nichtsdestotrotz ein unvergleichliches Erlebnis. Was ich bestätigen kann«, fügte er hinzu. »Die beiden spielten bis weit nach Mitternacht immer dieselbe alte Platte, Etta James, und es knirschte und knarzte, als hätten sie die ganze Nacht durchgetanzt.«

»Aaaah«, machte Nettie, goss heißes Wasser in eine Teekanne und setzte sich damit zu ihrem Großvater an den Tisch. »Das klingt schrecklich romantisch. Toast? Oder hättest du lieber Eier zum Frühstück?«

»Toast oder Eier.« Gretchen lachte. »Mit deinem Sinn für Romantik ist es ehrlich nicht weit her.«

»Ich arbeite daran«, gab Nettie empört zurück.

»Ganz recht«, stimmte Theo ihr zu. »Du solltest dir ein Beispiel an deiner Tochter nehmen.«

»Siehst du!«

»Aber ja doch.«

»Großvater weiß, wovon er spricht.«

»Natürlich weiß er das. Er macht das ja schon lange genug. Seit der Steinzeit, würde ich schätzen. Vermutlich hat er höchstpersönlich da unten das Herz aus dem Fels geschlagen.«

Theo brummte lediglich, während er nach wie vor in seinem Buch blätterte, und Gretchen zwinkerte ihrer Tochter zu, bevor sie die Espressokanne auf den Herd setzte. Für einige Sekunden herrschte Stille in der Küche, nur das Ticken der Uhr war zu hören, die über der Tür zur Speisekammer hing.

Nach Christophers Tod hatte Gretchen dieses Geräusch beinahe wahnsinnig gemacht. Die Erinnerung an jenen letzten Tag, an das letzte Mal, dass sie ihn gesehen hatte. Und dann dieses Ticken in der Stille, das die Tatsache, dass er weg war und nie wiederkommen würde, noch unerträglicher machte. Sie war kurz davor gewesen, das Ding von der Wand zu reißen und wegzuwerfen, doch nicht einmal das hatte sie fertiggebracht. Und auch jetzt noch, wenn das Geplapper von Theo und Nettie bei ihren morgendlichen Besprechungen für einen Moment verebbte, hämmerte das Fortlaufen der Uhr wie ein nervtötendes Memento an ihr Bewusstsein.

»Die Neuzugänge von heute sind Dean und Doreen Wanderer aus Neuseeland sowie Oane und Rafaela Botello aus Santiago de Compostela«, sagte Theo jetzt. »Letztere wollen sich verloben, weshalb für heute Abend ein Candlelight-Dinner gebucht ist. Oh, und Oane Botello ist Vegetarier«, erklärte er noch, was Gretchen mit einem leisen Stöhnen quittierte, das ihr Schwiegervater geflissentlich überhörte. »Und was unser heimliches, *theatralisches* Liebespaar angeht«, fügte er hinzu, »nach dem Frühstück auf dem Zimmer wollen die beiden den Tag auf dem Segelboot verbringen. Es ist gebucht, jemand muss nur noch den Skipper anrufen, wenn sie so weit sind.«

»Die zwei haben aber auch ein Pech«, warf Nettie ein. Es war nicht das erste Mal, dass prominente Gäste sich im *Wild-at-Heart*-Hotel für ein paar Tage unbeobachteter Seligkeit einmieteten, aber es kam eher selten vor, dass sich ausgerechnet zur selben Zeit eine Fotografin im Haus aufhielt. Madame Fournier war zwar wegen eines Buchprojekts im Hotel abgestiegen, sollte sie allerdings Wind davon bekommen, dass sich zwei bekannte britische Schauspieler, die eigentlich nicht zusammen sein dürften, hier ein Zimmer teilten …

»Ich denke nicht, dass Madame Fournier die beiden überhaupt kennt«, sagte Gretchen. »Immerhin ist sie Französin und Mr. Trust hauptsächlich in der britischen Theaterszene bekannt.«

»Sind wir dennoch vorsichtig«, erwiderte Theo. »Wir wollen nicht das Hotel der gebrochenen Herzen werden, wollen wir das?«

»Oder das der gebrochenen Nasen«, stimmte sie zu, denn Ivan Trust ging nicht gerade zimperlich dabei vor, seine Privatsphäre zu schützen, so viel war bekannt.

»Macht Hazel ein Picknick für die beiden fertig?«

Theo zog eine Grimasse. »Ich hoffe es. Aber die Stimmung in der Küche ist gerade mehr als fragwürdig, nachdem Dottie die arme Tiffy vergrault hat.«

Gretchen seufzte. Auch das war nichts Neues für sie. Immerhin kam es nicht zum ersten Mal vor, dass die Küchenchefin eines der Mädchen so sehr einschüchterte, dass es das Weite suchte.

»Ich bin dran«, sagte sie. »Bei Dotties Mitarbeiterverschleiß könnte ich die Anzeige eigentlich gleich im Abonnement schalten.«

»Ich helfe später in der Küche«, bot Nettie an. »Oder möchtest du das tun?« Sie grinste ihren Großvater an. »Sicher freut sich die liebe Dottie über deine Gesellschaft.«

»Entweder von selbst – oder ich zwinge sie dazu.« Theo kicherte, Nettie hielt ihm die Handfläche hin, und ihr Großvater klatschte sie ab.

Lächelnd schüttelte Gretchen den Kopf, während sie sich umdrehte, um sich ihrem mittlerweile fertigen Espresso zu widmen. Tick, tick, tick, machte die Uhr. Und ehe sie sich versahen, war ein neuer Tag angebrochen im *Wild-at-Heart*-Hotel.

2.

Ein Doppelzimmer, sagen Sie? Für welchen Zeitraum bitte? Ah, ich verstehe. Es tut mir leid, aber da sind wir ausgebucht. Lassen Sie mal sehen ... nächste Woche wäre es eventuell möglich ... Nein? Ab September ... Ja, gut. Natürlich, melden Sie sich dann. Auf Wiedersehen im *Wild at Heart*.«

Theo legte den Hörer des altmodischen Telefons zurück auf die Gabel und schob das in Leder gebundene Terminbuch ein Stück von sich weg. Er streckte sich. Inzwischen war es beinahe halb neun, und das Telefon mochte an diesem Morgen nicht stillstehen. Theo fragte sich, ob es wieder einmal einen Artikel über Port Magdalen gegeben hatte, von dem sie nichts wussten. Einen Bericht, in dem die Insel als »schwimmendes Schmuckstück vor der Küste Cornwalls« beschrieben wurde oder ihr Haus als »beliebtes Ziel für Romantikliebhaber«. Als hätte Port Magdalen noch mehr Publicity nötig. Das kleine Eiland, keine hundertfünfzig Meter hoch und nur 0,36 Quadratkilometer groß, wurde von Touristen überschwemmt, sobald es die Gezeiten erlaubten. Mit der Flut schwappten sie über die Hafenmauer, ließen sich den steilen Weg zur Kapelle hinauf- und wieder hinunterspülen, krallten sich unterwegs an *Lori's Tearoom* fest oder an *Graham's Pub*, griffen wahllos nach ein paar Postkarten, bevor sie zurück aufs Festland geschwemmt wurden. Tagsüber wuselte es auf Port Magdalen wie in einem Ameisenberg, doch die wenigsten blieben über Nacht, was vor allem der Tatsache geschuldet sein dürfte, dass es nicht genügend Betten gab. Die beiden Bed & Breakfasts im Dorf verfügten über je zwei Zimmer, das *Wild at Heart* hatte gerade mal vier sowie eine Suite und durfte sich vermutlich nur deshalb Hotel nennen, weil es einfach immer schon so geheißen hatte. Gleichwohl änderte es nichts daran, dass die Wildes ein ganz wundervolles Haus hatten. Etwas größer und breiter und doch im typischen Cottage-Stil, mit weißer Fassade, Kassettenfenstern und grauem Schindeldach. Das Restaurant bot Platz in einem hübschen Wintergarten mit Meerblick, falls es zu zugig war für die Sonnenterrasse (was in typisch britischer Manier bedauernswerterweise öfter der Fall war). Es gab einen Windfang mit einem überdachten Schlafplatz für den Kater und eine zischende Schiebetür, die in die heimelige, von Kaminwärme erfüllte Lobby einlud.

Theo ließ den Blick über die dicken roten Teppiche schweifen, die braunen Chesterfield-Sofas, die bunten Kissen darauf. Fast immer knisterte ein Feuer in den beiden Kaminen, und wenn es Abend wurde, flackerten Kerzen auf Wandregalen und Tischen. Die vielen Bücher, die den Rest des Platzes füllten, waren seinem Sohn und seiner Enkelin zu verdanken. Christopher war ein begeisterter Leser gewesen, und Nettie hatte er ebenfalls infiziert.

Apropos Nettie. Eigentlich müsste sie bald hier auftauchen, um ihren alten Großvater am Rezeptionstresen abzulösen. Wie der seine Enkelin kannte, hatte sie bei ihrem Rundgang zu den Tieren die Zeit vergessen, sich mit Paolo, dem Esel, verquatscht oder jedes Huhn einzeln begrüßt.

Das Telefon klingelte erneut. Und Theo dachte, dass

es sicher nicht an der Nachfrage lag, wenn es finanziell manchmal eng wurde bei ihnen, es hing vielmehr damit zusammen, dass sie nicht über die räumlichen Kapazitäten verfügten, um ihr gerecht zu werden.

Er räusperte sich. »Willkommen im *Wild-at-Heart*-Hotel. Was kann die Liebe für Sie tun?«

»Musst du das wirklich immer dazusagen, Theo? Die Gäste, die unser Haus noch nicht kennen, werden denken, hier hausen Verrückte.«

»Man kann nicht früh genug damit anfangen, die Menschen mit der Wahrheit zu konfrontieren«, gab Theo leichthin zurück. Es war nicht das erste Mal, dass die beiden diese Diskussion führten. Gretchen nahm es mit dem Romantik-Marketing nicht halb so ernst wie ihr Schwiegervater. »Wo steckst du, Kind? Es klingt, als würdest du dich von einem Hubschrauber abseilen.«

»Ich musste das Quad nehmen, irgendwas stimmt mit dem Jeep nicht.« Über den Motorenlärm hinweg hörte Theo Gretchen seufzen. Er konnte freilich nicht ahnen, dass dieses Seufzen weit mehr umfasste als nur die Sache mit dem Auto. »Kannst du bitte die Werkstatt anrufen?«, fragte sie. »Ich brauche den Wagen, oder soll ich die neuen Gäste mit diesem Ding am Hafen aufsammeln?«

»Betrachte es als erledigt. Und grüß den alten Fortunato von mir.«

»Das werde ich ganz sicher nicht tun.«

Theo grinste. Er legte den Hörer auf und zog sein abgenutztes Adressbuch aus der Schublade. Viele Dinge hatten sich geändert, seit er das Hotel vor mehr als fünfzehn Jahren seinem Sohn übergeben hatte, allerdings nicht die Art und Weise, wie Theo die Dinge regelte. Er weigerte sich, den Computer zu benutzen oder auch nur ein schnurloses

Telefon, er notierte Reservierungen in einem dicken Terminkalender und Telefonnummern in ebendiesem Adressbuch. Mit Christopher hatte es deswegen oft Streit gegeben, doch seit er nicht mehr bei ihnen war, spielten andere Dinge eine Rolle als die Kleinigkeiten, wer wie welche Geschäfte führte. Gretchen und Theo hatten auf einmal allein dagestanden, sich um das Hotel und um das kümmern müssen, was Christopher angefangen und nie beendet hatte. Und natürlich um Nettie, die noch keine zwölf gewesen war, als sie ihren Vater verloren hatte. Die Familie war gestrauchelt und wieder auf die Füße gekommen, und jetzt tat eben jeder, was und so gut er es konnte.

Theo rief den Mechaniker an, der leider einige Meilen von Port Magdalen entfernt wohnte. Entsprechend wollte er von einem Notfall nichts wissen, gab aber nach, als ihm klar wurde, dass ansonsten Gretchen in der Klemme stecken würde. Theos wunderschöne, viel zu früh zur Witwe gewordene Schwiegertochter war ein hochgeschätztes und heiß geliebtes Mitglied der kleinen Inselgemeinde, und das, obwohl sie nicht einmal Engländerin war.

So manches Mal fragte Theo sich, ob Gretchen je daran gedacht hatte, wieder nach Norwegen zu gehen; diese Insel, die im Grunde die Heimat ihres Mannes war, hinter sich zu lassen und zurückzukehren in ihre eigene. Sie hatte nie davon gesprochen, und er hoffte es nicht. Gretchen und Nettie waren die einzige Familie, die ihm geblieben war, in einem Haus, das zu ihm gehörte wie die Gischt zu den Klippen, an denen sie sich kräuselte.

Apropos. Familie, Haus und so weiter und so fort. Theo zog seine Taschenuhr hervor und warf einen Blick darauf. 8:27 Uhr. Die meisten der Gäste saßen bereits beim Frühstück, das Mädchen würde bald mit den Zimmern beginnen, Gretchen von ihrer Runde zurückkehren und Nettie ihren wilden Haarschopf ins Foyer tragen.

Über den Empfangstresen beugte sich Theo nach vorn, um durch die verglaste Schwingtür einen Blick ins Restaurant zu werfen. Tatsächlich waren die meisten der kleinen, mit weißen Tüchern bedeckten Tische besetzt, und wenn er sich anstrengte, konnte er über die Musik im Foyer hinweg Stimmengewirr wahrnehmen und das Klappern von Besteck. Dies war einer der liebsten Klänge des alten Mannes, weil es besagte, dass das Hotel mit Leben gefüllt war – und nichts war schwerer zu ertragen als ein leeres Haus, das Platz für viele bot. Und dies war einer seiner liebsten Anblicke, dachte er, die Augen auf Dottie gerichtet, die mit gewohnt energischen Schritten auf die Schwingtür zumarschierte, um sich noch energetischer dagegenzustemmen.

»Wann wird eine neue Hilfskraft fürs Restaurant eingestellt?«, blaffte sie. »Wir haben in der Küche wahrhaftig genug zu tun, um zwischen Eiern, Speck und Tee und weiß der Kuckuck was noch die Gäste zu bedienen.«

»Dir auch einen wunderbaren guten Morgen, Dottie. Hast du gut geschlafen?«

Die Küchenchefin schnaubte. Die Kochschürze spannte über ihrem straffen, voluminösen Körper, und die braunen Locken wippten voller Elan. Dorothy Penhallow war niemand, der gern Zeit verschwendete. Und erst recht war sie niemand, der sich von einem alten Charmeur wie Theodor Wilde um den Finger wickeln ließ.

»Wann, Theo?«, knurrte sie.

»Wann was, Dottie? Wann wirst du endlich ein bisschen freundlicher zu den Angestellten sein, damit sie nicht schon nach ein paar Tagen davonlaufen und wir jemand neuen einstellen müssen? Oder wann wirst du endlich meinen Heiratsantrag annehmen, damit ich eine ehrbare, gut gelaunte, entspannte Frau aus dir machen kann?«

Die Köchin verdrehte die Augen. Sie murmelte etwas, das verdächtig nach *alter Esel* klang, bellte ihm ein letztes »Dieses Mädchen muss ersetzt werden« entgegen und machte sich entschieden auf den Weg zurück in die Küche.

Theo sah ihr nach. Dorothy Penhallow, dachte er, war eine Klasse für sich. Fabelhafte Frau. Jünger als er, um fünfzehn Jahre mindestens, und resolut wie ein Feldwebel. Ebenso unnachgiebig. Furchteinflößend. Sie war schon ewig im Hotel, und beinahe genauso lange bombardierte er sie mit seinen Anträgen. Was wohl geschehen würde, wenn sie jemals einen annahm? Die Hölle würde zufrieren, das würde vermutlich geschehen.

»Na, hat die gute Dottie heute etwa Ja gesagt?« Nettie tauchte neben ihrem Großvater auf. Sie roch nach Stroh und frischer, kornischer Sommerluft.

»Der Tag wird kommen, keine Sorge«, erwiderte Theo.

Nettie kicherte. Sie schob sich an ihrem Großvater vorbei, um den Computer hochzufahren, den er selbst wie üblich mit stoischer Ignoranz bedacht hatte.

»Schon irgendwelche Buchungen heute Morgen?«, fragte sie.

»Mitnichten.« Die Hände hinter dem Rücken verschränkt, stand Theo da, auf den Fußballen wippend. Sie beide wussten, dass Nettie die Aufzeichnungen trotzdem vergleichen würde. Die Entscheidung, das wunderschöne, aber unpraktische Gästebuch zu behalten, ging zwangsläufig mit doppelter Arbeit einher, da der Computer – so behaupteten jedenfalls Nettie und Gretchen – für die Buchhaltung unerlässlich war.

»Und? Womit soll ich anfangen?« Nettie war keine zwei Minuten in der Lobby, schon hatte sie den Rechner gestartet, das schnurlose Telefon in die Tasche ihrer Jacke geschoben und ihre wilde Mähne mit einem Bleistift-Dutt gebändigt. Sie sah ihren Großvater erwartungsvoll an. Die Augen wach, die Hoteluniform aus schwarzem Sakko und Hose plus kirschroter Bluse einwandfrei in Form. Sie war ein gutes Kind, befand ihr Großvater. Ein sehr gutes Kind.

»Deine Mutter hat recht – du musst an deinem ersten Ferientag nicht gleich Vollgas geben. Geh ein bisschen raus, runter an den Strand, vergrab deine Zehen im Sand und such ein paar Muscheln.«

»Die Ferien sind noch lang. Und wie heißt es so schön: Erst die Arbeit, dann das Vergnügen.«

»Woher du diese Weisheiten hast«, sagte Theo. »Von mir ganz bestimmt nicht.« Wohlwollend sah er seiner Enkelin zu. Sie war ein *wirklich* gutes Kind. Und eine Wilde durch und durch. Theo sah in ihr den gleichen Enthusiasmus, der ihn erfüllt hatte, als er noch ein Junge gewesen und die Arbeit im Hotel, hinter der Rezeption und in den Zimmern, mit den Gästen und in der Küche, das Aufregendste war, was er sich hatte vorstellen können. Nettie ging auf dem Festland zur Schule, und nachmittags half sie, wo immer sie gerade gebraucht wurde. Seit dem Tod ihres Vaters schien es, als wollte sie da weitermachen, wo Christopher aufgehört hatte, das fortführen, was ihm verwehrt worden war. Netties Herz schlug wild für das *Wild at Heart*. Und Theos Herz wurde weich vor Liebe für sie.

Und jetzt klingelte das Telefon. Schon wieder.

»Willkommen im *Wild-at-Heart*-Hotel«, sagte Nettie. »Was kann die Liebe für Sie tun?«

Sie zwinkerte ihrem Großvater zu, und Theos Brust

schwoll an vor Stolz, mehr noch, als sie ihm mit einer Handbewegung zu verstehen gab, dass sie übernehmen würde und er frei war zu gehen. Also grinste Theo noch ein bisschen mehr, während er sich auf den Weg nach draußen machte, in den sonnigen Morgen.

3.

Nettie sah ihrem Großvater nach, wie er einen letzten Blick ins Restaurant und vermutlich auf Dottie warf, dann durchs Foyer schritt, hier ein Kissen aufschüttelte und da eine Kerze zurechtrückte, bevor er summend am alten Plattenspieler haltmachte, um das Album zu wechseln. Sinatra, höchstwahrscheinlich. Oder einer der anderen des Rat Packs. *Oder* Ella Fitzgerald, natürlich. Hauptsache, Bar Jazz, schummrige, angestaubte Töne, die dem Foyer ihres Hotels eine Stimmung von Bogart und Boheme verliehen, und das schon vor 9 Uhr morgens. Am Ende tänzelte Theo durch den Windfang nach draußen, im Takt der Musik und ganz sicher zu jeder Schandtat bereit.

Nettie wusste, wenn es nach ihrem Großvater ginge, würde er sich den Rest des Tages in seine Scheune verkriechen, um an irgendeiner Erfindung zu basteln, die keinem Menschen je nützen würde, aber sei's drum. Die Arbeit in der Werkstatt war Theos liebstes Hobby – abgesehen davon, die Küchenchefin möglichst an den Rand des Wahnsinns zu treiben –, und mit Mitte siebzig stand es ihm wahrlich zu, sich seinen Vorlieben zu widmen. Die nicht jedem so gut gefielen wie ihm selbst, dachte Nettie grinsend. Vor zwei Tagen zum Beispiel hatte Theo seinen von ihm selbst entworfenen Eierköpfer testen wollen und dabei ein solches Schlachtfeld im Restaurant angerichtet, dass Mrs. Everson auf einen Stuhl gesprungen war vor Schreck. Theo machte keinerlei Anstalten, jemals vernünftig zu werden. Nettie hoffte sehr, dass sie in seinem Alter genauso sein würde.

»Ja, Mr. Tellson, alles in Ordnung mit Ihrer Reservierung, vielen Dank für die Bestätigung.« Sie legte den Hörer auf und nahm Theos schweres Terminbuch zur Hand, um seine Eintragungen mit denen im Computer zu vergleichen.

Wenn man wollte, konnte man Nettie durchaus als Paradoxon bezeichnen, und das in vielerlei Hinsicht. Zum einen war sie ohne Zweifel Gretchens Tochter, sah aber kein bisschen aus wie sie. Im Gegensatz zu deren norwegisch-blass-blond-und-blauäugiger Erscheinung war Netties widerspenstige Haarpracht ebenso braun wie ihre Augen, und die Nase war leicht gekrümmt wie die ihres Vaters. Auch war sie kleiner als ihre Mutter, was ebenfalls Christophers Linie zuzuschreiben war, und ihr Wesen … Nun, sagen wir einfach, wenn ihre Mutter sie pragmatisch nannte, gab es dafür einige ziemlich gute Gründe. Wie war es zum Beispiel möglich, dass jemand, den die Romantik tagtäglich quasi in den Hintern biss, derart nüchtern sein konnte? Das *Wild-at-Heart*-Hotel machte seinem Namen alle Ehre – es quoll über vor Hygge-gerechten Accessoires, um es seinen Bewohnern so behaglich wie möglich zu machen. Die verrücktesten Gäste hatten hier bereits eingecheckt, um malerische Tage zu verbringen, in einem der kuscheligen Zimmer mit Blick auf den herzförmigen Felsen, der bereits Zeuge so mancher mehr oder weniger skurriler Heiratsanträge geworden war. Und doch: Nettie ließ sich von alldem nicht anstecken. Sie spürte keinen einzigen Funken Romantik in sich, nicht den kleinsten, nicht mal im Ansatz. Aber was nicht war, konnte noch werden, und Nettie hoffte in der Tat am meisten darauf. Für das nämlich, was sie in diesem Sommer geplant hatte, würde sie jeden Anflug von Romantik gebrauchen können.

Sie scrollte durch die Anmeldungen. Bei Damiens Namen leuchteten ihre Augen auf. Nur noch ein paar Tage, dann würde ihr bester Freund anreisen, um den Sommer wie in jedem Jahr auf der Insel zu verbringen.

Nettie und Damien kannten sich schon ewig. Seit ihrem fünften Lebensjahr etwa, seit er das erste Mal mit seinen beiden Vätern nach Port Magdalen gekommen war. Damien, sechzehn Jahre alt und genau zwei Tage jünger als Nettie, war damals scheu gewesen und in sich gekehrt, doch irgendwie war es der quirligen Tochter der Hoteleigentümer gelungen, den Jungen aus seinem Schneckenhaus zu locken. Was womöglich einer der Gründe war, warum Clive und Logan Angove seither regelmäßig mit ihrem Sohn nach Port Magdalen fuhren, um dort einen guten Teil ihrer Sommerferien zu verbringen. Das und (Gerüchten zufolge) die Panorama-Badewanne mit Meerblick.

Wie dem auch sei: Damien war wie ein Bruder für Nettie. Und obwohl die beiden sich regelmäßig schrieben, konnte sie es nicht erwarten, bis sie sich endlich persönlich mit ihm über ihre Pläne für den Sommer austauschen konnte. Die ihre Mutter einschlossen. Sowie einen gewissen Harvey Hamilton, der am selben Tag wie Damien ins *Wild at Heart* einchecken würde, dem Nettie noch nie begegnet war und von dem sie doch hoffte, dass er in Zukunft eine nicht unwesentliche Rolle in ihrem Leben spielen würde.

»Harvey Hamilton«, murmelte sie, während sie sich auf dem Weg zum Aquarium zwischen den alten Chesterfield-Sesseln und -Sofas hindurchschlängelte, um ihre Fische zu füttern. »Wäre doch gelacht, wenn wir dich nicht ködern könnten.«

Ein Glück, dass Netties Mutter Gretchen von diesem Selbstgespräch nichts mitbekam, denn sie hätte sich sehr darüber gewundert. Nicht nur hatte sie keine Ahnung davon, dass Nettie sich offenbar über diesen neuen Gast eingehend erkundigt hatte, noch, dass sie in den Plänen ihrer Tochter als zentrale Figur fungierte. Gretchen hatte andere Probleme. *Ganz* andere. Hätte ihrer Tochter von dem gewusst, was ihre Mutter gerade beschäftigte, ihr wäre vor Staunen die Dose Fischfutter ins Aquarium gefallen.

4.

Die Insel war so klein, selbst ein dreibeiniger Hund hätte sie in weniger als einer halben Stunde umrunden können – das war zumindest das, was die Einheimischen behaupteten, insbesondere dann, wenn sie es eilig hatten.

»Wo bleibst du denn, Gretchen?«, fragte Bruno Fortunato an diesem Morgen ungeduldig, als Gretchen auf einem knatternden Quad bei ihm vorfuhr. »Diese Insel ist so klein, sogar ein …«

» … dreibeiniger Hund könnte sie in weniger als einer halben Stunde umrunden, jaja«, unterbrach Gretchen ihn. Sie wusste selbst, dass sie spät dran war, wegen des Zinnobers mit dem kaputten Auto. »Was macht der Rücken? Immer noch widerspenstiger als ein alter Esel?«

»Das willst du nicht wissen, junges Ding.«

»Und wenn doch, Bruno?«

»Dann müsst ihr euch bald jemand anderen für eure Wäsche suchen.«

Gretchen lachte, während sie die Säcke voll schmutziger Handtücher und Bettwäsche in die Waschkammer des kleinen Cottages trug, in dem Mr. Fortunato wohnte, und dafür die Pakete frisch gebügelter ägyptischer Baumwolle in den Anhänger des Quads lud. Es war in mehrerlei Hinsicht ein Glücksfall, dass Bruno nach dem Tod seiner Frau vor zwei Jahren beschlossen hatte, ihre Arbeit für das Hotel fortzuführen, und einer davon war, dass sein

Cottage im Hafen lag und sich so bequem mit einem der Hotel-Fahrzeuge erreichen ließ. Es gab nur eine befahrbare Straße auf der Insel, und die schlängelte sich vom *Wild at Heart* auf einer Seite des Hügels hinunter zum Hafen und dem Fahrdamm, über den man das Festland erreichen konnte – bei Ebbe allerdings, während man bei Flut nur mit dem Schiff von Port Magdalen wegkam. Die Insel war, abhängig vom Wetter und den Gezeiten, schwierig genug zu erreichen; sich auf ihr fortzubewegen war eine Herausforderung der ganz anderen Art. Die kopfsteingepflasterte Fishstreet beispielsweise, die steil und quer durchs Dorf hinauf zur Kapelle führte, war mit dem Auto nicht befahrbar. Alles, was zu einem der Läden dort transportiert werden sollte, musste auf einem der speziellen Holzschlitten hinter sich hergezogen werden, was definitiv kein Vergnügen war. Früher hatten Esel die Schlepperei für die Menschen übernommen. Heute dienten die Tiere nur noch als liebenswerte Touristenattraktion und dazu, das eine oder andere Kind über die Insel zu schaukeln.

»Was ist mit deinem Jeep?«, fragte Bruno, während Gretchen den letzten Stapel Wäsche in den Anhänger lud. »Und was ist das für ein Ding hier? Ein Motorrad für Schlaganfallpatienten?«

»Das ist ein Quad, und es gehört Nettie. Sie hat es bei einem Preisausschreiben gewonnen.« Gretchen verdrehte die Augen. »Der Jeep ist nicht angesprungen. Der Mechaniker ist hoffentlich schon unterwegs, um sich darum zu kümmern.«

»Immer ist was mit dem Karren«, grummelte Bruno.

»Du sagst es.«

Immer war irgendetwas, in jeglicher Hinsicht. Wenn nicht gerade der Wagen kaputtging, stimmte etwas mit den Geräten in der Küche oder in einem der Gästezimmer nicht. Von dem Blitz, der in den Baum eingeschlagen hatte, der wiederum die Hälfte des Scheunendaches demolierte, gar nicht zu reden. Seit Gretchen das Hotel mit Theo allein führte, war nicht ein Jahr vergangen, in dem die beiden sich nicht um irgendetwas hätten sorgen müssen. Und Gretchen hätte ziemlich hoch darauf gewettet, dass es auch in Zukunft nicht anders sein würde. Mehr als vier Jahre war Christopher jetzt tot. Hätte sie zu Beginn ihrer gemeinsamen Reise gewusst, dass sie am Ende allein weiterziehen würde, hätte sie sich auf all das eingelassen? Den Umzug nach Cornwall, die Übernahme des Hotels, ein völlig neues Leben? Gretchen wusste es nicht. Doch dann, als hielte sie sich selbst für die größte Närrin von allen, schüttelte sie über sich selbst den Kopf: Wäre sie nicht mit Christopher gegangen, hätte sie ihre Tochter Nettie nicht bekommen. Dieser Gedanke allein ließ alle anderen zu Rauch vergehen. Alle bis auf den einen, der sie schon den ganzen Morgen beschäftigt hatte und der schuld daran war, dass sie so gut wie gar nicht geschlafen hatte.

»Warte, ich hab was vergessen.« Bruno hob einen Finger, drehte sich um und eilte, auf seinen Stock gestützt, ins Haus zurück. Es ging das Gerücht, dass er ihn gar nicht brauchte. Dass der Stock einfach Teil seines eleganten Outfits war und darüber hinaus keinen Zweck erfüllte. Bruno Fortunato war vierundsiebzig Jahre alt, aber alles andere als klapprig. Er konnte mit Theo einen Kleinkrieg darüber ausfechten, wer der Rüstigere von beiden war – was sie dann und wann taten, allerdings ging es nur selten darum, wer sich besser in Form hielt. In neun von zehn Fällen drehten sich die Streitigkeiten um Küchenchefin Dottie.

»Da.« Bruno kam aus dem Haus zurück, eine Plastiktüte schwenkend. »Sag deinem hohlköpfigen Schwiegervater, dass ich nicht seine Mutter bin, die seine Unterhosen wäscht.«

»Er hat seine Unterwäsche zwischen die Handtücher geschmuggelt?« Mit spitzen Fingern griff Gretchen nach der Tragetasche.

»Boxershorts. Mit einer Rolling-Stones-Zunge über dem Eingriff. Wenn das eine Botschaft sein sollte, dann, oh, *santo cielo! Stronzo!*«

»Ihr zwei könntet ehrlich mal erwachsen werden«, schlug Gretchen vor, und Bruno machte eine Geste, die so viel verhieß wie: *Ich* bin nicht der alberne Kerl von uns beiden.

»Kann ich das Quad kurz hier stehen lassen? Ich muss noch zu Lori, ein paar Bestellungen aufgeben.«

»*Va bene.*«

»Bis morgen, Bruno!«

»*A domani, mia cara!*«

Port Magdalens Hauptverkehrsstraße, wenn man so wollte, war etwa dreihundert Meter lang, maß an einigen Stellen eine Steigung von Kniescheiben gefährdenden siebzehn Prozent und bot so ziemlich alles, was in dem Örtchen sehenswert war. Schnuckelige Geschäfte, Cafés, einen Pub, das ein oder andere Bed & Breakfast, diverse Souvenirshops, eine richtige Einkaufsmeile war das hier, für dörfliche Verhältnisse, versteht sich. Die Tatsache, dass nur einundsiebzig Menschen auf der Insel lebten, zeigte sich auch darin, dass um die trubelige Fishstreet herum nicht viel geboten war. Wald säumte die Ränder des winzigen Ortes und füllte die Lücke zwischen Dorfrand und Kapelle. Dahinter fiel der Hügel ab, sanft, zuerst zum *Wild-at-He-*

art-Hotel und schließlich auf eine malerische Felsküste zu, mit atemberaubendem Meerblick. Hatte man diesen höchsten Punkt erst überquert, dachte Gretchen oft, wartete auf der anderen Seite ein völlig anderes Cornwall. Einsam. Spektakulär. Erfrischend und beruhigend zugleich.

Um kurz nach neun erwachte die Fishstreet allmählich zum Leben. Mrs. Bailey sperrte ihren Souvenirshop auf, während Gretchen winkend an ihr vorbeilief, aus der geöffneten Tür von *Kelly's Galerie* drangen die sanften Töne klassischer Musik, aus dem Pub war Stühlerücken zu vernehmen, während Zachary, der Sohn des Wirts, den Boden von den klebrigen Resten des Vorabends befreite. Gretchen hatte die Hälfte des Hügels erreicht, als jemand ihren Namen rief.

»Guten Morgen, Gretchen! Willst du den hier schon mal mitnehmen? Ich könnte mir vorstellen, dass Nettie darauf wartet.«

»Guten Morgen, Toni.« Sie lief die zwei Schritte hinüber ins Postamt, das eigentlich nicht viel mehr war als ein Kiosk, und nahm Toni den Brief aus der Hand.

»Von Damien«, erklärte er mit verschwörerischer Stimme.

»Verstehe«, erwiderte Gretchen in gleichem Tonfall. Sie steckte den Brief in ihre Handtasche, dankte dem Postboten und legte anschließend die kurze Strecke zu *Lori's Tearoom* zurück, dem Ziel ihres Anstiegs. Sie zögerte, bevor sie die Tür öffnete, einen flüchtigen Moment nur. Dann drückte sie die Klinke hinunter, kurz bevor die Glocke über dem Eingang ihre Anwesenheit verkündete.

Es war noch nicht viel los in dem Café, das bei den Touristen vor allem wegen seiner Terrasse mit Blick auf den

Hafen beliebt war. Über zwei Tischen steckten Einheimische die Köpfe zusammen, und Gretchen winkte zu ihnen hinüber. Sie traute sich nicht recht, in Richtung Tresen zu sehen, wo sie Nicholas vermutete, weshalb sie erst aufsah, als sie schon beinahe mit dem Fuß gegen die Theke stieß, um dann erleichtert festzustellen, dass lediglich Lori dahinterstand und sie anlächelte.

»Ist alles in Ordnung mit dir? Du siehst aus, als könntest du dich nicht recht entschließen, reinzukommen oder doch wieder zu gehen.«

»Definitiv reinkommen.« Gretchen nickte. Sosehr es sie erleichterte, nicht Nicholas gegenüberzustehen, so sehr wurmte sie es jetzt, nicht zu wissen, wo er steckte. Aus der Küche drang das Geräusch des Mixers zu ihnen nach draußen. Gretchen hielt die Luft an. Dann atmete sie aus und erklärte schnell: »Einer der Gäste, die heute eintreffen, ist Vegetarier.«

»Du sagst das, als wäre es etwas Verwerfliches.« Lori lachte. »Aber ich verstehe schon. Ich gebe dir unsere Wochenkarte mit, warte einen Moment.«

Das ist lächerlich, murmelte Gretchen vor sich hin. Sie erinnerte sich daran, dass dies hier nur Nicholas war und sie beide erwachsen waren, dass sie sich auf einer sehr kleinen Insel befanden und …

»Guten Morgen.« Da stand er vor ihr.

»Hi.« Gretchen schluckte. Ihr Blick flog von Nicks lächelnden Augen über sein unrasiertes Kinn und die breite, T-Shirt-bedeckte Brust hin zu den zwei grünen Smoothies in seinen Händen.

»Hast du gut geschlafen?«, fragte er.

Sie hatte überhaupt nicht geschlafen. Und Schuld daran trugen unter anderem die Bilder von gestern Abend, die auch jetzt wieder durch ihre Gedanken flirrten, Bilder von Nicholas' Brust und wie sich der Stoff seines T-Shirts unter ihren Fingern angefühlt hatte, ganz zu schweigen von seinen Lippen auf ihrer Stirn, ihrer Wange, ihrem Mund. Gretchen hob den Blick und sah in seine Augen, die nach wie vor lächelten. Sie war neununddreißig Jahre alt. Seit mehr als vier Jahren verwitwet. Seit mehr als vier Jahren ungeküsst, wenn man so wollte. Und sie hatte Nicholas weggeschickt, bevor sich daran ernsthaft etwas hätte ändern können. Und dass er sie jetzt ansah, als wäre nie etwas zwischen ihnen beiden geschehen, ließ das Gefühlschaos in ihrem Inneren nur noch lächerlicher erscheinen.

Gretchen räusperte sich, doch gerade, als sie Nicholas antworten wollte, mischte sich Lori wieder ins Gespräch. »Lass die Dinger nicht warm werden«, sagte sie, »sonst schmecken sie noch unerträglicher.« Womit sie ihren Bruder in Richtung der wartenden Gäste schob und Gretchen gleichzeitig einen Bogen Papier entgegenstreckte. »Ruf einfach im Laufe des Vormittags an, was es sein soll, wir bringen das Essen dann hoch.«

»Oder wir holen es ab«, sagte Gretchen schnell, unsicher, ob sie Nicholas heute wirklich noch einmal begegnen wollte. Die Tatsache, dass er so regelmäßig im Hotel vorbeikam, um Essen zu liefern oder abzuholen, einen Drink im Foyer zu nehmen, ihren Abfluss zu reparieren oder sonst einen Vorwand zu finden, hatte schließlich erst zu der pikanten Situation am gestrigen Abend geführt, und sie wusste ehrlich nicht, wie sie heute damit umgehen sollte.

»Ich melde mich.« Damit riss sie der verwunderten Lori das Blatt aus der Hand, machte auf dem Absatz kehrt und stürmte durch die Tür zurück auf die Straße, während die Cafébesitzerin ihr stirnrunzelnd hinterherblickte.

Den gesamten Weg zurück zum Hafen machte Gretchen sich Vorwürfe, Vorwürfe der unterschiedlichsten Art. Da war zum einen die Tatsache, dass die vegetarischen Bestellungen bei *Lori's Tearoom* ihr Zusatzkosten verursachten, die sie sich unmöglich leisten konnte. Es blieb ihr aber kaum etwas anderes übrig, weil sich ihre engstirnige Köchin seit Jahren weigerte, mit der Zeit zu gehen und regelmäßig auch fleischlose Gerichte auf ihre Karte zu setzen.

War Gretchen die Chefin im Haus? Oh ja, das war sie.

Führte Dottie dennoch das Regiment? Es könnte einem so vorkommen. (*Vegetarisch? Was bin ich? Eine Kuh? Vegan? Und was ist mit den Karöttchen, hm? Hört ihr sie schreien, wenn ich die kleinen Scheißer aus dem Beet rupfe?*)

Es war an der Zeit, in dieser Sache etwas zu unternehmen, das war Gretchen durchaus klar. Je früher, desto besser, denn dann wäre sie zudem nicht mehr gezwungen, Nicholas zu sehen, was ihr Leben um einiges erleichtern würde. Um einiges! Davon war Gretchen zumindest überzeugt.

Gerade als sie stehen blieb, um diesen fürchterlichen Gedanken genauer zu betrachten, läutete ihr Handy, und Nicholas' Nummer erschien auf dem Display. Fühlte es sich so an, den Verstand zu verlieren? Nicholas und sie kannten sich nun schon einige Jahre, er war ein zuvorkommender, sympathischer, absolut gut aussehender Kerl, und die Insel war winzig – wie sollte man da überhaupt jemanden *nicht* mehr treffen können? Und was hatte die Tatsache, dass Nicholas gut aussah, mit alldem zu tun? Gretchen starrte auf das Display, dann nahm sie kurzerhand das Gespräch an, denn ignoriert zu werden war das Letzte, das der Mann verdient hatte.

»Es tut mir leid, irgendwie geht heute Morgen alles drunter und drüber. Erst habe ich den Wecker nicht gehört, dann Theo mit seinem Morgenyoga, dann ist der Jeep nicht angesprungen, dann ... hallo? Hallo?«

Doch die Leitung war tot.

Mit einem letzten Blick auf den Hafen und die gegenüberliegende Küste machte sich Gretchen zurück auf den Weg, um ihr Gefährt zu holen.

»Du hast das Quad genommen? Mum!«

Eine vorwurfsvoll dreinblickende Nettie kam neben Gretchen zum Stehen, noch bevor diese den Motor abgestellt hatte.

»Ich habe das Quad genommen«, erklärte sie ihrer Tochter, während sie herunterkletterte, »weil ich den Jeep *nicht* nehmen konnte. Er ist nicht angesprungen. Statt dir über die Jungfernfahrt dieses Monstrums Sorgen zu machen, solltest du lieber beten, dass Fred diesmal nicht seine kleinen Zähnchen im Spiel hatte.«

Nettie stemmte die Hände in die Hüften. Ihr Gesichtsausdruck wirkte unschuldig und gleichgültig, als sie sagte: »Frettchen sind keine Marder, das weißt du genau. Sie fressen keine Kabel an.« Normalerweise, fügte sie in Gedanken hinzu. Und *normale* Frettchen. Aber Fred war eben ein bisschen anders, insofern konnte sie nicht sicher sein.

»Ich kenne dich, Nettie Wilde. Wenn der Kleine unschuldig wäre, müsstest du nicht so ein betont harmloses Gesicht machen.«

»Du willst nur das Thema wechseln. Ich wollte die

erste Fahrt mit dem Quad machen. Oder zumindest mit Damien.«

»Du wirst dieses Ding erst dann fahren, wenn du siebzehn bist, und das dauert immerhin noch ein ganzes Jahr.«

»Zehn Monate.«

»Wie ich schon sagte.« Gretchen drückte Nettie zwei der Wäschebündel in die Arme, bevor sie nach zwei weiteren griff und sich damit auf den Weg zum Hintereingang machte. »Was Damien betrifft …«, rief sie über ihre Schulter.

»Was Damien betrifft?« Mit zwei Schritten hatte Nettie sie eingeholt.

»Was Damien betrifft, habe ich vielleicht oder vielleicht auch nicht einen Brief in …« Der Rest des Satzes ging in Lachen über, denn Nettie hatte zu kreischen begonnen.

»Wo? In deiner Tasche?« Sie stapelte die beiden Handtuchpakete auf den Arm ihrer Mutter, bevor sie sich umdrehte, zurück zum Quad lief, zielsicher den Umschlag aus der Tasche zog und damit in Richtung Wald verschwand.

»Nettie! Wer ist an der Rezeption?«, rief Gretchen ihr hinterher, was Nettie lediglich dazu bewegte, zu ihr zurückzulaufen, das schnurlose Telefon aus ihrer Tasche zu ziehen und es oben auf den Handtuchstapel zu werfen, bevor sie verschwand.

Gretchen seufzte. Heute war ein Tag, an dem sie dies oft tun würde, so viel ließ sich jetzt schon sagen.

Das *Wild-at-Heart*-Hotel war ein Schmuckstück, und das war womöglich sein größtes Problem. Es verfügte über vier Zimmer und eine Suite, ein exquisites (wenngleich fleischlastiges) Restaurant, in dem exklusiv für die Gäste gekocht wurde, und so viele Stammkunden, dass es den

Wildes eigentlich nicht schlecht gehen dürfte, wäre da nicht die jährlich größer werdende Diskrepanz zwischen Einnahmen und Ausgaben, die sie irgendwie nicht in den Griff bekamen. Christopher hatte dieser Entwicklung entgegenwirken wollen. Jahrelang hatte er Pläne geschmiedet, um das Dachgeschoss des Hotels auszubauen und die Lodge auf halbem Weg zur Steilküste zu einem luxuriösen Ferienhaus umzugestalten, das *Wild at Heart* größer und profitabler zu machen, doch er war gestorben, bevor noch die Gästezimmer fertig renoviert waren. Und dann hatte Gretchen sich nicht getraut, dieses umfassende Konzept umzusetzen, das finanzielle Risiko allein zu tragen. Weshalb sie auch jetzt noch, Jahre später, gerade so über die Runden kamen, ohne Aussicht auf Besserung.

Sie hatten die Preise erhöht, nachdem die Zimmer neu gestaltet worden waren, doch auch das war nur ein Tropfen auf den heißen Stein, denn nach wie vor waren sie dabei, dieses erste Darlehen abzustottern, und die Einnahmen konnten die Ausgaben gerade so decken. Und Gretchen wollte nicht noch mehr von den Gästen verlangen. Ganz abgesehen davon, dass sie sich ohnehin schwertat mit Verhandlungen aller Art – eine Eigenschaft, die sie mit Theo teilte, der genauso wenig Geschäftssinn hatte wie sie. Allein, dass sich die Familie das Restaurant leistete, war hoffnungslos – sie beschäftigten drei Leute für ihre Halbpension, plus eine Servicekraft, und dennoch mussten Gretchen, Nettie und Theo bei allem mithelfen, bestellen, bedienen und später an der kleinen Bar in der Lobby Getränke ausschenken.

Gretchen seufzte, während sie die Treppen vom Hintereingang nach oben stieg, um die frischen Hand- und Betttücher im Wäscheschrank zu verstauen, Christophers

Stimme im Ohr: *Auf einer Insel wie dieser sollte es doch möglich sein, ein profitables Hotel zu führen.* Gretchen – das Wild at Heart *ist eine Goldgrube, wir müssen es nur richtig anstellen.*

Wenn es so einfach wäre, dachte Gretchen. Denn die Pläne, die er für sie, ihre Familie, für das Haus gemacht hatte, waren allesamt zu nichts verpufft, als er an jenem Tag im Januar vor viereinhalb Jahren in den Wagen gestiegen und nicht mehr zu ihnen zurückgekehrt war.

»Guten Morgen, Mrs. Wilde.«

»Guten Morgen, Florence.« Gretchen nickte dem Zimmermädchen zu, während sie sich auf den Weg zurück zum Quad machte, um die restlichen Wäschepakete zu holen. Sie waren ein eingespieltes Team, das immerhin war eine Tatsache, die allen das Leben um vieles erleichterte. Florence kümmerte sich um die Zimmer, in der Küche standen Hazel und Oscar Dottie zur Seite, und die Tiffys dieser Welt halfen im Service. Sara pflegte den Garten, der ohnehin zum Großteil dem National Trust unterstand, welcher sich um den Erhalt kümmerte. Mit der Unterstützung von Theo und Nettie hielten sie den Betrieb am Laufen, doch wenn eine Person fehlte – wie nun die arme, vergraulte Tiffy –, dann begann ihr gesamtes ausgeklügeltes System zu wanken.

Gretchen wuchtete die letzten beiden Handtuchbündel in eines der Regale, dann schloss sie die Tür der Wäschekammer hinter sich. Manchmal, oder eigentlich die meiste Zeit in ihrem Leben, waren die Tage zu kurz, die Aufgaben zu viele und die Gedanken zu umfassend, um den Anfang zu sehen oder das Ende oder auch nur einen Meter weiter als bis hier.

Port Magdalen, viereinhalb Jahre zuvor

Der Tag, an dem Christopher Wilde starb, war einer der schönsten in diesem Januar, pragmatisch betrachtet. Der Winter war bisher hauptsächlich neblig, feucht und windig gewesen, wohingegen es an diesem herrlichen Freitagmorgen zum ersten Mal aufklaren würde. Was Christopher in dem Moment, in dem er die Augen aufschlug, noch nicht ahnen konnte, denn die Sonne war noch gar nicht aufgegangen. Umso erstaunlicher, dass sich manch einer dennoch bemüßigt fühlte, bereits jetzt einen höllischen Lärm zu veranstalten.

»Aaah, Dad«, stöhnte Christopher kaum hörbar. Er drehte sich um, um auf seinen Wecker zu blicken – 6:03 Uhr –, und dann zurück zu Gretchen, die noch schlief, sich unter seiner Berührung nun aber regte.

»Mmmh«, machte sie.

»Schlaf weiter«, murmelte Christopher. Er schob einen Arm unter Gretchens Kopf und legte den anderen über ihre Körpermitte, bevor er sein Gesicht nah an ihrem Hals vergrub, da, wo er mit der Nasenspitze die Kuhle zwischen Kopf und Nacken streifen konnte und mit den Lippen Gretchens Ohrläppchen. Sie erschauerte unter seinem Atemhauch. Dann drehte sie sich in seinen Armen um und schmiegte sich an seine Brust.

»Was treibt dein Vater da draußen?«, brummte sie. »Hätten wir Gäste, würde er mit diesem Krach das ganze Haus aufwecken.« Wie auf ein Stichwort heulte das quälende Geräusch einer Schleifmaschine auf, und Gretchen presste die Stirn noch ein bisschen tiefer in Christophers Schlaf-T-Shirt. »Mmmh«, brummte sie noch einmal, und Christopher drückte ihr einen Kuss ins Haar. Wenn er es recht bedachte, fand er es gar nicht so übel, auf diese Weise schon sehr früh geweckt worden zu sein. Im Alltag blieb oft wenig Zeit für … das hier, dachte er, während er seine Frau enger an sich drückte und mit den Händen über ihren Rücken fuhr, hinunter zu ihrem Hintern, unter ihr T-Shirt, an den Seiten hinauf und unter die Arme, so hoch, dass Gretchen mit der Bewegung mitging und er es ihr ausziehen konnte, was sie bereitwillig zuließ. Er beugte sich vor und küsste die schlaftrunkene Frau in seinen Armen, die die süßeste Wärme ausstrahlte und die bezauberndsten Geräusche von sich gab, erst die Lippen, dann ihren Hals hinunter, zwischen ihren nackten Brüsten weiter nach unten …

»Mum? Dad?«

Noch so ein schlaftrunkenes Stimmchen, ein bisschen nörgelnder allerdings und doch nicht wach genug, um die Turbulenzen im Elternbett mitzubekommen, die Hektik, in der Christopher Gretchen die Bettdecke über den Kopf warf, und das Gewimmel, in dem Gretchen versuchte, sich ihr T-Shirt wieder anzuziehen, vergeblich. Letztlich streckte sie nur den Kopf heraus und warf einen Blick auf ihre Tochter, die in der halb geöffneten Tür stand und sich die Augen rieb.

»Was macht Grandpa denn da draußen?«, schniefte sie.

»Wir schauen gleich mal nach, in Ordnung? Gib mir nur … äh … Zieh dich schon mal an, ich komme sofort nach.« Christopher wedelte mit einer Hand in die generelle Richtung der restlichen Wohnung, und als Nettie sich

43

nicht sofort einsichtig zeigte, begann Gretchen erst zu kichern, dann räusperte sie sich.

»Stellst du schon mal die Dusche an?« Im Winter brauchte das Wasser manchmal ewig, bis es heiß wurde. »Wir kommen sofort nach.«

Als ihre Tochter sich endlich umgedreht hatte und aus dem Zimmer getrottet war, ließ Christopher sich zurück auf sein Kissen fallen und legte einen Arm über die Augen. Er stöhnte.

»Erzähl mir was von …« Nebenan begann Wasser zu laufen. »Von Silberfischen«, sagte er. »Oder von den Umbauarbeiten. Was gerade wieder schiefläuft. Irgendwas, das mich ablenkt von …« Er deutete in Richtung seiner Körpermitte.

Gretchen lachte. »So alt und noch so übereifrig«, sagte sie, während sie sich ihr T-Shirt anzog und sich dann vorbeugte, um ihren übereifrigen Gatten zu küssen. Heiß. Und feucht. Und innig. Mit einer Hand griff sie in seine Haare, mit der anderen dorthin, wo sie besser nicht weiter intervenieren sollte.

»Was tust du denn da?«, beschwerte sich Christopher. »Silberfische. Großmütter.«

»Großmütter?«

»Daddy! Das Wasser ist heiß«, rief Nettie aus dem Bad.

Gretchen zog ihre Hand weg und küsste Christopher ein letztes Mal auf die Nasenspitze, und der stöhnte abermals auf.

»Bis später, Daddy«, hauchte sie in sein Ohr. »Das scheint ein herrlicher Tag zu werden.«

Auch daran würde sie sich später erinnern. Wie selten ein Gefühl sie so sehr getrogen hatte wie in diesem Augenblick.

5.

Statt den Pfad hinab zu den Felsen zu nehmen, wandte sich Nettie in die entgegengesetzte Richtung und schlug den unebenen Weg ein, der vom Hotel hinauf nach St. Magdalen führte. Der Wald duftete herrlich um diese Jahreszeit, nach Moos und Erde und Kräutern, und Nettie freute sich daran, während sie zielstrebig unter dem leuchtend grünen Blättermeer dahineilte. Die kleine Kapelle mit den sandfarbenen Steinen, den glaslosen Fenstern und dem kniehohen Wall, der sie umgab, bot die beste Aussicht der Insel, über Wald, Hotel und ein winziges Stück Herzfelsen hin zum offenen Meer.

Nettie setzte sich auf die niedrige Mauer, atmete ein und öffnete Damiens Brief.

Der überaus kurz war.

Ahoi, Nettie,
ich hoffe, du sitzt, oder du kannst dich an irgendetwas festhalten, denn bitte, das hier ist einfach zu großartig. Ich schätze, das war eines seiner Anfangswerke, jedenfalls ist das Buch nirgendwo mehr lieferbar, ich hab es auf dem Flohmarkt gefunden. Ich bring es mit, wenn wir kommen, aber diese kleine Kostprobe musste ich dir vorweg schicken.

Sieht so aus, als wäre unser Mr. Hamilton schon

*einmal hier gewesen, was meinst du? Ich sehe zu, was
ich noch herausfinden kann.*

*Wäre es dir übrigens möglich, einen Videorekorder
aufzutreiben? Ich hab einen Film entdeckt, den müssen wir uns unbedingt ansehen.*

Bis später,

D.

Nettie faltete den Brief, steckte ihn zurück in den Umschlag und zog dann die Buchseite hervor, die Damien
dazugelegt hatte. Sie war vergilbt und roch muffig, und
Nettie rümpfte die Nase, während sie das Blatt mit spitzen Fingern ein Stück von sich weghielt. Der Text begann
mitten im Satz.

trug er sie über den von der glühenden Sonne erwärmten Strand zu ihrem Zelt. Sabrina zitterte in seinen starken Armen, der Schock haftete an ihren Gliedern wie der Sand an ihrer feuchten Haut. Was wäre geschehen, wenn er sie nicht rechtzeitig gefunden hätte? Wenn die Männer nicht nur ihre Tasche geraubt hätten, sondern auch … Sie erschauerte. Was, wenn diese Männer hätten vollenden können, womit sie beginnen wollten, genau in dem Augenblick, in dem Timothy aufgetaucht war?

Ein Schluchzen entrang sich Sabrinas Kehle, und sie griff mit der Hand, die nicht um Timothys Nacken geschlungen war, nach dem zerfetzten Stoff ihres Kleides, um ihre Brust zu bedecken. Auf einmal fühlte sie sich nackt. Sie fühlte sich benutzt und geschändet, obwohl ihr noch gar nichts geschehen war, und sie schämte sich, oh, sie schämte sich so sehr. Für diesen dummen Streit, den sie angezettelt hatte, aus purer Kleinlichkeit, aus nichtiger Eifersucht, aus reinem Egoismus.

»Sabrina«, hauchte Timothy dicht an ihrem Ohr, »weine doch nicht. Ich werde es wiedergutmachen, ich verspreche es, am Ende dieser Nacht wirst du ihren Anfang vergessen haben und alles, was bis hierhin geschah.«

Seinetwegen biss Sabrina die Zähne zusammen und hielt ihre Tränen zurück. Sie drehte sich um, blickte zu dem Strand, der ihr gerade noch wie ein Tatort vorgekommen war und nun menschenleer dalag, zu dem herzförmigen Felsen, der dunkel über ihnen aufragte. So vielversprechend hatte sie ihn wahrgenommen, als sie den ersten Blick auf ihn geworfen hatte, und nun war er so düster, so tiefdunkel wie ihr

Nettie drehte die Seite um.

eigenes, schwarzes Herz.

Das war alles. Offenbar das Ende des Kapitels. Noch einmal drehte Nettie die Seite hin und her, dann ließ sie sie in dem Umschlag mit Damiens Brief verschwinden. Ihr eigenes Herz pochte wie verrückt, nachdem sie die Zeilen gelesen hatte, und das war gewiss nicht auf den schnulzigen Inhalt zurückzuführen. Harvey Hamilton wusste von dem Herzfelsen, er hatte darüber geschrieben, er war schon einmal hier gewesen, hier, auf Port Magdalen. Und wenn er nicht hier gewesen war, dachte Nettie, dann hatte er womöglich darüber gelesen, es recherchiert oder was immer Liebesromanautoren eben so taten, um auf Ideen für ihre Geschichten zu kommen. Jedenfalls nahm sie an, dass das der Grund dafür war, warum er sich drei Wochen lang in ihrem Hotel eingemietet hatte – er wollte zu dem Herzfelsen, den er entweder schon einmal besucht hatte oder nur aus seinen eigenen Geschichten kannte.

Nettie zog ihr Handy aus der Hosentasche und schrieb:

Ich fasse es nicht. Er schreibt über unseren Felsen. Das ist völlig verrückt. Wie hast du das gefunden? Der Mann hat über 30 Romane geschrieben!

Sie starrte auf das Display, dann ließ sie den Blick zu besagtem Felsen schweifen, von dem aus diesem steilen Winkel kaum mehr als die Spitze zu sehen war. Wenn man überhaupt von einer Spitze sprechen konnte. Die Bögen des Herzens waren nicht völlig eben und gleichmäßig, doch einigermaßen rund waren sie zumindest. Was die Natur fertigzubringen in der Lage war, würde die Bewohner von Port Magdalen ihr Leben lang verwundern. Auch Nettie … wenn ihr gerade der Sinn danach stand.

»Der wird sich wundern«, murmelte sie. Von wegen Zelt

am Strand – wer da unten zeltete, würde über kurz oder lang von der Flut weggetragen werden, die früher oder später den gesamten Strand überspülte. Grinsend schüttelte Nettie den Kopf. Nein, Harvey Hamilton war vermutlich noch nie auf Port Magdalen gewesen, doch das würde sich jetzt ändern. Und er würde sich hier wohlfühlen, dafür würden sie und Damien schon sorgen.

Das Handy vibrierte in ihrer Hand.

Mehr als 30 Romane, und in seiner Anfangszeit offensichtlich ein paar dieser Nackenbeißer. Dass ich das gefunden habe, war absoluter Zufall. Krass, oder? Ich hab noch mehr von diesen Dingern. Bring ich mit, okay?

Ugh, diese Teile stinken sicher. Was ist ein Nackenbeißer?

Du musst sie nicht mit ins Bett nehmen. Und wenn du willst, les ich dir vor;-) Nackenbeißer … Kann ich nicht erklären. Wirst du verstehen, wenn du das Cover siehst. Ich muss jetzt los. Clive will irgendwas. Wir sehen uns in ein paar Tagen.

Und ob! Dann stellen wir die Szene aus dem Buch nach.

Als würde ich dich rumtragen. Du kannst schön selber laufen.

Den gesamten Weg zurück zum Hotel lächelte Nettie, während sie laut nach Fred, dem Frettchen, rief. Sie hatte den Kleinen vor etwa einem halben Jahr halb ertrunken am Hafen gefunden, wo er absolut nicht hingehörte. Vermutlich war er am Abend zuvor bei Ebbe über den Damm auf die Insel getapert – bis ihn die Flut erwischt hatte. Nettie war mit ihm zum Tierarzt gefahren, hatte den kleinen Nager aufgepäppelt und nach einigen Tagen Zettel an der Küste verteilt, auf der Suche nach jemandem, dem sein Frettchen abhandengekommen war. Sie hatte die nächstgelegenen Tierheime angerufen und eine Zeitungsannonce aufgegeben, doch niemand hatte sich gemeldet. Entsprechend erleichtert war sie gewesen, als das Tierheim den Kontakt zu einer Familie in der Nähe von Marazion hergestellt hatte, die schon einige Frettchen besaß und den Findling bei sich aufnehmen wollte.

Doch dann vergingen kaum vier Tage, da stand Fred wieder vor dem *Wild-at-Heart*-Hotel, vor Nettie, schnüffelte mit seinem glänzenden schwarzen Näschen in die Luft und versuchte anschließend, über ihr Hosenbein auf ihren Arm zu klettern. Nettie unternahm zwei weitere Anläufe, um Fred in seine neue Frettchen-Familie zu integrieren, doch es war sinnlos. Er schaffte es jedes Mal wieder auszubüxen. Und nicht nur das: Fred stellte sich so geschickt darin an, Stalltüren zu öffnen, dass es ihm zudem gelang, auch den Rest der Frettchen-Bande aus ihrem Gehege zu befreien, weshalb die Adoptivfamilie verständlicherweise alsbald genug von dem Tier hatte. Also wohnte Fred jetzt bei Nettie. Allein und nicht im Rudel, wie es sich für Frettchen eigentlich gehörte. Doch immerhin hatte Fred Paolo, den Esel, und Sir James, den alten Kater. Die drei teilten sich den Stall und pflegten eine Art höflicher

Duldung. Und auch hier entkam Fred seinem Gehege, wann immer ihm danach war.

»Fred? Wo steckst du, du kleines Scheusal? Ich schwöre, wenn du die Kabel an Mums Auto angefressen hast, gibt es heute Abend Frettchen zum Dinner.«

Selbstverständlich antwortete ihr niemand.

Dafür erschütterte ein Knall die Luft, so sehr, dass Nettie vor Schreck über eine der Wurzeln stolperte.

Noch während sie fiel, ging das Geschrei los.

»Theo?« Gretchens Stimme. »Oh mein Gott, Theo?«

»Grandpa?« Nettie rappelte sich auf und rannte den Rest des Pfads hinunter in Richtung Hotel. Das Tor zur Scheune stand offen. Schwarzer Rauch waberte heraus, gefolgt von einem strauchelnden, hustenden Theo und dem zischenden Geräusch des Feuerlöschers. Nettie kannte dieses Zischen nur zu gut, sie hörte es nicht zum ersten Mal.

»Alles in Ordnung mit dir?« Sie legte einen Arm um die Schultern ihres Großvaters, der vornübergebeugt stehen geblieben war, die Hände auf die Knie gestützt. Er atmete schwer, doch er schüttelte Netties Umarmung mit einem Grummeln ab.

»Verdammt, Theo.« Gretchen fluchte, als sie nun mit zerzausten Haaren und ebenfalls hustend aus dem Gebäude kam. Es war nicht das erste Mal, dass sie in Theos Scheune Feuerwehr spielte, und nur selten war ein Blitz die Ursache, viel öfter waren es Theodor Wildes Erfindungen.

»Du wirst noch mal das ganze Hotel in die Luft jagen. Himmel.« Sie klang erschöpft, so, als hätte sie den Versuch, ihrem Schwiegervater Vernunft einzureden, inzwischen aufgegeben. »Was denkst du dir nur dabei? Und wie lange, glaubst du, wird das noch gut gehen?«

»Ist wirklich alles in Ordnung, Grandpa?« Stirnrunzelnd betrachtete Nettie ihren Großvater, der inzwischen wieder stand und sich die verbliebenen Haare raufte.

»Jaja«, murmelte er. »Wenn ich nur wüsste, was schiefgelaufen ist. In einem Moment schnurrt der Motor wie ein Kätzchen, im anderen beginnt er zu stottern, und *peng* – das halbe Teil fliegt in die Luft.« Im Vorbeigehen tätschelte er Netties Schulter, bevor er Gretchen den Feuerlöscher abnahm. »Irgendetwas am Schalter«, murmelte er. »Das ist eigentlich die einzige Erklärung.« Mehr hörten Gretchen und Nettie nicht, denn schon war der alte Mann wieder in seiner Scheune verschwunden. Es würde eine Weile dauern, bis er das Chaos um seine Werkbank herum gesäubert hatte, doch dann würde er sicherlich noch einmal von vorn anfangen.

Nettie seufzte. »Ich sehe nach Paolo«, sagte sie. Sehr zu ihrem Leidwesen grenzte der Stall unmittelbar an die Scheune an, in der Theo sowohl wohnte als auch seine seltsamen Experimente vollbrachte. Man konnte froh sein, wenn er nur alte Möbel restaurierte. Das aber natürlich auch nur, solange keine Chemikalien im Spiel waren. Sie hatten mittlerweile drei Feuerlöscher in der Scheune positioniert, nur für alle Fälle.

»Mach das«, erwiderte Gretchen dumpf, doch da war Nettie schon hinter der Tenne verschwunden, um nach ihren Tieren zu sehen.

6.

Gretchen blickte ihrer Tochter nach, wie sie hinter der Scheune verschwand, und sah dann noch einmal in Richtung des Tors, durch das ihr Schwiegervater entkommen war, ohne sich ihre übliche Standpauke anhören zu müssen. Theodor Wilde war ein alter Mann, doch er war topfit, hatte alle seine Sinne beisammen, er war clever und schlagfertig. Wie konnte es da sein, fragte sich Gretchen, dass er in regelmäßigen Abständen derart verantwortungslos handelte und die ganze Familie damit in Gefahr brachte? Und die Hotelgäste dazu? Es war nicht das erste Mal, dass in der Scheune etwas explodiert und in Brand geraten war. Und die Chancen standen ziemlich gut, dass es nicht das letzte Mal gewesen sein würde.

Mit beiden Händen rieb Gretchen sich über das Gesicht. Sie wägte ab, Theo zu folgen, ihm ins Gewissen zu reden, ihm einmal mehr zu erklären, dass sie es sich nicht würden leisten können, die Scheune wiederaufzubauen, sollte sie tatsächlich einmal in Flammen aufgehen. Sie dachte daran, wie viel einfacher sich ihr Leben gestalten würde, müsste sie sich nicht dauernd um ihre Existenz sorgen, und wie leicht es gewesen wäre, damals, kurz nach Christophers Tod, alles in die Hände eines Investors zu legen. Oh ja, sie war in Versuchung geraten, diesem Hotelier aus Newquay den Zuschlag zu erteilen. Doch ihr Schwiegervater hatte sich zutiefst empört, jegliche Avancen potenzieller Käufer versetzten ihn in wütenden Aufruhr. Also hatten sie die Angebote des Mannes abgewehrt, mehrmals, doch hin und wieder, in Situationen wie diesen, fragte sich Gretchen, ob das nicht leichtsinnig gewesen war. Sie war erschöpft. Sie fühlte sich ausgelaugt. Und das nicht nur wegen der unruhigen Nacht, die hinter ihr lag.

»Mum?«

»Ich bin im Bad.«

»Ernest ist da, um sich den Jeep anzusehen.«

»Oh. Okay.« Gretchen, die ihr Gesicht in einem der Handtücher vergraben hatte, blickte ausdruckslos zu ihrer Tochter auf.

»Alles in Ordnung mit dir?«, fragte Nettie. »Du siehst müde aus.«

»Ich *bin* müde. Die Tage werden nicht kürzer, wenn die Ferienzeit beginnt.«

»Nein, aber sie werden schöner, weil auch *ich* Ferien habe und dir helfen kann. So gut wie rund um die Uhr.«

Mit einem Seufzer hängte Gretchen das Handtuch zurück an seinen Haken und ging zu Nettie, um sie in den Arm zu nehmen. Sie konnte sehr froh sein um ihre Tochter. Für eine Sechzehnjährige war Nettie reif – manchmal reifer und ernster und klüger, als ihrer Mutter lieb war.

»Es sind deine Ferien«, erklärte sie. »Ich will, dass du auch mal freihast. Geh mit Damien baden. Macht ein paar Ausflüge. Nach Mousehole oder nach St. Ives. Genießt die warmen Tage und die schönen Strände. Macht etwas aus eurer Zeit.«

Nettie kicherte, während sie sich aus der Umarmung ihrer Mutter löste. »Alles in Ordnung mit dir? Du klingst, als wäre ich gerade aus dem Gefängnis freigekommen und müsste mich ins Leben stürzen, weil es sonst an mir vorbeizieht. Die Ferien haben gerade erst angefangen. Damien ist noch nicht einmal hier.«

Gretchen lächelte nicht, stattdessen legte sie ihrer Tochter eine Hand an die Wange und seufzte. Dieses Hotel war Verantwortung, Liebhaberstück und Fußfessel in einem, und das nicht nur für sie. Sie wollte nicht, dass Nettie auch noch in seine Fänge geriet. Sie war noch nicht einmal volljährig und sollte sich nicht schon jetzt verpflichtet fühlen, ihr eigenes Leben einzuschränken, um das ihrer Familie zu führen.

»Wir werden schon klarkommen, auch wenn du deine Ferien zur Abwechslung einmal genießt«, sagte sie deshalb, und der Ausdruck in Netties Gesicht veränderte sich, wobei Gretchen ihn nicht recht zu deuten wusste.

»Ohne Tiffy gibt es hier gerade echt genug zu tun«, erklärte Nettie steif.

»Ich weiß. Ich habe die Anzeige schon wieder eingestellt.« So regelmäßig, wie die Restaurant-Hilfskräfte die Arbeit wegen ihrer Köchin hinwarfen, lohnte es sich eigentlich gar nicht, die Annonce aus dem Netz zu nehmen.

»Und hast du noch mal überlegt, zusätzlich jemanden einzustellen, der mit den Gästen hilft? Das Gepäck am Hafen abholen beispielsweise oder Besorgungen machen?«, fragte Nettie, während sie ihrer Mutter durch die Wohnung zurück ins Foyer folgte. »Ich hab nicht das Gefühl, dass wir überbesetzt sind und ich einfach so *Ferien* machen sollte.«

»Zerbrich dir darüber nicht den Kopf. Mir wird schon etwas einfallen.« Wieder dieser Blick ihrer Tochter, der einmal mehr ein mulmiges Gefühl in Gretchen hervorrief, weil sie nur ahnen konnte, was er bedeutete. Sie wollte Nettie nicht ausschließen. Aber sie wollte auch, dass sie ihr Leben lebte und sich nicht zu einhundert Prozent dem Hotel verschrieb.

»Möchtest du Damien nicht auf seinen Brief antworten?«

»Ich gehe in die Küche und sehe, ob Dottie Hilfe braucht.« Mit diesen Worten rauschte Nettie an ihrer Mutter vorbei und hinterließ eine Wolke aus kühler Abmahnung, die sich wie ein Netz auf Gretchens Haut legte.

7.

Nettie dagegen konnte es heißer kaum sein. Wie so oft, wenn ihre Mutter den Versuch unternahm, sie in eine andere Richtung zu lenken als die, in der das Hotel lag, verspürte sie einen Stich im Magen, der vor allem ihren Ärger schürte. Sie wusste, dass Gretchen seit Christophers Tod damit haderte, das *Wild at Heart* weiterzuführen. Bestimmt war es schwer, auf sich allein gestellt zu sein – doch Gretchen war ja gar nicht allein. Sie hatte Theo, und sie hatte Nettie, und diese vermutete insgeheim, dass noch etwas anderes hinter der Ablehnung ihrer Mutter steckte. Die Tatsache nämlich, dass sie jeder Stein und jedes Zimmer und jeder Pfad und vermutlich die gesamte Insel daran erinnerten, was sie mit Christopher gehabt hatte und was nun verloren war. Schon deshalb war es in Netties Augen so wichtig, jemanden für ihre Mutter zu finden. Sie sollte nicht länger allein sein. In einem Haus voller Versprechen von Liebe, Glück und was sonst noch sollte ihre Mutter nicht diejenige sein, die tagtäglich zusah, ohne je selbst beteiligt zu sein.

Ergo: Harvey Hamilton, Liebesromanautor, frisch geschieden, demnächst Gast im *Wild-at-Heart*-Hotel, Port Magdalen, Cornwall, und hoffentlich die Lösung all ihrer Probleme.

Entschlossen warf sich Nettie gegen die Küchentür, um sie zu öffnen – etwas zu entschlossen, denn Dorothy Penhallow, die soeben einige Tropfen Worcestershiresauce in die Marinade für ihren Braten gegeben hatte, ließ erschrocken die ganze Flasche in die Schüssel fallen.

»Kind!« Sie sah aus, als wäre ihr gerade das Herz stehen geblieben. »Das ist eine Küche, kein Saloon. Musst du hier einfallen wie ein betrunkener Cowboy?«

»Ja, Nettie-Kind, musst du dir schon vor High Noon einen hinter die Binde kippen? Was sollen die Gäste denken?« Oscar lachte, doch mit einem Blick aus dem Augenwinkel brachte seine Chefin ihn zum Schweigen.

»Das Geschirr – gleich«, ordnete Dottie an, und Oscar, von ihrem Ton unbeeindruckt, zwinkerte Nettie zu, bevor er sich daranmachte, die restlichen Teller und Tassen vom Frühstück in den Geschirrspüler einzusortieren.

Nettie grinste ebenfalls. Oscar O'Callan war eindeutig selbstbewusster, als ihm guttat, und das mit gerade mal zweiundzwanzig Jahren. Wäre er nicht außerdem ein ehrlich talentierter Koch, Dottie hätte ihn längst aus ihrer Küche vertrieben. Oder nein, vielleicht doch nicht. Oscar war nicht nur begnadet, wenn es um Saucen und Aromen ging, mit seinem Charme gelang es ihm außerdem, sich aus jeder Situation hinauszumanövrieren – oder hinein, je nachdem, welche Richtung gerade genehm war. Ob Dottie es zugab oder nicht, der Kerl hatte sie um den Finger gewickelt, selbst wenn er seine Chefin glauben ließ, dass sie das Sagen hätte.

Hazel war die Dritte in der Küche. Ein paar Jahre älter als Oscar, doch weit weniger extrovertiert: Gerade summte sie leise vor sich hin, während sie in einer Ecke Sandwiches zubereitete, für das Picknick von Mr. Trust und seiner Geliebten, während sich ihre Füße wie von selbst bewegten in einem schwebenden, nur für sie wahrnehmbaren Rhythmus. Nettie hätte schwören können, dass die

giftigen Blicke, die Dottie in Hazels Richtung schoss, bald
Gestalt annehmen würden, wäre da nicht Oscar gewesen,
der so laut mit dem Geschirr hantierte, dass Hazel verwirrt
innehielt und das Summen und das Klackern der Absätze
verstummten. Ja, irgendwie schien es in dieser Küche zu
funktionieren, denn im Gegensatz zu etlichen Hilfskräften
war weder Oscar noch Hazel bislang ernsthaft die Kündi-
gung angedroht worden, und sie waren beide schon fast
ein ganzes Jahr im *Wild at Heart*.

»Ich weiß, du bist die Tochter der Chefin«, sagte Dottie
jetzt mit spitzer Zunge. »Aber willst du hier nur im Weg
herumstehen, oder gibt es einen Grund für deine Anwesenheit?«

Jep, dachte Nettie. Den gab es. Sie warf einen Blick auf
Hazel, die nach wie vor geistesabwesend Toastscheiben
belegte – sie musste sie allein erwischen, aber das hatte
Zeit. Also sagte sie: »Tiffy ist weg, richtig?«, was Dottie zusammenzucken und Oscar loslachen ließ. »Ich dachte, ich
helfe aus, aber wie ich sehe, hat jemand seinen freien Tag
geopfert.« Sie warf Oscar einen Blick zu, der daraufhin
eine ausladende Verbeugung vollführte.

»Was soll ich sagen? Ich wurde quasi dazu geboren,
Mamsells in Distress zu Hilfe zu eilen.«

»Womöglich hält noch jemand bald seine Zeugnisse in
der Hand«, sagte Dottie, »wegen akuter Selbstüberschät-
zung.« Doch Oscar schüttelte nur den Kopf, während Hazel fragte: »Wo ist Tiffy denn?«, und alle übrigen Anwesenden mit den Augen rollten.

»Könnt ihr trotzdem noch Hilfe gebrauchen?« Nettie
band sich eine der Schürzen um, die neben der Tür an
ihren Haken hingen, und schon hatte Oscar ihr einen Stapel Teller in die Hand gedrückt.

»Einräumen«, sagte er, bevor er sich wieder über den Geschirrspüler beugte.

»Hast du heute gar keine Schule?«, fragte Dottie scharf.

»Es ist Montag.«

»Und der erste Tag der Ferien«, gab Nettie zurück.

»Das ist dennoch keine Lösung.«

Nettie zuckte mit den Schultern. »Es ist, wie es ist«, sagte sie. »Mum hat die Annonce schon wieder eingestellt. Es geht das Gerücht, dass es einfacher wäre, sie gleich dort zu belassen.«

»Frech«, befand Dottie spitz.

»Kluge Frau«, warf Oscar ein.

Hazel öffnete eines der Fenster, und der Wind trug leise Musik herein, die schmeichelnde Stimme von Robert Mitchum, der »Sunny« besang. Nettie hatte das Stück oft genug gehört, um es zu erkennen, und Dottie offensichtlich ebenfalls.

»Ach, Himmel Herrgott«, brummte sie.

»Mmmmh«, machte Hazel.

»Hört dieses schwülstige Zeugs, als hätte er nicht gerade versucht, die Scheune in die Luft zu sprengen.« Dottie gab einen missbilligenden Ton von sich, doch Nettie wusste, dass sie die Musik ebenso mochte wie jeder andere im Haus, sie gehörte nun einmal zum *Wild at Heart* dazu.

»Hauptsache«, warf Oscar schließlich ein, »der Plattenspieler hat überlebt.«

Die nächste Stunde arbeiteten die vier schweigend zu Opa Theos musikalischer Beschallung, jeder in seine eigenen Gedanken vertieft. Nettie dachte daran, wie die Musik, Dotties finstere Miene, Oscars Grinsen und Hazels entrücktes Lächeln ihr dabei halfen, ihr ein Gefühl von *Zuhause* zu vermitteln. Dottie summte in Gedanken den Song mit und ärgerte sich gleichzeitig darüber, dass Theo, der alte Esel, sie immer wieder dazu brachte, an ihn und seine Verrücktheiten zu denken. Oscar dachte an Florence, so wie er es immer tat, auch wenn niemand von seiner Vorliebe für das Zimmermädchen wusste. Und Hazel, Hazel dachte daran, dass man aus den Blumen vor dem Fenster hübsche Haarkränze flechten könnte, wenn Paolo, der *richtige* Esel, noch etwas davon übrig ließ.

»Aaaaah«, schrie Dottie. »Nettie, schaff das verdammte Vieh von meinen Blumentöpfen weg.«

Womit es mit der Ruhe schon nicht mehr allzu weit her war.

8.

Vom Türrahmen aus beobachtete Gretchen, wie Nettie Paolos Schnauze von den Blumenkästen wegschob und dabei auf ihn einredete wie auf ein störrisches Kind. Wie auch immer Netties vierbeiniges Gefolge es anstellte, mit verriegelten Stalltüren nahmen sie es nicht allzu genau, weder Fred, das Frettchen, noch Paolo, der Esel. Selbst die Hühner, die ein artgerechtes Häuschen im Garten bewohnten, waren von den Gästen schon nahe den Klippen fotografiert worden, wo sie herumspazierten, einfach, weil sie niemand daran hinderte. Zu Netties Entlastung hatte Ernest, der Mechaniker, keinen Nager-Schaden an den Schläuchen feststellen können, sondern irgendetwas mit den Zündkerzen. Die günstigere Variante also und die, die sich am schnellsten beheben ließ. Man musste auch mal Glück haben.

Mit dem frisch reparierten Wagen holte die Hausherrin am Nachmittag die neuen Gäste am Hafen ab – ein Service, den das Hotel bei jeder An- und Abreise anbot, damit niemand das Gepäck die steile Fishstreet hinaufzerren musste. Mit den unregelmäßigen Zeiten von Ebbe und Flut, die den kopfsteingepflasterten Damm von Marazion entweder freilegten oder verbargen, war Port Magdalen schwer genug zu erreichen, man musste Hotelgäste nicht auch noch mit Koffern Berge erklimmen lassen. Die Spanier zogen in das

Zimmer der abgereisten Eversons. Sie hatten kaum eingecheckt, da fragten sie bereits nach dem Weg hinunter zum
Herzfelsen, und Gretchen sah ihnen nach, wie sie Hand in
Hand den Waldweg in Richtung der Klippen einschlugen,
um von dort den steilen Pfad zum Wasser hinunterzuklet-
tern. Sie stellte sich vor, dass womöglich einer von beiden
in einem Artikel darüber gelesen hatte – von dem Felsen,
den das an die Küste rollende Meer zu einem Herzen geformt hatte, indem seine Wogen erst gegen ihn und dann
über seiner Spitze zusammenschlugen.

In Cornwall ging man davon aus, dass der Felsen einst
eine ähnliche Konstruktion gewesen war wie das in Dor-
set gelegene Durdle Door. Hier hatte der Ozean ein Loch
in den Stein gewaschen und somit eine natürliche Brücke
geformt, die, zum Glück der Küstengemeinde, zu einem
der beliebtesten Fotomotive der Gegend mutiert war. Irgendwann würde Durdle Door einstürzen, das glaubte an
der Küste jeder. Und womöglich würde dann auch in Dor-
set ein einzelner Felsen im Wasser übrig bleiben, der sich
wohlwollend für ein Herz halten ließ.

Gretchen stand immer noch vorm Eingang des Hotels
und starrte in die Richtung, in der die Botellos verschwunden waren. Sie war ewig nicht dort unten gewesen. Gretchen lebte hier, und wie es eben so war, wenn man da
lebte, wo andere Urlaub machten, nahm man seine Umgebung nicht mehr wirklich als etwas Besonderes wahr.

Ein seltsam sentimentaler Tag war das heute. Einer, an
dem sie öfter als sonst an Christopher dachte und an das,
was sie durch seinen Tod verloren hatte. Es lag an Nicholas, das war Gretchen klar. Sie kam sich vor, als hätte sie
allein durch den Gedanken daran, Nicholas näherzukom-

men, ihre Ehe, ihre Liebe zu ihrem Mann und sein Anden-
ken verraten. Und nicht nur das: Sie hatte außerdem das
Gefühl, Nettie zu hintergehen und Theo und womöglich
alle, die Christopher kannten und zu Recht davon ausgingen, dass sie nach nur vier Jahren seinen Tod nicht schon
so weit überwunden hatte, um sich auf einen anderen
Mann einzulassen.

Gretchen stellte sich aufrechter hin. Dann löste sie
ihren mittlerweile zerfransten Zopf, kämmte mit den Fingern durch ihre halb langen Haare und band sie erneut im
Nacken zusammen. Es stand noch einiges an heute Nachmittag. Nachdem das mit dem Wagen geklärt war und die
neuen Gäste eingecheckt hatten, musste sie mit Dottie
die Bestellungen für die nächsten Tage durchgehen und
sich mit Nettie und Theo zusammensetzen, um die Auf-
gabenverteilung zu klären, jetzt, da eine Kraft fehlte. Sie
mussten umverteilen und schleunigst jemand Neuen einstellen, und zwar noch bevor die Sommersaison richtig
losging.

Das Telefon in ihrer Hand klingelte, während Gretchen
zurück ins Foyer lief, um sich an ihre To-do-Liste zu setzen. In dem Augenblick, in dem Loris Nummer aufleuch-
tete, fiel Gretchen ein, was sie vergessen hatte.

»Das Essen!«, rief sie statt einer Begrüßung. »Über all
dem Trubel habe ich nicht daran gedacht nachzufragen.«

Am anderen Ende der Leitung lachte Lori. »Dann überraschen wir deinen vegetarischen Gast eben heute Abend«,
sagte sie. »Wie wäre es mit einem veganen Nussbraten plus
Pilzsauce, dazu Reis, vorher eine leichte Gemüse-Tabbou-
leh und zum Abschluss einen von Hazels hervorragenden
Puddings?«

»Das klingt wunderbar, danke dir, Lori. Du bist meine Rettung.«

»Keine Ursache.« Lori schwieg einige Sekunden, in denen Gretchen sich durch den Papierstapel in ihrem Büro wühlte auf der Suche nach Dotties Speisekarte für den Abend, die bislang sicherlich noch niemand für die Tische kopiert hatte. Sie griff nach einem leeren Zettel und schrieb das vegetarische Menü darauf. Ihr fiel gar nicht auf, wie lange es in der Leitung still geblieben war, bis Lori fragte: »Alles in Ordnung mit dir? Du bist so schweigsam. Und du klingst zerstreut. Wenn ich ehrlich bin, sahst du schon heute Morgen reichlich zerstreut aus.«

Nicholas, dachte Gretchen sofort, und einmal mehr spürte sie die Hitze in ihrer Brust. »Ferienauftakt«, erklärte sie dagegen laut. »Es ist immer viel los, aber du kennst das, wenn man schon vorher nervös wird in Erwartung dessen, was da so kommt.«

Lori lachte, und Gretchen verzog das Gesicht ob ihres Ausweichmanövers, denn sie wollte ihrer Freundin keine Lügen erzählen, allerdings wollte sie noch viel weniger, dass Lori eine Verbindung zwischen ihr und Nicholas herstellte. Also eine, die über das Geschäftliche hinausging.

Was sie definitiv nicht tat.

»Nick wird dir die Bestellung später vorbeibringen. Ist 18 Uhr in Ordnung?«

»Das ist nicht nötig«, erwiderte Gretchen schnell. »Ich kann Nettie schicken. Oder Hazel.«

»Wie weit bist du eigentlich mit deinen Überlegungen, Hazel zu bitten, die fleischlosen Gerichte für dich zu kochen? Hatten wir nicht gesagt, sie wäre perfekt dafür? Mit dieser esoterisch-ayurvedischen Aura, die sie umgibt?«

»Ja, so in etwa lässt sich Hazel beschreiben, oder?« Gretchen seufzte. »Das Problem ist immer noch das Gleiche. Es ist zu viel los in der Küche. Wir haben zu wenig Personal. Mit den Schichten sind sie maximal zu zweit, es gibt Frühstück, Scones und Teebrot für den Nachmittag, dann das Menü für abends, und dann ...«

» ... ist auch noch Ferienbeginn«, stimmte Lori mit ein.

»Wir müssten aufstocken. Aber das ist lächerlich bei einem so kleinen Haus.«

»Vielleicht braucht ihr einen Investor.«

»Ja.« Gretchen lachte gezwungen. »Das wäre sicherlich ...« Und dann seufzte sie wieder. »Fürs Erste bin ich dir dankbar für den Nussbraten«, sagte sie. »Darüber hinaus werde ich eine Lösung finden, versprochen.«

»Nicht wegen mir«, sagte Lori. »Ich meine es ernst: Es macht mir nichts aus, für deine Veggie-Gäste mitzukochen. Ich denke nur, für dich wäre es sinnvoller ...«

»Und du hast recht damit.«

»Und einfacher ist es für dich, wenn Nicholas es euch hochbringt.«

»Nein, Lori, das ist ...«

»Papperlapapp. Melde dich, wenn du noch was brauchst.« Sagt's, und schon war die Leitung tot.

Für einen Moment noch hielt Gretchen den Hörer an ihr Ohr, dann presste sie die Augen fest zusammen, öffnete sie wieder und machte sich entschlossen daran, ihre Suche nach dem Speiseplan fortzusetzen.

Unnötig zu sagen, dass Gretchen den Rest des Nachmittags in einem Zustand zwischen nervöser Erwartung und unerklärlicher Vorfreude verbrachte, die alle anderen Arbeiten mit einem feinen Hauch aus nebulösem Dunst zu besprenkeln schienen: das Mitarbeiter-Meeting, das Gespräch mit Theo über die neue Tiffy und darüber, wie sie Dottie damit konfrontieren konnten, künftig auf Wunsch eine vegetarische Alternative anzubieten. Um kurz vor sechs wusste sie nicht mehr, was sie beschlossen beziehungsweise nicht beschlossen hatten, doch dann kam alles ganz anders als erwartet, und Gretchen hätte ihren Nachmittag auch gut ohne einen einzigen Gedanken an Nicholas verbringen können, weil er nämlich gar nicht kam. Stattdessen spazierte Bruno Fortunato den Pfad hinunter zum Hotel, die Tasche von *Lori's Tearoom* in der einen, seinen Stock in der anderen Hand, und als hätte Theo einen siebten Sinn, was seinen Widersacher und alles, was Dottie betraf, anging, schlenderte er aus der Scheune und Bruno entgegen.

Gretchen, die die beiden vom Fenster zum Vorplatz aus beobachtete, verdrehte die Augen beim Anblick der aufeinander zustolzierenden Gockel, und als sie dann den Kopf schüttelte, galt diese Geste auch ihr selbst und den unnötigen Stunden, die sie damit vergeudet hatte, ihre Begegnung mit Nicholas in Gedanken durchzuspielen. Theo schlenderte in haargenau gleicher Manier wie Gary Coopers schießwütiger Gegner in »Zwölf Uhr mittags«. Wenn das keine böse Vorahnung war.

»Hey, Bruno«, sagte Gretchen laut, während sie durch den Windfang nach draußen lief, um dem alten Italiener die Tasche mit dem Essen abzunehmen und sich zwischen die Rivalen zu werfen. »Das wäre doch nicht nötig gewesen, ich hätte das selbst bei Lori abholen können.«

»Ja, alter Mann, überanstreng dich nicht, du siehst nicht gerade so aus, als wärst du in Topform«, spottete Theo.

»Ich bin immer noch jünger als du«, brummte Bruno, doch er war außer Atem, das war unüberhörbar.

»Pah, die paar Monate.«

»*Und* ich bin größer.«

»Die paar Zentimeter. Aber das ist genau deine Maßeinheit, oder? Ein paar Zentimeter hier, ein paar Zentimeter da ...«

Gretchen starrte ihren Schwiegervater an, der Ausdruck in ihrem Gesicht eine Mischung aus Staunen und Entsetzen. Sie griff nach der Tragetasche, doch Bruno hielt sie fest.

»Du bist niveaulos, Wilde, aber das warst du schon immer«, sagte er an Theo gewandt.

»Besser ohne Niveau als ohne ... ohne ...«

Ohne was, würden sie vorerst nicht erfahren, denn genau in diesem Augenblick marschierte Dottie in Küchenschürze und Stechschritt auf sie zu, den Mund zu einem schmalen Strich zusammengepresst. »Ist das da das Grünzeug für dieses schmale Gerippe?«, fragte sie barsch.

»Dottie!« Zwei alte Männer, zwei heisere Ausrufe.

Bruno warf Theo einen abfälligen Blick zu, griff in die Tasche mit Loris Essen und zog einen kleinen Strauß reichlich durstig aussehender Wildblumen hervor.

Wenn möglich, pressten sich die Lippen der resoluten Köchin noch ein wenig stärker aufeinander.

»Für Sie, gnädigste Dorothy«, säuselte Bruno, was Theo selbstverständlich mit einem verächtlichen Schnauben quittierte. »Möge die natürliche Schönheit dieser Blumen als Spiegelbild Ihrer selbst dienen.«

»Ach, du glaubst es nicht«, brummte Theo, und während die Köchin entnervt seufzte, der Blumenkavalier mit dem Sträußchen vor ihrem Gesicht herumwedelte und Gretchen abermals versuchte, an die Tüte mit dem Essen heranzukommen, geschah etwas, das keiner der Beteiligten so schnell vergessen würde.

Aus dem Augenwinkel nahm Gretchen eine Bewegung wahr.

Dottie griff nach ihrem Präsent, wich dann aber aus, als Bruno ihr einen Kuss aufdrücken wollte. Sie stolperte zurück und leider über Fred, das Frettchen, das genau in diesem Augenblick von links wie ein Pfeil durch die kleine Gruppe schoss.

Rücklings fiel die Köchin zu Boden und verdrehte dabei ihren Fuß so unglücklich, dass sie aufschrie. In der Folge schrien die beiden alten Männer ebenfalls, was wiederum Heather Mompeller und Ivan Trust herbeieilen ließ, die gerade aus dem Dorf zurück ins Hotel geschlendert kamen.

Bruno ließ die Tasche fallen.

Aus dem Haus stürmte Valerie Fournier, warum auch immer die Kamera am Abzug.

Tabbouleh breitete sich auf dem Boden aus, und beinahe wäre Gretchen auch noch ausgerutscht. Alles rief und schrie durcheinander, während Fred sich ein Stück Brokkoli schnappte und sich davonmachte.

Es ließ sich viel sagen über das Leben im *Wild-at-Heart*-Hotel. Dass es langweilig war, aber nicht.

Damiens Ankunft,
noch mehr Anfangs-
schwierigkeiten und eine
prekäre Einlage
auf dem Klavier

Belegungsplan

Raum 1: Oane und Rafaela Botello aus Santiago de Compostela. Feiern Verlobung!

Raum 2: Nadine und Greg Weller, Unternehmer aus Liverpool, hatten vor zehn Jahren ihre Hochzeitsreise hierher unternommen, wollen nun die Ehe kitten.

Raum 3: Valerie Fournier, Fotografin aus Lille, fotografiert die Gegend um Port Magdalen für einen Bildband.

Raum 4: Harvey Hamilton, Bestsellerautor aus Omaha, Nebraska, auf der Suche nach Inspiration für den nächsten Liebesroman.

Suite: Clive und Logan Angove, Väterpaar aus Brighton, mit ihrem Sohn Damien.

9.

Eine ganze Weile hatte es gedauert, bis alle Beteiligten sich von dem Tohuwabohu an jenem Abend erholt hatten: Bruno und Theo etwas weniger lang als Dottie, die sich bei dem ungelenken Sturz den Knöchel verstaucht hatte, weshalb sie nun ein schmerzender Fuß jeden Tag an dieses peinliche kleine Manöver erinnerte – sie und den Rest des Hotels. War die Küchenchefin ansonsten schon eine recht herrschsüchtige Person, trug ihre Verletzung nicht gerade dazu bei, die allgemeine Laune zu heben. Genau in diesem Augenblick konnte Nettie ihre Flüche wieder bis ins Foyer hören, was in Anbetracht der dicken Mauern auf jeden Fall imposant zu nennen war.

»Hazel! Die Scones!«, dröhnte Dotties Stimme aus der Küche, oder: »Oscar! Wie oft soll ich dir noch sagen, es wird nach meinen Rezepten gekocht, nicht nach deinen!«. Seit sie aufgefordert war, mehr zu sitzen, als herumzulaufen, kauerte sie mit hochgelegtem Bein in einer Ecke der Küche und bellte nur mehr, um sich Gehör zu verschaffen. Nettie zuckte nicht einmal zusammen, sie seufzte nur. Die Mädchen, die heute zum Vorstellungsgespräch kamen, taten ihr leid. Ihre Mum, die die Gespräche mit den potenziellen Hilfen und Dottie führen musste, tat ihr leid. *Nicht leid* tat ihr allerdings, dass heute Damien anreisen würde. Vorfreude sei die schönste Freude, hieß es, aber wenn es nach Nettie ging, konnte man es damit auch übertreiben.

Dass der Tag endlich gekommen war, das war das Größte für sie.

Die Eingangstür öffnete sich, und Nettie lief um den Empfangstresen herum, um ihrem Großvater beim Hereinschleppen zweier ziemlich opulenter Koffer zu helfen.

»Ich hab sie«, erklärte sie und zog entschieden an den Gepäckstücken.

»Kindchen, ich bin Mitte siebzig und keine hundert.«

»Ja, aber du sollst hundert werden. Das geht sicher nicht, wenn du dich zu Tode schleppst.«

Theo schlug die Augen gen Himmel, während er Nettie zum Empfang folgte, wo sie ächzend die beiden Koffer abstellte. Wassertropfen glitzerten darauf. Theo rieb sich über den dünn behaarten Kopf.

»Kleiner Schauer«, sagte er. »Wird womöglich dem Wachstum helfen.«

»Sicher.« Nettie kicherte.

»Das Gepäck gehört den Wellers«, erklärte ihr Großvater. »Sie stehen draußen und debattieren darüber, wie bezeichnend es ist, dass bei ihrer Ankunft hier der Himmel aufbricht.«

»Ah, das sind die beiden, die vor zehn Jahren ihre Hochzeitsreise hier begonnen haben, richtig?« Nettie warf einen Blick durch die Fenster hinaus auf den Vorplatz, wo ein Mann und eine Frau sich gestenreich miteinander unterhielten, während sich ihre hellen Jacken vom Regen dunkel färbten.

»Ganz genau. Sieht aus, als könnten sie inzwischen eine Erneuerung ihres Ehegelübdes vertragen. Wenn sie sich vorher keine Lungenentzündung holen. Sie streiten schon ewig, wie die Rohrspatzen.«

»Warum werden eigentlich immer Tiere für diese negativen Beispiele herangezogen? Wer weiß schon, ob Vögel wirklich streiten? Esel sind ja auch nicht dumm. Und Schweine sehr saubere Tiere, wenn man sie lässt.«

»Aber Wiesel sind flink, oder?«, fragte Theo augenzwinkernd, und Nettie zog eine schuldbewusste Grimasse. Sie hatte ein neues Schloss für Freds Käfig besorgen müssen, sehr zum Leidwesen des Frettchens, dem es bisher nicht gelungen war, es zu knacken, und das deshalb nur noch Ausgang hatte, wenn Nettie es beaufsichtigte.

Draußen vor dem Eingang waren die Stimmen der Wellers lauter geworden. Satzfetzen drangen zu ihnen herein: *Kannst du nicht einmal ... Dann hätten wir ja gleich ... Wozu sind wir denn überhaupt ...* Theo zuckte mit den Schultern.

»Raum zwei?«, fragte er, aber er wartete Netties Antwort nicht ab. »Ich bringe die Koffer nach oben.«

Wie sich herausstellte, erinnerten sich die Wellers noch sehr gut an Nettie *(Ah, bist du groß geworden! Und so hübsch. Wir kannten dich noch, da gingst du meinem Mann gerade bis übers Knie)*, ihren Vater *(Oh mein Gott, Darling, es tut uns so leid)* und das Hotel als solches *(Es sieht noch ganz genauso aus wie damals. Nur schöner. Viel schöner! Im Gegensatz zu dir, Schatz)*. Nettie ließ den Blick zwischen der platinblond gefärbten Mrs. Weller und ihrem inzwischen leicht kahlköpfigen Mann hin- und herschweifen, bevor sie sich daranmachte, die Unterlagen für den Check-in zusammenzustellen.

»Das Foyer ist ziemlich gleich geblieben, aber die Zimmer wurden vor einigen Jahren erneuert. Würden Sie das hier bitte ausfüllen?«, fragte sie, während sie Mr. Weller über den Empfangstresen hinweg das Formular zuschob.

»Sicher hat sich in den zehn Jahren, die Sie nicht mehr hier waren, auch bei Ihnen einiges geändert.«

»Kann man so sagen«, murmelte der Mann, während seine Gattin eine vereiste Miene aufsetzte. Ja, dachte sich Nettie. Auch das kann die Liebe für Sie tun.

Während die Wellers, über den Anmeldebogen gebeugt, da weitermachten, wo sie aufgehört hatten (im Streitgespräch, geflüstert diesmal), griff Nettie sich das Blatt Papier aus dem Drucker und lief damit zum schwarzen Brett neben der Eingangstür, um den neuen Gezeitenplan festzuheften, der die Gäste darüber informierte, wann sie auf welche Weise die Insel verlassen beziehungsweise auf die Insel zurückkehren konnten. Sie hielt einen kurzen Small Talk mit Mademoiselle Fournier, die sich, schwer behängt mit ihrer üblichen Kameraausrüstung, eigentlich auf den Weg zum Hafen machen wollte, nun aber entschieden hatte, in der Lobby bei einer Tasse Tee den Regen abzuwarten.

Tee, richtig. Es herrschte nach wie vor Personalmangel, also lief Nettie in die Küche, bestellte eine Portion Earl Grey für Mademoiselle Fournier und erklärte Oscar zudem fröhlich und so, dass auch Dottie es mitbekam: »Die Wände sind offenbar nur halb so dick, wie wir immer annehmen. Schwebt hier ein Federchen zu Boden, hören wir es draußen in der Lobby laut und klar.« Woraufhin Oscars Lippen sich zu einem frechen Lächeln verzogen, während Dottie einen Brummton von sich gab.

Nun. Botschaft angekommen, sollte man meinen.

Auf dem Rückweg durchs Restaurant in die Lobby strich Nettie Tischtücher glatt, rückte Stühle zurecht und hob eine Serviette auf, die während des Frühstücks zu Boden gefallen und dann dort liegen geblieben war. Sie stieß die

Schwingtür auf, stellte fest, dass die Wellers ihren Anmeldebogen im Angesicht ihrer andauernden Diskussion vergessen hatten, und ließ die beiden Streithähne noch etwas länger miteinander kabbeln. Während sie auf den Windfang zusteuerte, um Sir James hereinzulassen, der sich vor dem Regen ins Haus flüchten wollte, fiel ihr Blick aus dem Fenster und auf das Mädchen, das davor stehen geblieben war, um das Schild über dem Eingang zu betrachten, als wollte es sich vergewissern, tatsächlich an der richtigen Adresse zu sein. Es sah jung aus. Womöglich zu jung. Gut möglich, dass die Chefköchin das Mädchen zum Nachtisch verspeiste, doch Nettie winkte es dennoch herein.

10.

»Mum?«

Gretchen sah auf, als Nettie die Tür zu ihrem Büro öffnete, dann aber im Rahmen stehen blieb.

»Die erste Bewerberin ist da«, erklärte sie. »Eine Simone aus Salcombe.«

»Simone aus Salcombe? So hat sie sich vorgestellt?«

»Ganz genau so.« Nettie grinste. Ob ihre Mutter ahnte, dass dieses Strahlen weit weniger dem sich bewerbenden Mädchen galt als der zu erwartenden Ankunft eines gewissen *Boys aus Brighton*, die ihrer Tochter schon den ganzen Morgen über blendende Laune verschaffte?

Als hätte sie Netties Gedanken gelesen, fragte Gretchen: »Weißt du schon, wann Damien hier sein wird?«

»Ich habe keine Ahnung. Seit dem Brief letzte Woche habe ich nichts mehr von ihm gehört.«

»Er hat nicht mal eine Nachricht geschickt?«

»Nope.«

Wie auf Stichwort ertönte das vertraute *Pling* ihres eigenen Telefons, das neben Gretchen auf dem Schreibtisch lag. Sie warf einen Blick darauf. Dann sah sie schnell wieder zu ihrer Tochter. »Ich rufe das Mädchen gleich herein.«

Nettie nickte. »Ich muss noch den Check-in der Wellers fertig machen. Und … wann wird noch mal dieser Schriftsteller hier erwartet?«

»Gegen Nachmittag.« *Pling.* Gretchen griff nach ihrem Handy. Deshalb entging ihr auch das Blitzen, das Netties Augen erhellte, ganz kurz nur.

»Okay, du kümmerst dich um Simone aus Salcombe, ja?«, fragte Nettie, beinahe schon mit dem Rücken zu ihr. »Ich muss weitermachen.«

»Ist gut«, murmelte Gretchen abwesend. Sie war mit ihren Gedanken woanders. Mit einem flüchtigen Blick versicherte sie sich, dass Nettie wirklich gegangen war, dann entriegelte sie ihr Telefon und las Nicholas' Nachricht.

Es ist jetzt fast eine Woche her, und allmählich habe ich das Gefühl, du meidest mich. Wollen wir nicht bitte darüber reden?

Wie wäre es heute Abend? Ich könnte auf einen Drink ins Hotel kommen.

Gretchens Herz schlug schneller, während ihr Zeigefinger über dem Display schwebte. Seit ihrer Begegnung in *Lori's Tearoom* hatte sie Nicholas weder gesehen noch gesprochen, seine Anrufe nicht erwidert, und wenn er gekommen war, um das vegetarische Essen vorbeizubringen, hatte sie stets Oscar oder Hazel vorgeschickt. Beinahe kam sie sich wie ein Teenager vor, so albern benahm sie sich, doch bis sie sich entschlossen hatte, was sie Nicholas sagen wollte, gab es aus ihrer Sicht einfach nichts zu reden. Das genau hätte sie ihm natürlich erklären können – dass es nichts zu besprechen gab, weil nichts passiert war zwischen ihnen, auch wenn es an diesem einen Abend eventuell so ausgesehen haben könnte. Es war nur ... Keine

Stunde war seither vergangen, in der sie nicht daran gedacht hatte, wie gut sich Nicks Arme um ihren Körper angefühlt hatten, wie köstlich er gerochen hatte und wie gern
sie diesem unbestimmten Gefühl, ihm noch näher zu sein,
nachgegeben hätte.

Gretchen rieb sich die Stirn. Sie wusste, dass sie Nick
mochte, und dieses Gefühl hatte sich in den vergangenen
Jahren intensiviert. Sie wusste nur nicht, wie sie damit
umgehen sollte. War sie bereit, sich auf etwas Neues einzulassen? Nettie und Theo zuzumuten, sie mit einem anderen Mann zu sehen? Allein der Gedanke daran bereitete
ihr Magenschmerzen. Weshalb sie das Telefon beiseite-
legte, aufstand und in die Lobby lief, um Simone aus Salcombe abzuholen.

Sagen wir so: Der Vormittag hätte besser laufen können
für Gretchen, doch immerhin blieb ihr kaum noch Zeit für
Gedanken an Nick. Vier Vorstellungsgespräche brachte sie
hinter sich, und vier Mal fragte sie sich im Anschluss, ob
sie womöglich Teil einer Fernsehshow geworden war, die
mit versteckten Kameras und hanebüchenen Provokatio-
nen arbeitete. Oder wie ließen sich solche Dialoge sonst
erklären?

> GRETCHEN: »Hallo, Simone. Ich bin Gretchen Wilde.
> Schön, dass du dich dazu entschieden hast, dich bei
> uns zu bewerben.«
> SIMONE AUS SALCOMBE: »Ist das Schild über dem
> Eingang richtig geschrieben? Müsste es nicht
> *Wilde-at-Heart*-Hotel heißen?«
> GRETCHEN: »Nun … nein.« Freundliches Lächeln. »Das
> ist so etwas wie ein geflügeltes Wort, weißt du? Und

natürlich ein Hinweis auf erstens den Familiennamen und zweitens den Herzfelsen unterhalb der Klippen. Warst du schon mal dort?«

SIMONE AUS SALCOMBE: »Es sieht aus wie ein Schreibfehler.«

GRETCHEN: »Gut. Also. Warum möchtest du gern in unserem Hotel arbeiten?«

SIMONE AUS SALCOMBE (zuckt mit den Schultern): »Meine Mutter meint, da kann sogar ich nicht viel falsch machen.«

GRETCHEN: »Äh … würdest du denn lieber etwas anderes tun?«

SIMONE AUS SALCOMBE (zuckt einmal mehr mit den Schultern): »Klar. YouTube? Oder zumindest in einem richtigen Hotel anfangen.«

GRETCHEN: »Und Sie haben schon mal in einem Hotel gearbeitet?«

BEWERBERIN 2: »Neben der Schule habe ich in einer Hundepension gejobbt.«

GRETCHEN: »Worin sehen Sie Ihre Stärken?«

BEWERBERIN 3: »Hotel klingt nach Urlaub. Und in Sachen Urlaub bin ich echt gut.«

BEWERBERIN 4: »Ist es wahr, dass Justin Bieber letzten Sommer hier gewohnt hat? Meinen Sie, er kommt diesen Sommer wieder?«

GRETCHEN: » …«

Nachdem sie die vierte potenzielle, aber gänzlich ungeeignete Bewerberin an der Tür verabschiedet hatte, schlich

Gretchen zurück zum Empfang, wo sie die Arme auf dem Tresen verschränkte und den Kopf darauf sinken ließ.

»So schlimm?«, fragte Theo.

»Schlimmer.«

Der alte Mann lachte leise, während er ihr mit einer Hand über den Kopf strich.

»Wo ist Nettie?«, fragte Gretchen.

»In der Küche. Was mutig ist. Nicht mal ich traue mich derzeit in Dotties Nähe. Aus ernährungsfachlicher Sicht müsste es wohl heißen: Sie ist ungenießbar.«

»Mehr als sonst«, stimmte Gretchen zu, und obwohl sie es nicht als Frage formuliert hatte, erwiderte Theo:

»Oh ja. Und wer hätte geglaubt, dass das möglich ist? Teufelsweib.« Er kicherte, und Gretchen hob seufzend den Kopf.

»Ich werde nachsehen, ob meine Tochter noch lebt.«

»Tu das. Hier ist alles unter Kontrolle. Die Wellers sind auf ihrem Zimmer, Mademoiselle Fournier zog von dannen, um neue Motive aufzuspüren, die Botellos wollten ihren letzten Tag in Land's End verbringen, bevor sie zum Abendessen wieder ins Hotel kommen. Last but not least: Das Zimmer für Mr. Hamilton aus Omaha, Nebraska, ist fertig für den Einzug.«

»Die Botellos«, murmelte Gretchen und seufzte. Sie hatte nach wie vor nicht den Mut gefunden, in der Küche um einen Lösungsvorschlag zu bitten, was die vegetarischen Gerichte betraf, doch heute war der letzte Abend des Paares, und nachdem die Suche nach einer weiteren Hilfskraft sich als fruchtlos erwiesen hatte … Ergeben zuckte Gretchen die Schultern, und Theo warf ihr einen fragenden Blick zu.

»Gar nichts«, sagte sie. »Ich werde Lori anrufen, wegen des Dinners für Herrn Botello.«

Theo nickte verständnisvoll, was Gretchen ein kleines bisschen ärgerte. Auf seine entwaffnende Art war er nämlich der Einzige, der Zugang zu Dottie fand, und bestimmt wäre es um vieles einfacher für ihn als für jeden anderen hier gewesen, schwierige Gespräche mit der *herausfordernden* Küchenchefin zu führen, doch angeboten hatte Theo es ihr nie.

Feigling, dachte Gretchen, bevor sie sagte: »Weißt du was? Vielleicht werde ich Lori auch nicht anrufen«, und sich auf den Weg in die Küche machte, denn irgendwann musste sie mit Dottie sprechen, oder etwa nicht?

Immerhin war das Zimmer für Mr. Hamilton bereits fertig. Es wäre ehrlich fatal, wenn sie sich um wirklich alles in diesem Haus selbst kümmern müsste.

Das Zimmer für Mr. Hamilton ...

Die Worte wiederholten sich in Gretchens Kopf, und etwas ließ sie zögern. Ein Gefühl, das dieser Satz in ihr hervorrief und das sie nicht recht bestimmen konnte ... Weshalb sie es zu ignorieren beschloss.

»Ich habe es bereits erklärt, für eine vegetarische Küche wurde ich nicht ausgebildet.«

»Dottie ...« Gretchen warf die Arme in die Luft. »Ich bin mir ziemlich sicher, für Hazel oder Oscar wird es kein Problem sein, ein paar Ideen in Richtung einer fleischlosen Alternative pro Abend zu entwickeln. Sie müssen doch nicht Ihr gesamtes Konzept umstellen. Es geht nur darum, sich den Vorlieben der Gäste anzupassen und ...«

»Und das fällt Ihnen ausgerechnet jetzt ein? Wo wir ohnehin unterbesetzt sind und durch den Verlust von Tiffy auch noch den Service übernehmen müssen?«

»Das fällt mir nicht ausgerechnet jetzt ein«, erklärte

Gretchen spitz. Sie war selbst schuld, dachte sie bei sich. Sie hatte dieses Gespräch viel zu lange hinausgezögert. »Aber es ist allmählich an der Zeit, die Kosten und den Aufwand, die die Zulieferung durch *Lori's Tearoom* verursachen, zu reduzieren. Auch wir müssen mit unseren Ausgaben haushalten. Und wir haben eine eigene Küche, Himmel noch mal.«

Nettie, die neben Hazel gestanden hatte, um ihr beim Ausstechen der Scones zu helfen, warf ihrer Mutter einen überraschten Blick zu. Es sah ihr gar nicht ähnlich, so harsch mit Dottie zu sprechen, und dass sie es jetzt tat, konnte eigentlich nur bedeuten, dass ihre Mutter gestresst war. Mehr als sonst.

Sie wischte sich ihre Teigfinger an einem Handtuch ab und trat neben Gretchen. »Bald haben wir ja wieder jemanden für Tiffy«, sagte sie, »und bis dahin werde ich in der Küche helfen, einverstanden? Einen Salat werde ich doch hinbekommen oder eine Omelette mit Käse.«

Gretchen kniff die Lippen zusammen. »Hazel?«

»Ich könnte heute Abend ein Gemüsecurry für Mr. Botello zubereiten und davor womöglich einen Mango-Salat?«

»Großartig.« Wenigstens eine in dieser Küche, die auf ihrer Seite zu sein schien.

Sie dachte an die Nachrichten von Nicholas, die sie nach wie vor nicht beantwortet hatte, und daran, dass sie ihn künftig weniger sehen würde, wenn die Bestellungen bei Lori wegfielen. Was gut war, nicht? Exzellent war das. So hatte sie es doch gewollt.

»Ich frage mich, wer dann die anderen ...«, begann Dottie, doch Gretchen unterbrach sie. »Wir werden auch künftig nicht mehr als zwei Hauptgerichte anbieten, doch eines davon wird eben ab jetzt vegetarisch sein.«

Die Köchin schnappte nach Luft. Oscar und Hazel wechselten einen Blick, den Gretchen ignorierte.

»Das wird den Gästen nicht gefallen«, japste die Küchenchefin. Sie sah ehrlich schockiert aus. Als hätte man ihr gerade eröffnet, sie müsse künftig gegrillte Heuschrecken servieren.

Gretchen hätte am liebsten die Augen verdreht über derlei Theatralik, stattdessen stellte sie sich noch ein wenig aufrechter hin und begegnete Dotties feuersprühendem Blick mit stoischer Gelassenheit, selbst, wenn die nur aufgesetzt war. Sie hatte endlich dieses Gespräch angezettelt, sie durfte jetzt nicht einknicken.

»Sobald wir eine neue Tiffy haben, wird vieles einfacher werden«, sagte sie also. »Und bis dahin helfen Nettie und ich aus.«

»Heißt das, von den vier Bewerberinnen heute war keine …«, begann Nettie, doch dann: »Oh mein Gott.« Nettie kreischte. »Das ist …« Sie lief zu der Tür, die auf die Terrasse führte, und öffnete sie, und nun hörten die anderen es auch: Jemand pfiff, der Lautstärke nach zu urteilen auf mindestens vier Fingern, und eine Melodie noch dazu.

»Das ist Damien«, rief Nettie, und im nächsten Augenblick war sie weg.

»Was, jetzt schon?« Gretchen hatte noch nicht ihr Handgelenk gehoben, um auf die Uhr zu sehen, als es an besagter Terrassentür klopfte. Vier Augenpaare (die von Gretchen, Dottie, Hazel und Oscar) richteten sich auf einen riesigen Blumenstrauß, der sich wie von allein gegen die Scheibe zu pressen schien, bis er sich senkte und stattdessen das Gesicht von Bruno Fortunato erschien.

»Dorothea«, rief er mit übertrieben italienischem Akzent. »Ich bringe Blumen, schön wie Ihr wertes Antlitz selbst, um mich zu vergewissern, dass Ihr Tag ein süßer werden wird.«

»Bei den Göttern«, sagte Oscar lachend. »Liegt es an mir, oder flirren Pheromone heute kreuz und quer durch die Luft?«

»Es liegt nicht an dir«, erwiderte Hazel. Dann legte sie den Kopf schief und formte den Scones-Teig zu einem Herzen.

11.

Während Oscar durch das Fenster beobachtete, wie der alte Bruno Fortunato seiner Chefin den Hof machte, ging er im Kopf noch einmal die Aufgaben für die nächsten Stunden durch. Es war gleich 13 Uhr. Hazel bereitete Scones und Sandwiches für den Fünf-Uhr-Tee zu, der Früchtekuchen war im Ofen. Laut dem Speiseplan dieser Woche sollte es heute Abend zum einen Würstchen im Schlafrock geben, zum anderen eine Shepherd's Pie. Nun. Nachdem er das Hackfleisch für die Pie gestern Abend schon vorbereitet hatte, würden vermutlich die Würstchen wegfallen, denn Hazel müsste ja das vegetarische ...

»Denk nicht einmal dran«, sagte Hazel mit ihrer gewohnt sanften Stimme, während sie selbst gemachte Clotted Cream in kleine Portionsgläschen füllte. »Mrs. Penhallow wird darauf bestehen, dass ihre Gäste heute Abend zwischen zwei *anständigen* Gerichten wählen können.«

»Hazel, Hazel.« Oscar schüttelte den Kopf. »Hör auf, meine Gedanken zu lesen, oder ich muss dich bei der Aufsicht der übersinnlichen Feenwesen melden.«

Die schmalen Schultern des Mädchens zuckten. Und Oscar dachte bei sich (nicht zum ersten Mal übrigens), wie speziell die Nachwuchsköchin war. Seit die beiden sich kennengelernt hatten, was inzwischen beinahe ein Jahr her sein dürfte, war er nicht schlau geworden aus Hazel Bligh, auch wenn er sich noch so sehr bemühte.

»Wie dem auch sei«, erklärte er jetzt, »ich denke, die Anweisung von Mrs. Wilde war ziemlich klar.«

»Ja, für uns«, erwiderte sie.

Dazu schwieg der junge Mann. Einen Moment noch beobachtete er seine Kollegin, wie sie mit schmalen Fingern, absoluter Leichtigkeit und beinahe meditativ mit den Zutaten arbeitete, dann fiel sein Blick auf Hazels rot geschminkte Lippen, die immer ein wenig zu schmollen schienen, und auf ihren welligen Kurzhaarschnitt, der sie aussehen ließ wie eine Filmschönheit aus den Zwanzigerjahren. »Du hast da was«, sagte er, bevor er einige weiße Flocken aus Hazels kurzem Pony zupfte. »Sahne, wie es aussieht.«

»Sahne ist gut«, befand Hazel, »aber hast du dir schon mal überlegt, wie herrlich es wäre, Clotted Cream aus Kokosmilch herzustellen? Herrlich aromatisch – und vegan.«

»Lass das bloß nicht unsere Chefin hören«, wisperte Oscar verschwörerisch, doch wieder zuckte Hazel nur mit den Schultern.

Oscar seufzte. Sie mussten ihre Dienstpläne ändern, um Tiffys frei gewordene Schichten einigermaßen abzudecken, und wenn sie neben all den Desserts, Scones, Kuchen und Frühstücksbroten auch in die Gemüseküche einsteigen sollten, würde alles noch viel enger werden. Schon jetzt konnte man ihre Arbeitszeiten kaum als geregelt betrachten. Weder war das gesetzlich vertretbar noch auf Dauer auszuhalten.

»Du kannst jetzt frei machen«, unterbrach Hazel seine Gedanken, die sie – wie üblich – gelesen zu haben schien. »Ich bereite das hier vor, dann kaufe ich schnell noch den Rest für das Curry. Wir sehen uns um fünf wieder, ja?«

»Wir können zusammen einkaufen«, schlug Oscar vor,

obwohl er das eigentlich gar nicht hatte sagen wollen. »Du sollst nicht die Einzige sein, die den Personalmangel hier ausbaden muss.«

»Aber wartet Florence nicht auf dich?«

Für eine Sekunde hielt Oscar die Luft an. Dann atmete er betont entspannt weiter wie zuvor. »Keine Ahnung, was Florence vorhat«, gab er zurück, und er drehte sich weg, gerade als sich ein wissendes Lächeln auf Hazels Gesicht legte.

Hexe, dachte er, doch selbst in seinem Kopf klang es liebevoll, und er drückte die Schulter der Köchin, während er sich an ihr vorbei in Richtung Kühlkammer schob.

Diese Sache mit Florence. Sie war etwas, von dem Oscar glaubte, sie sei nicht für die Allgemeinheit bestimmt, weshalb fraglich war, was Hazel darüber wirklich wusste. Florence war eine Schulfreundin des jungen Kochs, ein großes, dünnes Mädchen, beinahe so groß wie er selbst, mit dunkelbraunen Augen und hellbraunen Haaren, die sie für gewöhnlich in einem schlampigen Dutt auf ihrem Kopf zusammenraffte. Sie trug eine schwarze Hornbrille, die viel zu mächtig wirkte in ihrem schmalen Gesicht. Und sie hatte keine Ahnung, wie hübsch sie war. Tatsächlich keinen blassen Schimmer. Und die Sache, von der Florence ebenfalls nichts wusste? Dass Oscar verliebt in sie war seit dieser verhängnisvollen Party in der siebten Klasse, seit ... Nun. Auch das war Oscars Geheimnis. Er war ein Teenager gewesen damals, nun war er zweiundzwanzig. Änderte das irgendetwas daran, was er fühlte?

»Ich gehe in den Kräutergarten«, rief er Hazel zu, schon halb auf dem Weg nach draußen. »Brauchst du irgendetwas Bestimmtes für heute Abend?«

»Salatkräuter«, erwiderte Hazel. »Salbei, wenn du welchen findest.«

Durch die Hintertür lief er nach draußen, an der Seite des Gebäudes entlang, um zu dem kleinen Privatgarten zu gelangen, in dem sie ihre Küchenkräuter anpflanzten. Auf Höhe des Hintereingangs blieb er einen Augenblick stehen, um die frische, feuchte Luft einzuatmen, die der Regen zurückgelassen hatte. Und da entdeckte er Nettie, die dort mit einem Jungen stand, der Damien sein musste. Oscar hatte ihn erst einmal getroffen, vor mehr als einem Jahr, als er anfing, hier im Hotel zu arbeiten. Seither war der Junge gewachsen, um einiges. Wie ein Sendemast ragte er vor Nettie auf und grinste auf sie herunter, während Nettie, die taffe, selbstbewusste, unbeschwerte, jedoch ziemlich kurz geratene Tochter des Hauses, auf einmal wirkte, als hätte sie jemand in Trance versetzt.

Oscar grinste. Was auch immer da in der Luft lag, dachte er, was auch immer.

12.

*A*us dem Augenwinkel warf Nettie Oscar einen Blick zu, dann starrte sie wieder Damien an, der vor ihr aufragte wie eine Erscheinung: etwas, das man sich herbeigewünscht hatte, das plötzlich vor einem stand und ganz anders aussah als erwartet. Oder ganz genauso. Nur anders eben. Nettie runzelte über sich selbst die Stirn. Nicht nur kam Damien ihr auf einmal doppelt so groß vor wie im vergangenen Sommer, er wirkte auch zweimal so breit. Muskulös. Seit wann hatten Jungs solche Muskeln? Und seit wann schlüpften sie nicht mehr in kurze Badeshorts und Sneakers, sondern in stylish zerrissene Jeans, Chucks und Ringelshirts? Am außergewöhnlichsten aber war ...

»Die Brille«, rief Nettie.

Damien grinste sie an, während er mit der Spitze seines Zeigefingers besagte Brille höher auf die Nase schob. »Was sagst du? Schräg?«

»Mmh. Ziemlich.« Sie räusperte sich. Nach einer Umarmung, die ihr mehr als ungelenk vorkam, und den amüsierten Blicken, die Damiens Väter ihnen beiden zuwarfen, bevor sie mitsamt den Koffern im Hotel verschwanden, kam es ihr vor, als stünde sie neben sich, mindestens einen Meter weit. Damien sah nicht nur anders aus, er klang anders. Roch anders. Ein Jahr war lang, und schon immer hatten sie Veränderungen aneinander wahrgenommen, doch nie so einschneidend wie diesmal. Zumindest, was Netties Blick auf Damien betraf. Er selbst schien keinerlei Befremdliches an ihr, ihrem Wiedersehen oder der Situation im Allgemeinen zu finden.

»Wenn du es keinem sagst, verrate ich dir ein Geheimnis – ich brauche die Brille gar nicht.«

»Nicht?«

»Aber sie sieht cool aus, oder? Ich hab sie aus einem Vintage-Shop in Eastbourne. Und seit ich sie habe, sehen mich die Frauen mit völlig anderen Augen.«

»Tatsächlich?«

Damien lachte. Dann knuffte er sie in den Arm, bevor er seinen Rucksack aufhob und sich ebenfalls auf den Weg ins Hotel machte, eine nach wie vor staunende Nettie im Schlepptau.

An der Rezeption tauschte sich Gretchen lachend mit den beiden Angoves aus. Auch sie waren seit Jahren befreundet, wenn man so wollte, nicht so wie Nettie und Damien natürlich, aber genug, um zumindest am ersten Abend gemeinsam zu essen, und zwar nicht im Restaurant, sondern in der Privatküche der Wildes.

»Ich koche sogar selbst«, sagte Gretchen gerade. »Sobald es hier im Hotel ein bisschen ruhiger geworden ist. Liebe Güte, Damien.«

Aus schmalen Augen betrachtete Nettie ihre Mutter, wie sie verblüfft zu dem Jungen aufsah, bevor ihr Blick zu ihr huschte. Und wieder zurück. »Du bist mindestens doppelt so groß wie vergangenen Sommer«, erklärte sie. »Und so erwachsen.«

Mmh, dachte Nettie wieder. Frauen sahen ihn anders an? Manometer.

Sie betrachtete ihn. Jeden anderen Teenager hätte so ein

Spruch womöglich erröten oder zumindest mit den Augen rollen lassen, nicht so Damien, der Gretchen anlachte, so offen und herzlich wie immer, bevor er sich zu ihr hinunterbeugte, um sie in den Arm zu nehmen.

»Und keiner weiß, wo's herkommt«, sagte er mit Blick auf seine Väter, die beide mindestens einen Kopf kleiner waren als ihr Sohn und kopfschüttelnd in das Gelächter mit einstimmten. Damien war ein Adoptivkind. Das war kein Geheimnis, und er war ganz sicher der Letzte, der eines daraus machte.

Nettie atmete erleichtert auf. Er mochte sich äußerlich verändert haben, doch im Kern war Damien der Gleiche, der er letzten Sommer gewesen war und den Sommer davor. Sie merkte es an seinen dunklen Augen, die strahlten wie üblich, und an der Art, wie er sie ansah. Wohlwollend, dachte Nettie. Liebevoll. Damien eben.

Bis alle sich begrüßt, umarmt und Pläne für den Abend geschmiedet hatten, grinste sie schon wieder, und während sie sich mit Damien verabredete, in dreißig Minuten zur Kapelle hinaufzuwandern, entgingen ihr die Blicke der anderen völlig – die Blicke, die ihre Mutter mit Clive und Logan Angove tauschte, ganz ähnlich wie der Blick, den Oscar ihnen vorhin bereits zugeworfen hatte.

Popcorn, schien der zu besagen. Macht das Popcorn fertig, denn hier scheint es demnächst interessant zu werden.

13.

Nettie sah Damien nach, bevor sie sich wieder auf den Weg in die Küche machte, und Gretchens Blick folgte ihrer Tochter durch die Schwingtür ins Restaurant. Ein Gefühl formte sich in ihrem Magen, ein äußerst bemerkenswertes. Über Jahre hinweg hatte sie die Freundschaft ihrer Tochter mit Damien Angove beobachtet, doch nun war sie sich nicht mehr sicher, wie viel davon nach diesem Sommer übrig bleiben würde. Nettie war jetzt sechzehn, Damien auch. Soweit sie wusste, hatte sich ihre Tochter bisher noch nicht für Jungs interessiert, und ihrem verdutzten Blick nach zu urteilen, hatte sie auch jetzt noch keine Idee, was sie mit dem veränderten Auftreten ihres Freundes anfangen sollte. Doch Gretchen hatte so ein Gefühl, dass es Damien da ein bisschen anders ging. Denn auch ihm stand Verwunderung ins Gesicht geschrieben, das und eine gehörige Portion von etwas anderem. *Be*wunderung womöglich. Er sah aus, als fände er Nettie … umwerfend? Als wäre er betört? Was Gretchen prompt an Nicholas denken ließ. Sie zog ihr Handy hervor, um endlich die SMS zu beantworten und ihm zu sagen, dass sie heute auf keinen Fall Zeit hatte, als das Hoteltelefon klingelte.

»Mr. Robertsen hier für Mr. Hamilton.«

Der Schriftsteller-Manager. *Schon wieder.* Ein Mann, der sich seinem Tonfall nach zu urteilen für den Nabel der Welt hielt. Gretchen nahm sich eine Sekunde, um tief durchzuatmen, dann antwortete sie forsch und professionell: »Ah, Mr. Robertsen. Wie nett, dass Sie sich noch einmal melden. Bleibt es bei Mr. Hamiltons Ankunft heute Nachmittag um 15:30 Uhr?«

»Natürlich bleibt es bei Mr. Hamiltons Ankunft, was sollte sich daran geändert haben?«

Warum rufst du dann an?, dachte Gretchen, zum millionsten Mal? »Womit kann ich Ihnen diesmal helfen, Mr. Robertsen?«

»Ich wollte sichergehen, dass das Zimmer vorbereitet ist.«

»Natürlich. Wir haben frische Blumen, Gebäck, etwas Süßes ...«

»Was ist mit der Allergiker-Bettwäsche?«

»Allergiker-Bettwäsche?« Gretchen runzelte die Stirn. Mit jedem Anruf schien diesem Mann etwas Neues einzufallen, was es vorzubereiten galt, von einer speziellen Bettwäsche jedenfalls war bis dato keine Rede gewesen. Sie lief um den Tresen herum hinter den Empfang und griff sich Zettel und Stift.

»Mr. Hamilton ist Allergiker?«

»Aber nicht doch.«

»Wieso ...«

»Eine reine Vorsichtsmaßnahme. Haben Sie sie nun, oder haben Sie sie nicht?« Mr. Robertsen klang unwirsch. Ein Segen, dass er keinen Schimmer hatte, was Gretchen über ihn dachte.

»Das dürfte kein Problem sein«, knirschte sie.

»Mr. Hamilton liebt weiße Tulpen.«

»Gestern sagten Sie nur ...«

»Und Mr. Hamilton fühlte sich heute Morgen nicht so gut, weshalb es wohl besser wäre, Sie bereiteten ihm eine

Kanne Ingwertee zu – täglich zweimal, vormittags und nach 16:30 Uhr noch einmal.«

Gretchens Stift kratzte über das Papier, während sie die Lippen zusammenbiss. »Ist notiert«, presste sie schließlich zwischen ihnen hervor.

»Was ist mit Ihrer Küche? Ist sie auf Low-Carb-Kost eingestellt? Mr. Hamilton bevorzugt Steak, Burger ohne Brot, gegrillten Fisch et cetera. Haben Sie das?«

Burger ohne Brot. Gretchen legte den Stift beiseite und richtete sich auf. »Wäre es Ihnen eventuell möglich, uns eine Liste zu schicken«, begann sie freundlich, doch es war deutlich zu vernehmen, wie sehr sie das anstrengte, »damit wir auch *ganz bestimmt* nichts vergessen? Die E-Mail-Adresse haben Sie?«

»Was ist das für ein Etablissement, das Sie da betreiben? Ein Hotel oder ein verdammter Onlineshop?«

Klick. Aufgelegt.

Zwei Sekunden lang hielt Gretchen das Telefon am Ohr, dann ließ sie den Arm sinken, schloss die Augen und atmete einmal tief ein und wieder aus. Sie hatten schon schlimmere Gäste gehabt. Noch anstrengendere. Daran musste sie sich unbedingt erinnern, während sie gegen den Wunsch anatmete, Harvey Hamilton eine Python ins Bett zu legen.

»Na? Einer von diesen Tagen?«

Gretchen blickte auf, als ihre Freundin Sara durch die Lobby auf sie zukam, den Arm voller frisch geschnittener Sommerblumen. »Die kannst du gleich wieder mitnehmen«, sagte sie ihr. »Haben wir weiße Tulpen im Garten? Offenbar sind das die Blumen der Stunde.«

»Weiße Tulpen?« Saras Nase kräuselte sich. »Interessante Wahl.« Sie lief hinüber zu der gemütlichen Sitzecke vor dem Kamin, wo sie die nicht mehr ganz so frischen Schnittblumen auf dem niedrigen Beistelltisch gegen die neuen austauschte. »Weiße Tulpen symbolisieren endlose Liebe, heißt es. Ein Wunder eigentlich, dass sie in diesem Hotel nicht öfter verlangt werden.«

»Tja«, machte Gretchen mit einer für ihre Verhältnisse gehörigen Portion Sarkasmus, »da muss eben erst ein hochwohlgeborener Romanautor kommen, um uns die Liebe zu erklären.«

»Ach, ist es heute so weit?« Sara ließ von den Blumen ab, schnappte sich den ausrangierten Strauß und ging damit hinüber zu Gretchen. »Harvey Hamilton checkt ins *Wild-at-Heart*-Hotel ein?«

»Spar dir den Enthusiasmus in der Stimme und das Blitzen in den Augen«, schlug Gretchen trocken vor, »wenn das Verhalten seines Managers auch nur ansatzweise auf den Charakter des Mannes schließen lässt, werden das die längsten drei Wochen meines Lebens.«

»Was hat der Manager damit zu tun? Vermutlich ist Harvey einfach eine ultrasensible Seele, die besagter Manager entschlossen in Watte packt, damit sie nicht niedergetrampelt wird auf ihrem Weg.«

»Oh, Sara.«

»Oh, Gretchen.«

Die beiden blickten sich an und brachen in Gelächter aus.

»Kommst du mit, die Blumen hier ihrer natürlichen Bestimmung auf dem Komposthaufen zuzuführen? Du siehst aus, als könntest du ein bisschen frische Luft vertragen.«

»Da sagst du etwas.« Gretchen seufzte. »Okay. Aber nur kurz. *Sehr, sehr* kurz.« Erneut griff sie nach dem schnurlosen Telefon, überlegte es sich anders und schaltete den Anrufbeantworter ein. Eine halbe Stunde würde das Hotel schon mal ohne sie auskommen.

Während Gretchen ihrer Freundin Sara Gibbs, zweiundvierzig Jahre alt, Tochter eines Botschafters und einer Ärztin, den Pfad hinunter in Richtung der Gärten folgte, bemühte sie sich, die To-do-Liste der Dinge, die sie alle heute noch erledigen musste, aus ihren Gedanken zu verscheuchen und stattdessen tief durchzuatmen, die kühle Seeluft zu genießen, die dumpfe Stille, in die das kleine Stück Wald sie schloss, und dann den Ausblick, der sich ihnen bot: das Meer, dunkelblau und weit, noch aufgewühlt vom Regen der vergangenen Stunden, der Strand, ebenfalls dunkel und feucht und schon halb aufgefressen von der Flut, die den Fuß des Herzfelsens umspülte. Die Gärten selbst erstreckten sich terrassenförmig darüber — eine penibel arrangierte Anordnung wilder Blumen, überwucherter Steine, gepflegter Pfade, Palmen und Sträucher und Eigentum des National Trust, für den Sara tätig war.

Die Engländer und ihre Gärten, dachte Gretchen beinahe jedes Mal, wenn sie sich bewusst auf diesen Anblick einließ. Die Engländer legten ihre Gärten an wie die Wölfe der Wallstreet ihr Geld.

Sara warf die welken Blumen in die Komposttonne und führte Gretchen zu einer der vielen Bänke, die sich über den Garten verteilten, winzige Oasen der Ruhe für erschöpfte Touristen gleichwohl wie für Anwohner. Die beiden Frauen setzten sich, und Sara stieß einen zufriedenen Seufzer aus. »Ich brauche die Hitze nicht«, sagte sie, »nicht die sengende Sonne Afrikas und nicht die Trockenheit der Steppe. Alles, was ich brauche, ist dieser Duft nach Salz und Freiheit, diese Sicht auf eine Zukunft, in der alles möglich ist.«

Gretchen schnaubte. »Du hast die sengende Sonne Afrikas nie gesehen, du Blenderin«, sagte sie und stieß ihre Freundin spielerisch mit dem Ellbogen in die Seite. Sara war die Tochter karibischer Einwanderer, mit wunderschöner kakaofarbener Haut und dunkelbraunem Haar, das glatt und seidig über ihre Schultern fiel. Ihre Familie hatte noch nie einen Fuß auf den afrikanischen Kontinent gesetzt, und doch wurde Sara nicht müde, ihre angebliche Abstammung ins Gespräch zu bringen, wann immer es gerade passte.

»Hast du Nicholas diese Woche mal gesehen?«

»Was?«

»Du hast schon verstanden, Mrs. Ich-habe-keine-Ahnung-wovon-du-sprichst. Hast du ihn gesehen nach eurem Kuss oder nicht?«

»Erinnere mich daran, dir nichts mehr anzuvertrauen«, sagte Gretchen, »wo du doch offensichtlich dazu neigst, Wahrheiten zu verdrehen. Es war kein *Kuss*. Kein richtiger zumindest.«

»Was ist ein falscher Kuss?«

Gretchen seufzte.

»Du meinst, es war keine Zunge im Spiel? Seine Hand ist nicht zu deinem Hintern gewandert?«

Gretchen lachte, dann schlug sie nach Sara. »Wirst du nie erwachsen?«

»Ich hoffe nicht.«

»Nicholas hat ein paarmal angerufen, und er war hier, um einige Bestellungen von Lori abzugeben.«

»Und jedes einzelne Mal bist du ihm ausgewichen, habe ich recht?«

»Auf welcher Seite stehst du eigentlich?«, murmelte Gretchen, und jetzt war es an Sara aufzulachen.

»Ich wusste gar nicht, dass wir uns im Krieg befinden. Eine seltsame Sicht auf Beziehungen hast du.«

»Und eine Beziehung ist es auch nicht«, erwiderte Gretchen spitz, woraufhin Sara nicht mehr lächelte, sich stattdessen ein wenig mehr zu ihr drehte und sie mit einem nachdenklichen Blick bemaß.

»Gretchen«, begann sie.

»Es ist zu früh.«

»Du sollst dich nicht gleich mit ihm verloben. Oder ihm um den Hals fallen und deine unendliche Liebe gestehen. Es muss nicht einmal etwas Ernstes sein zwischen euch beiden, ich finde nur … Du solltest irgendwann loslassen, denkst du nicht? Du wirst Christopher nie vergessen, aber er hätte sicher nicht gewollt, dass du aufhörst zu leben, weil sein Leben geendet hat.«

»Autsch«, machte Gretchen, und Sara verzog das Gesicht. »Sorry. Das sollte nicht taktlos klingen. Aber Nicholas ist ein toller Kerl, und er mag dich. Und jetzt hat er endlich diesen ersten Schritt gewagt, dich gekü…«

»Es war nur ein ganz kleiner Kuss. Nicht mehr als ein Schmatzer eigentlich.«

Einige Sekunden lang herrschte Schweigen, dann brachen die zwei Frauen erneut in Gelächter aus.

»Du Steinewerferin im Glashaus«, sagte Gretchen schließlich und schüttelte den Kopf. »Dich als Expertin in Liebesdingen aufspielen, dabei hast du den Männern schon seit Jahren abgeschworen.«

»Das ist etwas völlig anderes.«

»Ach, ist es das?«

»Oh ja.«

Gretchen schwieg. Sie richtete den Blick auf das Meer, auf das Stück blauen Himmels, das sich vom Horizont her in ihre Richtung und die dunklen Wolken vor sich herzuschieben schien. Das war das Schöne am englischen Wetter, sosehr die Menschen auch darüber lamentierten. Es regnete mit ziemlicher Sicherheit öfter als anderswo, doch genauso sicher vertrieb anschließend der Wind die Wolken, um einem aufgeklarten, strahlenden Himmel Platz zu machen.

»Vielleicht ist es auch für dich an der Zeit, zu vergessen und etwas Neues anzufangen.«

»Du hast *auch* gesagt«, rief Sara.

»Das ist hängengeblieben von dem Satz?«

Sara zuckte mit den Schultern. Ihr Mann war nicht gestorben, er hatte sie für eine andere verlassen, auf äußerst schmerzhafte und betrügerische Weise, und davon hatte sie sich bis heute nicht so recht erholt, auch fünf Jahre später nicht. Die Trennung war der Grund gewesen, weshalb sie nach Cornwall gezogen war, um hier als Landschaftsgärtnerin zu arbeiten. Und Nicholas – auch er war nach Port Magdalen gekommen, nachdem sein Leben in der Stadt in sich zusammengefallen war. Ursprünglich hatte er in London für eine Bank gearbeitet, hatte dort Karriere gemacht, war am Ende sogar Mitglied des Vorstands geworden, doch am Ende wegen gesundheitlicher Probleme ausgestiegen. Er hatte seine Wohnung verkauft, den schicken Zweisitzer, im Grunde seine gesamte Habe, um dann in den *Tearoom* zu investieren, den seine Schwester Lori auf Port Magdalen übernommen hatte. Im Zuge seiner Genesung hatte Nicholas sein komplettes Leben umgekrempelt und mit neuen Werten gefüllt, die da wären Entschleunigung, Dankbarkeit, Gelassenheit. Vor zwei Jahren war das gewesen.

»Ist es nicht seltsam«, fragte Gretchen, »dass die Leute herkommen, um romantische Tage zu verbringen, sich zu verloben oder ihre Liebe zu feiern – und wir, die wir hier leben, wir …«

»Wir? Haben nichts dergleichen?«, bot Sara an. »Sind ewige Singles?«

»Wir straucheln«, sagte Gretchen.

»Mmmh.« Eine ganze Weile lange schwiegen sie beide, dann sagte Sara unvermittelt: »Apropos – die *Sträucher* da drüben müssen geschnitten werden«, und Gretchen lachte. »Und jemand muss wohl auch noch einen Strauß weißer Tulpen schneiden, damit sich ein anderer Jemand hier auf der Insel verlieben kann.«

»Ich glaube nicht, dass sich Harvey Hamilton auf Port Magdalen verlieben möchte. Ich denke eher, sein Manager hat es sich zur Aufgabe gemacht, mich in den Wahnsinn zu treiben. Oder ist das vielleicht sein neues Romanprojekt? Eine psychologische Studie darüber, einen Unschuldigen komplett verrückt zu machen?«

»Wie bei ›Rebecca‹ meinst du?«

»Dem Roman?«

»Ich dachte mehr an den Hitchcock-Film, aber ja, ›Rebecca‹.« Sara zog die Stirn kraus. »Gestern Nacht«, begann sie schließlich mit Grabesstimme, »träumte ich, ich sei wieder in Manderley.«

Gretchen schüttelte sich. »Danke dafür, aber wir haben gerade genug *Thrill* im *Wild at Heart,* mit all den verstauchten Knöcheln, schreienden Köchinnen, dem fehlenden Personal und den immer anspruchsvoller werdenden Gästen und dann noch …«

» … Nick«, unterbrach Sara sie. »Vergiss Nicholas nicht. Wann willst du dich gleich wieder mit ihm treffen?«

»Tulpen«, sagte Gretchen, während sie aufstand. »Viele davon.«

»Gewiss, Mylady«, gab Sara zurück und erhob sich ebenfalls. Sie pflückte eine Margerite vom Wegrand und drückte sie Gretchen in die Hand. »Du willst ihn, du willst ihn nicht, du willst ihn, du willst ihn nicht ...«

Gretchen schüttelte den Kopf, während sie den Weg zurück zum Hotel einschlug. Sie grinste immer noch, als sie durch den Windfang ins Foyer trat, dem schlafenden Sir James über den Kopf strich und dann, während sie sich wieder aufrichtete, beinahe mit jemandem zusammenstieß. Sie war dabei, den jungen Mann zu fragen, ob sie ihm helfen könne, als ein durchdringendes Scheppern das Haus erschütterte. Gretchen erschreckte sich so sehr, dass ihr die Blume aus der Hand fiel, dann schob sie sich an dem Fremden vorbei, um schnell in die Küche zu laufen.

14.

$\mathcal{W}$as war das?« Mitten auf dem Weg war Nettie stehen geblieben und lauschte in die Stille, die dem lauten Getöse von eben gefolgt war.

»Klang, als wäre irgendwas zu Bruch gegangen«, erwiderte Damien, der ebenfalls stehen geblieben war.

Einige Sekunden lang verharrten sie so nebeneinander, um zu horchen, schließlich zuckte Nettie mit den Schultern und setzte sich wieder in Bewegung.

»Was ist denn gerade los bei euch? Irgendwie wirkten alle etwas angespannt.«

»Dottie hat sich den Fuß verstaucht und ist noch ungenießbarer als sonst«, erklärte Nettie. »Das Springermädchen hatte sie allerdings schon vorher vergrault, weshalb gerade auch das Personal ein bisschen knapp ist.«

»Das Springermädchen?«

»Das heißt, sie springt zwischen Service und Küche, wo gerade etwas anfällt.«

»Schade«, sagte Damien. »Klang nach einem richtig lustigen Job. Allerdings nicht, wenn euer Küchendrache einem dabei in den Nacken atmet.«

Nettie grinste. Damien grinste auch, während die zwei den Weg in Richtung Kapelle weiterliefen, und weil sie sich währenddessen ansahen, wäre Nettie beinahe über eine Wurzel gestolpert, sie behielt gerade so das Gleichgewicht. Damien griff nach ihrem Arm. Er ließ ihn nicht los, bis sie oben bei ihrem Ziel angekommen waren.

»Also, Nackenbeißer, ja?«, fragte Nettie. Sie hatten es sich auf der niedrigen Steinmauer bequem gemacht, die die Kapelle St. Magdalen umgab, und Damien seufzte wohlig, während er aus schmalen Augen aufs Meer starrte. Die Sonne stand inzwischen hoch, und sie malte Laserschwerter aufs Wasser, so grell, dass der Himmel um sie herum und das Meer darunter dunkelblau funkelten, wie eine riesige, diamantenbespickte Decke aus Samt.

»Es ist echt schön, wieder hier zu sein.«

»Ja?«

»Klar.« Damien sah Nettie an. »Was denkst du, warum meine Dads immer nur auf dieser Insel Urlaub machen wollen? Es ist cool hier.«

»Ja, das ist es.« Nettie nickte. »Es ist aber auch ... klein. Und ziemlich abgeschieden, mit dem Gezeitenkram und den steilen Straßen und was noch«, sagte sie. Und auf einmal fragte sie sich, zum allerersten Mal eigentlich, warum die Angoves jeden Sommer hierherkamen – und wie lange Damien sie wohl noch begleiten würde, bevor ihm langweilig wurde. Der Gedanke gefiel Nettie nicht, und weil sie ihn lieber schnell vergessen wollte, sprach sie ihn gar nicht erst aus.

»Meinen Dads gefällt es.« Damien zuckte die Schultern. »Dieses Jahr wollen sie einen Tauchkurs machen. Gnade den armen Fischen, richtig?«

»Machst du nicht mit?«

»Hey, wir haben selbst genug zu tun.« Er stupste Nettie mit der Schulter an.

»Richtig.« Sie räusperte sich. »Also – Nackenbeißer.«

»Genau.« Damien hob den Rucksack auf, den er neben sich an die Mauer gelehnt hatte, und kramte ein vergilbtes, halb zerfleddertes Taschenbuch hervor, das er ihr in den Schoß legte.

»Igitt«, machte Nettie, während sie es an zwei Fingern anhob und mit der anderen Hand über ihr Hosenbein rieb. »Ehrlich, du wirst dir noch was einfangen mit diesem alten Zeug.«

»Wenn ich nicht so gern auf Flohmärkten unterwegs wäre, hätten wir nie erfahren, dass unser Auserwählter eine äußerst schlüpfrige Vergangenheit hat. Wir müssen doch sorgfältig prüfen, wen wir auf deine Mutter ansetzen.«

»Das klingt, als wollten wir einen Scharfschützen engagieren, statt ihr zu einem bisschen Romantik zu verhelfen. Und was meinst du mit *schlüpfrig?*«

»Schlüpfrig im Sinne von … anzüglich? Frivol? Pikant? Ein bisschen versaut? Schlüpfrig eben.«

Zu ihrem eigenen Ärger wurde Nettie rot. »Ich weiß, was das Wort bedeutet«, sagte sie, während sie mit spitzen Fingern durch das angestaubte Taschenbuch blätterte, »ich weiß nur nicht …« Auf Seite 93 hielt sie inne, und das Rot auf ihren Wangen vertiefte sich. »Ähm, okay«, sagte sie.

Damien nahm ihr das Buch aus der Hand. »Exakt.« Er lachte. Dann begann er zu lesen:

»Wie sie so dalag, aufgefächert wie die Blume, deren empfindsamen Stempel zu entblättern er sich nur mit vollkommener Zartheit erlauben würde, wie sie sich wand in ihrer Zerbrechlichkeit, labil wie der Tautropfen am Rande ihrer Unschuld …«

»Ich meine, was soll das überhaupt heißen?« Damien lachte. Nettie wünschte sich inständig, sie hätte keine Ahnung, was Harvey Hamilton mit diesen Zeilen implizierte, doch leider glaubte sie, es nur zu gut zu wissen.

Damien klappte das Buch zu, und Nettie räusperte sich. »Nun. Offensichtlich musste er eine Zeit lang üben, bevor er zu dem Liebesromanautor wurde, der er heute ist«, erklärte sie, und Damien warf den Kopf zurück, um noch lauter zu lachen als ohnehin schon.

»Gott, das ist ... abscheulich.« Nettie stimmte in Damiens Lachen ein. Er hatte recht: Sie durften das auf keinen Fall ernst nehmen. Und was Nettie anging, durfte sie auf keinen Fall verlegen werden, nicht in Damiens Gegenwart. Sie nahm es sich fest vor. All die Jahre hatten sie über was auch immer gemeinsam lachen können, und dieser Sommer sollte genauso verlaufen wie die bisherigen auch. Vor Damien musste Nettie nichts peinlich sein, auch *solche* Dinge nicht. Wenn sie mit jemandem ungezwungen sein konnte, ohne sich irgendetwas dabei zu denken, dann doch wohl mit ihm.

»Wie wäre es, wenn wir ihm ein Zelt aufbauen, unten am Strand?«

»Was?«

»Bauen wir ihm ein Zelt auf«, wiederholte Damien, »um seine Erinnerung an was auch immer er damals auf Port Magdalen erlebt hat, wieder aufzufrischen.«

»Wir können ihm kein Zelt am Strand aufbauen. Die Flut umspült den gesamten Abschnitt, erinnerst du dich nicht mehr?«

»Shit, das hatte ich vergessen.« Damien betrachtete das Buch in seiner Hand, als wäre es schuld an seinem schlechten Gedächtnis. »Warum hat er es dann geschrieben?«

»Keine Ahnung. Er ist Romanautor. Vermutlich war er nie hier und hat das ganze Zeug nur erfunden.«

»Möglich.« Damien legte den Kopf schief. »Aber wäre es nicht cool, wenn wir ihm trotzdem ein Zelt dahin stellen würden? Von mir aus oben, auf die Klippen? Das wäre dann so, als würde sich der Roman plötzlich verselbstständigen und seine Fiktion Wirklichkeit.«

»Spooky«, sagte Nettie. »Und damit meine ich nicht die wahr gewordene Fantasie, sondern die Tatsache, dass wir im Umkehrschluss den ganzen vermaledeiten Roman lesen müssten, um die Sache wirklich gut zu machen. Brrr.«

Damien stieß sie mit dem Ellbogen an. »Das war die schlechteste Sexszene aller Zeiten, habe ich recht?«

Wie viele hast du schon gelesen?, schoss es Nettie durch den Kopf, doch sie sprach den Gedanken nicht aus. Stattdessen sagte sie: »Womöglich«, und ärgerte sich noch im selben Augenblick über ihre Unsicherheit, die sich schon wieder einen Weg in diese Unterhaltung bahnte.

»Weißt du, dass es einen Award gibt für die schlechteste Sexszene in der Literatur? Und ich wette, unser guter, alter Harvey Hamilton hätte beste Chancen, sie zu gewinnen.«

»Ugh«, machte Nettie. Dann nahm sie Damien das Buch ab, sich wohl bewusst, dass sie später ihre Hände würde desinfizieren müssen, und besah sich die Informationen auf den ersten Seiten. »Erschienen 2001«, las sie.

»Das war auf jeden Fall vor seinem Durchbruch. Der muss so um 2005 herum gewesen sein.«

»Ob er sich dann noch gern an das hier erinnert? Ich meine, das ist Schund, oder?«

»Womöglich.« Damien zuckte die Schultern. »Kommt drauf an, wie er seine folgenden Bücher einschätzt.« Womit er abermals in seinen Rucksack griff, um einen weiteren Roman hervorzuziehen, diesmal ein dickes, hochglänzendes Hardcover. »Das ist sein neuester«, erklärte er Nettie und streckte es ihr entgegen. »*Wie ich mich in dir verlor.*«

»Okaaay.« Nettie nahm das Buch, dann trafen sich ihre Blicke, und sie prusteten los.

»Klingt nicht unbedingt vielversprechender als das andere«, sagte Damien lachend.

»Nein«, stimmte Nettie grinsend zu, »kein bisschen. Gott, was machen wir hier? Was, wenn Harvey Hamilton ein totaler Idiot ist?«

»Was, wenn er einfach nur weiß, was Frauen gerne lesen? Und was, wenn er darüber hinaus noch ganz andere Dinge über Frauen weiß?« Bei diesem Satz berührten Damiens Brauen beinahe seinen Haaransatz, und Netties Blick wanderte genau dorthin, wo er seine dichten, beinahe schwarzen Haare nach oben gekämmt hatte, zu einer zerzausten, gekonnt verwilderten Tolle. Die neu war. Ebenso neu wie die schwarze Hornbrille, die seine braun-grünen Augen betonte, und überhaupt: An diesen neuen Look, diesen neuen Damien, würde sich Nettie erst noch gewöhnen müssen. Im Grunde wollte sie nicht, dass Damien sich verändert hatte. Sie wollte nicht, dass sich irgendetwas zwischen ihnen beiden änderte.

»Also«, fragte sie schließlich. »Was wissen wir noch über Harvey Hamilton, was *keine* Spekulation ist?«

»Vorausgesetzt, das Zeug, das im Netz zu finden ist, ist wahr«, sagte Damien, während er nach seinem Handy griff und die Notizen öffnete, »dann erfüllt dieser Typ jedes Klischee, das man von einem Schnulzenheini seines Kalibers erwarten würde. Zum Beispiel«, las er, »glaubt Hamilton angeblich an Horoskope – oder an die Sterne, wie er es

ausdrückt. Es gibt für ihn nichts Schöneres als Sonnenauf-
und -untergänge, außer vielleicht der Schein von Kerzen.«

»Aaaaah«, machte Nettie.

»Es kommt noch besser. Zum Schreiben hört er am
liebsten Kuschelrock, ernährt sich von Schokolade und
Tee, und falls ihm gar nichts mehr einfällt, nimmt er ein
Bubble-Bad.«

»Ein Bubble-Bad?«

»Du weißt schon – mit Schaum drin. Megaviel Schaum.«
Damien beugte sich zu seinem Rucksack und zog eine Flasche Badezusatz heraus, der der Illustration nach zu urteilen extra viele Blasen warf. »Und dann habe ich noch das
hier.« Er drückte Nettie eine Duftkerze in die Hand, bevor
er ein Paket aus seinem Rucksack zog, groß wie ein Toaster.

»Was ist das?«

»Ein Wecker«, erklärte Damien. »Er simuliert den Son-
nenaufgang und fängt an zu zwitschern, wenn es Zeit ist
aufzustehen.«

»Heiliges Kanonenrohr.«

Damien lachte. »Wenn wir ihn damit nicht in Stimmung
bringen, weiß ich auch nicht«, sagte er, und sofort schos-
sen Nettie wieder die Zeilen aus diesem entsetzlichen
Roman durch den Kopf. Sie konnte nur hoffen, dass sie
hier das Richtige taten. Und dass ihre Mutter ihr am Ende
diesen zwitschernden Wecker nicht an den Kopf werfen
würde.

15.

Hätte Gretchen geahnt, was dort oben auf der niedrigen Mauer, die die Kapelle umgab, vor sich ging, sie hätte in den Tagen, die diesem hier folgten, womöglich anders gehandelt, doch sie ahnte ja nichts – nichts von den Plänen ihrer Tochter, sie mit dem erfolgreichen Liebesromanautor Harvey Hamilton zu verkuppeln, und nichts von Netties noch undefinierten Gefühlen Damien gegenüber, denn die waren ja nicht einmal Nettie klar. Beides allerdings würde in naher Zukunft für die eine oder andere Eskalation sorgen, doch im Augenblick war Gretchen Wilde noch mit ganz anderen Problemen beschäftigt.

Das Scheppern, das sie im Foyer hatte zusammenzucken lassen? Es wurde beinahe überrollt von einem gellenden Schrei, dem ein turbulentes Stimmengewirr folgte, als Gretchen die Küche betrat.

»Was um alles in der Welt …«, begann sie, bevor sie mit offenem Mund in der Tür stehen blieb. Vor ihr saß Dottie in einer blutroten Lache, die Hand auf dem wehen Knöchel, das Gesicht schmerzverzerrt. Auch ihre Wangen waren voller roter Spritzer, genauso wie ihre ehemals weiße Schürze. Hazel kniete neben Dottie, die wie das Opfer eines blutigen Überfalls aussah, die Beine ihrer eigenen Jeans ebenfalls verschmiert, während Oscar dahinter einfach nur dastand, die Hand vor den Mund gepresst.

»Mrs. Penhallow!« Gretchen eilte Hazel zur Seite, um

sich neben die Küchenchefin zu knien. »Was um Himmels willen ist denn nur passiert?«

»Passiert ist ein exzellentes Stichwort«, sagte Oscar, der nun nichts mehr gegen sein unterdrücktes Lachen unternehmen konnte. »Die Chefin wollte die Erdbeeren passieren, was nicht ganz gelungen ist, wie man hier sehen kann.«

»Oscar.« Hazel warf ihrem Kollegen einen strafenden Blick zu, während sie damit begann, Erdbeersauce vom Boden zu wischen, und Gretchen einer zähneknirschenden Dottie aufhalf, um sie in den nächstbesten Stuhl zu manövrieren.

»Das sieht ja aus wie auf einem Schlachtfeld.«

Alle vier sahen sie zur Tür, wo der junge Mann lehnte, den Gretchen eben im Foyer hatte stehen lassen.

»Kann ich irgendwas tun?«, fragte er. Und dann: »Obstflecken bekommt man am besten aus den Klamotten, indem man sie in einen Eimer mit Mineralwasser steckt. Die Kohlensäure arbeitet den Schmutz quasi aus dem Stoff heraus.«

Für einige Sekunden herrschte verblüffte Stille, dann sprachen Dottie und Gretchen gleichzeitig.

»Was machen Sie in meiner Küche?«, und: »Bitte warten Sie im Foyer, ich bin gleich bei Ihnen.«

Der junge Mann, ein mittelgroßer, mittelblonder, aber überdurchschnittlich sympathischer Mensch, grinste, nickte, drehte sich um und verschwand zurück ins Restaurant, womit Gretchen ihre Aufmerksamkeit abermals ihrer obstdekorierten Köchin zuwandte: »Ich möchte, dass Sie sich ein paar Tage Ruhe gönnen«, sagte sie, während sie ihr ein Küchentuch reichte, damit sie sich die Erdbeerpürreespuren aus dem Gesicht wischen konnte.

»Ruhe?« Dottie schnaubte. »Nachdem ein gewisser Jemand mit seinen Sonderwünschen unsere ganze Küchenplanung durcheinandergebracht hat, wird sich wohl kaum *jemand anderer* Ruhe gönnen können.«

»Ich bin immer noch die Inhaberin dieses Hotels und kein Jemand«, schnappte Gretchen, wohl hauptsächlich deshalb, weil sie ohnehin genug um die Ohren hatte dieser Tage, »aber Sie haben sich nun mal den Knöchel verstaucht und sollten ihn ein paar Tage ruhig halten.«

Hazel brachte Dottie ebenfalls ein Küchentuch, diesmal ein feuchtes. »Es wird schon gehen«, sagte sie. »Oscar und ich schieben ein paar Sonderschichten ein.«

Aus dem Augenwinkel sah Gretchen, wie der junge Koch das Gesicht verzog, allerdings beschwerte er sich nicht, weshalb ihr der harsche Ton, den sie angeschlagen hatte, schon wieder leidtat.

»Ich werde auch mithelfen«, erklärte sie, milder jetzt. »Unter eurer Anleitung werde ich das wohl schaffen, meint ihr nicht?«

Hazel lächelte ihr aufmunternd zu, während Dottie in eine Argumentationstirade verfiel, die Gretchen nicht nur deshalb ausblendete, weil ihr gerade siedend heiß etwas eingefallen war: die Low-Carb-Spezialwünsche ihres neuen Gastes Harvey Hamilton nämlich und die Tatsache, dass sie ihn in – ihr Kopf schnellte zu ihrer Armbanduhr – sieben Minuten unten am Hafen abholen sollte.

Mist.

Sie sprang auf. »Ich sage Theo Bescheid, er soll Dottie nach Hause bringen, damit sie den Fuß hochlegen kann.«

»Um Gottes willen«, rief Dottie, »weshalb nicht gleich Casanova?«

Gretchen ignorierte die Bemerkung sowie Oscars Lachanfall und stürmte durchs Restaurant zurück ins Foyer, wo der junge Mann von eben am Tresen lehnte, über einen Reiseführer gebeugt und mit den Botellos ins Gespräch vertieft, ins spanische noch dazu.

»Äh«, machte Gretchen, als sie auf die drei zulief. »Entschuldigung, Mr. ...«

»Nur Ashley, bitte.«, sagte der Junge, den Gretchen nun, da sie das erste Mal einen genaueren Blick auf ihn warf, um einiges jünger einschätzte, als sie zunächst angenommen hatte. Womöglich war er ein paar Jahre älter als Nettie, dachte sie, doch maximal war er 20. Sein selbstsicheres Auftreten und sein entwaffnendes Lächeln hatten sie irgendwie über seine Jugend hinweggetäuscht.

»Ashley? Ist das nicht ein Mädchenname?«

Er zuckte mit den Schultern. »Unisex, sollte man meinen. Wobei der Typ aus *Vom Winde verweht*, nach dem mich meine Mutter benannt hat, schon ziemlich mädchenhaft aussah, oder?« Er lachte, und als ihm die fragenden Blicke des spanischen Paares auffielen, die nicht viel von der Unterhaltung verstanden hatten, switchte er mühelos in die südländische Sprache, um die beiden teilhaben zu lassen.

Indes tickte die Uhr. »Es tut mir leid, aber ich muss los«, sagte Gretchen, schon auf halbem Weg zur Eingangstür. »Was wollten Sie denn eigentlich? Wenn es nicht allzu sehr eilt, kommen Sie morgen wieder. Heute ist ein fürchterlich hektischer Tag.« Sagt's und war schon zur Tür hinaus, mit nur dem Hauch eines schlechten Gewissens den Botellos gegenüber, die ihr immerhin fröhlich nachwinkten. Warum auch immer die beiden in die Lobby gekommen waren, sie schienen ihre Hilfe gerade nicht wirklich zu brauchen.

Exzellent.

Gretchen schmiss sich geradezu in den Jeep und ließ den Motor an. Sie hörte nicht mehr das Telefon, das im selben Augenblick im Foyer des Hotels zu läuten begann. Eben wollte sie den Gang einlegen, als ihr Handy klingelte.

»Ah, Jesus, was jetzt noch?«, murmelte sie, während sie das Gespräch annahm und gleichzeitig den Wagen ins Rollen brachte. Kurzzeitig wenigstens, denn nach nur zwei Metern trat sie so heftig auf die Bremse, dass sie beinahe mit der Brust gegen das Lenkrad geschlagen wäre.

»Was? Sag das noch mal«, rief sie ins Telefon, und Bruno wiederholte mit ruhiger Stimme: »Du solltest kommen, Gretchen, denn einer deiner Gäste ist beim Aussteigen vom Boot ins Hafenbecken gefallen, und er ist nicht gerade erfreut darüber.«

Bitte lass es nicht Harvey Hamilton sein, bitte lass es nicht Harvey Hamilton sein, bitte lass es nicht Harvey Hamilton sein. Wie ein Mantra wiederholte Gretchen die Worte auf einer holprigen Fahrt in Richtung Hafen, während der ihr wie immer eigentlich die Ruhe fehlte für den Ausblick über das glitzernde Wasser oder die Boote, die darauf schaukelten. Alles, was sie wahrnahm, war die Angst, dass ihr schon im Vorfeld furchtbar komplizierter amerikanischer Gast, von genau jenem glitzernden Wasser durchtränkt, an der Hafenmauer lehnte, triefend und doch Feuer speiend auf ihren Heimatort, das *Wild-at-Heart*-Hotel und Cornwall im Allgemeinen.

Es konnte genauso gut … Mist, dachte Gretchen. Es konnten nicht genauso gut die Wellers sein, denn die hatten bereits heute Mittag eingecheckt, das hatte Nettie doch übernommen.

Viel zu schnell nahm Gretchen die Kurven, und viel zu schnell erreichte sie ihr Ziel, wo ihre Befürchtungen unausweichlich bestätigt wurden: Bei dem Mann, der sich beim Aussteigen offenbar dümmer angestellt hatte, als es jeder Fischer erlaubt – denn bitte, wann war das letzte Mal jemand im Hafenbecken über Bord gegangen? –, handelte es sich eindeutig um Harvey Hamilton. Gretchen erkannte ihn, weil sie ihn gegoogelt hatte, nachdem Nettie ihr erklärt hatte, es handelte sich bei diesem Gast um einen Bestsellerautor – woher auch immer sie das wusste. Gemeinsam hatten sie daraufhin den Namen in die Suchmaschine eingegeben und festgestellt, dass Harvey Hamilton nicht nur ein überaus erfolgreicher Romanautor war, sondern darüber hinaus auch noch ehrlich attraktiv, auf diese glatt gebügelte amerikanische Weise. Nun. Gerade jetzt konnte von glatt gebügelt keine Rede mehr sein. Mit hochrotem Kopf hatte sich Harvey Hamilton vor einem tapfer seinen alten Mann stehenden Bruno Fortunato aufgebaut, während er brummend und schimpfend ein sumpffarbenes Handtuch um seine Schultern zog. Die dunkelblonden Haare troffen vor Meerwasser, der Seitenscheitel nur noch eine ferne Erinnerung. Auch die beigefarbene Hose war dunkel durchtränkt, doch der Blick, den er ihr zuwarf, als Gretchen aus dem Jeep sprang und auf ihn zueilte, der hätte sich gut und gern in Energie umwandeln lassen, die das gesamte Hafenbecken zu erwärmen vermochte. So lodernd war der.

»Ach, herrje, Mr. Hamilton, das tut mir ehrlich leid. Was ist passiert? Haben Sie das Gleichgewicht verloren?«

»Das Gleichgewicht? Wenn es diesem britischen Barbaren möglich wäre, sein Schiff so zu steuern, dass man nicht Gefahr läuft, seinen Mageninhalt zu verlieren, wäre es sicher auch nicht möglich, das *Gleichgewicht* zu verlieren.« Er fegte ihr die Sätze derart harsch entgegen, dass Gretchen instinktiv einen Schritt zurückwich.

»Okay«, sagte sie beschwichtigend, »ich verstehe.« Nicht. Aber das sollte Hamilton möglichst nicht erfahren. Sie warf einen Blick hinter ihn, wo Jet, der Bootsmann, dem Schlagabtausch mit weit aufgerissenen Augen gefolgt war und nun die Hände hob, als wollte er sagen: *Keine Ahnung, was den Kerl geritten hat.*

»Bringen wir Sie erst mal schnell ins Trockene«, sagte Gretchen jetzt. »Da drüben steht mein Jeep. Setzen Sie sich nur schon hinein, ich kümmere mich um das Gepäck.« Sie warf dem Amerikaner einen Zahnschmerzen verursachenden Blick zu (so süß war der nämlich), dann ging sie auf Jet zu, um Hamiltons Koffer entgegenzunehmen. Sie fragte sich, weshalb der Bootsführer sie nicht längst an Land gehievt hatte – er war vermutlich genauso gebannt wie die anderen Leute, die sich traubenartig um den triefnassen Fremden versammelt hatten, als handelte es sich um eine Freiluftaufführung.

»Ist gut, Leute«, erklärte Gretchen laut, während sie den vierten (!) Koffer von Jet entgegennahm. »Hier gibt es nichts mehr zu sehen.«

Grummelnd war Hamilton in Richtung Jeep abgezogen, ohne auch nur einen Blick auf Gretchen und sein Gepäck zu werfen, weshalb Bruno ihr zur Hand ging.

»Was für eine Diva«, raunte er ihr zu. »Zu blöd, um auszusteigen, und dann die Fische verklagen wollen, weil sie Wellen gemacht haben.«

Gretchen seufzte. Ihr war nicht zum Lachen. Und sie hatte das mulmige Gefühl, das würde sich so bald nicht ändern.

16.

»Du weißt, dass man ihn auch gut für einen Hintern halten könnte, ja?«

»Damien!« Mit der Faust schlug Nettie ihrem Freund auf den Oberarm. »Hör auf damit! Der Felsen ist so eine Art Wahrzeichen, du kannst ihn nicht niedermachen, bloß, weil du zu viele Sexbücher gelesen hast.«

»Was?« Damien lachte. »Es ist wahr. Das ist gar kein anständiges Herz, dafür ist es viel zu rund. Hintern geht in die richtige Richtung, denke ich.«

»Und ich denke«, sagte Nettie, »das hat nichts mit Anstand zu tun.«

»Wenn du meinst.« Damien zuckte mit den Schultern. Dann atmete er tief ein, ließ die salzige Meeresluft in seine Lungen, spürte den Wind, der an seinen Haarspitzen zupfte. In Brighton hielt er sich oft am Strand auf, denn er liebte das Wasser, wie viele andere auch schien es ihn zu beruhigen. Aber Brighton hatte einen Stadtstrand, Kies noch dazu und dann den Pier, der immer übervölkert zu sein schien, weshalb an die Ruhe, wie es sie hier auf Port Magdalen gab, nicht zu denken war. Und jetzt, Damien Angove, dachte er bei sich, hörst du dich exakt so alt und spießig an, wie es dir deine Väter oft vorwerfen. »Lass uns zu der Bank da drüben gehen«, schlug er schließlich vor.

»Was, musst du schon wieder sitzen, alter Mann?«

Da, dachte Damien. Was sage ich?

Nebeneinander setzten sie sich auf die Bank, die Netties Großvater nach dem Tod von Netties Vater seinem Sohn gewidmet hatte. *Christopher Wilde,* stand auf dem Messingschild, *der Port Magdalen liebte wie seine Familie.* Einige Sekunden lang starrte Damien darauf, bevor sein Blick zu Nettie schweifte, die kerzengerade auf dem vorderen Drittel der Sitzfläche hockte, als wollte sie auf keinen Fall die Lehne und somit das Schild für ihren Vater berühren. Oder aber ihn, das wäre auch eine Möglichkeit. Seit seiner Ankunft vor ein paar Stunden hatte er das Gefühl, als hätten Nettie und er sich im vergangenen Jahr weiter voneinander entfernt als jemals zuvor. Aus dem Augenwinkel betrachtete er sie. Nicht nur er hatte in den vergangenen zwölf Monaten einen Schub gemacht, so viel stand fest. Nettie sah erwachsener aus, als er sie in Erinnerung hatte, immer noch *nettiehaft,* aber irgendwie ... anders. Ihr Gesicht war nicht mehr ganz so rund, dafür ihr Körper weit weniger schlaksig. Sie war immer noch ein Zwerg. Aber ein ziemlich ... Nun. Er hatte ehrlich keine Ahnung, wie dieser Satz weitergehen könnte.

»Vielleicht sollten wir das Zelt da drüben hinstellen«, sagte er und deutete auf den Rand der Klippen vor ihnen. »Freie Sicht auf den Sonnenuntergang und so weiter.«

»Denkst du, man muss romantisch veranlagt sein, um solche Bücher zu schreiben?«

»Das, oder er hat viel Fantasie.«

»Oder jede Menge Sex.«

Überrascht blickte Damien seine Freundin an, die rot geworden war, doch darüber hinaus wirkte, als würde sie gleich wieder einen Lachanfall bekommen, was sie auch tat – sie beide lachten so laut, dass sie einen Vogel aufscheuchten, der nicht weit von ihnen im Gras gesessen hatte. Seit wann spielte dieses Thema in ihren Unterhaltungen eine derart große Rolle? Ach ja, richtig. Seit er Nettie Schundromane mitgebracht hatte.

»Ich hoffe, Ersteres«, sagte Nettie jetzt. »Harvey Hamilton wird sich sehr anstrengen müssen, um meine Mum für sich zu gewinnen.«

Damien, der sich bequem in die Bank gelehnt hatte, setzte sich nun ebenfalls aufrecht hin, um Netties Gesicht besser sehen zu können. »Was, wenn der gute Harvey gar kein Interesse daran hat, deine Mum zu daten?«, fragte er, woraufhin Nettie ihm einen höchst empörten Blick zuwarf. »Nein, so meine ich es nicht«, fügte er deshalb schnell hinzu. »Ich meine es nicht gegen deine Mutter persönlich. Aber was, wenn er nach seiner Scheidung einfach die Nase voll hat und von Frauen nichts mehr wissen will? Oder was, wenn er längst eine andere hat?«

»Das glaube ich nicht.« Nettie schüttelte den Kopf. Seit klar war, dass Harvey Hamilton sich für drei Wochen ins *Wild at Heart* einbuchen würde, hatten die beiden alles nur Mögliche über den Amerikaner recherchiert, der gerade eine ziemlich scheußliche Scheidungsschlacht durchlebt hatte, die unter anderem seinen Ruf als Mr. Liebesspezialist in Gefahr gebracht hatte. Nettie vermutete, dass er auch deshalb nach Port Magdalen kam, um sich davon zu erholen, und sie nahm weiter an, dass sie davon hätte lesen müssen, wenn es bereits eine neue Frau in Hamiltons Leben gäbe. Hätte er sie denn sonst nicht mitgebracht?

»Ich denke«, sagte Nettie laut, »er ist erschöpft von dem Krieg gegen seine Ex und womöglich noch gar nicht bereit für eine neue Beziehung. Bis er meine Mutter sieht, natürlich. Sie wird ihn nur einmal anlächeln, und schon schmilzt der gute Harvey dahin.«

»Deine Mutter ist eine tolle Frau«, stimmte Damien zu. »Wieso hat sie eigentlich nie wieder einen Freund gehabt?«

»Wegen Dad, schätze ich. Ich bin nicht sicher, ob sie schon ganz darüber hinweggekommen ist.« Nettie biss sich auf die Unterlippe, und Damien fragte sich, ob es überhaupt möglich war, über so etwas hinwegzukommen. Er selbst hatte noch keine Erfahrung mit langjährigen Liebesbeziehungen, aber wenn er sich vorstellte, einem von seinen Dads würde etwas passieren ... Der andere wäre ziemlich sicher am Boden zerstört. Und er konnte sich nicht vorstellen, wie die zwei ohne einander auskommen sollten. Damien schauderte.

»Ist dir kalt?«

»Nein.« Er räusperte sich. »Also, das Zelt da drüben«, begann er erneut, »dann besorgen wir ihm seine Leibspeisen ...«

» ... Schoko-Eclairs beispielsweise ...«

» ... die eure Köchin für uns zubereiten soll.«

»Sobald ich Hazel mal unter vier Augen erwische«, stimmte Nettie zu. »Im Augenblick ist die Hölle los.«

»Okay. Dann müssen wir später noch den Wecker in sein Zimmer schmuggeln.«

Nettie kicherte. »Ich kann nicht glauben, was du alles über den Typen rausgefunden hast. Ich meine, welchen *Wecker* er benutzt ...« Sie schüttelte den Kopf.

»Der gläserne Mensch in Zeiten des Internets«, sagte Damien. »Ich hab zig Interviews mit ihm gelesen. Kommt mir vor, als würde ich den guten Harvey schon ewig kennen.«

Erneut lachte Nettie auf. »Genau. Vielleicht sollten wir euch zwei miteinander verkuppeln.«

»Nee, lass mal. Wenn ich mir die Sexszenen so ansehe, möchte ich mit dem besser nichts haben.«

Woraufhin Netties Lachen in Husten überging. Sie räusperte sich. »Dann müssen wir noch Champagner besorgen und meine Mutter überreden, dass sie das Zeug zu ihm ins Zelt bringt.«

»Haben wir schon eine Idee, was wir unternehmen, wenn es bei diesem ersten Treffen noch nicht funkt?«

»Das sehen wir, wenn es so weit ist.«

Damien zuckte mit den Schultern. Noch einmal ließ er den Blick über das Meer schweifen, über die Wellen, die sich unten an den Klippen brachen, er lauschte dem Geräusch, das sie verursachten, dem Schlagen und Rauschen des Wassers. Es hatte den Strand schon beinahe verschlungen, genau so, wie Nettie gesagt hatte. Er wandte ihr den Kopf zu, ihre Blicke trafen sich, und sie lächelten einander an. Nettie, sie war …

»Ich kann nicht glauben, dass du das Quad gewonnen hast«, sagte er plötzlich.

Netties Grinsen wurde breiter. »Du weißt doch, ich hab Glück bei Preisausschreiben.«

»Ich weiß.«

»Leider darf man es erst ab siebzehn fahren. So lange steht es im Schuppen. Wenn meine Mutter es nicht gerade ausleiht.« Sie verzog das Gesicht.

»Eine Schande ist das«, sagte Damien. »Allerdings … auf dieser kleinen Insel wird nicht allzu oft der Führerschein kontrolliert, stimmt's?«

Netties Augen wurden schmal. »Stimmt«, sagte sie langsam.

Dann breitete sich erneut dieses Lächeln auf ihrem Gesicht aus, und Damien strahlte automatisch mit. Dieses Mädchen hatte ihm wirklich gefehlt.

Port Magdalen, viereinhalb Jahre zuvor

Der Tag, an dem Christopher Wilde starb, war ein strahlend schöner, jedoch ganz gewöhnlicher Freitag gewesen. Er war aufgewacht zu Theos Heimwerkerlärm und mit dem dringenden Wunsch, mit seiner wunderschönen Frau zu schlafen, denn das taten sie viel zu selten in der letzten Zeit, was vor allem dem Stress mit dem Umbau zuzuschreiben war: Die Gästezimmer wurden renoviert, alle vier und die Suite, und auf einer Baustelle zu leben hatte sich als überaus unentspannt erwiesen, insbesondere deshalb, weil sie viele der Aufgaben selbst übernahmen. Gretchen beispielsweise nähte die Vorhänge und den Großteil der Kissenbezüge, oder sie war damit beschäftigt, Tapetenmuster zu prüfen und Teppichgeschäfte abzuklappern, während Christopher dabei half, Böden abzuschleifen oder neu zu verlegen, Bäder einzubauen und Anschlüsse zu setzen. Er hatte sogar schon gelernt, Leitungen zu verlegen, inzwischen war er beinahe Profi – was diese Dinge anging.

Nicht ganz so professionell waren dagegen seine Kalkulationen gewesen, das musste er sich wohl eingestehen. Der Umbau kostete weit mehr als ursprünglich angenommen (Rohre mussten ausgetauscht, morsches Holz ersetzt werden, und wenn er den Schuppen schon auf Vordermann brachte, dann aber doch richtig), was zur Folge hatte, dass der Kredit unmöglich auch noch für die Lodge ausreichen würde. Und die brauchten sie aber doch, um das Hotel für die Zukunft profitabler zu machen. Also hatte Christopher einen erneuten Termin bei der Bank erbeten, ohne Gretchen etwas davon zu sagen – er würde es ihr mitteilen, früher oder später, doch im Moment wollte er sie damit noch nicht belasten. Dass er selbst über die komplette Umbauphase hinweg mit Kopfschmerzen zu kämpfen hatte, war schlimm genug.

Auch heute spürte er das spitze Stechen hinter seiner Schläfe, doch er ignorierte es. Zumindest so lange, bis Gretchen ihm nach dem Frühstück den Rücken zuwandte und er heimlich eine Schmerztablette einwerfen konnte.

Nettie verabschiedete sich mit einem flüchtigen Winken von ihm, wie jeden Morgen. Er sagte: »Hey, wie lange geht die Schule heute? Lust, dass dein alter Dad dich abholt?«

Und Nettie, inzwischen wach und somit um einiges aufgeweckter als noch eine Stunde zuvor, verdrehte die Augen: »Ich bin durchaus in der Lage, allein nach Haus zu finden.«

»Als wenn ich das nicht wüsste.« Mit einer Hand wuschelte er durch den braunen Haarberg seiner Tochter, der ohnehin immer ungekämmt aussah, egal, wie viel Mühe Gretchen sich gab, ihn zu bändigen. Nettie hatte die gleichen widerspenstigen Haare wie er.

»Aber ich könnte heute eine Ausnahme machen«, erklärte die Elfjährige. »Ein bisschen vor den anderen Mädchen angeben und so.«

»Du gibst mit deinem Vater vor den anderen Mädchen an?«, fragte Gretchen, die mit der Espressotasse in der Hand an der Spüle lehnte. Tee kam für diese Frau einfach nicht infrage. Und Frühstück nur, wenn es schon als Brunch durchgehen konnte.

Nettie zuckte mit den Schultern. »Sie finden ihn gut«, sagte sie leichthin, schüttelte die Hand ihres Vaters ab, rümpfte die Nase, als er ihr einen Kuss aufdrücken wollte, und schob sich an ihm vorbei nach draußen.

»Bis später«, rief sie, wie jeden Morgen, dann knallte die Tür hinter ihr zu.

»Diese Tür lässt sich auch leise schließen«, rief Christopher ihr hinterher, wie jeden Morgen.

Doch heute, heute tat er es zum letzten Mal.

Er stand auf, räumte seinen Teller und die Teetasse in die Spüle und nahm seiner Frau die Tasse aus der Hand, um sie zu küssen. Sie schmeckte nicht mehr nach Schlaf, nur mehr nach starkem Kaffee, doch immer noch nach Gretchen.

»Du fährst heute in die Stadt?«, murmelte sie.

Christopher brummte zustimmend. Er küsste ihr Kinn entlang, bis hinter ihre Ohrläppchen, wo die Haut am empfindlichsten war. Er versuchte, Zeit zu gewinnen, denn er wollte seiner Frau nichts erzählen von dem Banktermin, also … was machte er sonst an einem Freitagmittag in Penzance?

»Nur ein paar Einkäufe für den Umbau. Sachen, die ausgegangen sind.«

»Ah.« Sie klang abwesend. Perfekt. Vielleicht, wenn sie sich ein bisschen beeilten, dachte er, während er Gretchens Bluse aus ihrer Jeans zog, würden sie noch, bevor hier der Trubel losging …

»Du fährst in die Stadt?«

Ah, Mann. Christopher seufzte, dann drehte er sich ergeben zu seinem Vater um.

»Penzance«, antwortete er knurrig. Hinter seinem Rücken richtete Gretchen ihre Kleidung. Schon wieder.

»Kann ich dir was mitbringen?«

»Nett, dass du fragst.« Sein Vater grinste. Dann ließ er sich am Küchentisch nieder und goss sich Tee in die Tasse, die sie jeden Morgen für ihn bereitstellten. »Du könntest mir ein paar Äpfel besorgen … ähm, fünf Kilo vielleicht? Und kennst du diese kleinen Körbe, mit denen Kinder versuchen, Fische zu fangen? So einen bräuchte ich. Und …« Er überlegte einen Moment, dann schüttelte er den Kopf. »Nein, um die Zahnräder muss ich mich selbst kümmern.«

»Was stellst du jetzt wieder an?«, fragte Christopher stirnrunzelnd. »Du hast doch keine Maschine entwickelt, um Äpfel vom Baum zu schießen?« Er schauderte, doch Theo verdrehte nur die Augen.

»Lass dich überraschen, Sohn.«

»Lieber wäre mir, wenn nicht.« Christopher verzog das Gesicht. Theo zog sein Notizbuch hervor und begann, darin zu blättern, also drehte er sich wieder zu Gretchen und raunte ihr ins Ohr: »Hättest du mich auch geheiratet, wenn du gewusst hättest, dass du ein Leben ohne Sex würdest führen müssen?«

Gretchen lachte leise. »Ich hätte dich selbst dann geheiratet, wenn ich gewusst hätte, wie schamlos du sein kannst«, flüsterte sie zurück.

»Lass uns ein Hotelzimmer nehmen.«

»Himmel, was ist denn heute los mit dir?«

»Keine Ahnung. Vielleicht habe ich das Gefühl, wir sollten mal wieder, du weißt schon. Bevor wir alt und grau werden.«

»Du bist noch keine vierzig.«

»Uns läuft die Zeit davon.«

»Christopher …« Sie schob seine Hände weg, die einmal mehr unter ihre Bluse wandern wollten, in unmittelbarer Sichtweite ihres Schwiegervaters, doch sie biss sich auf die Lippen dabei.

»Ich meine, wir sollten uns womöglich noch vermehren, bevor ich vierzig werde.«

Und nun hielt Gretchen in der Bewegung inne und blinzelte Christopher an. »Was hast du gerade gesagt?«

»So wie ich es verstanden habe«, erklärte Theo, »will dein Mann noch ein Kind mit dir zeugen. Es wäre mir nur lieber, er würde es nicht gleich in dieser Küche tun.«

»Was soll ich sagen – soeben ist mir jegliche Lust daran vergangen«, erklärte Christopher trocken und löste sich von Gretchen, die ihn nach wie vor anstarrte. »Mit seinem Vater über die Zeugung eines Kindes zu sprechen«, murmelte er, während er ein letztes Mal die Schulter seiner Frau drückte. Damit ging er zur Tür (nicht ohne Theo den Toast wegzuschnappen, den dieser eben mit Butter beschmiert hatte), rief: »Später, Liebes«, und war verschwunden.

Verblüfft blieb Gretchen stehen, einfach so, wie Christopher sie verlassen hatte. Sie hatten immer mehr als ein Kind gewollt, doch als Nettie aus dem Gröbsten raus war, hatten sie das Hotel übernommen und seither kaum mehr Zeit für etwas anderes gefunden. Das Thema war eigentlich nie mehr aufgekommen, und wenn, dann immer mit dem Verweis auf eine Zeit, in der es mal ruhiger werden würde. Gerade war es alles andere als ruhig, dachte Gretchen. Das ganze Haus war eine Baustelle, allerdings – das würde nicht ewig so bleiben, nicht wahr? Irgendwann waren die Zimmer und die Lodge renoviert, und dem Hotel würde es besser gehen als je zuvor. Und eventuell würde

sich Gretchen aus dem Alltag so weit zurückziehen können, dass es möglich wäre, sich um ein weiteres Kind zu
kümmern.

Mucksmäuschenstille füllte die Küche. Nur das Ticken
der Uhr war zu hören, die über der Tür hing und Gretchen
wahnsinnig machte, gerade in solchen Momenten. Sie sah
Theo an, der sich schon wieder seinen Notizen gewidmet
hatte. Und dann, einfach, um irgendetwas zu sagen, rief
sie: »Bring eine neue Uhr mit, wenn du schon in Penzance
bist. Eine geräuschlose, bitte. Die hier treibt mich noch in
den Wahnsinn.«

Es war das Letzte, das sie je zu Christopher sagte. Und
obwohl der Satz nichts Tragisches in sich barg – es steckte
nichts Gemeines darin, kein Vorwurf, er war einfach nur
ein Übersprungsgedanke gewesen, um ihr Erstaunen zu
kaschieren –, bereute sie bis zum heutigen Tag, ihn ausgesprochen zu haben.

Sie war nicht auf Christophers Vorschlag eingegangen,
sie hatte ihm nicht gesagt, wie sehr sie ihn liebte und wie
furchtbar gern sie noch ein Kind mit ihm hätte. Sie hatte
ihm nicht gesagt, wie sehr sie ihn auch dafür liebte, dass
er das überhaupt wollte, dass er war, wie er war.

Sie hatte gesagt: »Bring eine neue Uhr mit. Die hier
treibt mich noch in den Wahnsinn.«

17.

*W*arte, ich helfe dir mit den Koffern.«

»Danke, Theo.« Gretchen reichte ihrem Schwiegervater eines der vier monströsen Gepäckstücke, die Harvey Hamilton allesamt ihr überlassen hatte, bevor er, ohne sich umzublicken, im Hotel verschwunden war, und verdrehte die Augen dabei.

»Was ist passiert?«, raunte Theo ihr zu. »Wieso ist er so nass? Es hat doch längst aufgehört zu regnen.«

»Er ist ins Hafenbecken gefallen«, flüsterte Gretchen zurück, und als sie sah, dass ihr Schwiegervater kurz davor war, in schallendes Gelächter auszubrechen, fügte sie hinzu: »Und er findet es *nicht* lustig, beherrsch dich bitte.«

Also kicherte Theo nur, während sie die Koffer hineinwuchteten, einzeln, so schwer waren die.

»Himmel, was schleppt der mit sich rum?«, grummelte sie.

»So wütend, wie der aussieht? Leichenteile.«

»Theo!«

»Nur Spaß.«

»Geh weg. Kusch. Grrr.«

Aus dem Augenwinkel beobachtete Gretchen, wie ihr Gast sich vor den Kamin stellte, in dem seit dem Unwetter heute Vormittag ein Feuer knisterte, und mit den Füßen nach Sir James trat, der sich offenbar auch dort aufwärmen wollte. Er hatte den Kater bislang verfehlt, wie es aussah, dennoch war die Hotelchefin mehr als empört über die schroffe Geste des Amerikaners. Unprätentiös ließ sie den Koffer fallen, eilte zu den beiden hinüber und nahm den Kater auf den Arm.

»Das ist Sir James«, erklärte sie, sehr um Freundlichkeit bemüht, aber nicht in der Lage, das Eis in ihrer Stimme zu verbergen »Er tut nichts. Er ist schon sehr alt und friert leicht, deshalb wärmt er sich am Feuer auf, wann immer es geht.«

»Ich wusste nicht, dass in diesem Haus Tiere erlaubt sind«, gab Harvey Hamilton zurück.

»Tiere sind nicht nur erlaubt, sie sind sogar willkommen«, erwiderte Gretchen in gleichem Tonfall, »und ich bitte Sie höflichst, nicht nach ihnen zu treten.«

Mr. Hamilton zog die Brauen nach oben. Gretchen drehte sich um und schritt erhobenen Hauptes zurück zum Empfang, wo sie Sir James auf dem Tresen deponierte. Der Kater setzte sich, hob eine Pfote, um sie zu putzen, und sah mit abschätzendem Blick dem unfreundlichen Gast entgegen, der nun ebenfalls zu ihnen hinüberstapfte.

»Was, wenn jemand allergisch ist?«, fragte er gereizt.

»Sind Sie allergisch?«

»Was, wenn ich es wäre?«

Gretchen seufzte. »Sehen Sie sich Sir James an – der Kater hat kaum noch Fell. Und er war noch nie in den Zimmern, noch nicht einmal im Restaurant. Er schläft im Windfang, in der Scheune oder hier, am Kamin.«

»Ich könnte Ihnen das Gesundheitsamt auf den Hals hetzen, ist Ihnen das klar? Und weiß der Himmel wen noch, nachdem es Ihnen nicht einmal gelingt, Ihre Gäste sicher auf die Insel zu transportieren, ohne dass sie sich in dem dreckigen Hafenbecken eine Lungenentzündung einfangen. Oder Schlimmeres.«

Man sah es ihr womöglich nicht an, doch Gretchen knirschte mit den Zähnen. Sie holte eben Luft, um etwas zu erwidern, als Theo hinter Hamilton auftauchte und fragte: »Soll ich einen Arzt anrufen oder einen Anwalt?«, bevor er dem verblüfften Amerikaner auf den Rücken schlug und grinsend erklärte: »Das war nur Spaß. Wer wird denn an seinem ersten Urlaubstag schon so eine saure Miene ziehen? Und das hier, in unserem wunderbaren Haus. Willkommen im *Wild-at-Heart*-Hotel. Was kann die Liebe für Sie tun?«

Schnell drehte sich Gretchen zu dem kleinen Brett an der Wand, an dem die Zimmerschlüssel hingen, damit niemand die Grimasse sah, die sie zog. Überlass es Theo, in der brenzligsten Situation Humor zu bewahren, sagte sie sich, obwohl Hamilton nicht ein Fünkchen davon zu besitzen schien. Doch womöglich erinnerte der Hinweis auf das Hotel ihn daran, weshalb er überhaupt erst hierhergekommen war – zumindest nahm Gretchen an, dass ein Liebesromanautor aus Inspirationszwecken in ein Haus wie dieses eincheckte.

Sie hörte ihn seufzen. »Kann ich jetzt auf mein Zimmer, bitte? Ich würde gern die nassen Sachen ausziehen und ein heißes Bad nehmen.«

»Aber sicher doch«, sagte Theo.

Gretchen nickte. »Kommen Sie später vorbei, dann machen wir Ihre Anmeldung fertig. Zunächst einmal bringen wir Ihr Gepäck nach oben. Wenn Sie kurz warten, ich werde Oscar bitten, ob er …«

»Soll ich Ihnen mit den Koffern helfen?«

Überrascht blickte sich Gretchen nach Ashley um, der

aus dem Nichts zu kommen schien und nun nach zweien von Hamiltons Koffern griff.

»Sie sind ja immer noch hier«, stellte sie verblüfft fest. Hatte er etwa auf sie gewartet?

»Ich wollte mit Ihnen sprechen, schon vergessen?«, sagte Ashley und zwinkerte ihr zu. Gretchen blinzelte. Mutig war er, das musste man ihm lassen. »Also, wohin mit dem Gepäck?«, fragte er.

»Raum vier, erster Stock rechts«, erklärte Theo, während Gretchen rief: »Warten Sie, ich gehe vor.«

Zu viert nahmen sie die Treppe nach oben, die Schritte lautlos auf dem dichten roten Plüschteppich, den Christopher ausgesucht hatte und in dem man in Wohlgefühl versank, bevor man überhaupt sein Zimmer erreicht hatte. Bilder von Cornwall zierten die Wände, filigrane Zeichnungen und mutige bunte Aquarelle, dazwischen Schwarz-weiß-Fotografien von berühmten Gästen, die bereits im *Wild at Heart* abgestiegen waren – Schauspieler, Maler bis hin zu Rockmusikern. Hamilton würdigte sie keines Blickes. Und er sagte kein einziges Wort mehr. Nicht, bis die kleine Gruppe vor der Tür zu Raum 4 stehen blieb, mit seiner dunkelblauen Tapete, die gespickt war mit blauen und grünen Federn.

»Was ist das?«, fragte Hamilton, nachdem sie eingetreten waren. »Der verdammte Hühnerstall?«

Hörbar schnappte Gretchen nach Luft. »Erlauben Sie mal«, begann sie empört, bevor Theo ihr beschwichtigend die Hand auf den Arm legte.

»Über Tapeten lässt sich streiten«, erklärte er, »selbst wenn es Designerentwürfe sind.«

Gemeinsam mit Ashley trug er die Koffer ins Zimmer, das ihr Gast weiterhin misstrauisch beäugte. »Wo geht es

in den Salon? Und was, um Himmels willen, hat die Badewanne mitten im Raum zu suchen?«

Theo, der bemerkt hatte, dass seine Schwiegertochter den überstrapazierten Faden ihrer Geduld nicht mehr
allzu lange würde instand halten können, öffnete gerade
den Mund, als Ashley erklärte: »Die fällt gleich auf, nicht
wahr? Leister Shackleton, seinerzeit einer der wichtigsten
Innenarchitekten der Britischen Inseln, erhielt einen Preis
für die erste frei stehende Badewanne, die er, wie hier, vor
einem Fenster mit Aussicht platziert hatte.«

Theo klappte den Mund wieder zu. Gretchen runzelte
die Stirn.

»Ich hatte eine Suite bestellt«, sagte Hamilton. »Ich sehe
keinen zweiten Wohnraum.«

»Das liegt daran, dass dies ein Doppelzimmer ist«, erwiderte Gretchen. »So wie es aus der Reservierung her-
vorging ...«

»Unfug.«

»Nun, ich bin mir ziemlich sicher ...«

»Ich habe noch nie etwas anderes gebucht als eine
Suite.«

»Mr. Hamilton, bei allem Respekt, aber uns liegt keine
Buchung einer Suite vor.«

»Ich werde hier arbeiten!«, erklärte der Amerikaner
nun aufgebracht, »ich kann unmöglich im gleichen Raum
schlafen, in dem ich schreibe!«

Für einen Augenblick sagte niemand etwas, dann redeten so ziemlich alle auf einmal, bis eine tiefe Stimme da-
zwischenrief: »Was ist denn hier los? Gretchen?«, und alle
Blicke sich auf die Tür richteten und auf Clive Angove, der
sich in deren Rahmen aufgebaut hatte.

Gretchen verzog das Gesicht. »Tut mir leid, wenn wir

euch gestört haben, es gibt hier ein kleines Durcheinander wegen einer Buchung.«

»Kleines Durcheinander?«, rief Hamilton, während er theatralisch die Hände in die Luft warf. »*Kleines* Durcheinander?«

Und schon brach die erhitzte Debatte von Neuem los. Und während Hamilton sich echauffierte und Theo versuchte zu schlichten, wurde Gretchen klar, weshalb ihr die Aussage, das Zimmer für Mr. Hamilton sei hergerichtet, so ein mulmiges Gefühl bereitet hatte: Ein Mann, den sein Manager im Vorfeld über mehrere Telefonate hinweg als so etwas wie einen Staatsgast angekündigt hatte, buchte nun einmal kein Doppelzimmer. Er buchte die Suite – selbst wenn er das, wie in diesem Fall, offenbar nicht getan hatte.

Am Ende knickten zu Gretchens großem Verdruss die Angoves ein, die sich bereit erklärten, die Suite zugunsten Harvey Hamiltons zu räumen und stattdessen in das Doppelzimmer umzuziehen. »Nein«, maulte Gretchen schwach, sich gleichwohl schmerzlich bewusst, dass es zu diesem Zeitpunkt gar keine andere Möglichkeit gab, wenn sie nicht Hamiltons Buchung verlieren wollten. »Wo soll denn Damien schlafen?«

»In der preisgekrönten Badewanne vielleicht«, murmelte der Amerikaner, doch Clive beachtete ihn gar nicht. »Vielleicht kann er bei Nettie unterkommen?«, sagte er. »Die beiden haben sicher ohnehin einiges aufzuholen.«

Für eine Sekunde nur wechselten Gretchen und Theo einen Blick, der alles besagen konnte, doch sie fragte sich, ob ihr Schwiegervater womöglich das Gleiche dachte wie sie: dass Nettie nicht mehr das kleine Mädchen war, das sich vor einem Jahr von Damien verabschiedet hatte, dass

Damien auch nicht so aussah, als wäre die Zeit spurlos an ihm vorübergezogen, und ob es tatsächlich ratsam war, die beiden in ein gemeinsames Zimmer zu stecken.

»Er kann bei mir in der Scheune schlafen«, erklärte Theo, doch Damiens Vater sagte: »Ach was. Keine Umstände. Das macht den beiden sicher nichts aus.«

Nein, dachte Gretchen nicht ohne Ironie. Womöglich nicht. Und dann vergaß sie für einen Augenblick ihre Tochter und dachte daran, dass das Schlafzimmer der Suite eine dunkelrosa Tapete zierte, mit Bienen darauf, und was Harvey Hamilton wohl davon halten würde?

»Gut«, seufzte sie schließlich. »Wechseln wir die Zimmer, ja?«

Das taten sie gemeinsam und wieder mit Ashleys Hilfe (eigentlich halfen alle außer Hamilton, der wie befürchtet auch an der Suite etwas auszusetzen hatte, von den Tapeten, die ihm zu bunt waren, über die gedimmten Leselampen, die zu wenig Licht spendeten, hin zum urgemütlichen Lesezimmer, das ihm zu klein war, und selbstverständlich ärgerte ihn auch dort die Badewanne vor dem Panoramafenster). Bis die Sachen der Angoves im Doppelzimmer und Hamilton in seinem neuen Reich untergebracht waren, waren eigentlich alle mit den Nerven am Ende, Gretchen im Besonderen. Sie nahm sich vor, gleich mit diesem mysteriösen Ashley zu sprechen, vor allem darüber, wer eigentlich Leister Shackleton sein sollte, von dem sie noch nie etwas gehört hatte, und sie öffnete gerade den Mund, um ihn zu bitten, ihr ins Büro zu folgen, als unten das Telefon läutete. Also entschuldigte sie sich, eilte die Stufen hinunter zum Empfangstresen und riss den Hörer an sich, nur um festzustellen, dass der Anrufer schon wieder aufgelegt hatte.

Für einen Moment schloss Gretchen die Augen und lauschte auf das Knistern des Feuers und die Stimmen, die vom ersten Stock nach unten drangen, wo Theo und die anderen sich nach wie vor unterhielten. Was war das nur für ein Tag heute? Wenn es so weiterging in diesem Sommer, konnte sie sich im Herbst für eine Rehamaßnahme anmelden.

Das Telefon klingelte erneut. Von oben rief Theo nach ihr, während sich die Tür zum Windfang öffnete und Nicholas plötzlich vor ihr stand. Und auf einmal, da war die Tatsache, dass sie vor dem Fenster Nettie und Damien lachen hörte, die sich offenbar ebenfalls gerade auf dem Weg zu ihr befanden, das letzte bisschen Zuviel, das es brauchte, um durchzudrehen.

Also tat Gretchen Wilde das, was Frauen am Rande des Nervenzusammenbruchs eben so tun. Sie ignorierte das Telefon und alle Rufe nach ihr, griff entschlossen nach Nicholas' Hand und zog ihn hinter sich her in ihr Büro, bevor Nettie sie entdecken konnte. Dort drückte sie die Tür hinter sich zu und sich mit dem Rücken dagegen.

»Ist alles in Ordnung?« Nick musterte sie besorgt. »Was ist denn passiert? Du siehst aus, als wäre eine Horde Auftragskiller hinter dir her.«

Gretchen schüttelte den Kopf. Sie sah Nicholas mit großen Augen an, sagte aber nichts.

»Gretchen?« Er machte einen Schritt auf sie zu. »Was ist denn? Du hast mir nicht geantwortet, also dachte ich, ich komme lieber vorbei und …«

Nun, ja. Weiter kam er nicht.

Mit einem entschlossenen Schritt ging Gretchen auf Nick zu, umfasste mit beiden Händen seinen Nacken, zog seinen Kopf zu sich herunter und drückte ihren Mund auf seine Lippen. Für drei Sekunden etwa blieb Nick vollkommen starr, zu überrascht, um zu reagieren, dann legte er die Arme um Gretchen und erwiderte den Kuss, zögernd zunächst, dann mutiger.

Gemessen an all den romantischen Küssen, die die Wände dieses Hotels schon zu bezeugen hatten, dürfte dieser hier vermutlich nicht die Top Ten erklimmen, aber Romantik ist eben nicht immer angebracht. Gretchen jedenfalls hörte weder Violinenklänge, noch verspürte sie Schmetterlinge im Bauch, stattdessen brannte ein Feuer in ihr, das Nicholas' Mund gleichzeitig löschte und anstachelte, die Flammen loderten durch ihren Körper, als wollten sie sie verschlingen, und erst, als sie mit dem Rücken gegen die Tür stieß, als sie Nicholas' Körper in seiner gesamten Länge spürte, seine Hände in ihren Haaren, seine breite Brust an ihrer, als das Blut begann, in ihren Ohren zu rauschen und beinahe die Stimmen, die aus der Lobby zu ihnen drangen, übertönte, da schnappte sie nach der dringend benötigten Luft und stieß ein atemloses *Nick* hervor. Und als hätte sie ihn damit aus einer Art Trance erweckt, löste er sich von ihr und taumelte ein Stück zurück.

»Sorry«, sagte er, »das war … Ich weiß auch nicht, was das war.«

»Meine Schuld«, stieß Gretchen hervor.

Nicholas runzelte die Stirn.

»Nein, so meinte ich es nicht.« Sie schüttelte den Kopf. »Ich meine … Kennst du das, wenn man sich einmal geküsst hat? Dann ist es irgendwie schwer, so zu tun, als wäre es nie geschehen, und es das nächste Mal zu lassen. Ich meine, wir haben uns nicht einmal *richtig* geküsst, also, das letzte Mal, nur … halb, würde ich sagen, aber das hat offenbar gereicht, um … Ich brabble. Ich höre jetzt auf damit. Hi.« Mit großen Augen sah sie Nick an, der nun noch ein Stück verwirrter wirkte, weshalb Gretchen seufzend mit den Händen durch ihre Haare fuhr, um sie glatt zu streichen. »Es kann jeden Augenblick jemand hereinkommen«, sagte sie jetzt.

»Hi«, begann Nicholas, und dann stockte er einen Moment, überrascht, dass sie ihn diesmal nicht unterbrach. »Ich gebe dir absolut recht«, sagte er sanft, »wenn man sich einmal geküsst hat, ist es unmöglich, so zu tun, als wäre nie etwas geschehen, weil es sich so anfühlt, als hätte man nicht nur eine Grenze überschritten, sondern gleichzeitig die Mauer eingerissen.«

»Das ist eine gute Metapher«, stimmte Gretchen zu. Inzwischen nagte sie an ihrer Unterlippe herum. »Hör zu«, begann sie, im selben Augenblick, in dem Nick erklärte: »Aber der Punkt ist, ich will gar nicht so tun, als wäre nie etwas zwischen uns geschehen.« Erneut ging er einen Schritt auf sie zu. »Ich bin heute gekommen, weil ich das Gefühl hatte, dass du mir aus dem Weg gehst seit letzter Woche. Seit wir … du weißt schon.« Er machte eine fahrige Handbewegung. »Uns halb geküsst haben.«

»Die Mauer eingerissen haben«, sagte Gretchen zur gleichen Zeit.

»Exakt.« Er nickte. »Und ich denke, wir sollten miteinander reden, denn wir sind zu alt, um so zu tun, als wäre nichts passiert. Und offensichtlich ohnehin unfähig dazu. Und schon zu lange befreundet, um einfach auseinanderzudriften, bloß weil es eventuell kompliziert werden könnte. Ich weiß, dass du dir Gedanken machst wegen Christopher. Aber ich mag dich. Und ich denke, du magst mich auch. Und ich finde, allein das ist es wert, dass wir darüber sprechen, in Ruhe, um uns klar zu werden, wie es weitergehen soll.«

Durch die Tür drang Gelächter zu ihnen ins Zimmer, und Gretchen zog eine Grimasse. »Nicht hier«, sagte sie, doch ihr Tonfall war sanft, was Nicholas Hoffnung machte, sie konnte es in seinen Augen sehen. Die blau waren, nebenbei bemerkt, dunkel und tief wie das Meer hinter den Klippen. Ihre ungewöhnliche Farbe war mit das Erste, das Gretchen aufgefallen war, als sie Nicholas kennenlernte, seine Augen und die entspannte Aura, die von ihm ausging. Zweifelsohne war er ein Mann, in dessen Nähe man sich wohl und geborgen fühlte – nun ja, Gretchen jedenfalls empfand es so, Nicholas' Ex-Frau war womöglich anderer Meinung.

»Wie wäre es mit Essen?«, fragte er jetzt. »Nur wir beide, drüben an der Küste. Heute Abend?«

»Es geht nicht«, erwiderte sie, und als sie die Enttäuschung in seinem Blick bemerkte, fügte sie schnell hinzu: »Heute Abend koche ich für die Angoves. Stammgäste«, erklärte sie. Sie sah Nick an. Die Frage war, *wollte* sie mit ihm essen gehen, wollte sie dem, was sich da zwischen ihnen entwickelt hatte, eine Chance geben, oder war es besser für alle Beteiligten, wenn sie hier und jetzt einen Schlussstrich zogen, wenn sie zurückkehrten zu der Freundschaft, die sie verbunden hatte, und die Mauer, die eingerissen war, wieder aufbauten?

Als hätte er ihre Gedanken gelesen und wollte sie unbedingt davon abbringen, legte Nick eine Hand an Gretchens Wange, beugte sich vor und drückte einen Kuss auf ihre Lippen, ganz leicht nur.

Gretchen seufzte. »Morgen«, sagte sie. »Morgen Abend könnte ich versuchen, mich ein paar Stunden auszuklinken. Es ist die Hölle los im Augenblick, mit Dotties Verletzung und dem fehlenden Springer, aber ...«

»Falls es nicht geht, verschieben wir das Essen«, unterbrach Nick sie ruhig. »Okay? Wir haben alle Zeit der Welt. Ich würde es nur furchtbar finden, wenn wir bis dahin weiterhin wie Fremde miteinander umgehen müssten.«

»Für einen Fremden küsst du ziemlich gut«, sagte Gretchen.

»Für eine Fremde fühlst du dich auch ziemlich gut an.« Wie um seine eigene Erinnerung noch einmal aufzufrischen, schloss er die Arme um Gretchen und zog sie an sich. Ein Schauer durchlief sie, und allmählich dämmerte es ihr, dass die Metapher, Wachs in den Händen eines anderen zu sein, auf jeden Fall von einer Frau stammen musste, einer Frau, die das Glück hatte, von einem Mann wie Nicholas umarmt zu werden.

»Mum?«

Beim Klang von Netties Stimme zuckten sie beide zusammen.

»Ich muss los«, flüsterte Gretchen, während sie sich aus Nicks Umarmung löste. »Kannst du hier einen Augenblick warten, bis die Luft rein ist? Ich möchte nicht, dass …«

»Klar.« Nicholas nickte. Sie musste nicht aussprechen, dass sie ihre Familie lieber nicht auf falsche Ideen bringen wollte (beziehungsweise auf die richtigen), das wusste er auch so. »Ich melde mich noch mal wegen morgen Abend, okay?«

»Okay.«

»Gut.«

»Mum?«

»Bis dann.« Womit Gretchen aus dem Zimmer schlüpfte, die Tür hinter sich zuzog und den Gang hinuntereilte in Richtung Foyer.

Nicholas starrte auf den Knauf der Tür, die Gretchen eben hinter sich geschlossen hatte. Er verzog das Gesicht beim Gedanken an den Monolog, den er da eben gehalten hatte. Himmel noch mal, was war nur in ihn gefahren? Selbst in seinen Ohren hatte es sich verzweifelt angehört, wie er versucht hatte, Gretchen davon zu überzeugen, dass ... ja, wovon eigentlich? Da weiterzumachen, wo sie vergangene Woche aufgehört hatten? Nun. Er räusperte sich, während er nach wie vor dastand, die Hände in die Seiten gestemmt, den Blick auf den Türknauf gerichtet. Er hatte so ziemlich mit allem gerechnet, aber nicht damit, dass Gretchen ihn küssen würde, erst recht nicht so.

Mit einer Hand fuhr er sich durch die Haare, dann massierte er seinen Nacken.

Diese Sache mit Gretchen ... er hatte das nicht provozieren wollen. In den zwei Jahren, die er sie kannte, war sie ihm ans Herz gewachsen, das ja. Als Freundin. Als jemand, mit dem er reden und lachen konnte und den doch immer ein Schleier der Trauer umgab, hauchdünn, doch fest versiegelt wie ein Vakuum.

Er hatte sich nicht zwischen sie und ihren toten Mann drängen wollen. Nach seiner Scheidung, nach dem tragischen Ende seiner Ehe, hatte er im Grunde überhaupt niemanden mehr davon überzeugen wollen, dass er der richtige Partner sei. Für irgendjemanden.

Und dann war es einfach passiert. Er und Gretchen waren sich nähergekommen und näher, und dann hatte er sich in sie verliebt, ganz ohne es zu wollen.

Und nun stand er da und versteckte sich quasi in ihrem Kleiderschrank.

18.

Mum, hast du Ashley schon kennengelernt?«

»Allerdings«, erwiderte Gretchen, während sie zu der kleinen Gruppe Menschen trat, die sich um den Empfangstresen herum versammelt hatte, »und er kommt mir allmählich vor wie der Geist der vergangenen Weihnacht. Jedes Mal, wenn ich mich umdrehe, steht er vor mir.« Sie lächelte.

Nettie, die mit besagtem Ashley, Damien und Oscar zusammenstand, warf einen neugierigen Blick auf ihre Mutter.

»Wo hast du dich denn rumgetrieben?«, fragte sie. »Du bist ganz zerzaust.«

»Ich ...« – und schwupps, war das Lächeln dahin – »hab ein bisschen im Büro herumgeräumt.« Schnell verschwand Gretchen hinter dem Tresen, wo sie so tat, als suchte sie etwas. »Was man so alles unter den Schränken findet, erstaunlich.«

Falls einem der Anwesenden ihr Tonfall merkwürdig vorkam, ließ er (oder sie) es sich zumindest nicht anmerken.

»Also«, erklärte Gretchen mit Blick auf Ashley, »vermutlich sollten wir uns kurz unterhalten, bevor Sie noch Ihre Zelte in unserer Lobby aufschlagen. Womit kann ich Ihnen helfen?«

»Erst musst du das probieren«, entschied Nettie, bevor der Angesprochene auch nur den Mund öffnen konnte.

»Was ist das? *Hackbraten?*« Überrascht sah Gretchen
von dem Teller, der auf dem Rezeptionstresen stand,
zu ihrer Tochter. Oscar spießte eines der kleinen Stücke, die von dem Braten geschnitten worden waren, auf
einen Zahnstocher und reichte ihn Gretchen, so wie man
Häppchen auf einer Party verteilt. Er nickte ihr aufmunternd zu.

»Also gut.« Sie nahm Oscar den Mini-Spieß aus der
Hand und probierte. Sie schmeckte eine Basis aus körni-
gem Hack, Thymian, Tomate, eine leichte Säure, wie von
einem Zitronenabrieb, und Nuss. Wie war sie von den
leidenschaftlichen Küssen, die sie vor wenigen Minuten
noch mit Nick getauscht hatte, dazu gekommen, *Hackbraten* zu probieren?

»Mmmh«, entfuhr es ihr dennoch, und es klang gefähr-
lich nach dem Ton, den sie eben noch an anderer Stelle
von sich gegeben hatte (an *ganz* anderer Stelle). »Der
schmeckt fantastisch. Hast du ihn gemacht?« Sie sah Oscar fragend an.

»Er ist eine sie«, antworte Oscar, »und ja, ich habe sie
gemacht, allerdings nach einem Rezept von ihm hier.« Womit er Ashley einen Arm um die Schulter legte. »Darf ich
vorstellen: vegane Pilzterrine mit Nuss.«

»Oh.«

Gretchen starrte auf den Teller vor sich, dann auf Oscar,
bis sie sich an Ashley wandte. »Sie sind Koch?«

»Ich habe in einer Küche gelernt, ja. Aber ich bin eigentlich hier, um mich für die Stelle als Springer vorzustellen.«

»Oh«, wiederholte sie, und dann: »Wissen Sie, das
ist mehr so eine ... wie soll ich sagen ... Stelle für Menschen, die noch nicht so viel Berufserfahrung haben.«
Jüngere, dachte sie, sprach es aber nicht aus. Leute, die

mit einem Anfängergehalt zurechtkamen. Sie betrachtete Ashley, diesmal etwas genauer. Man konnte ihn bestimmt als jungen Mann bezeichnen, um die zwanzig, doch er wirkte älter. Erfahrener irgendwie. Groß, mit breiten Schultern, blonden Haaren und einem offenen, sympathischen Lachen. Aus dem Augenwinkel sah Gretchen, dass Nettie ihn interessiert betrachtete. Und dass Damien, mit gerunzelter Stirn, den Blick auf ihre Tochter gerichtet hatte.

»Habe ich Ihre Bewerbungsunterlagen?«, fragte Gretchen plötzlich. »Ich kann mich nicht erinnern.«

»Ich hatte sie noch nicht ganz zusammen und wollte sie nachreichen, wenn das geht.«

»Ich weiß nicht«, sagte Gretchen, nach wie vor zögernd. »Dieser Job, das ist *wirklich* eine Springerstelle. Man wird da eingesetzt, wo es gerade brennt – im Service, hinter der Bar, in der Küche. Bei uns ist momentan der Teufel los, und ich bin mir nicht sicher, ob Sie mit unserer Küchenchefin …«

»Mit Dottie sollte es kein Problem geben«, fiel Oscar ihr ins Wort. »Wir haben sie vorhin gemeinsam in ihre Wohnung gebracht. Da hat sie sich schwer auf deine starken Schultern gestützt, was, Ash?« Er klopfte dem Fremden auf die soeben beschriebene Schulter.

»Kann ich dich einen Augenblick sprechen?« Gretchen nickte ihrem Jungkoch zu und lockte ihn ein Stück weg von den anderen, hin zum offenen Kamin. Sir James hatte sich dort einmal mehr auf dem Kunstfellvorleger zusammengerollt, selig dösend und den gewalttätigen Angriff Hamiltons offenbar schon wieder vergessen.

Herrje. Hamilton. Sie hatte wohl verdrängt, dass sie sich mit ihm auch noch auseinandersetzen musste, mit seiner Anmeldung, seinen Sonderwünschen, seinem Low-Carb-Abendessen.

Als hätte Oscar ihre Gedanken gelesen, sagte er: »Gerade weil es hier drunter und drüber geht, ist er die richtige Wahl, glauben Sie mir, Mrs. Wilde. Sie haben dieses vegane Ding doch probiert. Das Rezept ist der Hammer! Und jetzt, da wir in der Küche zusätzliche Gerichte anbieten sollen, ist es genial, so jemanden wie ihn als Verstärkung zu haben.«

»Er ist doch viel zu erfahren für den Job als Springer«, warf Gretchen ein. »Und das ist es, was wir brauchen – einen Springer und keinen weiteren Koch. Wir suchen jemanden, der euch die Arbeiten abnimmt, für die ihr keine Zeit habt.«

»Ist klar.« Oscar nickte. »Aber Ash wirkt nicht wie jemand, der sich dafür zu schade ist.«

»Ash«, wiederholte Gretchen. »Ihr habt euch ja schnell angefreundet.« Sie bedachte den Koch mit einem skeptischen Blick, doch der zuckte nur mit den Schultern. »In der Verzweiflung verbünden sich Ziege und Schaf«, sagte er.

Gretchen wollte gerade den Mund öffnen, als sie hinter Oscars Rücken eine Bewegung wahrnahm: Nicholas duckte sich da an der Sofalehne entlang, um möglichst unbemerkt zum Ausgang zu gelangen.

»Hey, Nicholas«, rief Nettie, und Gretchen stöhnte innerlich. »Was suchst du denn da hinten?«

»Äh.« Nicks Blick huschte von Nettie zu Gretchen, auf der Stelle wieder zu Nettie, um dann auf dem Boden vor seinen Füßen zu landen. »Lori sagte, sie hätte das letzte Mal eine Kontaktlinse hier hinten verloren.« Er bückte sich, wie zur Bestätigung, dann sprang er auf und lief mit

145

schnellen Schritten auf den Ausgang zu. »Als würde ich die jetzt noch finden«, rief er über die Schulter. »Bis bald!« Und weg war er.

Gretchen stieß erleichtert die Luft aus, die sie offenbar angehalten hatte. Alle anderen sahen Nick erstaunt hinterher und zuckten schließlich die Achseln.

Als das Telefon klingelte, war die Hotelchefin auf einmal sehr, sehr dankbar dafür.

»Soll ich für Sie rangehen?«, fragte Ashley, woraufhin sie ihn mit einem Blick aus schmalen Augen besah. »Warten Sie einen Moment, und dann klären wir Ihr Aufgabengebiet«, verkündete sie in gebührender Strenge, doch ihr neuer Mitarbeiter strahlte sie an. »Sie sind der Boss, Boss.«

Oh ja, dachte Gretchen. »Das ist ein guter Anfang.«

19.

Wenn man das Hotel durch den Windfang und die Eingangstür betrat, lief man geradeaus auf die Rezeption und das Treppenhaus zu, während vorne links, nach den Sofaecken mit Kamin, eine Schwingtür ins Restaurant und vorne rechts eine weitere Türe in den privaten Wohnbereich von Nettie und ihrer Mutter führte, der da bestand aus zwei Zimmern, einer Wohnküche und einem Bad. Früher, bevor Nettie mit ihrer Familie ins *Wild at Heart* gezogen war, hatte Großvater Theo die Räume bewohnt, doch für ihn allein seien sie ohnehin zu groß gewesen, behauptete er, bevor er es sich – mit Plattenspieler und zig Alben bewaffnet – auf dem Boden der Scheune gemütlich machte. Von ihrem Fenster aus konnte Nettie die Dachluke sehen, hinter der sich nun das Zimmer ihres Großvaters verbarg. Irgendwann, dachte sie, würde sie wieder mit ihm tauschen, dann würde er zu alt sein für die Holzleiter, die hinauf auf den Boden führte, doch noch war Theo einfach nicht davon zu überzeugen, zurück ins Haus zu ziehen. Also behielt Nettie fürs Erste das geräumige Zimmer, das ihr nie kleiner vorgekommen war als in diesem Augenblick.

Damien stand neben ihr, und gemeinsam bezogen sie für ihn das Tagesbett unter dem Fenster. Sie hatte nicht gezögert, als seine Väter sie gefragt hatten, ob es ihr etwas ausmachte, wenn Damien bei ihr schlief, und sie hatte auch wirklich nichts dagegen. Es war lediglich … Es fühlte sich seltsam an. Vor allem, wenn sie an die Male dachte, die Damien zuvor in ihrem Zimmer übernachtet hatte, was in all den Jahren nicht sonderlich oft vorgekommen war. Das letzte Mal, an das sie sich erinnerte, war vor sechs oder sieben Jahren gewesen, als sie beide sich nahezu gleichzeitig mit Windpocken angesteckt hatten. Damals verbrachten sie einige Tage zusammen in Netties Bett, abgeschottet von der Außenwelt, mit Eiscreme, Fernsehen und Computerspielen.

Nun. Da fühlte sich ihr Übernachtungsdate dieser Tage doch etwas anders an. Wie genau, konnte Nettie gar nicht benennen, nur anders. So viel stand fest.

»Deine Mutter scheint nicht sehr begeistert von Harvey Hamilton zu sein«, sagte Damien, während er das Laken glatt strich und die Bettdecke darüberwarf. Er legte den Kopf schief, als betrachtete er ein Kunstwerk, dann ging er zurück zu Netties Bett und ließ sich darauffallen. Aus ihr unerfindlichen Gründen versetzte es ihr einen Stich (wenn auch nur einen kleinen), dass Damien ganz offensichtlich keinerlei Scheu davor hatte, hier mit ihr allein zu sein, in ihrem Zimmer, auf ihrem Bett, doch dann wurde ihr auf einmal bewusst, was für einen Unsinn sie sich da zusammenfantasierte. Es war überhaupt nichts dabei, dass er die kommenden drei Wochen in ihrem Zimmer schlief, er konnte sogar in ihrem *Bett* schlafen, denn das hier war immerhin Damien, oder etwa nicht? Damien, der zwar ein Freak war, insbesondere wenn es um Flohmärkte ging oder um alte Filme oder um Musik oder um alle möglichen anderen Dinge, für die er sich interessierte. Damien, der eine Brille trug, obwohl er sie gar nicht brauchte. Der Damien, der für sie da gewesen war, als ihr Vater starb, der sie getröstet hatte und aufgebaut. *Der* Damien. Er war ihr Partner in Crime, ihr Seelenverwandter, ihr Best Friend Forever. Jungs und Mädchen konnten keine Freunde sein? Hier war er, der lebendige Beweis dafür, dass das absolute Gegenteil der Fall war.

»Ist es, weil er wie selbstverständlich in die Suite einziehen wollte«, hakte Damien nach, »oder hat er noch etwas anderes angestellt?«

»Na ja, er hat ihre liebsten Stammgäste aus ihrer Suite vertrieben. Bist du nicht sauer, dass du jetzt hier bei mir schlafen musst anstatt in deinem eigenen Zimmer?«

»Warum sollte ich?« Damien grinste.

Zu ihrem sehr großen Ärger wurde Nettie rot. »Abgesehen davon hat er meine Mutter wohl dafür verantwortlich gemacht, dass er beim Aussteigen aus Jets Boot im Hafenbecken gelandet ist – was auch nicht sonderlich nett war.« Sie zuckte mit den Schultern. Nettie hatte keine Ahnung davon, dass Harvey Hamilton außerdem Sir James hatte treten wollen, weil ihre Mutter es ihr nicht erzählt hatte. Hätte sie es gewusst ... nun. Vermutlich wären die nächsten Wochen im *Wild-at-Heart*-Hotel anders verlaufen. Sehr viel anders. So erklärte sie: »Ich hoffe, wir können diesen schlechten Start irgendwie ausbügeln«, und setzte sich ebenfalls auf ihr Bett.

»Wenn wir das organisieren, mit dem Zelt und dem Picknick für Hamilton«, sagte Damien, »dann sollten wir deine Mutter womöglich nicht selbst kochen lassen, oder?«

»Was?« Nettie lachte. »Heißt das, dir hat das Essen heute nicht geschmeckt?«

»Es war gewöhnungsbedürftig, positiv formuliert.«

»Es war norwegisch. Immer, wenn sie aufgewühlt oder unsicher oder traurig oder in irgendeiner Weise aus der

Spur ist, fängt meine Mutter an, norwegisch zu backen und zu kochen.«

»Mmmh. Du denkst, sie ist aufgewühlt? Warum?«

Wieder zuckte Nettie mit den Achseln. »Ich habe keine Ahnung. Vielleicht weil die Saison begonnen hat. Weil so einiges schiefläuft im Augenblick, mit dem Personalmangel und Dottie und so weiter.«

»Vielleicht aber auch, weil sie einsam ist.«

»Und das wühlt sie auf?«

»Es macht sie traurig.«

»Oh.«

Ein paar Sekunden schwiegen beide, dann fragte Damien plötzlich: »Hast du den Videorekorder besorgen können?«

»Oh ja, das hätte ich fast vergessen.« Sie sprang auf und lief zu ihrem Schreibtisch, neben dem sie die Schachtel mit dem Videogerät abgestellt hatte. »Mein Großvater hebt fast alles auf, aber ob er funktioniert, ist eine andere Frage. Ich bin noch nicht dazu gekommen, ihn anzuschließen.«

»Das sollte kein Problem sein.« Damien stand auf, nahm ihr den Karton ab und hockte sich vor ihren kleinen Fernseher auf den Boden, wo er sofort damit begann, den Inhalt auszupacken, Kabel zu sortieren und Anschlüsse zu vergleichen.

Etwas regte sich in Nettie.

Ein Gedanke.

Ein Gefühl, dass ihr Damiens Anwesenheit in ihrem Zimmer auf diverse Weise Angst einflößte, unter anderem, weil es ihr zu gut gefiel.

Letztlich landeten sie zwar mit Chips und Limonade und einem Film auf Netties Bett, allerdings glotzten sie via Netflix, weil sie für den Videorekorder erst einen Adapter besorgen mussten, was sie morgen erledigen wollten, in Penzance.

»Wieso müssen wir uns den Film überhaupt auf Video ansehen?«, hatte Nettie gefragt. »Kann man den nicht irgendwo streamen?«

»Vielleicht, aber das ist absolut nicht das Gleiche«, hatte Damien geantwortet. »Zu einem so alten Film gehören nun mal verblasste Farben, rieselnde Bildqualität und schlechter Ton.«

»Wenn du meinst.«

»Vertrau mir.«

»Was ist es für ein Film?«

»Vertrau mir.«

Er stieß sie mit der Schulter an. Erst da wurde Nettie klar, wie dicht sie nebeneinander saßen, dass Damiens Arm den ihren berührte und kaum fünf Zentimeter zwischen ihren Schenkeln lagen. Sie nahm die Hitze wahr, die er ausstrahlte, mehr als sonst, vermutlich, weil er doppelt so groß war, als sie ihn in Erinnerung hatte. Er roch anders. Hatte sie das schon festgestellt? Und seine Nähe fühlte sich anders an.

Sie zuckte zusammen, als Damien sich vor etwas erschrak, was da auf dem Bildschirm passierte. Sie hatten sich für eine Serie entschieden, eine düstere Fantasyreihe voller Blut und Schockmomente, doch diese Bilder waren es nicht, die Netties Herz zum Rasen brachten.

In dieser Nacht erwachten sie zu einer höchst schrägen Melodie. Nettie hatte die Töne zunächst in ihrem Traum verwoben, der sich unglücklicherweise nach wie vor um diese Serie drehte, die jetzt zu all den düsteren Bildern auch noch einen grausigen Soundtrack für sich beanspruchte, doch dann rüttelte Damien an ihrer Schulter, bis sie widerwillig die Augen aufschlug.

»Was ist das für ein Geräusch?«, fragte er leise, und Nettie blinzelte sich wach.

Es dauerte einige Sekunden, in denen sie sich aufsetzte und angestrengt lauschte, bis sie die Ursache erkannte. »Klingt, als würde jemand auf dem Klavier herumklimpern«, flüsterte sie. »Reichlich schlecht allerdings.« Sie warf einen Blick auf den Radiowecker neben ihrem Bett. 1:02 Uhr. »Und reichlich spät.«

»Ihr habt ein Klavier?«

»In der Lobby. Hast du das noch nie gesehen?«

Damien überlegte einen Augenblick, während Nettie zur Tür schlich und sich den Bademantel griff, der dort am Haken hing. Sie schlüpfte hinein und dann zur Tür hinaus, Damien hinter ihr.

»Ich glaube nicht«, wisperte er in ihr Ohr, und Nettie zuckte zusammen, so nah war er ihr gekommen.

»Hey.«

Und nun erschraken sie beide.

»Mum!«, brachte Nettie atemlos hervor.

»Seid ihr auch von dem Geklimper wach geworden?« Gretchen sprach ebenfalls im Flüsterton, warum auch immer, denn das Klavier war nach wie vor sehr laut. »Es klingt, als würde Sir James darauf spazieren gehen.«

»Sir James und all seine Freunde«, sagte Damien. Er verzog das Gesicht. Die Töne, die das Instrument, das noch aus dem Besitz von Theos Mutter stammte, von sich gab, waren alles andere als ein Ohrenschmaus, eher »reichlich experimentell«, wie Damien hinzufügte, und das waren sie wirklich.

Und dann kam es noch schlimmer.

Als die drei nämlich das Foyer erreichten, sahen sie nicht Sir James oder Fred oder sonst einen vierbeinigen Freund über die Tasten tapern, sondern Nadine und Greg Weller, die, nun ja, sagen wir, ihre ganz eigene Vorstellung ablieferten, beide in Bademäntel gehüllt (mehr oder weniger) und tief in ein ganz eigenes Liebesspiel vertieft (jegliche Doppeldeutigkeit möge hier als beabsichtigt anzusehen sein).

»Oh mein Gott«, hauchte Gretchen tonlos. Nettie starrte auf das ältere Paar, das sich umständlich auf den Tasten wälzte, offenbar zu sehr mit sich selbst beschäftigt, um zu bemerken, wie viel Lärm sie veranstalteten, geschweige denn, dass sie Publikum hatten. Dabei wurde sehr viel mehr nacktes Bein entblößt, als besagten Zuschauern lieb sein konnte. Mehr nacktes Bein und nackter Hintern, und dann …

»Oh mein Gott«, stimmte Nettie zu.

Mrs. Weller gab einen Laut von sich, der dann doch ein wenig an Fred, das Frettchen, erinnerte.

»Irgendwo habe ich das schon mal gesehen«, sinnierte Damien nachdenklich, und Nettie erwiderte: »Ich will nicht wissen, wo, okay?«

In diesem Augenblick schüttelte zumindest Gretchen sich aus ihrer Schockstarre. Sie packte Nettie an einem Arm und Damien am anderen und zog die beiden zurück in den Gang, der zu ihren Wohnräumen führte.

»Da sind meine Dads«, wisperte Damien und blickte über die Schulter in Richtung Treppe, wo Clive und Logan Angove standen und winkten, in Schatten getaucht und halb verdeckt, doch immer noch sichtbar genug, um das breite Grinsen auf ihren Gesichtern erkennen zu lassen. »Überlass es den beiden, das komisch zu finden«, fügte

Damien hinzu, doch auch er klang mehr belustigt als schockiert.

Gretchen ließ die Tür zu ihrer Wohnung hinter ihnen
zufallen, genau in dem Moment, in dem das Geklimper
in der Lobby einen crescendoartigen Höhepunkt erreichte.
Einige Takte lang blieb es ruhig, dann folgte eine dumpfe
Dissonanz und dann – nichts mehr.

Als das Frettchen
verrückt spielte
und die Hormone dazu

Belegungsplan

Raum 1: Franklin Tellson, Pflanzensammler aus Manchester.

Raum 2: Nadine und Greg Weller, Unternehmer aus Liverpool, hatten vor zehn Jahren ihre Hochzeitsreise hierher unternommen, wollen nun die Ehe kitten.

Raum 3: Valerie Fournier, Fotografin aus Lille, fotografiert die Gegend um Port Magdalen für einen Bildband.

Raum 4: Clive und Logan Angove, Väterpaar aus Brighton, mit ihrem Sohn Damien.

Suite: Harvey Hamilton, Bestsellerautor aus Omaha, Nebraska, auf der Suche nach Inspiration für den nächsten Liebesroman.

20.

Atme ein. Atme aus. Sauge den Sauerstoff in dich hinein, bis er dich erfüllt, vom Ansatz deines Haars bis in die Spitzen deiner Zehen. Lass die Kraft der Ruhe deinen Geist durchströmen und die Energie des Tages deinen Körper durchfluten. Mit dem ersten Tropfen ...«

» ... Kaffee«, vervollständigte Gretchen den Satz, während sie die Position des aufrecht stehenden Kriegers aufgab und die Arme über dem Kopf lang streckte. »Mit dem ersten Schluck Kaffee wird es mir in jedem Fall besser gehen.« Sie gähnte ausgiebig, und Nettie lachte.

»Dass wir nach dem Schock gestern Nacht überhaupt schlafen konnten, ist ein Wunder«, erklärte sie, und Theo, der in die Stellung des nach unten schauenden Hundes übergegangen war, drehte den Kopf seiner Enkelin zu. »Muskeln anspannen, Kindchen«, mahnte er. »Einatmen durch die Nase, ausatmen durch den Mund. Oder willst du so enden wie die Wellers?«

»Iih«, machte Nettie, »wieso sollte mir Yoga dabei helfen, nicht so zu enden wie die Wellers? Und woher weißt du überhaupt von den beiden? Es ist erst letzte Nacht passiert.«

»Einer der Angoves ist an mir vorbeigejoggt, als ich aus der Scheune kam«, erwiderte Theo. »Er sagte, es sei das Beste gewesen, das er seit Langem gesehen habe. Und dass die zwei wohl eine bestimmte Szene aus ›Pretty Woman‹

hatten nachstellen wollen.« Er ließ den Kopf zweimal hin- und herpendeln, dann wandte er den Blick wieder nach unten.

Gretchen sah ihre Tochter an. »Daran hat mich das Ganze erinnert«, flüsterte sie, und Nettie prustete los.

»Oh, mein Gott. Das muss ich Damien erzählen.«

»Ich möchte den zweien heute lieber nicht begegnen«, erklärte Gretchen. »Hat jemand Lust auf Frühstücksdienst? Theo?«

»Betrachtet es als erledigt. Pikante Begegnungen aller Art sind mein Spezialgebiet. Was steht sonst noch an, an diesem sonnigen Tag?«

Wie sich herausstellte, stand an diesem sonnigen, wenn- gleich windigen und somit nicht gerade warmen Sonntag jede Menge an – so viel, dass Gretchen es auf keinen Fall zum Abendessen mit Nicholas schaffen würde. Auf keinen Fall. Nun gut. Sie würde es vermutlich schaffen, die Frage war vielmehr, was dann geschah. Nachdem ihr Gedächt- nis auf so ungestüme Weise aufgefrischt worden war, er- innerte sie sich nur zu genau an das, was Nicholas' Nähe und seine Umarmungen und seine Küsse in ihr ausgelöst hatten, und das auch schon beim ersten Mal, als sie diese imaginäre Grenze mit ihm überschritten hatte (wenn auch weit weniger … stürmisch). Diese Grenze jedenfalls, die jetzt nicht wieder aufzubauen war. Der Sommer hatte ge- rade erst begonnen, und schon fühlte sich Gretchen, als hätte sie zu lange in der Sonne gesessen.

Nettie wollte sich den Tag über freinehmen, um mit Da- mien nach Penzance zu fahren. Das sei in Ordnung, be- fand ihre Mutter, die ihrem Kind schließlich selbst immer wieder nahelegte, die Ferien mehr zu genießen und weniger Zeit im Hotel zu verbringen. Das hieß nicht, dass ihre Arbeitskraft nicht fehlen würde. Doch mit Neuzugang Ashley, dessen Übereifer sich erst noch zu bewähren hatte, würden sie wohl wenigstens diesen einen Tag überbrücken können.

»Wusstest du, dass wir einige von Harvey Hamiltons Büchern im Haus haben?«, fragte Nettie, als sie sich nach dem morgendlichen Yoga mit Theo in der Küche zum Frühstück trafen.

»Nein«, erwiderte Gretchen. »Wusste ich nicht.«

»Nicht alle natürlich«, fuhr Nettie fort. »Ich meine, der Mann hat mehr als zwanzig Romane geschrieben. Aber doch ein paar. Sie sind in den Bücherschränken in den Zimmern verteilt. Einige auch in der Lobby.«

»Schön.«

Bei dem spitzen Tonfall ihrer Mutter sah Nettie auf und dann ihren Großvater an. Sie hob eine Augenbraue, und Theo zuckte die Schultern. »Die beiden hatten nicht gerade den besten Start«, flüsterte er, und Gretchen, die das selbstverständlich gehört hatte, gab einen abfälligen Laut von sich.

»Er ist ein berühmter Mann«, sagte Nettie. »Und er macht gerade eine schwere Zeit durch. Womöglich ist er deshalb vom Boot gefallen – weil er sich einfach nicht konzentrieren konnte?«

»Woher weißt du, dass er eine schwere Zeit durchmacht?«, fragten Gretchen und Theo gleichzeitig.

Nettie seufzte. »Jeder weiß das. Er ist Mr. Romance und frisch geschieden, natürlich macht ihn die halbe Welt deswegen verrückt.«

Gretchen runzelte die Stirn. »Das ist doch auch nur ein Beruf«, murmelte sie, »und die Geschichten sind erfunden.«

»Genau«, sagte Theo, während er zwei weitere Crumpets in den Toaster verfrachtete, die er später mit Lemon Curd zu bestreichen gedachte, »ein Tierarzt muss ja auch keine Kuh besitzen und ein Bordellbesitzer keine Frau.«

»Grandpa!«

»Was?«

»Wie dem auch sei«, erklärte Gretchen, »wenn es Mr. Hamilton wirklich gerade so schlecht geht, werden wir eben dafür sorgen, dass er sich bei uns ordentlich erholt. Obwohl er Clive und Logan aus ihrer Suite getrieben hat. Und Damien natürlich.« Bei diesem letzten Satz hatten sich Netties Wangen gerötet, ganz leicht nur, und Gretchen bemerkte es nicht. Sie dachte daran, dass sie Sir James möglichst von Hamilton fernhalten wollte, genauso wie Paolo und eigentlich auch Fred, so nervtötend das Frettchen manchmal auch sein mochte. Wer wusste schon, wozu dieser Hamilton imstande war, wenn er ihnen wegen eines Katers das Gesundheitsamt auf den Hals hetzen wollte? Bei einem Raubtier wäre dann sicher schnell die Hygienepolizei auf dem Vormarsch, auch wenn es nur ein kleines war.

Nachdenklich nippte Gretchen an ihrem Kaffee, weshalb ihr erst einige Sekunden später auffiel, dass Nettie sie inzwischen anstrahlte wie von einer Hundert-Watt-Birne erleuchtet, und das um kurz vor 6 Uhr am Morgen.

»Ich hatte gehofft, dass du dich für Mr. Hamilton ins Zeug legen willst«, erklärte sie enthusiastisch, »Damien und ich haben uns auch schon ein paar Dinge überlegt, um ihm seinen Aufenthalt so angenehm wie möglich zu gestalten.«

»So?« Gretchen betrachtete ihre Tochter misstrauisch. »Seit wann überlegst du dir *Dinge* für unsere Gäste?«

Nettie zuckte mit den Schultern, doch sie grinste noch, als sie sich betont gleichmütig über ihre Müslischüssel beugte.

»Nettie? Was geht hier vor?«

»Überhaupt nichts. So oft haben wir eben keinen berühmten Schriftsteller zu Gast und, äh ... Damien findet ihn gut, also dachten wir ...«

»Damien?« Nun wurde Gretchens Blick noch skeptischer. »Damien liest Liebesromane?«

»Nun, er hat angefangen, ein paar seiner Bücher zu lesen, nachdem ich ihm erzählt habe, dass Harvey bei uns wohnen wird.«

»Harvey.« Und Damien las Liebesromane. Mmmmh. War er deshalb so ... unbekümmert, Nettie gegenüber? Konnte es sein, dass sich ihre Tochter mehr für den Jungen interessierte als umgekehrt? Dass Damien ... Nein, bloß, weil er bei einem homosexuellen Paar aufwuchs, musste der Junge nicht auch ... oder doch?

»Mum?«

»Was?«

»Du nippst an deiner Tasse, als wäre da noch Kaffee drin.«

»Hm?«

Neben ihr begann Theo zu kichern, dann nahm er ihr den leeren Becher aus der Hand, um nachzugießen.

»Wann wird 6 Uhr morgens je deine Uhrzeit sein, Kindchen?«, fragte er, und Gretchen gab einen mitleiderregenden Seufzer von sich. Sie sah Theo nach, wie er mit seinem Crumpet-Lemon-Curd-Burger in der Hand aus der Küche schlenderte, in seine Scheune vermutlich, und wandte sich erneut ihrer Tochter zu. »Wie läuft es mit Damien und dir?«, fragte sie.

»Was meinst du?«

»Ich meine, macht es dir etwas aus, dass er bei dir im Zimmer schläft? Er könnte immer noch zu Grandpa in die Scheune ziehen.«

Nettie zuckte die Schultern, während sie den Rest Müsli aus ihrer Schüssel kratzte. »Es macht mir nichts aus. Und Damien auch nicht. Er bleibt ohnehin nur drei Wochen, und so haben wir mehr Zeit zusammen.«

»Mmmh.« Gretchen nickte nachdenklich. »Und ... ist es denn wie immer zwischen euch beiden?«

»Was meinst du?«

»Ich meine, Damien sieht irgendwie verändert aus, oder? So groß und – wo hat er auf einmal die ganzen Muskeln her?«

Nettie, die eben an ihrem Tee genippt hatte, verschluckte sich beinahe. »Mum«, brachte sie stöhnend hervor, »im Ernst?« Sie sah entgeistert aus, als wäre es völlig absurd, Damien mit diesen Augen zu sehen. Doch Gretchen war selbst einmal sechzehn gewesen, und auch wenn sie sich gerade kaum mehr daran erinnern konnte, wusste sie sehr wohl, dass dies die Zeit war, in der man Jungs anders wahrnahm als zuvor. Erst recht heute, wo die Kinder so viel weiter waren als in ihrer eigenen Jugend. Und sie hatte mit sechzehn ihren ersten Freund gehabt. Aber Nettie – Nettie sprach nie über die Jungen in ihrer Klasse, und Gretchen hatte sehr wohl den Eindruck, dass sie beide darüber hinaus über alles miteinander reden konnten. Bislang hatte ihre Tochter immer nur Freundinnen mit nach Hause gebracht. Als gäbe es keine Jungs, mit denen sie zu tun hatte, bloß Damien eben. Und Gretchen hatte sich nicht darüber gewundert, bis heute war es ihr überhaupt nicht aufgefallen, doch nun fragte sie sich, ob da eventuell noch mehr sein konnte. Und ob Nettie aus dem, was auch immer zwischen den beiden vorging, heil herauskommen würde.

»Denkst du, er hat eine Freundin?«, fragte sie vorsichtig. »Ich meine, er sieht wirklich gut aus, findest du nicht?«

»Er ist Damien, Mum«, erwiderte Nettie, und nun klang sie ungeduldig. »Was ist denn heute mit dir los?«

»Gar nichts.« Sie trank ihre zweite Tasse Kaffee aus, sah auf ihre Armbanduhr und stand auf. »Es ist schon Viertel nach, ich kümmere mich um die Buchhaltung, bis es hier losgeht. Siehst du die Mails durch, bevor du mit Damien nach Penzance verschwindest?«

»Ist gut.«

»Hey, mach nicht so ein Gesicht. Ich hab es nicht böse gemeint und wollte nicht in deine Privatsphäre eindringen.«

»Ugh.« Nettie stöhnte. »Hör endlich auf, so zu reden. Das hat nichts mit meiner Privatsphäre zu tun.«

»Oh, natürlich nicht.« Gretchen nickte gespielt verständnisvoll. »Was ist schon privat, wenn man mitten in der Pubertät steckt?«

Woraufhin Nettie noch mehr stöhnte.

Es ging doch nichts über ein bisschen Small Talk am Morgen.

21.

Vom ersten Stock der Scheune aus beobachtete Theo seine Enkelin, wie sie erst Paolo aus dem Stall in sein Freigehege führte, um dann Fred sein Essen zu bringen. Das Frettchen bewohnte eine nicht gerade kleine Voliere voller Verstecke und Höhlen und Klettermöglichkeiten, doch sobald Nettie die Tür dazu öffnete, schoss es hinaus, ignorierte den Napf und kletterte stattdessen an den Beinen von Netties Hose auf ihre Schultern, um an ihrem Ohr zu knabbern. Theo schüttelte den Kopf. Was auch immer es war, das das Mädchen an sich hatte, es konnte damit Vierbeiner aller Art betören, und Zweibeiner gleich dazu. Tatsächlich sah eines der herumstreunenden Hühner interessiert zu dem ungleichen Paar und gab ein paar Schreie von sich, woraufhin Nettie mit Fred auf der Schulter zu ihm hinüberspazierte, um es am Kopf zu kraulen. Und Fred zuckte nicht mal mit den Barthaaren. Als wäre ihm von vorneherein klar, dass er auf diesem Hof kein Federvieh jagen würde, um Nettie nicht in Aufruhr zu versetzen.

Mit einem letzten Blick auf die drei machte sich der alte Mann daran, die Leiter nach unten zu klettern. Um Fred, der, seit er die meiste Zeit über eingesperrt bleiben musste, auch meistens unglücklich wirkte, würde er sich später kümmern. Erst wollte er die Terrasse herrichten, bevor um sieben Uhr die Frühstückszeit begann. Der Wind hatte nachgelassen, und es war zwar immer noch frisch, doch voller Sonne und schön genug, um den Tag auf der Veranda zu starten, wenn man denn wollte.

Theo würde es ganz sicher so machen. Er stand am Rande der großzügigen Terrasse, sah über den Herzfelsen aufs Meer und atmete tief ein, bevor er damit begann, die Planen von den Eisenmöbeln zu zerren, um die Tische und Stühle zu verteilen.

Ashley gesellte sich zu Theo und half unaufgefordert. Eine Weile arbeiteten sie schweigend, denn die verschnörkelten Eisenmöbel waren schwer (wenngleich Theo sich weigerte, sie gegen handlichere aus Aluminium oder Plastik einzutauschen, denn englische Romantik war das ja wohl nicht) und sie darum bemüht, die Gäste mit ihren Zimmern über der Terrasse nicht zu wecken. Insbesondere für Harvey Hamilton sollte der Tag weniger turbulent beginnen, als der letzte geendet hatte. Als alle Möbel gerückt und die Tische eingedeckt waren, ging Ashley hinein, um die ersten Gäste im Restaurant in Empfang zu nehmen, während Theo zur Rezeption lief, wo er abermals auf Nettie traf.

»Ich glaube, der Junge ist ziemlich klasse«, sagte Theo, als er vor dem Tresen stehen blieb und die Hände darauf verschränkte, »ein wirklich guter Griff.«

»Fängst du jetzt auch noch an«, stöhnte Nettie. »Damien ist wie ein Bruder für mich.«

Theo runzelte die Stirn. »Ich hab von Ashley gesprochen«, erklärte er, »dem neuen Mädchen für alles. Was ist mit Damien und dir? Du bist ganz rot geworden.«

»Ach, Himmel noch mal«, grummelte seine Enkelin, und Theo beschloss, lieber nicht weiter nachzubohren.

»Wie geht es Fred?«, fragte er stattdessen, ziemlich scheinheilig, wie er selbst fand. Immerhin wusste er, dass das Frettchen unter seinem Ausgehverbot litt, und hatte auch schon eine Lösung dafür. Entsprechend unkonzentriert lauschte er Netties Ausführungen zum Gemütszustand des Tieres, während er überlegte, wie er seinen Plan am besten in die Tat umsetzte. Sir James strich um seine Beine. Theo hob ihn hoch und setzte den schnurrenden Kater vor sich auf der Theke ab.

»Das hier ist ja seltsam«, murmelte Nettie, die vor dem Computer saß und durch die E-Mails scrollte. »Hier, sieh mal – von einer Agentur aus London. Sie beziehen sich in ihrer Nachricht auf ein Telefonat, das sie vor einigen Tagen mit uns geführt haben wollen, und bitten darum, ihr Angebot noch einmal zu prüfen. Sie wollen das ganze Haus mieten, und zwar für einen Monat. Im November schon.«

»Ah«, sagte Theo, während er Sir James unterm Kinn kraulte, »an dieses Gespräch erinnere ich mich. Ich glaube, es ging um einen Filmdreh. Sie wollten das ganze Haus exklusiv, aber das geht natürlich nicht, wir haben schon einige Buchungen, die können wir nicht einfach so stornieren.«

»Hm«, machte Nettie. »Ich drucke das mal für Mum aus. Das klingt so, als wollten sie jede Menge Geld dafür bezahlen.«

»Nicht alles dreht sich ums Geld«, sagte Theo streng, »und man kann damit auch nicht alles kaufen. So.« Damit stupste er den Kater ein letztes Mal auf die Nase, bevor er sich aufrichtete. »Wenn du gerade mal allein klarkommst, ich muss mich draußen noch um etwas kümmern.«

»Um was denn?« Nettie klang misstrauisch. Immer dieser Argwohn, die eigene Familie traute ihm nicht. Nachsichtig schüttelte Theo den Kopf. »Ist eine Überraschung. Vielleicht für dich, vielleicht für jemand anderen«, sagte er.

»Ich mag aber keine Überraschungen«, rief Nettie noch, doch da war er schon halb aus der Tür, zumindest mit dem einen Ohr, auf dem er in solchen Momenten ohnehin gerne taub war.

Ihr Großvater lief zur Scheune und holte die Leine aus der Schublade, die er speziell für Fred hatte anfertigen lassen. Fred war keine Katze, er hatte kürzere Beine, einen längeren Körper und war alles in allem sehr viel wendiger, weshalb er ein Katzengeschirr ausgeschlossen hatte. Also hatte er von einem Täschner in Redruth eine Art Lederspirale herstellen lassen, die weich und biegsam war, aber doch so fest saß, dass sich Fred nicht so leicht herausschummeln konnte wie aus einem weniger aufwendigen Riemen. Gepaart mit einer überlangen Schleppleine, wäre der kleine Racker auf diese Weise in der Lage, durch Paolos Freigehege zu streunern, ganz so wie vor seinem Hausarrest. Nun, vielleicht nicht ganz so. Theo würde wohlweislich darauf achten, dass Fred mit ebendieser Leine auf keinen Fall das Tor erreichen konnte, durch das der Esel schon so viele Male ausgebüxt war – so viele, viele Male, aber erstaunlicherweise nicht mehr, seit Fred keinen Freigang mehr hatte. Es war ohnehin allen klar gewesen, dass das Frettchen der Schlossknacker der beiden war, doch nun schien es tatsächlich bewiesen.

Nun.

Formulieren wir es einmal so: Fred war nicht halb so begeistert von Theos Idee, ihn anzuleinen, wie der alte Mann angenommen hatte. Er wand sich und schnappte sogar einige Male nach Theos Arm (wenngleich auch nicht wirklich fest), und als er am Ende doch in dem seltsamen spiralartigen Ding steckte, in dem sich Fred fühlte wie um einen Korkenzieher gewickelt, half es auch nicht, sich auf den Boden zu werfen und hin- und herzurollen. Das blöde Geschirr gab nicht nach. Die Leine, an die Theo ihn gebunden hatte, ebenso wenig, und Fred blieb nichts anderes übrig, als sich flach auf den Boden zu drücken und der Dinge zu harren, die dieser verrückte Alte noch für ihn geplant hatte.

»Na siehst du, kleiner Fred, das war doch halb so wild, nicht wahr?«, sagte Theo gutmütig, während er die lange Schleppleine ausrollte und nach einem geeigneten Platz Ausschau hielt, wo er sie festbinden konnte, weit entfernt vom Tor, wenn möglich. Er entschied sich für einen der Zaunbalken, band das Ende der Leine darum und knotete es fest.

Fred kauerte auf dem Boden, so dicht, als wollte er in der Erde versinken, und beobachtete jede seiner Bewegungen.

»Los doch«, rief Theo aufmunternd. »Du bist frei! Nun, nicht wirklich frei, aber immerhin kannst du jetzt wieder herumlaufen, nicht wahr? Ist doch schöner, als den ganzen Tag im Gehege zu hocken und darauf zu warten, dass Nettie kommt, um dich auszuführen.«

Theo erhielt keine Reaktion von Fred, also zuckte er mit den Schultern und machte sich auf den Weg zurück ins Hotel.

Hätte er geahnt, was in dem kleinen Räuberköpfchen vor sich ging und wie viel Chaos später dadurch entstehen würde, er hätte womöglich nicht gesummt dabei.

22.

In einer Sache sollte Theo absolut recht behalten: Es war ein wunderbarer Tag, den sie da geschenkt bekamen, voller Sonne am wolkenlosen Himmel, die Brise frisch, aber nicht kalt, ein Sommertag am Meer, wie er im Buche stand. Nettie war mit Damien hinunter zum Hafen geschlendert, die Fishstreet entlang, an den kleinen, bunten Geschäften vorbei. Unten am Pier war Damien enttäuscht gewesen, dass sie über den Damm spazieren konnten, anstatt ein Boot nehmen zu müssen, und Nettie tröstete ihn damit, dass sie auf dem Rückweg ziemlich sicher das Vergnügen haben würden. Sie selbst genoss es, über das Kopfsteinpflaster zu laufen, das Meer rechts und links davon, und das Gefühl zu haben, als schritte man mitten durch die Fluten. Nun, womöglich nicht gerade durch die Fluten, eher über Sand und Algen, doch das Gefühl blieb bestehen, die salzige Luft in der Nase und den Geschmack von Meer auf der Zunge.

»Es ist schon etwas Besonderes, auf so einer Gezeiteninsel zu wohnen, oder?«, fragte Damien, als sie den Strand von Marazion beinahe erreicht hatten. Weiß getünchte Häuser erhoben sich über einer sandfarbenen Mauer, die das Meer von den Straßen des Ortes fernhielt. Dahinter erstreckte sich das Dorf, größer als Port Magdalen, doch nicht annähernd so schön.

»Ich würde nicht woanders leben wollen«, sagte Nettie.

»Nein?« Überrascht sah Damien sie an.

»Du hast es doch gerade gesagt – es ist etwas ganz Besonderes. Warum sollte ich von hier wegwollen?«

»Ich weiß nicht.« Sie liefen den Weg hinauf zur Straße, an dem großen Parkplatz vorbei und zur Bushaltestelle. »Es ist etwas Besonderes, aber eben auch besonders klein. Man kann nicht allzu viel machen auf Port Magdalen, oder? Ich meine, außer dem Hotel gibt es da nicht viel.«

»Aber es gibt das Hotel.«

»Hm.«

»Hm?«

»Heißt das, dein künftiger Mann wird auch im Hotel arbeiten?«

Nettie lachte. Sie sah Damien an, und dann lachte sie noch ein bisschen mehr.

Die Busfahrt von Marazion nach Penzance dauerte knapp zwanzig Minuten und führte die meiste Zeit an der Küste entlang. Nettie kannte die Strecke wie eine Schlafwandlerin ihren Weg durchs Haus, denn sie legte sie an Schultagen zweimal am Tag zurück, um zum Unterricht und wieder nach Hause zu kommen. Es war die Straße, auf der ihr Vater gestorben war. Und die meiste Zeit, wenn sie die Stelle passierte, an der es geschehen war, schloss Nettie die Augen und hielt den Atem an.

Heute blickte sie aus dem Fenster. Sah, wie die Häuser auf der einen und das Meer auf der anderen Seite an ihr vorbeizogen, wie sich die kornischen Palmen im Wind wiegten, wie die Sonne darüber funkelte und blitzte. Sie spürte Damien neben sich und hörte seine Frage in ihrem Kopf, die, ob sie diesen Ort, der ihr Zuhause war, verlassen wollte, ob es hier zu klein war für sie. Nein, dachte sie. Sie liebte diese Landschaft, ihre Schönheit, und selbst die Tragik, die sie hier manchmal empfand, konnte daran nichts ändern. Sie mochte selbst das Provinzielle, das diesen kleinen Küstenorten anhaftete. Sie nahm es als familiär wahr, als vertraut und sicher. Sie drehte sich zu Damien, der sie von der Seite ansah, das Smartphone vor dem Gesicht.

»Was machst du?«

»Nur ein Foto.« Dann grinste er sie an und blickte in die andere Richtung.

Auf dem Weg von der Bushaltestelle zum Buchladen *The Edge of the World* unterhielten sie sich über Brighton und Damiens Schule. Es war, als wäre er die ganze Zeit über hier gewesen und nicht erst gestern angekommen, als wären sie nach einem anfänglichen Holpern – durch Ungeübtheit verursacht und die leichte Rostschicht, die sich nach einem Jahr des Nichtsehens über ihre Freundschaft gelegt hatte – wieder in ihre übliche Leichtigkeit verfallen. Sie mochten die gleichen Dinge in den Schaufenstern (von Sneakers und Hoodies über Platten bis hin zu Schirmkappen), lachten über dieselben Plakatsprüche und konnten beide nicht an dem Wagen mit der Cornish Ice Cream vorbeigehen, ohne sich eine Kugel Honeycomb zu kaufen. Alles war genau wie immer, ausgenommen der Tatsache, dass jede flüchtige Berührung auf einmal ein Kribbeln verursachte, wie durch einen Stromstoß ausgelöst, unausweichlich und unwillkommen. Nettie fürchtete, dass sie die Einzige war, die so fühlte. Und als sie den Buchladen erreichten, war sie beinahe erleichtert, denn hier liefen sie auseinander, um in den verschiedenen Gängen nach den Romanen von Harvey Hamilton zu suchen.

»Sie haben keinen einzigen«, sagte Damien später, als sie vor dem Kassentresen wieder aufeinandertrafen. »Ich hab nachgefragt, sie müssten sie erst bestellen.«

»Nicht einmal seinen letzten? *Du und ich sind wir?* Ich meine, er ist auf der Bestsellerliste gewesen, oder etwa nicht?«

Damien zuckte mit den Schultern. »Das scheint nicht der Buchladen zu sein, der sich um Bestseller kümmert.«

»Es gibt noch zwei weitere in Penzance«, sagte Nettie. »Lass es uns dort versuchen.«

Im nächsten Shop hatten sie mehr Glück: Sie fanden den letzten Bestseller und auch den davor, *Du bist das Leben, du bist das Licht.* Nettie bezahlte beide und ließ sich die Quittung geben, um die Bücher als Einrichtungsgegenstände von der Steuer abzusetzen. Was sie schließlich auch waren. Sie hatte vor, die Romane in der Lobby zu verteilen, für die Gäste und natürlich für Harveys Augen — nachdem Damien und sie die Seiten überflogen hatten.

Im dritten und letzten Laden kauften sie zwei weitere Taschenbücher und ließen sich anschließend in einem Café nieder, das *The Frontroom* hieß. Nettie mochte den verwinkelten Laden mit seinen kleinen Stuben, den Nähmaschinen an der Wand und dem winzigen Garten, der im Sommer stets überfüllt war. Sie kannte ihn, weil sie dort manchmal nach der Schule mit ihren Freundinnen zusammensaß. Heute war das Café nicht mit schnatternden Teenagern gefüllt, sondern überwiegend mit Touristen. Lediglich hinten an der Wand, da, wo es zu den Klos ging, entdeckte Nettie bekannte Gesichter, die Kevin und Jeremy gehörten, zwei Jungs aus ihrer Parallelklasse. Sie wechselten ein paar Worte, bevor Nettie an ihnen vorbei in Richtung Garten ging, gefolgt von Damien und einigen neugierigen Blicken. Damien tat so, als bemerkte er die offenkundige Musterung gar nicht. Er setzte sich Nettie gegenüber, überflog die Karte, legte sie wieder fort und zog dann einige der neu erstandenen Bücher aus seinem Rucksack.

»Wir hätten uns einen dieser Umschläge dazu kaufen sollen«, bemerkte Nettie. »Du weißt schon, diese Schutzhüllen, hinter denen man verbergen kann, was man wirklich liest.«

»Was? Schämst du dich etwa für deinen neuen Lieblingsautor Harvey Hamilton?«

»Er ist *nicht* mein neuer Lieblingsautor.«

»Er soll immerhin dein Stiefvater werden, oder? Dann solltest du schon hinter ihm stehen.« Damien schlug eines der Bücher auf und fing an zu blättern, ohne zu bemerken, dass Nettie ihm noch nicht geantwortet hatte. Als es ihm auffiel, sah er sie fragend an. »Was? Oh, sorry, ich wollte nicht … wegen deinem Vater, meine ich, ich wollte damit nicht sagen, dass irgendjemand ihn ersetzen könnte, oder …«

»Nein.« Nettie schüttelte den Kopf. »Das ist es nicht. Ich frage mich gerade …« Bevor sie weitersprechen konnte, wurden sie von der Kellnerin unterbrochen, die ihre Bestellung aufnahm – Tee und Scones für Nettie, Cola und Sandwich für Damien.

»Was fragst du dich?«

»Ich frage mich«, begann Nettie erneut, »ob es tatsächlich so leicht ist, jemanden zu verkuppeln. Ich meine, man kann doch nicht einfach bestimmen, in wen sich ein anderer verlieben soll. Zumal … Wie du schon sagtest, Mum ist nicht gerade gut auf Hamilton zu sprechen.«

Damien nickte. »Wir müssen auf jeden Fall ziemlich geschickt vorgehen.« Er warf einen Blick auf die Bücher, als ließen sich die Antworten von einem der Cover ablesen, dann fragte er: »Wieso willst du das eigentlich tun? Gretchen verkuppeln, meine ich?«

»Das habe ich doch schon erklärt: weil sie einsam ist. Seit Dad tot ist, gibt es für meine Mutter nur noch das Hotel, und manchmal denke ich, es macht ihr mehr Mühe als Spaß. Sie sollte noch etwas anderes in ihrem Leben haben, außer Theo, mich und die Arbeit. Jemanden, der sie unterstützt und der an ihrer Seite steht. Der ihr Leben bereichert.«

»Ja, das habe ich verstanden. Aber was macht dich so sicher, dass sie das auch wirklich möchte?«

»Gar nichts.« Nettie zuckte mit den Schultern. »Es ist nicht gerade ihr Lieblingsthema. Jedes Mal, wenn ich sie frage, ob sie Dad vermisst und ob es ihr nicht fehlt, mal auszugehen oder sich mit jemand anderem zu unterhalten als mit uns, winkt sie ab, als wäre es das Lächerlichste, das ich sie je gefragt habe.«

»Vielleicht ist es das.«

»Wie meinst du das?«

»Na, kann doch sein, dass das gar nicht relevant ist. Es muss möglich sein, auch allein glücklich zu leben – es gibt genug Leute, die es tun. Und wenn man schon mal die große Liebe gefunden hat, so wie deine Mutter mit deinem Vater, dann ist es vielleicht auch gar nicht möglich, das zu wiederholen.«

»Es muss ja nicht die große Liebe sein«, erklärte Nettie, »aber sehnt sich nicht jeder mal nach … irgendjemandem? Ich meine, was, wenn sie einfach wieder Sex haben möchte?«

Es war exakt dieser Augenblick, den die Kellnerin

wählte, um ihre Getränke zu servieren, und Nettie nutzte ihn, um sich mit ihrer Teekanne zu beschäftigen und dann mit den Scones, und sie sah nicht eher zu Damien, bis sich ihr Herzschlag wieder beruhigt hatte. Was war nur los? Wieso sprachen sie, seit Damien in Cornwall angekommen war, andauernd über Sex? Das hatten sie doch sonst nie getan?

Sie sah zu ihm auf. Damien nippte an seiner Cola, und sie könnte schwören, seine Wangen hatten Farbe angenommen. Doch er sagte nur: »Okay«, setzte das Glas ab und nahm stattdessen das Sandwich in die Hand. Er biss hinein und kaute, und während der ganzen Zeit ließ er Nettie nicht einmal aus den Augen. Als wollte er ihr etwas beweisen. Dass es ihm egal war, dass sie das S-Wort ausgesprochen hatte, zum Beispiel.

Den Rest ihres Ausflugs blätterten sie sich durch Harveys Romane, befragten das Internet, machten sich Notizen und schmiedeten einen Plan, wie sie ihr Vorhaben am besten ins Rollen bringen konnten. Sie besorgten das Kabel für den Videorekorder. Sie sprachen nicht weiter über Sex. Und offiziell dachte auch niemand mehr daran. Einmal allerdings, als sie ihren Kram zusammenpackten und sich auf den Rückweg zur Busstation machten, da warf Nettie Damien von der Seite einen Blick zu, und der blieb an seinen Lippen hängen.

23.

Wenn dieser Aufenthalt in Cornwall weiterhin so verlief, wie er begonnen hatte, dann würde Harvey Hamilton auf keinen Fall dessen Ende erleben. Was mit einem unglückseligen Flug begann, da die Person neben ihm unaufhörlich mit sich selbst sprach (oder mit wem auch immer), in einem unfreiwilligen Bad im Hafenbecken mündete und dann in einem handfesten Krach über die dilettantische Fehlbuchung dieses Etablissements endete, entpuppte sich in der ersten Nacht zum noch viel schlimmeren Albtraum: Wie jemand auf die Idee kommen konnte, ein Zimmer mit einer Tapete voller Bienen zu bekleben, war ihm ein absolutes Rätsel. Das Schlafzimmer noch dazu! Er hatte also die Nacht auf einem zugegebenermaßen höchst annehmbaren Kingsize-Bett verbracht und jedes Mal, wenn er die Augen geöffnet hatte, auf ein etwa flaschengroßes Insekt gestarrt, von denen an die hundertfünfzig oder weiß der Teufel wie viele die vier Wände schmückten.

Grauenvoll.

Als er nach einigen Fehlversuchen endlich eingeschlafen war, hatte ihn das Quietschen und Herumzerren von Möbeln geweckt, das durch das Fenster zu ihm hereingedrungen war, weil irgendein Schlauberger offenbar mitten in der Nacht die Terrasse hatte eindecken müssen. Knurrend war er aufgestanden, durch das Wohnzimmer (dessen Tapete über und über mit Disteln bedeckt war – was

hatten diese Briten eigentlich gegen weiße Wände?) war er
also ins Badezimmer getappt, nur um festzustellen, dass
sich die Wanne mitten im distelgeschmückten Wohnzimmer befand.

Bei den Göttern. Wieso nur hatte Peter dieses Hotel
für ihn gebucht? Wollte er ihn in den Wahnsinn treiben?
Und was hatte er selbst sich dabei gedacht, diese wichtige Entscheidung, wo er den Sommer verbringen wollte,
um neue Inspiration zu tanken, seinem Manager zu überlassen?

Seufzend stellte er sich ans Fenster. Öffnete die Balkon-
tür und atmete ein. Aaah, das Meer. Aus schmalen Augen blickte er in die Ferne (er benötigte wirklich allmählich eine Brille), versuchte, die Geräusche, die der alte
Hausdiener auf der Terrasse unter ihm fabrizierte, zu ignorieren, und konzentrierte sich stattdessen auf den Felsen, dessen Spitze er von hier aus gerade noch erkennen
konnte. Wobei es keine Spitze war, eher eine Wölbung –
zwei Wölbungen, ein seltsam geformter Stein war das, beinahe könnte man meinen, es handelte sich hierbei um ein
Herz ... Harvey stutzte. Irgendetwas regte sich in ihm. Er
wartete ein paar Sekunden, ob die Erinnerung ihn ereilen
würde oder nicht ...

Na, dann nicht.

Interessant.

Harvey legte den Kopf schief.

Gleich nach dem Frühstück würde er sich auf einen
Spaziergang begeben. Er wollte den Rand der Klippen besuchen, den Strand und den mysteriösen Felsen, der von
hier aus nur halb zu sehen und womöglich ein Herz war.
Dieser Peter. Im Grunde war er der hoffnungslose Roman-
tiker von ihnen beiden, obwohl es an Harvey war, sich

diese schnulzigen Geschichten aus den Fingern zu saugen, eine nach der anderen.

Apropos: Das Arbeitszimmer war etwas, das den Aufenthalt in dieser kleinen Klitsche durchaus rechtfertigte. Harvey streckte sich noch einmal vor der geöffneten Tür, dann schlenderte er durch das Wohnzimmer, an der denkwürdigen Badewanne vorbei, zu einer Tür zwischen zwei Bücherregalen, die sich zu einer kleinen Kammer öffnete – nicht größer als ein begehbarer Kleiderschrank, doch mit noch mehr Bücherregalen bestückt, einem plüschigen Lesesessel unter dem Fenster und einem kleinen Schreibtisch daneben. Gestern schon hatte Harvey seinen Laptop dort abgestellt, jetzt nahm er ihn aus der Tasche und steckte das Stromkabel an.

Etwas kribbelte in seinen Fingern, etwas wie … Vorfreude. Er hatte so lange nichts mehr geschrieben, nicht seit seiner Scheidung, die ihn ausgelaugt zurückgelassen hatte und leer bis auf den Grund (oh ja, auch auf den Grund seines Geldbeutels). Diese Ziege. Als hätte sie irgendetwas mit seinem Erfolg zu tun gehabt, als hätte sie irgendetwas dazu beigetragen, dass er heute stand, wo er stand. In Unterhose mitten auf dem Teppich, stellte er fest. Also kratzte er sich über das stoppelige Kinn und beschloss, sich zunächst einmal anzuziehen, dann frühstücken zu gehen, bevor er sich auf die Suche begab nach dem Musenkuss, den Peter ihm für diesen Ort versprochen hatte.

Kurz gesagt: Einer Muse begegnete Harvey Hamilton nicht, als er sich nach Dusche, Rasur und in anständigem Dreiteiler (beige, mit dunkelbraunen Lederschuhen) auf die Terrasse setzte, um ein Eiweiß-Rührei und ein paar Gürkchen zu verspeisen. Es sei denn, die Musen Cornwalls versteckten sich dieser Tage in etwa dreißig Zentimeter langen Fellknäueln, die wie aufgeschreckte Käfer über den Boden huschten. Er hatte sich gerade hingesetzt, sich von dem hageren Kellner die Zeitung von gestern bringen lassen, da es den Postboten offenbar nicht vor zehn auf diese Insel verschlug, als die Frau zwei Tische neben ihm auf einmal zu kreischen begann. Außer Harvey befanden sich zwei Paare auf der Terrasse und nun in hellem Aufruhr, weil offenbar ein Tier wie von der Tarantel gestochen zwischen den Möbeln umherirrte, eine endlos lange Leine im Schlepptau, die sich um Stuhl- und Tischbeine drehte und alles mit sich riss, was sich unglücklich in ihr verheddert. Brötchenhälften flogen durch die Luft, Tee-Fontänen ergossen sich über Kleider, Geschirr klirrte und zerbarst, als einer der weiblichen Frühstücksgäste bei dem Versuch, sich auf einen Stuhl zu retten, den gedeckten Tisch umstieß. Harvey saß an seinem Platz, versteinert, als das Tier wie in Zeitlupe auf seinen Tisch zustob, das spitze Mäulchen aufgerissen, die kleine Nase nach oben gereckt. Eine Ratte!, dachte er aufgebracht, aber mit viel zu viel Fell! Bevor er noch einen weiteren Gedanken fassen konnte, war auch er vor der Kreatur aufgesprungen, die daraufhin die Richtung änderte – hier lang, dort lang, um ihn herum –, und in dem Bemühen, ihr auszuweichen, verlor Harvey das Gleichgewicht. Er versuchte, sich an der Kante des Tischs festzuhalten, erwischte aber bloß seinen Teller, als er schließlich rücklings nach hinten kippte und hart auf dem Steiß landete, das Eiweiß-Rührei im Schoß seines Maßanzugs.

»Aaaah«, stöhnte der Schriftsteller.

»Fred!«, kreischte eine verzweifelte Stimme.

Sie gehörte der Besitzerin des Hotels, der schönen, wenngleich ziemlich zickigen Blondine. Von seiner Position auf dem Terrassenboden aus konnte Harvey gut ihre wohlgeformten Beine ausmachen, und er starrte von dort zu ihrem Gesicht, während sie entschuldigende Blicke um sich warf und dann quer über die Veranda eilte, dem Tier hinterher. Beim Präsidenten der Vereinigten Staaten, dachte Harvey, während er sich mühevoll aufrappelte, was war das denn bitte wieder?

»Ah, herrje, das schöne Ei«, sagte Theo, der auf den Schriftsteller zugeeilt kam. Er hielt eine Serviette in der Hand, den Blick auf Harveys Körpermitte gerichtet und war gerade dabei, den Arm auszustrecken, um die Essensreste von dessen Hose zu entfernen, als Harvey alarmiert einen Schritt zur Seite trat.

»Danke, das wird nicht nötig sein«, erklärte er hölzern, »ich werde nach oben gehen und mich umziehen.«

»Das tut mir schrecklich leid, Mr. Hamilton. Wenn Sie den Anzug einfach im Zimmer lassen, wird unser Mädchen ihn für Sie in die Reinigung bringen, Sie brauchen sich um nichts zu kümmern.«

»Gilt das auch für den Anzug, den ich mir gestern im Hafenbecken ruiniert habe?

»Natürlich. Den nimmt Florence dann auch gleich mit.«

Während der alte Theo damit begann, Geschirr vom Boden aufzuklauben und Essensreste zusammenzukratzen, fragte sich Harvey, ob es nicht sinnvoller wäre abzureisen. Man konnte wahrlich nicht behaupten, dass seine Exkursion hierher bislang unter einem guten Stern gestanden hatte, womöglich war es der haarsträubendste Aufenthalt, den er je über sich hatte ergehen lassen.

Er seufzte. Dann hob er den Kopf und atmete einmal mehr die kühle, würzige Seeluft ein. Ein Spaziergang hinunter zum Meer würde nicht schaden, danach konnte er immer noch entscheiden, sagte er sich.

Also zog Hamilton sich auf sein Zimmer zurück und frische Sachen an, dann spazierte er durch die Lobby nach draußen, ausnahmsweise einmal unbehelligt, und machte sich auf dem Weg zu dem Ort, der in seinem Roman eine so tragende Rolle gespielt hatte, obwohl er absolut keine Erinnerung mehr daran hatte.

24.

Gott, Theo, was hast du dir dabei gedacht? Fred hätte sich aufhängen können an dieser dämlichen Leine! Schlimmer noch, Harvey Hamilton hätte ihn aufhängen können damit – hast du sein Gesicht gesehen? Er sah aus, als wenn er … als wenn er …«

»Eigentlich sah er aus, als hätte er sich ordentlich auf den Hosenboden gesetzt, mitsamt seines Low-Fat-Rühreis«, erklärte Theo.

»Grrr«, knurrte Gretchen.

»Ganz abgesehen davon, dass die Leine gar nicht um Freds Hals gebunden war. Das heißt, er hätte damit über die Klippen fliegen und sich selbst aufhängen können, er wäre nicht daran erstickt.«

»Wie kommt es, dass er überhaupt dieses ewig lange Ding hinter sich herzog?«

Woraufhin Theo tatsächlich nicht verhindern konnte, ein klein wenig schuldbewusst zu wirken. »Ich dachte, es wäre eine gute Idee, um ihm in Paolos Freigehege Auslauf zu verschaffen. Konnte doch nicht ahnen, dass der kleine Klabauter sich losbeißen würde. So ein schlauer, gewitzter Kerl. Vermutlich wollte er erst den Knoten aufdröseln und hat dann beschlossen …«

»Das reicht.« Gretchen rieb sich die Stirn. »Ich will nichts mehr hören. Tu es einfach nie wieder, okay, Theo? Mrs. Botello hätte beinahe einen Herzinfarkt bekommen, ein schönes Abschiedsgeschenk war das, so kurz vor ihrer Abreise. Und Mrs. Weller ...« Sie schüttelte den Kopf.

»In Mrs. Weller klingt sicherlich noch der Hall der Klaviersonate nach, die sie gestern Nacht mit ihrem Mann kreiert hat. Ihr ist das Frettchen egal.«

»Theo!«

»Du weißt, dass ich recht habe«, sang Theo, bevor er sich umdrehte und durch die Terrassentür des Restaurants nach draußen verschwand. Mit Ashleys Hilfe hatten sie das Chaos auf der Veranda schnell beseitigen und den verbliebenen Gästen erneut Frühstück servieren können. Gretchen war es gelungen, Fred einzufangen und zurück in seinen Käfig zu bringen, wo er sich schmollend in eine seiner kleinen Holzhütten verzogen hatte. Sie hatte keine Ahnung, wo Mr. Starautor abgeblieben war, sie war nur froh, ihn nicht sehen zu müssen.

Seufzend machte sie sich auf den Weg nach oben in die Zimmer. Sie musste die Handtücher einsammeln sowie die Anzüge von Harvey Hamilton – mal sehen, ob Bruno mit ihnen auch etwas anstellen konnte. Sie war schon auf halbem Wege nach oben, als Oscar ihr auf der Treppe entgegenkam. »Nanu?«, fragte sie überrascht. »Hat jemand Zimmerservice bestellt?« Wenn sie es recht bedachte, hatte sie noch gar nicht alle Gäste beim Frühstück gesehen. Madame Fournier beispielsweise fehlte noch.

»Äh, nein.« Oscar räusperte sich. »Ich habe Florence nur etwas gebracht.« Sagt's, und war an ihr vorbeigerauscht.

Gretchen runzelte die Stirn. Sie blickte nach unten, wohin Oscar verschwunden war, nach oben, wo sie das Zimmermädchen vermutete. Ein Gedanke formte sich in ihrem Hirn, er ging in die Richtung, dass sie Oscar nur selten nervös erlebt hatte, dass er ihr aber hier, gerade auf dieser Treppe, einigermaßen fahrig vorgekommen war, und eben spann sie den Faden zwischen Oscar und Florence, die ihres Wissens aber doch nur eine alte Schulfreundin des Kochs war – oder etwa doch nicht? –, als das Handy in ihrer Sakkotasche zu brummen begann.

Sie zog es hervor, und eine Textnachricht von Nick leuchtete auf.

Bleibt es bei heute Abend? Wir müssten
so gegen halb sieben das Boot nehmen,
mein Wagen parkt drüben in Marazion.

Gretchen biss sich auf die Lippen. Gott, was hatte sie da angerichtet? Nicht nur war sie gestern über Nick hergefallen wie eine Verdurstende über ein Glas Wasser, sie hatte ihm auch mit diesem absolut unangebrachten Kuss Hoffnungen gemacht, oder nicht? Hoffnung auf etwas, das sich so lieber nicht wiederholen sollte.

Oder nicht?

Wenn es heute zu stressig ist, verschieben wir das Essen, das ist kein Problem. Ich will dir keinen zusätzlichen Druck machen. Ich würde dich nur gerne sehen.

Etwas in Gretchens Innerem erwärmte sich bei diesen Worten. Ihr Herz womöglich. Nick war auf eine Art perfekt, die sie schwach werden ließ – weil er ganz ungeheuerlich entspannt war und ihr trotzdem das Gefühl gab, ihm wichtig zu sein. Und die Wahrheit war, sie vermisste dieses Gefühl. Sie vermisste es, dass jemand Wert darauf legte, dass es ihr gut ging, dass jemand sie sehen und Zeit mit ihr verbringen wollte, jemand anderer als ihre Tochter oder Theo. Sie vermisste es, begehrt zu werden. Wenn sie daran dachte, wohin dieser Kuss in ihrem Arbeitszimmer hätte führen können …

Überleg es dir. Und melde dich. Nachdem du Dottie jetzt zur Gemüseküche zwingst und ich dir kein Essen mehr liefern kann, musst du mich wohl rufen, wenn du mich sehen möchtest ☺

Und nun starrte Gretchen auf das Emoticon. Wenn sie ehrlich zu sich war, fand sie es überhaupt nicht witzig, Nick nicht mehr so gut wie jeden Abend zu sehen, nicht einmal ein bisschen. Denn die Wahrheit war, sie wollte Zeit mit ihm verbringen, oder nicht? Sie wollte ihn sehen.

Gerade ist der Teufel los, schrieb sie also, *aber irgendwie werde ich es schon schaffen.*

Großartig! Ich dachte, wir fahren nach St. Ives. Wenn wir um halb sieben hier wegkommen, schaffen wir den Sonnenuntergang.

Das ist eine hübsche Idee ☺

Perfekt. Dann bis heute Abend. Ich freue mich. Sehr.

Gretchen steckte das Handy ein. Sie fragte sich, ob Nick ihr zuliebe ein Restaurant gewählt hatte, in dem sie vermutlich niemanden trafen, den sie kannten, oder ob er selbst lieber ein Geheimnis daraus machte, dass sie miteinander ausgingen. Der Gedanke, es könnte Letzteres sein, versetzte ihr einen Stich, obwohl ihr im nächsten Augenblick klar wurde, wie heuchlerisch das war.

Gott, du bist eine Idiotin, schalt sie sich selbst. Dann lief sie den Rest der Treppe nach oben, um so schnell wie möglich mit der Arbeit zu beginnen und so schnell wie möglich damit abzuschließen.

Port Magdalen, viereinhalb Jahre zuvor

Christopher Wilde hatte in seinem bisherigen Leben unglaubliches Glück gehabt. Zwar dachte er nicht jeden Tag darüber nach, womit er es wohl verdient hatte, all das zu besitzen, was er besaß, doch heute, an dem Tag, an dem er sterben würde, da tat er es sehr gründlich.

Er war nicht gleich nach Penzance gefahren, nachdem er sich von Gretchen verabschiedet hatte. Stattdessen hatte er den Arbeitern im ersten Stock des Hotels einen Besuch abgestattet, sich vergewissert, dass die Badewannen in der Suite wie auch in einem der Zimmer an die richtige Position unter dem Fenster gerückt wurden (den Handwerkern aus der Gegend war es schwer zu vermitteln gewesen, dass die Wanne nicht ins Badezimmer gehörte), und dann, auf dem Weg zu seinem Wagen, hatte er spontan beschlossen, den furchtbar schönen Morgen von seinem Lieblingsplatz aus zu begrüßen. Also wanderte er den Pfad entlang durch den Wald hin zu den Klippen und zu der Bank, von der aus sich sowohl der Felsen als auch der weite Ozean dahinter betrachten ließen.

Er setzte sich. Zog den Reißverschluss seiner schwarzen Windjacke bis über das Kinn und vergrub die Hände in den Taschen. Es war stürmisch hier draußen und kalt, doch Christopher grinste in sich hinein, während er die Landschaft in sich aufsog, den klaren blauen Himmel, die

Sonne, die die Spitzen der Gräser kitzelte, durch die raschelnd die Brise fuhr. Er war hier aufgewachsen, hier auf Port Magdalen, in diesem Hotel, doch an Tagen wie heute konnte auch er sich kaum sattsehen an der Schönheit, die ihn umgab, selbst wenn er jeden Grashalm bereits kannte. Sein Blick fiel auf den herzförmigen Felsen, unten am Strand. Das Wasser hatte ihn geformt, und es würde niemals aufhören damit, und er fragte sich, ob es irgendwann mal eine Zeit geben würde, in der dieser Koloss nicht mehr dort unten stünde. Er kannte ihn seit seiner Kindheit. Und wenngleich Christopher nicht der romantischste Mann auf Erden war, hatte der Stein auch für ihn eine besondere Bedeutung, nicht nur für seine Gäste.

Als er klein war, da hatte sein Vater ihm erzählt, dass dies das Herz eines Riesen war, der sich auf Port Magdalen verliebt hatte – weil sich eben jeder auf Port Magdalen verliebte –, und dass dieser Riese sein Herz am Ende hiergelassen habe. Christopher hatte gefragt: »Aber wie soll der Riese denn leben ohne ein Herz?«, und sein Vater hatte geantwortet: »Er hatte keine große Wahl.« Viele Male hatte Christopher daraufhin hier oben auf den Klippen gestanden, auf den Felsen gestarrt und sich gefragt, wann wohl ein herzloser Riese auf Port Magdalen auftauchen und sein Herz zurückverlangen würde. Bis ihm eines Tages aufgegangen war, dass man sein Herz niemals zurückbekam, wenn man es einmal vergeben hatte.

Bei seinem Vater war es so gewesen. Christophers Mutter war gestorben, als er selbst noch ein kleiner Junge gewesen war, und seither hatte es nur noch sie beide gegeben. Es tauchte die eine oder andere Frau auf, als Theo noch jünger war, doch nie zog eine von ihnen ins Hotel, nie wurde etwas Ernstes daraus. Weil er kein Herz mehr zu verschenken hatte, wie Christopher annahm. Und weil er sich mit der Liebe, die übrig geblieben war, um seinen Sohn kümmerte, später um dessen Frau und dann um seine Enkeltochter.

Und Christopher? Er würde sein Herz ebenfalls nie zurückbekommen, es sei denn, Gretchen warf irgendwann damit nach ihm. So wie damals, als sie erfahren hatte, dass er gar nicht ihretwegen nach Norwegen gekommen war, sondern wegen einer anderen Frau. Er grinste. Dann warf er einen letzten Blick auf den Felsen, stand auf und lief zu seinem Wagen, um nach Penzance zu fahren.

25.

Als Nettie und Damien am Nachmittag ins Hotel zurückkehrten, fiel ihnen als Erstes der Mann auf, der, beladen
mit einem wirklich großen Rucksack, über den Gräsern
und Blumen am Wegrand kauerte. Es sah aus, als suchte
er etwas. Also trat Nettie neben ihn und richtete den Blick
ebenfalls auf den Boden.

»Haben Sie etwas verloren?«

»Herrgott, haben Sie mich erschreckt!« Der Mann richtete sich auf und griff im gleichen Atemzug nach seinem
Steißbein. »Aaah«, machte er. »Der Rücken. Man könnte
annehmen, ich sollte mir ein anderes Hobby suchen.«

»Sie sind Mr. Tellson, richtig?«, fragte Nettie. Sie hatte
den Mann an der Stimme erkannt. Immerhin hatte er
schon zweimal angerufen, um sich zu vergewissern, dass
seine Buchung noch stand.

»Allerdings«, gab er überrascht zurück. »Und wer sind
Sie, junges Fräulein?«

Nettie lächelte gutmütig. »Nettie Wilde. Wir haben bereits ein paarmal telefoniert. Wenn Sie mir nach drinnen
folgen, mache ich Ihre Anmeldung fertig.«

Damit nickte sie Mr. Tellson zu, drehte sich um und
ging zurück zu Damien, der am Hoteleingang auf sie gewartet hatte.

»Mann, Nettie, du bist ein Profi«, wisperte er grinsend,
während sie hineingingen, im Windfang Sir James begrüß-

ten und Mr. Tellson die Tür aufhielten. »Harvey Hamilton sollte sich warm anziehen, wenn er deinem pragmatischen Charme entkommen will.«

Nettie war sich nicht einmal sicher, ob das wirklich ein Kompliment gewesen war, doch ihr Herz schwoll an bei Damiens Worten.

Mr. Tellson war ein groß gewachsener Herr zwischen fünfzig und sechzig, mit grau meliertem Haar, hellen blauen Augen und sehr viel Energie. Wie sich herausstellte, war er nach Port Magdalen gekommen, um auf den Klippen nach Nahrung zu suchen – genauso hatte er sich ausgedrückt. »Entlang der Küste Cornwalls gibt es die unterschiedlichsten Pflanzen«, hatte er Nettie beim Check-in unterrichtet, »Meerfenchel, wilde Karotte. Wilder Kerbel! Ich hoffe, einige davon auch hier auf dieser Insel zu finden. Und ich hoffe, so manches davon in Ihrer Küche zubereiten zu dürfen.«

Na, hatte Nettie gedacht. Wenn dich unsere Dottie nicht zuerst verspeist. Anschließend hatte sie Mr. Tellson in Zimmer eins begleitet, wo er sich ausnehmend über die Pfauen-Tapete und den bordeauxfarbenen Lesesessel gefreut hatte, während Damien mit ihren Einkäufen in Netties Zimmer verschwunden war.

»Der Videorekorder funktioniert«, sagte er im gleichen Moment, in dem Nettie die Tür öffnete. »Heute Abend können wir loslegen.«

»Ich kann es kaum erwarten.« Nettie verdrehte die Augen, doch sie grinste. »Ich muss sehen, ob ich irgendwo im Haus mit anpacken muss. Kommst du ein, zwei Stunden allein klar?«

»Aber sicher. Bei dem Lesestoff …« Er nickte zu der Tasche hin, in der sie Hamiltons Bücher transportiert hatten, und Nettie grinste noch mehr.

»Wenn du Lust hast, geh zu meinem Großvater und frag nach dem Zelt. Irgendwo im Schuppen wird sicher noch eins sein.«

»Ay, ay, Lady-Sir.«

»Und die Romane – wenn du dich davon losreißen kannst – könntest du unten in der Lobby in den Bücherschrank einsortieren und den Rest auf den Beistelltischen verteilen.«

»Und wann haben wir die Chance, Harvey Hamilton mit unseren speziellen Präsenten zu beglücken?« Mit dem Kopf deutete er auf den Karton, in dem Damien die Kerzen, Lichtwecker, Schokoladen und Kuschelrock-CDs verwahrt hatte.

»Ich werde mal sehen, ob er ausgegangen ist.«

Damit verschwand Nettie und ließ Damien erneut allein in ihrem Zimmer zurück.

Nachdem seine Freundin verschwunden war, starrte er noch einige Sekunden lang auf die Tür, bevor er vom Boden aufstand, wo er vor dem alten Videorekorder gekniet hatte, und zu der Büchertasche hinüberging, die auf dem Schreibtischstuhl lag. Er griff sich die Romane und schlenderte hinüber in die Lobby, wo er den neuen Springer begrüßte, und er warf einen Blick auf das Klavier, als er es passierte. Dieses Hotel war grotesk, das ließ sich nicht anders sagen. Der Herzfelsen allein. Aber dann all die mehr oder weniger plumpen Anspielungen auf Romantik und Liebe. Die Herzkissen. Die Duftkerzen. Die Plüschsessel vor rot gestrichenen Wänden. Die Kamine, in denen die meiste Zeit ihres Lebens ein Feuer knisterte, weil es selbst im Sommer selten zu heiß dafür war.

Damien hatte nichts mit Romantik am Hut, weil er Dinge gern analytisch bis pragmatisch betrachtete – eine Vorliebe, die er mit Nettie teilte –, doch auch er fühlte sich in diesem Haus pudelwohl, das ließ sich kaum leugnen.

Der Gedanke, dass sein Wohlbefinden an diesem Ort womöglich gar nichts mit dem Hotel an sich zu tun haben könnte, der kam ihm in diesem Augenblick noch nicht.

Bei seinem Spaziergang durch die Lobby ließ er hier und da ein Buch liegen, bevor er durch den Windfang nach draußen trat. Sir James hatte sich inzwischen aus seinem Körbchen erhoben und saß vor dem Haus in der Sonne. Er schien ihn zu beobachten, als Damien an ihm vorbei und in Richtung Scheune lief, und für einen winzigen Moment verspürte Damien so etwas wie Eifersucht auf den alten Kater – darauf, dass er hier leben durfte, auf dieser magischen kleinen Insel, und darauf, dass er von Nettie gekrault wurde, wann immer er ihr begegnete.

Zwischen zwei Schritten blieb Damien stehen, so unvermittelt traf ihn dieser Gedanke. Was war nur in ihn gefahren, dass er auf einmal einen alten Kater um sein Dasein beneidete? Und dass er von Nettie gekrault werden wollte? Er schob seine Überlegungen beiseite, als wären sie das Lächerlichste, das ihm je in den Sinn gekommen war, doch wenn er nur ein wenig ehrlicher zu sich selbst gewesen wäre, dann … Ja, was dann?

Auch darüber wollte Damien nicht nachdenken.

Stattdessen besuchte er Theo Wilde in seiner Scheune.

»Ein Zelt?« Theo runzelte die Stirn, wandte den Blick

aber nicht von dem kleinen Motor ab, über den er den Kopf gebeugt hielt.

»Was wird das?«, fragte Damien, der dem alten Mann über die Schulter sah.

»Das wenn ich wüsste«, murmelte Theo. »Die Idee mit dem Eierköpfer ist so spektakulär gescheitert, dass ich an den Dosenöffner eigentlich gar nicht mehr denken mag.«

Damien hatte keine Ahnung, wovon Theo sprach, und er wollte gerade nachfragen, als der alte Mann sagte: »Also, du willst mit Nettie zelten gehen?«

»Was? Nein!« Das klang entrüsteter als beabsichtigt, also wiederholte Damien, ruhiger diesmal: »Nein, Nettie und ich wollen nicht zelten. Wir brauchen das Teil, um einem Gast einen Wunsch zu erfüllen.«

»Soso.« Inzwischen hatte Theo sich aufgerichtet. Er musterte Damien und grinste, doch darüber hinaus verlor er kein weiteres Wort. »Im Schuppen müsste ein kleines Zweierzelt sein«, sagte er stattdessen. »Es gehörte einem Gast, der es aus lauter Ärger über ein paar kleine Regenschauer dem Hotel vermacht hat. Sieh dich einfach um, du findest es sicher.«

»Okay.« Damien nickte. »Danke.« Für einen Moment dachte er daran, noch etwas hinzuzufügen, dann fragte er sich allerdings, was das sein sollte, außer: *Wieso sollte ich mit Nettie zelten wollen? Geht sie öfter zelten? Wenn ja, mit wem?* Also schüttelte er nur den Kopf und sich selbst aus seiner Verwirrung, drehte um und machte sich auf den Weg in den Schuppen.

Er war sechzehn. Sicher spielten da die Hormone verrückt. Und bestimmt war es normal, sagte er sich, dass er sich auf einmal abwegige Gedanken machte, über Nettie beispielsweise, Nettie in dem Café in Penzance und die beiden Jungs, und wie sie sie angestarrt hatten. Dass sie auf einmal über Sex redeten, was sie früher nie getan hatten (warum auch?). Dass sich in diesem Sommer alles anders anfühlte als noch vor ein paar Monaten, anders und intensiver irgendwie.

Obwohl – Teenager, insbesondere männliche, beschäftigten sich mehrere Dutzend Male am Tag mit den Vorstellungen von Geschlechtsverkehr, wenn nicht noch öfter. Richtig? Und ... wie kam er jetzt überhaupt auf diese Ideen?

Noch einmal schüttelte sich Damien, dann öffnete er entschlossen die Tür zu dem kleinen Schuppen, um das Zelt zu finden, in dem er *nicht* mit Nettie schlafen würde. Zelten – Himmel noch mal. *Zelten* würde er mit ihr!

Nicht.

26.

In einem anderen Leben war Gretchen Wilde eine Frau gewesen, die nicht viel Zeit damit verbrachte, in den Spiegel zu sehen. Sie hatte das Gesicht ihrer Mutter geerbt – die hohen Wangenknochen, die schmale Nase, die feinen Züge, die hellen grau-blauen Augen –, und sie war sich darüber bewusst gewesen, was das bedeutete. Gretchen war eine schöne Frau. Und sie war freundlich geblieben. Und sie hatte den ersten Jungen geheiratet, in den sie sich Hals über Kopf verliebt hatte und der ihr das Gefühl gab, mehr zu sein als nur die äußere Hülle.

Heute allerdings fragte sie sich oft, was von diesem Mädchen übrig geblieben war. Das Äußere schien weitgehend unverändert, doch das, was in ihr steckte, hatte durch Christophers Tod eine Wandlung erlebt. Sie war immer noch freundlich, doch irgendetwas fehlte. Mut vielleicht, dachte sie, als sie sich an diesem Spätnachmittag im Spiegel betrachtete. Sie sah nicht aus wie eine mutige Frau mit beinahe vierzig, die sich aufmachte zu einem neuen Abenteuer. Sie wirkte nervös und unsicher und zögerlich. Und angemalt. Gretchen seufzte. Sie wischte sich den blauen Puder von den Lidern und das Rouge von den Wangen. Es würde nicht möglich sein, sich den fehlenden Optimismus ins Gesicht zu schminken, so viel stand fest.

Sie hatte Nettie belogen, auch das nagte an ihr. Um den Abend freizubekommen, ließ sie ihre Tochter und auch

Theo in dem Glauben, nach Marazion fahren zu müssen, um einer alten Schulfreundin beizustehen, die gerade eine bittere Enttäuschung durchmachte. Beinahe wäre sie beim Erzählen über ihre eigenen Märchen gestolpert, denn natürlich kannte Nettie die meisten ihrer Freundinnen, und eine zu finden, über deren Familienstand ihre Tochter so wenig wusste, dass Gretchen sie als erfundenes Alibi verwenden konnte, war gar nicht so einfach. Einzig der Tatsache, dass Damien Nettie beinahe in die Ohnmacht schickte, als er, nur mit einem Handtuch bekleidet, aus ihrem Badezimmer stolzierte, war es zu verdanken, dass sie heil aus dieser Unterhaltung herausgekommen war (und wäre Gretchen nicht selbst so durch den Wind gewesen, hätte sie sich *darüber* eventuell auch noch Gedanken gemacht ...).

Jetzt half Nettie im Restaurant, Theo hatte ein Auge auf die Bar, und sie war dabei, sich zum Eingang hinauszuschleichen, um den Abend möglichst bald hinter sich zu bringen.

Die Fahrt hinunter zum Hafen kostete sie einige Fingernägel und die Einsicht, dass sie eine schlechte Mutter, Schwiegertochter und Witwe war. Zudem musste sie wahnsinnig geworden sein, dieses rote Kleid zu wählen – was, wenn Nick seine übliche Jeans-und-Hoodie-Tracht trug? Vielleicht hätte auch sie in ihrer gewohnten Hotel-Montur bleiben sollen. Und in dem Strandlokal in St. Ives würde sie in diesem Kleid so oder so herausstechen wie ... ein Hummer in einem Karpfenteich. Nach den Nägeln nagte sie auf ihrer Unterlippe herum und schürte ihre eigene Nervosität, von Minute zu Minute mehr. Als sie schließlich den Damm erreichte, der entgegen Nicks

Annahme befahrbar war, und kein Boot benötigte (darüber, was Jet von ihr halten würde, hätte sie zum Übersetzen nach Marazion das Boot nehmen müssen, hatte sie sich überhaupt keine Gedanken gemacht), war sie mit den Nerven eigentlich schon am Ende. Herrje. Sie mussten vor Einsetzen der Flut zurück sein. Sie und Nick konnten auf keinen Fall gemeinsam auf Jets Boot steigen. Vielleicht war dieses Essen doch keine so gute Idee.

Als sie auf dem Parkplatz ihren Wagen verließ, sah sie Nicks Auto sofort und auch, dass er hinter dem Steuer saß. Bevor er nur den Griff seiner Tür berühren konnte, war sie bereits hineingeschlüpft.

»Schaffen wir es, rechtzeitig wieder hier zu sein, damit wir mit den Autos zurückfahren können?«, fragte sie atemlos, und Nick verstand sofort.

»Das ist kein Problem. Ich hab die Zeiten inzwischen nachgesehen.«

Gretchen nickte. Sie biss wieder auf ihre Unterlippe, griff nach dem Gurt, schnallte sich an und wartete, die Augen auf den Parkplatz vor ihr gerichtet, doch der Wagen rührte sich nicht. Sie sah Nick an.

»Was?«

»Hey, Gretchen«, sagte er. Dann beugte er sich zu ihr, umfasste mit einer Hand ihren Nacken, mit der anderen ihr Kinn und drückte einen sanften Kuss auf ihre Lippen.

Auf der Fahrt zum Restaurant hielten sie Händchen, und sie küssten sich – an Ampeln, Stoppschildern, Kreisverkehreinfahrten – einmal, fünfmal, so, als hätten sie es noch nie zuvor getan und könnten nun nicht mehr damit aufhören. Autos hupten hinter ihnen, und Nicholas entpuppte sich als stoisch gelassener Fahrer (keine Überraschung für Gretchen, die mittlerweile wusste, dass ihn nichts so leicht aus der Ruhe brachte). Er vermittelte ihr ein Gefühl der Geborgenheit, doch nicht nur das. Seine ausgeglichene, unkomplizierte Art erinnerte sie daran, was ihr an Nick gefallen hatte und warum sie sich überhaupt in ihn verguckt hatte. Denn das hatte sie wohl getan, absolut gegen ihren Willen und genauso unausweichlich.

27.

Aus dem Augenwinkel warf Nick einen Blick auf Gretchen, die sich in ihrem Sitz wand wie ein Sandwurm im Schlick. Schon einige Male hatte er gedacht, in ihrem Verhalten Anzeichen dafür zu erkennen, dass es ihr ähnlich erging wie ihm damals in London, wo die Arbeit den größten Teil seines Lebens auffraß und darüber hinaus nicht mehr viel Raum für anderes ließ. Seine Ehe beispielsweise. Oder die Möglichkeit zu atmen.

Als er Gretchen vor zwei Jahren kennengelernt hatte, war sie weniger nervös gewesen, dafür aber weit mehr niedergeschlagen. Lori hatte ihm damals erzählt, dass der plötzliche Tod von Christopher Wilde die Familie wie ein Schlag getroffen hatte und die Dorfbewohner nicht minder. Christopher war sehr beliebt gewesen. Fröhlich, optimistisch, ein Anpacker. Solche Menschen hinterlassen Lücken, groß wie Kontinente.

Gretchen hatte sich erst allmählich erholt. Und war ihm zwischenzeitlich eine gute Freundin geworden. Eine, die ihn nicht dafür verurteilte, dass er hingeworfen, alles hinter sich gelassen hatte, um aus der Großstadt in diesen winzigen Ort zu flüchten, aus einem Topjob hinter den Tresen eines Cafés. Das *Wild-at-Heart*-Hotel zu führen, das zehrte an ihr in ähnlicher Weise, und er wusste, dass der Wunsch auszubrechen auch hier schwelte, wenngleich tief vergraben unter all den Schichten aus Pflicht- und

Verantwortungsbewusstsein, ihrer Tochter gegenüber und Theo, aber auch dem Hotel selbst, das immerhin Christophers Vermächtnis war. Diese Frau war stark. Stärker, als ihr bewusst war, schätzte er. Wenn sie sich einmal dazu entschlossen hatte zu kämpfen, dann tat sie es, vehement und unnachgiebig – weshalb er sich ziemlich sicher war, dass sie sich für ihn noch nicht entschieden hatte. Er war die Unsicherheit in ihrem Leben, womöglich der Grund, der sie nervös werden ließ. Aber aus Nicks Sicht konnte man es sich nur so lange in der Freundeszone bequem machen, bis man für immer dort einziehen musste. Und er hatte für sich beschlossen, dass dies nicht der Ort für ihn war, nicht in Bezug auf Gretchen. Dafür mochte er sie zu sehr. Dafür küsste sie zu gut, auch wenn er das noch nicht hatte wissen können, als er sich in sie verliebt hatte.

»Wie war's heute im Hotel? Irgendwelche besonderen Vorkommnisse?«

Sie sah zu ihm herüber, den Daumennagel zwischen den Lippen, bevor sie die Hand langsam sinken ließ. Sie war *wirklich* nervös, und Nick konnte nur hoffen, dass er der Grund für eine positive Aufgeregtheit war. Er dachte daran, sie noch einmal zu küssen, denn statt sich noch mehr zu beschleunigen, hatte er den Eindruck, ihr Herzschlag würde sich in seinen Armen tatsächlich beruhigen. Was ein gutes Zeichen war, oder? Ein Zeichen dafür, dass sie sich geborgen fühlte und von ihren Ängsten ablassen konnte.

Richtig?

»Lass mal überlegen«, sagte sie schließlich, und zum ersten Mal, seit sie in Marazion ins Auto gestiegen war, blitzte Humor in ihren Augen. »Wenn du davon absiehst, dass Fred, das Frettchen, die Frühstücksterrasse verwüstet hat und eines unserer Gästepaare gestern Nacht Sex auf dem Klavier in der Lobby hatte, dann – nein. Alles wie immer.«

Nick lachte. Er warf ihr einen ungläubigen Blick zu, dann lachte er noch lauter. »Dieser Fred«, sagte er grinsend, und nun begann auch Gretchen zu kichern.

»Offenbar wollten sie eine Szene aus ›Pretty Woman‹ nachspielen, um ihre Ehe aufzupeppen.«

»Ich dachte nicht, dass das *so* ein Film ist.«

»Ist er auch nicht.« Wieder lachte Gretchen. »Und so, wie es aussah, haben sie die Vorlage von Richard Gere und Julia Roberts auch nicht sonderlich ernst genommen. Ich meine, bei den beiden sah das Ganze auf jeden Fall stilvoller aus. Und weniger … äh. Nackt.«

»Bei Julia und Richard?«

»Natürlich bei Julia und Richard.«

Noch einmal wandte Nick den Blick von der Straße ab und Gretchen zu. Sie sah umwerfend aus, wenn ihre Augen leuchteten wie in genau diesem Augenblick, als wäre Grau auf einmal eine Farbe, lebendig und strahlend.

»Ich liebe es, wenn du lachst«, sagte er und bereute es sofort, weil ihre Züge auf der Stelle ernst wurden. Weshalb er sich genötigt fühlte, sich für diesen Satz zu entschuldigen und hinzuzufügen: »Ich bin nicht sicher, wie wir im Moment miteinander umgehen. Ich meine, ich würde dir gern sagen, was ich denke – was ich schon gedacht habe, seit wir uns kennen –, aber ich bin mir nicht sicher, ob du das wirklich hören möchtest.«

Woraufhin Gretchen wieder zu lächeln begann. »So schwere Kost noch vor dem Appetizer«, sagte sie.

Sie schafften es tatsächlich vor Sonnenuntergang nach St. Ives. Es war ein Tisch für sie reserviert, in dem Restaurant unterhalb der Tate-Galerie und unmittelbar über dem Porthmeor Beach, wo sie eine halb offene Nische ganz für sich allein hatten sowie das Gefühl, auf der Flucht zu sein. Zumindest Nick empfand es so. Auf einmal fühlte er sich wie in einem schlechten Roman über eine heimliche Liebe hier in dieser nach drei Seiten geschlossenen Sitz-Koje, in der sie praktisch nur von den Kellnerinnen wahrgenommen wurden und ansonsten vollkommen für sich waren. Als müssten sie sich vor jemandem verstecken. Was ja irgendwie auch der Fall war.

Sie setzten sich. Bestellten Weißwein und studierten die Speisekarte, die überwiegend Tapas feilbot. Jedes andere Paar hätte die Abgeschiedenheit womöglich positiver beurteilt, hätte nur die Romantik wahrgenommen und sich über die Aussicht gefreut, den Strand und das Meer, für die Touristen kilometerweit anreisten.

Gretchen ließ den Blick dorthin schweifen, besah sich den Himmel, der an diesem Abend keine wirkliche Farbenpracht bot, eher ein Bild, in dem sich Grau mit den restlichen Farben vermischt hatte – dem Blau des Meeres und des Himmels und dem Orange der untergehenden Sonne. Wie ein Gemälde in mattem Pastell, dramatisch und ebenso schön.

»Ich liebe England«, sagte sie plötzlich, »ich liebe die Farben und den Wind und die Tatsache, dass es gleich regnen wird und dass wir dennoch diesen Sonnenuntergang genießen können, immer noch schöner als irgendwo sonst auf der Welt.«

»Ich habe anderswo noch nicht sehr viele Sonnenuntergänge gesehen«, erklärte Nick. »Bevor ich anfing zu arbeiten, fehlte das Geld, später die Zeit, und die Geschäftsreisen, die ich unternommen habe, ließen nicht wirklich Raum für Sightseeing.«

»Wo bist du überall gewesen?«

Er zuckte mit den Schultern. »Asien. Nordamerika. Australien.«

Gretchen blinzelte. »Und du hast so gut wie nichts von diesen Ländern gesehen? Das ist traurig.«

Noch einmal machte er eine gleichmütige Geste. »Du hast es eben selbst gesagt – es ist wunderschön hier in England. In Cornwall ganz besonders. Was also gibt es zu bereuen?«

Und so war es. Es verging nicht ein Tag, an dem er nicht dankbar dafür war, die Bank, das viele Geld und den Stress hinter sich gelassen zu haben, um im Morgengrauen an der kornischen Küste entlangzujoggen, sich auf einen entspannten Tag in *Lori's Tearoom* zu freuen und über das Privileg, an einem der schönsten Orte der Welt zu leben.

»Wie ist das Licht in Norwegen?«, fragte er.

»Magisch.« Gretchen lächelte, was Nick nicht weniger magisch vorkam. »Kälter. Weit weg.«

»Hast du je mit dem Gedanken gespielt zurückzugehen?« Nach Christophers Tod, fügte er in Gedanken hinzu, doch er wagte es nicht, ihn auszusprechen.

»Niemals«, sagte Gretchen.

»Wirklich? Niemals?«, erwiderte Nick überrascht.

»Ich würde Nettie nie aus ihrem gewohnten Umfeld reißen. Oder Theo allein lassen.«

»Was ist mit dem Hotel?«, fragte Nick, und Gretchen seufzte, sichtlich froh, dass in diesem Augenblick der Kellner kam, um den Wein zu bringen und ihre Bestellung aufzunehmen.

Sie aßen gegrillten Fisch, sautiertes Gemüse, Tortilla und eingelegte, scharfe Salami, anschließend teilten sie sich den um Längen ungesündesten Teil des Abends, einen dekadenten Toffee-Pudding. Eine Kerze schien auf ihre Gesichter, und Nick überließ Gretchen den letzten Bissen, wie es sich für ein romantisches erstes Date gehörte. Wobei, war es das? Ihr erstes Date? Nachdem sie sich zwei Jahre kannten und schon mindestens zwei Monate umeinander herumgeschlichen waren wie Katzen, die sich beschnupperten?

Als sie das Restaurant verließen, schlug Nick vor, noch für ein paar Minuten hinunter ans Wasser zu gehen, einfach weil er befürchtete, Gretchen würde es bei diesem Essen belassen wollen, ohne auch nur einmal darüber zu sprechen, was zwischen ihnen war – und was daraus werden sollte. Er nahm ihre Hand, doch als sie die Linie, wo Wasser auf Sand traf, schon fast erreicht hatten, kam Gretchen ihm zuvor, indem sie sich ihm zuwandte, sich auf die Zehenspitzen stellte und einen Kuss auf seine Lippen drückte.

»Danke«, murmelte sie.

»Wofür?«, erwiderte er ebenso leise.

»Dass du mich dazu überredet hast, mit dir hierherzukommen. Und für das gute Essen.«

»Und?«

»Und … für die vielen Küsse«, sagte sie und küsste ihn noch einmal.

Er lachte leise. »Ich komme mir vor wie ein Teenager.«

»Ich denke nicht, dass die schon so gut küssen können.«

»Nein«, sagte Nick. »Das denke ich auch nicht.« Einige Sekunden lang betrachtete er Gretchen, ihr schönes Gesicht, das in diesem letzten Lichtstreifen am Himmel ebenso strahlte wie im Kerzenschein des Restaurants. »Okay, also … ich meinte nicht das Küssen, als ich sagte, ich fühlte mich wie ein Teenager. Ich dachte eher daran, dass ich mich ähnlich unsicher fühle. Was uns zwei betrifft, meine ich.«

»Oh.«

Eine Weile schwiegen beide, und Nick dachte schon, er hätte womöglich besser still, den schönen Abend einfach schön sein lassen sollen, da machte Gretchen einen weiteren Schritt auf ihn zu, schlang beide Arme um seine Taille und schmiegte die Wange an seine Brust. »Ich fühle mich auch unsicher«, murmelte sie. »Wenn wir zusammen sind, habe ich überhaupt keinen Zweifel daran, dass ich das will, was wir haben, dass es sich gut anfühlt und richtig und dass es womöglich Zeit wird, sich wieder jemandem zu öffnen. Auf diese Weise.« Sie rückte von ihm ab und blickte ihm direkt in die Augen. »Wenn ich dann aber zu Hause bin, allein, dann … ich weiß nicht. Dann denke ich, ich bin noch nicht so weit. Ich bin noch nicht so weit, meiner Tochter zu sagen, dass es einen neuen Mann in meinem Leben gibt, und meinem Schwiegervater, dass ich seinen Sohn vergessen habe.«

»Gretchen …«

»Ich weiß, dass das Unsinn ist, dass du niemals von mir verlangen würdest, Christopher zu vergessen, und dass er sicher nicht gewollt hat, dass ich für immer allein bleibe, aber so fühle ich mich nun mal.«

»Du denkst nicht, deine Familie würde sich freuen, wenn du wieder glücklich wirst?«

»Ich bin glücklich.«

Das tat ein bisschen weh, und Nick blinzelte darüber hinweg, doch Gretchen bemerkte es trotzdem.

»Tut mir leid«, sagte sie. »So meinte ich es nicht.«

»Ich will dich zu nichts überreden, okay?«

»Ich weiß.«

»Aber, wie du schon sagtest – es wird nicht so leicht sein, einfach zum Ausgangspunkt zurückzukehren.«

»Auch das weiß ich. Wenn man einmal damit angefangen hat ...«

»Ganz genau.«

»Ich will auch nicht aufhören.« Noch einmal rückte sie näher an ihn heran, diesmal aber verschränkte sie die Hände in seinem Nacken.

»Nein?«

»Nein.«

»Dann ...«

»Dann ... lassen wir es langsam angehen, okay? Ich möchte es nicht schon morgen meiner Tochter sagen müssen.«

Nick nickte. Damit konnte er leben, oder nicht? Er schloss die Arme um Gretchen und schmiegte das Kinn in ihr Haar. Er wusste, es hatte keinen Sinn, sie zu drängen. Und er wollte es auch nicht. Sie hatten alle Zeit der Welt, und wenn er etwas gelernt hatte in seinem bisherigen Leben, dann, dass das Gute nicht immer das war, was am leichtesten zu erreichen war.

Donner grollte, und beide hoben sie den Kopf und starrten in den Himmel. Sie hatten gar nicht bemerkt, dass sich die Wolken zusammengeschlossen hatten, dass sich über ihnen ein dunkles Zelt gespannt hatte, das kaum mehr Licht zu ihnen durchließ.

»Ach, herrje«, murmelte Gretchen, da hatte Nick sie schon an die Hand genommen.

»Wir sollten uns beeilen«, sagte er überflüssigerweise.

Sie beide wussten, dass sie bei einem Sturm nur schwer wieder zurück nach Port Magdalen kamen, doch eventuell zog das Gewitter ja woandershin.

28.

Tat es nicht. So viel sei verraten.

Als im *Wild-at-Heart*-Hotel um 22:37 Uhr die Lichter ausgingen, lag dem keinerlei Romantik zugrunde, sondern allein eine fehlerhafte Elektrik – was auch immer den Stromausfall ausgelöst hatte, er sorgte dafür, dass Nettie und Damien über den Schluss ihres Films im Dunkeln gelassen wurden, ziemlich abrupt. Eben waren Nicholas Cage und Laura Dern in Texas angekommen, und Nettie konnte es immer noch nicht fassen, dass Damien ihr diesen Film mitgebracht hatte, *Wild at Heart*, der alt war und irgendwie verstörend (und immer diese Sexszenen, schon wieder) und den sie, warum auch immer, bis heute nie gesehen hatte – da saßen sie auf einmal im Finstern.

»Was war das denn?«

Nettie rutschte an den Rand des Betts, auf dem sie mit Damien gelegen hatte, stand auf und ging zum Lichtschalter. »Funktioniert nicht.«

»Vielleicht ist eine Sicherung rausgesprungen. Weißt du, wo der Kasten ist?«

»Ich glaube …«, setzte Nettie an, doch dann unterbrach sie der Donner, so laut, dass sie zusammenzuckte.

»Woah, was ist denn jetzt los?« Damien lief zum Fenster. Nettie stellte sich neben ihn, und gemeinsam starrten sie in die Dunkelheit. »Regnet es? Haben wir ein Gewitter verpasst oder was?«

Es war kaum etwas zu erkennen, zu dunkel war es draußen, und erst, als ein weiteres Mal Donner grollte und mit ihm ein Blitz den Himmel erhellte, erkannten sie die Äste der Tannen am Waldrand, die sich wie verrückt im Wind hin und her bogen.

»Nettie?« Es klopfte.

»Grandpa?« Sie lief zur Tür und riss sie auf. Theo stand vor ihr, eine alte Sturmlaterne in der Hand, die wenigen Haare vom Wind zerzaust.

»Es kommt ein Unwetter«, sagte er atemlos.

»Scheint, als wäre es schon da«, erwiderte Damien trocken. »Wissen wir, was den Stromausfall verursacht hat?«

Der alte Mann schüttelte den Kopf. »Nein, aber das müssen wir auch nicht. Wichtig ist jetzt erst mal, dass wir die Tiere sicher einschließen – könnt ihr zwei das machen? Seht nach Paolo, Fred und Sir James, und Nettie, ich bin nicht sicher, ob alle Hühner im Stall sind. Hier.« Er hielt Nettie die Sturmlampe hin.

»Was ist mit dir?«

»Ich hab noch eine Taschenlampe. Und ich kümmere mich inzwischen darum, dass die Gäste ausreichend Kerzen auf ihren Zimmern haben.«

»Alles klar. Wir sind gleich wieder da.«

Was sich als halbe Wahrheit herausstellte. Während sie Paolo und Fred relativ schnell und sicher im Stall verbarrikadiert und die Hühner in ihre Hütte eingeschlossen hatten, in die sie ohnehin schon geflohen waren, fehlte von Sir James jede Spur, was Nettie beunruhigte.

»Er mag keine Gewitter«, sagte sie, während sie nervös am Haus entlanglief und nach dem Kater rief. Inzwischen war der Wind laut geworden, er fegte um die Mauern und riss an den Ästen der Bäume, und Nettie graute davor, wenn der Regen einsetzen würde.

Gretchen.

Abrupt blieb sie stehen. »Bei dem Wind schafft es meine Mutter nie zurück nach Port Magdalen«, sagte sie, mehr zu sich selbst als zu Damien, doch der antwortete ihr nichtsdestotrotz.

»Sie ist bei einer Freundin, oder? Bestimmt kann sie dort bleiben, bis sich das Wetter beruhigt hat.«

»Vermutlich.« Nettie nickte. »Ich werde sie nachher anrufen.« Abermals grollte Donner, ein Blitz zuckte, und Nettie schrie auf. »Gott.« Sie lachte nervös. »Das ist aber besonders heftig diesmal.«

»Lass uns nachsehen, ob wir deinem Großvater helfen können.«

»Aber Sir James ...«

»Sicher sitzt der Kater unter irgendeinem Sofa und wartet, bis der Spuk vorbei ist.«

Nur widerwillig ließ sich Nettie ins Innere des Hotels ziehen, in Gedanken noch halb bei dem alten Kater, und die andere Hälfte hätte sich sicher erneut mit dem Telefonat beschäftigt, das sie mit ihrer Mutter führen wollte, als sie in der Dunkelheit der Lobby mit jemandem zusammenstieß.

»AAAAHH«, rief Nettie, und »AAAHH« hallte eine tiefe Stimme wider, nur noch lauter und noch angstvoller als ihre eigene.

»Mr. Hamilton?«

»Wer ist da?«, schrie Mr. Hamilton.

»Schhh.«

Nettie ließ die Sturmlampe sinken, die den Autor geblendet hatte. Noch immer hielt er die Hände schützend vor das Gesicht und blinzelte sein Gegenüber durch zittrige Finger hindurch an.

»Mr. Hamilton, ich bin's, Nettie. Wir haben einen Stromausfall, aber ich bin mir sicher, die Ursache wird bald geklärt sein. Mein Großvater ist dabei, Lampen und Kerzen zu verteilen, machen Sie sich keine Sorgen.«

Statt zu antworten, raufte sich Mr. Hamilton die Haare und stieß einen weiteren missmutigen Schrei aus.

»Was ist das hier für ein Irrenhaus? Schon ohne Gewitter habe ich kein Auge zugetan mit diesen furchtbaren Insekten an den Wänden, und jetzt spukt es auch noch!«

»Es spukt? Also, ich weiß ehrlich nicht …«

Es krachte. Harvey Hamilton sprang auf Nettie zu und umklammerte sie mit beiden Armen und mindestens einem Bein.

»Ich glaube nicht, dass es spukt«, murmelte Nettie gegen die Brust des Autors, »die Geräusche rühren wohl eher vom Sturm her.«

Neben ihr begann Damien zu kichern. Hamilton schien es zu hören, er räusperte sich und löste den Klammergriff um die viel schmächtigere Nettie.

»Das … nun, ja. Ich werde einfach …«, sagte er, zuckte mit den Schultern und blieb ratlos vor Nettie stehen.

»Okay.« Sie nickte dem Mann halb aufmunternd, halb irritiert zu, dann schob sie ihn sachte in Richtung der Sofas vor dem Kamin. »Wie wäre es, wenn ich Ihnen ein Feuer anzünde, dann ist es gleich viel weniger gruselig, ja? Wir werden nicht stärker, indem wir den Schwächen der anderen erlauben, uns zu erweichen, richtig?«

Jetzt begann Damien wirklich zu lachen, während Hamilton verwirrt die Stirn runzelte.

»Setzen Sie sich einfach. Den Rest erledigen wir für Sie,

und der Spuk ist schneller vorbei, als wir denken. Sturm, meine ich. Niemand spukt, also, *es* spukt hier nicht. Es ist bloß ...«

»Feuer«, erinnerte Damien sie, und Nettie, froh, dass wenigstens irgendjemand wusste, was zu tun war, und ihre Stammelei unterbrach, nickte dankbar.

»Genau.«

Zu zweit machten sie sich daran, Holz in den Kamin zu schichten, während Hamilton hinter ihnen auf dem Sofa eine der gequilteten Decken um seine Schultern schlang.

»Hast du gerade wirklich aus einem seiner Romane zitiert?«, raunte Damien ihr zu. »Ich dachte, ich mach mir in die Hosen vor Lachen.«

»Schhh.« Nervös blickte sich Nettie zu dem Autor um. »Er scheint es nicht mal bemerkt zu haben«, wisperte sie, woraufhin Damien einmal mehr auflachte, bevor er so tat, als müsste er husten.

Sie grinsten einander an. Wäre ihre Lage nicht irgendwie auch ernst gewesen und hätte da nicht die Sorge um ihre Mutter und Sir James in Netties Hinterkopf genagt, sie hätte ihre Zeit hier mit Damien beinahe genießen können.

Sie entzündeten die Feuer in beiden Kaminen der Lobby. Die Flammen tobten beinahe so wild wie der Wind, doch es brannte. Nach und nach waren die anderen Gäste ebenfalls zu ihnen gestoßen, aufgescheucht durch das Tosen des Sturms und das Rumoren in der Eingangshalle des Hauses. Mr. Tellson stand am Fenster, die Hände hinter dem Rücken verschränkt, und wippte auf seinen Fußballen hin- und her, während er die peitschenden Regenfälle auf der anderen Seite des Glases betrachtete. Mr. und Mrs. Weller hatten sich auf einem der Sofas zusammengekuschelt, Damiens Väter auf zwei der Lesesessel, und Madame Fournier schlief vermutlich noch. Theo hatte Kerzen verteilt, auf den Tischen, den Kaminsimsen, dem Rezeptionstresen. Draußen krachte und goss es, doch das Foyer des *Wild at Heart* wirkte wie aus einem Katalog für britische Hüttenromantik.

Am liebsten hätte Nettie sich ebenfalls vor eines der Feuer gekuschelt, doch dafür war sie viel zu unruhig. Noch einmal versuchte sie, ihre Mutter zu erreichen, doch die Telefone waren allesamt tot. Dann begann sie, das Haus nach dem Kater abzusuchen. Erst als all ihre Versuche fruchtlos blieben, ließ sie sich neben Damien auf eine Couch fallen.

»Was ist das?« Sie nahm ihm ein Glas aus der Hand, das zwei Fingerbreit mit einer bräunlichen Flüssigkeit gefüllt war.

»Keine Ahnung, dein Großvater hat es mir aufgeschwatzt.«

Nettie schnüffelte daran, dann stöhnte sie. »Er verteilt Schnaps?«

»Tee wird es kaum sein, ohne Strom.«

»Aber du bist sechzehn.«

»Du doch auch.«

Sie nahm ihm das Glas aus der Hand, stellte es auf dem Tisch ab und ließ sich wieder nach hinten fallen.

»Sir James«, murmelte sie.

»Ihm ist nichts passiert, das verspreche ich dir.«

Damien legte einen Arm um ihre Schulter, und Nettie lehnte den Kopf gegen seine Brust. Sie fragte sich, wie er wissen konnte, dass es dem Kater gutging, und darüber vergaß sie, in Damiens Umarmung nervös zu sein. In regelmäßigen Abständen erhellten Blitze die Mienen der

Anwesenden, einmal klirrte es so laut, dass das gesamte Kollektiv zusammenzuckte. Theo schlich durch die Sitzarrangements und füllte Schnapsgläser auf, woraufhin das Murmeln und Raunen lauter wurde und weniger furchtsam klang. Anderthalb Stunden später, als sich der Sturm gelegt und der Regen beruhigt hatte, gingen die meisten von ihnen beschwingter ins Bett, als sie es Stunden zuvor getan hatten.

29.

Eins musste Theo dem ollen Bruno Fortunato durchaus zugestehen: Er wusste, wie man an den guten Schnaps kam, da konnte ihm keiner was vormachen. Diesen hier – einen über Jahre gereiften Wacholder – hatte er einem Schwarzbrenner in Nord-Cornwall abgeluchst und in einem Anflug von geistiger Umnachtung (oder aber auch in dem Vorhaben, ihn zu vergiften, wer wusste das schon?) seinem Erzfeind Theo überlassen. Vier kleine Gläser hatte der sich im Lauf der Nacht davon zugute geführt, bevor ihn der Schlaf ereilte, prompt und gründlich. Als Theo um 5:30 Uhr auf der Couch erwachte, die Harvey Hamilton den Abend über für ihn vorgewärmt hatte, geschah dies durch leises Fluchen und das Geräusch, das die Schiebetür zwischen Windfang und Eingangsbereich von sich gab – wie ein Seufzen klang das, ein *wooosh* von einem Windhauch, der dem *Wild at Heart* einen neuen Gast ankündigte.

»Gretchen?«

Mitten im Lauf taumelte seine Schwiegertochter zurück, erschrocken über seine Stimme, mit der sie augenscheinlich nicht gerechnet hatte. Ihr Kopf wirbelte zu ihm herum.

»Himmel, Theo, du hast mich zu Tode erschreckt!«, raunte sie.

»Na, und du mich erst«, gab Theo zurück. »Es ist ein

bisschen früh, um hier herumzuschleichen, findest du nicht? Wie spät ist es?«

»Gleich halb 6. Ich hab das erste Boot genommen, das auf die Insel gefahren ist.«

»Klingt, als hättest du auf dem Parkplatz übernachtet.« Auf die Entfernung hin ließ es sich nicht leicht erkennen, zumal so kurz nach dem Aufwachen und ohne seine Brille, doch Theo hätte schwören können, Gretchen war rot geworden. Ziemlich. Dabei hatte er die Aussage eher scherzhaft gemeint. Und apropos rot: Sie trug ein Kleid in der Farbe von hellroten Kirschen, und ihre Haare, ursprünglich womöglich einmal zu einem Knoten hochgesteckt, waren wirr und zerzaust und standen nach allen Seiten hin ab – ganz so, als hätte sie tatsächlich im Auto geschlafen. Oder überhaupt nicht.

»Interessant«, murmelte Theo, jedoch zu leise, als dass seine Schwiegertochter es hätte hören können.

Gretchen selbst war viel zu sehr damit beschäftigt, ihren Herzschlag zu beruhigen, nachdem ihr Schwiegervater sie danach fragte, wo sie die Nacht verbracht hatte – sicher war ihm nicht bewusst, wie nah er der Wahrheit gekommen war. Als Nicholas und sie gestern Abend zurück nach Marazion gefahren waren, hatte der Sturm bereits in vollem Gange gewütet. Nicholas' Wagen war nicht gerade klein, doch Gretchen hatte sich dennoch gefürchtet – vor dem Wind, der an der Karosserie rüttelte, und natürlich vor den Blitzen. Nick hatte etwas von einem ableitenden Käfig erzählt und behauptet, sie seien quasi nirgendwo sicherer vor dem Blitzschlag als hier, in seinem Auto. Und nach einer Weile, nach bangen Minuten und zittrigen Atemzügen, hatte Gretchen beschlossen, ihm zu glauben.

Sie hatten nicht einen Gedanken daran verschwendet, in ein Hotel zu gehen, dachte sie jetzt, als sie zerknautscht, ungewaschen und in ihrem Outfit vom Vorabend, in der Hotellobby stand. Dabei hatten sie kaum ein Auge zugetan.

Theo musterte sie aufmerksam, während Gretchen mit den Händen versuchte, ihre zerzauste Frisur zu glätten. »Das könnte man meinen, oder?«, beantwortete sie schließlich die Frage ihres Schwiegervaters und fügte ein aufgesetztes Lachen hinzu.

Theo runzelte die Stirn.

»Also, gut«, fuhr sie fort, »wie war es denn bei euch? Ist alles in Ordnung?« Und als ihr Theo von den Ereignissen der Nacht berichtete, vergaß sie für einen Augenblick, wie sehr sie es hasste, vor ihrer Familie Geheimnisse zu haben.

Der Strom funktionierte nach wie vor nicht. Bis Gretchen sich geduscht und umgezogen hatte, war es kurz nach sechs, doch alle Lichter im Haus blieben dunkel. So lautlos wie möglich öffnete sie die Tür zu Netties Zimmer und lugte hinein – in der Dämmerung konnte sie nicht alles erkennen, aber doch so viel, dass sich unter der Decke von Netties Bett zwei Körper abzeichneten, nicht bloß einer. Sie trat näher und erkannte, dass Damien neben ihrer Tochter lag und einen Arm über ihre Taille geschoben hatte. Die beiden schliefen in der Löffelchen-Position, wenngleich mit gebührendem Abstand zwischen sich. Bei dem Anblick wurde Gretchen warm ums Herz und klamm zugleich. Es gab nicht viele Freundschaften wie die zwischen Nettie und Damien, dachte sie, doch etwas, das so innig war, konnte sicherlich auch jede Menge Leid bereiten. Sie hoffte, dass dies im Falle der beiden nicht eintreten würde. Womöglich blieben sie genau das, was sie waren – beste Freunde. Sollte sich etwas anderes daraus entwickeln, nun ... Es musste ja nicht automatisch schiefgehen, oder musste es das?

Zurück in der Lobby stieß sie auf Hazel. »Was für eine Nacht«, begrüßte die sie mit ihrer leisen, sphärischen Stimme. »Wie ein Krieg der Göttinnen.«

Ein langgezogenes »Okay«. Mehr wusste Gretchen mit der Aussage nicht anzufangen. »Du hast Frühdienst?«

Hazel nickte, dann blickte sie sich suchend im Foyer um. »Der Strom funktioniert immer noch nicht, oder? Bei uns unten auch nicht. Der Weg hierher war von umgeknickten Bäumen und zerrupften Sträuchern gezeichnet.« Sie lächelte traurig. »Und ich könnte wetten, der Tag wird sich über uns erheben und auf uns herablächeln, als hätte die Nacht uns nie ihr wütendes Gesicht gezeigt.«

»Ach, Hazel«, sagte Gretchen.

»Ja?«

Sie schüttelte den Kopf. »Nichts. Gar nichts. Also, nein, kein Strom, nach wie vor nicht. Entweder, wir servieren kalte Speisen – Finger-Sandwiches, kalten Früchtekuchen, Dinge dieser Art, oder ...« Sie überlegte einen Augenblick. »Wir könnten den alten Ofen in meiner Küche nutzen. Er steht da zwar mehr als Zierde herum, aber funktionieren müsste er.«

»Es gibt einen Holzofen in Ihrer Küche?« Hazel schlug die Hände vor der Brust zusammen. »Das ist toll. Diese Öfen entwickeln eine ganz andere Hitze, und durch das Holz ...«

» ... gewinnen die Aromen mehr an Tiefe, ja, das habe ich auch schon festgestellt. Guten Morgen, Mrs. Wilde.«

Ashley war plötzlich neben ihnen aufgetaucht, weiß der Himmel woher.

Guten Morgen, Geist der vergangenen Weihnacht, dachte Gretchen, in der Realität nickte sie Ashley nur zu.

»Du solltest Paprika zum Speck geben«, schlug er jetzt Hazel vor, »das unterstützt das Raucharoma und verstärkt außerdem die Farbe.«

»Fantastische Idee.«

»Und was hältst du von ein wenig gemahlenem Sellerie am Rührei?«

Gretchen sah den beiden nach, wie sie sich, in Fachsimpelei vertieft, auf den Weg in ihre Küche machten. Sie fragte sich gerade, woher Ashley eigentlich wissen konnte, wo die war und dass sie dort kochen würden *(Hatte er sie belauscht? Wie lange stand er denn schon hinter ihnen?)*, als die beiden umdrehten und zurück in die Großküche liefen, um die Zutaten zu holen, wie sie ihr erklärten.

Gretchen nickte. Sie sah sich um, bemerkte die Glut in den beiden Kaminen und entschied sich, sie ein weiteres Mal zu entzünden, denn es war noch viel zu düster in dieser Halle. Und was so ein knisterndes Feuer sogleich ausmachte! Für einige Sekunden blieb sie einfach davor stehen, wärmte sich in dem orangefarbenen Licht der Flammen, dachte kurz an Nicholas zurück, lächelte, und so fanden Damiens Väter sie vor, als sie die Treppe herunter ins Foyer traten. Und bevor die richtig schlechten Nachrichten alle Wärme aus Gretchens Zügen wischten.

Der mit dem
Sturm tanzt …

Belegungsplan

Raum 1: Franklin Tellson, Pflanzensammler aus Manchester.

Raum 2: Nadine und Greg Weller, Unternehmer aus Liverpool, hatten vor zehn Jahren ihre Hochzeitsreise hierher unternommen, wollen nun die Ehe kitten.

Raum 3: Valerie Fournier, Fotografin aus Lille, fotografiert die Gegend um Port Magdalen für einen Bildband.

Raum 4: Clive und Logan Angove, Väterpaar aus Brighton, mit ihrem Sohn Damien.

Suite: Harvey Hamilton, Bestsellerautor aus Omaha, Nebraska, auf der Suche nach Inspiration für den nächsten Liebesroman.

30.

Theo sah es in Gretchens Gesicht – das, was ihr die Angoves da gerade erzählten, war nichts, was sie frühmorgens um sechs nach einer womöglich durchgemachten Nacht (im Auto?) hören wollte. Gar nichts. *Was?*, schnappte er auf. *Um Himmels willen, wie denn?*, als er nach seinem Rundgang über den Hof in die Lobby trat.

»Ins Zimmer von Clive und Logan regnet es rein«, erklärte sie ihrem Schwiegervater in dem Augenblick, in dem er die kleine Gruppe erreicht hatte.

»Es regnet nicht direkt rein«, beschwichtigte der Ältere der beiden, Clive. »Es ist nur – da ist ein Fleck an der Decke, der vorher noch nicht da gewesen ist.«

»Oh«, machte Theo. Er blickte zu seiner Schwiegertochter hinüber, die bleich geworden war. »Dann sehen wir uns das am besten einmal an.«

Das taten sie. Wobei Gretchen allem Anschein nach gern darauf verzichtet hätte. Sie sahen sich erst in dem Zimmer um, wo ein dunkler Klecks die beigefarbene Decke zierte, dann kletterten sie die enge Stiege am anderen Ende des Gangs auf den Dachboden. Theo war ewig nicht dort oben gewesen. Er stemmte sich die steile Treppe hinauf, und als er hinter Gretchen durch die niedrige Tür trat, war er auf einmal wieder sieben Jahre alt, quietschvergnügt und eifrig dabei, sich ein sicheres Versteck vor seiner Mutter zu suchen, was sie einmal mehr in den Wahnsinn treiben würde, bevor sie ihn fand.

Der Dachboden war genau so, wie Theo ihn in Erinnerung hatte. Ein weiter, offener Raum, lichtdurchflutet, wenn es nicht gerade so düster war wie an diesem Morgen, in dem Staubkörnchen in der Sonne tanzten, solange man nicht die wirklich dicke Schicht aufwirbelte, die die alten Kisten, Koffer und unter Tüchern verborgenen Möbel bedeckte. Theo fragte sich, was da alles in den Ecken dieses Sammelsuriums verborgen lag, er konnte sich beim besten Willen nicht daran erinnern. Woran er sich erinnerte, war, dass er sich hier nie unwohl, immer nur geborgen gefühlt hatte. Umgeben von den Dingen, die seit Generationen seiner Familie gehörten und die nun verwahrt wurden für die, die da noch kamen. Er nahm sich vor, demnächst einmal hier oben zwischen all den alten Sachen zu stöbern, womöglich gemeinsam mit Nettie. Er war sich sicher, dass seine Enkelin, mit ihrer engen Verbundenheit zu ihrer Familie und zu diesem Hotel, Freude an diesen alten, längst vergessenen Dingen haben würde.

Und diese Ruhe. Es war etwas zu sagen über die Stürme, die früher oder später über die Insel zogen wie rachelustige Vandalen – waren sie erst fertig mit ihrem Chaos, hinterließen sie nichts als klaren, erfrischenden Frieden.

»Oh, verdammt, das darf doch nicht wahr sein!«

Wie um seine Gedanken Unsinn zu strafen, begann Gretchen vor ihm zu fluchen wie eine norwegische Hafenarbeiterin.

»So ein Mist! Sieh dir das an, Theo – wie ist das überhaupt möglich?«

Mit den Augen folgte er Gretchens Blick, der auf eines der oberen Dachfenster gerichtet war, welches offen stand – was so nicht sein sollte – und neben dem ersten Licht des Tages auch frische, klare Luft in die Dachstube ließ. Die Scheibe war nicht zerbrochen. Theo vermutete, dass der Wind in einem entschlossenen Push die Luke aufgestoßen und den Regen hineingepeitscht hatte. Viel Regen. Sehr viel davon. Er stellte sich neben Gretchen und betrachtete die Pfütze vor ihnen, die sich zwischen den unebenen Bodenplanken gebildet hatte und ziemlich sicher für den nassen Fleck im Zimmer der Angoves verantwortlich war.

»Ich hole etwas zum Wischen«, sagte Theo, und Gretchen gab einen unwilligen Laut von sich.

»Das kann man nicht aufwischen«, erklärte sie, und es war ihr deutlich anzumerken, dass sie ihren Ärger nur angestrengt (und nicht sonderlich überzeugend) im Zaum hielt. »Wenn es bis ins Zimmer unten durchgesickert ist, muss der Boden aufgerissen werden, um die Decke trockenzulegen. Schätze ich. Ich meine, ich bin keine ... ich weiß nicht. Bauarbeiterin? Wer ist zuständig für Arbeiten solcher Art? Ein Dachdecker? Woher soll ich das wissen?«

Definitiv ernsthaft verärgert, dachte Theo, aber noch etwas anderes. Er sah es in Gretchens Blick, der funkelte, das ja, aber auch irgendwie niedergeschlagen wirkte. Das war es wohl. Seine Schwiegertochter machte den Eindruck, als wäre sie einer Herausforderung unterlegen, als hätte man sie besiegt. Er hatte keine Ahnung, was gerade in ihr vorging, aber wegen ein bisschen Wassers an einer Stelle, wo es nicht hingehörte, würde er kaum gleich alles infrage stellen.

»Ich werde Kilian anrufen, der kennt sich mit diesen Dingen aus«, sagte er entsprechend bestimmt. »Ich meine, das ist nicht das erste Mal, dass wir irgendwo einen Wasserschaden im Haus haben, dies ist immerhin ein Hotel! Ich werde jetzt erst mal eine Leiter besorgen, damit wir das Fenster schließen können.« Er war dabei, sich umzudrehen, als Gretchen ihn am Arm festhielt.

»Theo«, sagte sie, und es klang gar nicht mehr ärgerlich, eher geschafft und sehr müde.

Er sah sie an.

»Du bist kaum diese Stiege heraufgekommen, jetzt willst du eine Leiter hier hochschleppen?«

Theo runzelte die Stirn. Er befreite seinen Arm aus Gretchens Griff, eine Spur unwirscher als beabsichtigt, denn er war sehr wohl sehr gut diese Stiege heraufgekommen. Dann aber seufzte er. »Dann werde ich eben jemanden finden, der eine Leiter hier heraufbringt und das Fenster schließt«, sagte er. »Gretchen.« Seine Stimme wurde sanft. »Wir leben auf einer Insel. Einer zauberhaften noch dazu! Wenn der Wind vom Meer her richtig Fahrt aufnimmt, nimmt er eben manchmal auch Gefangene. Das ist nichts, was nicht schon mal da gewesen und was nicht repariert werden könnte. Mach dir keine Gedanken, okay? Keinen weiteren über das hier. Ich kümmere mich darum.«

»Theo …«

»Ich kümmere mich, ja?« Aufmunternd drückte er ihre Schulter. Dann tätschelte er mit der Hand ihre Wange. Vieles hätte er darum gegeben zu wissen, was mit seiner Schwiegertochter los war. Warum sie aussah, als würde sie jeden Moment in Tränen ausbrechen.

Sicher hatte sie nicht viel Schlaf abbekommen in der vergangenen Nacht. Das machte sie reizbar. Und überempfindlich. Die Nerven brauchten eben dann und wann eine Pause.

Das musste es sein.

31.

Im einen Augenblick war Gretchen beinahe beseelt gewesen von dem Abend mit Nicholas und der anschließenden gemeinsamen Nacht (selbst, wenn sie sie nur im Auto verbracht hatten). Sie hatte sich sicher gefühlt und geborgen; auch dann noch, als die Blitze und Donner um sie herum die Welt in ein Spektakel verwandelt hatten, hatte sie nur einen Blick auf Nick werfen müssen, und jegliche Angst war dahingeschmolzen.

Gerade eben hatte sie noch so gefühlt, als sie am Feuer stand, in der Lobby ihres eigenen Hotels, und bevor einer der Gäste sie zurück in die Realität geholt hatte – eine Realität, in der nie etwas so bleiben konnte, wie es war, in der es nie nur einfach sein konnte. Immer war irgendetwas – immer. Und vielleicht, weil der Schlaf wenig und die Gedanken wirr waren, traf sie der erneute Gegenschlag so hart. Das war ihr Leben, richtig? Keine romantischen Dates, keine gestohlenen Abende und herzerwärmenden Küsse, stattdessen Zuständigkeiten, Verantwortung, Pflichten. Theo meinte es gut, doch sie war am Ende diejenige, die sich mit der Versicherung herumschlagen und die Finanzen in den Griff bekommen musste.

Und wenn sie schon einmal dabei war, konnte sie gleich noch die schmerzhaften Gedanken an Christopher zulassen. Sie vermisste ihn so sehr. All das, das Hotel, die Arbeit, das Leben an sich war so viel leichter gewesen mit ihm. Und wenn sie schon darüber nachdachte: Besagte Küsse beispielsweise hatten sich ebenfalls komplett anders angefühlt. Sie wusste, sie sollte die beiden Männer nicht miteinander vergleichen. Doch in dieser zerstörerischen Stimmung, in die sie ein winziger Wasserschaden nach einem Sturm versetzt hatte, fühlte sie sich auf einmal so allein. Mehr noch, nachdem sie in der vergangenen Nacht gar nicht allein gewesen war.

Schon während sie die Treppe hinunter ins Foyer stieg, beschloss sie, dass sie verwirrt war, mehr nicht. Diese ganze Sache mit Nick hatte sie aus der Bahn geworfen. Sie war gerade nicht sie selbst und sollte sich einmal gut schütteln, um wieder in die alte Form zu gelangen. Sie atmete gerade tief durch, als sie kurz vorm Empfangstresen mit jemandem zusammenstieß – mit keinem Geringeren als dem guten, alten Autor Harvey Hamilton.

Der hatte ihr gerade noch gefehlt.

»Mr. Hamilton, was kann ich …«, begann sie, doch dann stieß sie einen erschrockenen Laut aus, als der Mann ihr mit spitzen Fingern ein ziemlich faltiges Fellknäuel entgegenhielt, das sich bei genauerem Hinsehen als Sir James entpuppte. Sofort griff Gretchen nach dem Kater, drückte ihn erst gegen ihre Brust und hob ihn dann vor ihr Gesicht, um nach möglichen Verletzungen zu suchen. Doch James, reifer, gelassener Sofatiger, der er nun einmal war, rieb lediglich den Kopf gegen ihre Hand und begann zu schnurren, als wäre er nicht gerade durchs Hotel getragen worden wie ein nasses Putztuch.

»Diese Katze habe ich in meinem Bett gefunden«, erklärte Hamilton in demselben arroganten Ton, den er seit seiner Ankunft nicht abgelegt hatte. »Hatten Sie mir nicht versichert, dass die Tiere dieses Hauses nicht über die Eingangshalle hinaus anzutreffen sind, niemals in den Zimmern und erst recht nicht in einem Bett, meinem noch dazu?«

»Ja, und das habe ich auch so gemeint«, gab Gretchen zurück, und sie fragte sich dabei, wie oft es ihr an diesem Morgen noch gelingen musste, ihre Gefühle im Zaum zu halten – erst Theo gegenüber, nun vor diesem Amerikaner. »Ich habe keine Erklärung, wie oder warum Sir James in Ihr Bett gekrochen ist«, fügte sie hinzu. »Sie müssten doch gemerkt haben, wenn er Ihnen beim Betreten des Zimmers gefolgt ist.«

»Geben Sie mir die Schuld an diesem Vorfall?«

Gretchen setzte den Kater auf dem Boden ab, wo er prompt gegen Hamiltons Beine strawanzte, bevor er hinüber zum Kamin schlenderte.

»Und das?«, wetterte Hamilton hinter dem armen Kleinen her. »Will er mich provozieren?«

»Oh Gott, Sie haben Sir James gefunden, das ist ja fantastisch!« Genau im richtigen Moment trat Nettie auf die beiden zu, um mit einem strahlenden Lächeln und reichlich Elan die brisante Stimmung zu entschärfen. »Gestern Nacht konnte ich ihn nicht finden«, erklärte sie, während sie dem Kater hinterherlief, um ihn ihrerseits hochzunehmen und an sich zu pressen. »Ich hab mir solche Sorgen gemacht«, murmelte sie ihm in Baby-Katzensprache ins Fell. »Du kleiner, süßer Hamster du. Hattest du Angst vor dem Gewitter? Ooh, du Mäuschen, ich hätte doch auf dich aufgepasst.«

Ganz automatisch lächelte Gretchen ihre Tochter an, deren Herz vor Tierliebe beinahe zerbarst, und das schon, seit sie auf der Welt war. Nie und nimmer konnte sie einem

Tier etwas zuleide tun, nicht einmal einer Spinne (obwohl sie die nicht sonderlich mochte, wer tat das schon?).

»Wo hat er gesteckt?«, fragte Nettie Hamilton, nach wie vor strahlend, und Gretchen biss sich auf die Lippen, um nicht darüber zu lachen, wie sehr sich der unwirsche Autor unter Netties Freundlichkeit zu winden schien.

»Ähm«, machte er, »nun. Er war in meinem Bett. Hatte sich unter der Decke am Fußende zusammengerollt.« Mit einem Seitenblick auf Gretchen fügte er streng hinzu: »Und nein, ich habe ihn nicht hineinklettern sehen. Wie Sie alle wissen – außer Ihnen womöglich, denn Sie haben ja mit Abwesenheit geglänzt –, gab es gestern Nacht einen Stromausfall, der mich im Dunkeln ins Bett schickte, sodass ich gar keine Chance hatte, dieses Vi... äh, Tier, zu bemerken.«

Er rang sich ein Lächeln ab, für Nettie allerdings nur, das diese unbedarft erwiderte. »Funktioniert denn der Strom wieder?«, fragte sie jetzt, und erst da fiel Gretchen auf, dass, solange sie hier draußen stand, niemand aus ihrer Küche ins Restaurant und zurück gesaust war, um Essen zu transportieren. Woraus Gretchen schloss, dass ihr Holzherd nicht mehr im Einsatz war und die Geräte in der Küche wieder funktionierten.

Ein Glück. Endlich klappte einmal *etwas*.

»Es ist alles wieder unter Kontrolle«, erwiderte sie also in einem Ton, der beinahe als hoheitsvoll durchging, was ihr einen seltsamen Blick ihrer Tochter und ein ... War das etwa ein Augenrollen? Dieser Hamilton war wirklich ein unfassbarer Kerl.

»So würde ich es nicht nennen«, sagte er denn auch prompt. »*Kontrolliert* war in diesem Hause bisher noch gar nichts.«

»Ja, und ist das nicht wundervoll!« Wieder Nettie und ihr ungebremster, wohltuender, die Welt umarmender Optimismus. »Sie werden sich hier ungeheuer wohlfühlen, Mr. Hamilton, das versichere ich Ihnen. Und … es warten noch ein paar Überraschungen auf Sie, auch das kann ich Ihnen versprechen.« Nettie grinste. Wieder sah es so aus, als würde Hamilton gleichzeitig ein Ei legen, während er lächelte, doch er tat es immerhin. Das mit dem Lächeln.

»Äh …«

»Und nun lasse ich euch zwei Turteltauben wieder allein«, fuhr sie fort, »ich muss los. Kommst du für ein, zwei Stunden ohne mich zurecht?«, fragte sie ihre Mutter, die sich noch über die Turteltauben wunderte und deshalb nicht gleich reagierte. »Damien und ich haben noch eine Kleinigkeit zu erledigen.«

»Guten Morgen, Gretchen. Mr. Hamilton.« Damien stellte sich zu ihnen. »Das war ja eine Nacht, was? Ich hoffe, du hast sie auch im Trockenen verbracht?«

»Ja, Mum, wo warst du eigentlich?«

»Nun.« Gretchen räusperte sich, dann warf sie einen Seitenblick auf Hamilton. »Später, Nettie, ja?« Sie nickte bedeutungsvoll.

Ihre Tochter zuckte mit den Schultern, griff nach Damiens Hand und hüpfte geradezu aus dem Hotel.

»Welch ein sonniges Gemüt«, bemerkte Hamilton, der ihr hinterhersah. »Sind Sie sicher, dass das Ihre Tochter ist?« Womit er der verdutzten Gretchen einen letzten seiner großspurigen Blicke zuwarf und erhobenen Hauptes in Richtung Restaurant gockelte.

Aus schmalen Augen blickte sie ihm nach. Es gab Tage, die hatten besser begonnen als dieser hier, so viel stand fest. Und auf einmal verspürte Gretchen den dringenden

Wunsch, dass er sehr viel glücklicher enden möge, als er angefangen hatte. Beinahe lächelte sie schon wieder, diesmal ganz für sich selbst, während sie Hamilton ins Restaurant folgte, um dort nach dem Rechten zu sehen. Beinahe. Und womöglich waren es genau diese Augenblicke, die zwischen Absurdistan und Wahnsinn, die die junge Norwegerin am Ende in die Flucht treiben würden.

Port Magdalen, viereinhalb Jahre zuvor

Sie hatten in Penzance gelebt, er und Gretchen, nachdem sie von Norwegen zu ihm nach England gezogen war. Oder nein – im Grunde musste er noch früher anfangen, wenn er die Geschichte von ihm, Gretchen und ihren beiden verlorenen Herzen in die richtige Reihenfolge bringen wollte.

Er war also wegen einer anderen nach Norwegen gereist.

Sie hieß Ingvild, war sechs Jahre älter als Christopher und wie ein Wirbelsturm in seine Arme gefegt, absolut umwerfend und … *wild* eben. Für den dreiundzwanzigjährigen Mann, der er damals war, stellte sie den Inbegriff einer Zehn dar. Zehn? Traumfrau? Volltreffer? Das war die blonde, kurvige, selbstbewusste Ingvild für ihn gewesen.

Kennengelernt hatte er sie in einem Club auf Teneriffa, wo er nach seiner Hotelfach-Ausbildung für eine Saison angeheuert hatte. Ingvild war gegen Ende der Saison für eine Woche in besagter Anlage gewesen und hatte nie einen Hehl daraus gemacht, dass diese Sache mit Christopher nur einer Art Flavour of the Week entsprach. Doch genauso impulsiv, wie er die Norwegerin in Erinnerung hatte, war Christopher nach Ablauf seiner Zeit in Adeje gewesen – er hatte seine Koffer gepackt und war nach Oslo geflogen, zu der Adresse, die er heimlich aus dem Hotelcomputer gefischt hatte. Doch dort war keine Ingvild gewesen. Stattdessen traf er auf Gretchen, achtzehn Jahre alt,

Auszubildende zur Erzieherin, viel zu jung für ihn und viel zu brav. Sie sah zu ihm auf mit diesen großen, graublauen Augen, und sie wirkte wie eine skandinavische Grace Kelly auf ihn mit ihrem eleganten Hals und den hellblonden, nach hinten geglätteten Haaren. Sie war eine Zwölf und eine Nummer zu groß für den lustigen Kerl aus der Provinz, doch sie stahl sein Herz und behielt es bis ans Ende seiner Tage.

Hinter ihm hupte es, und Christopher warf einen Blick in den Rückspiegel. Was war heute nur los mit ihm? Fast schien es, als hätte er zu viel Zeit zum Nachdenken, oder wieso sonst kramte seine Erinnerung all die alten Geschichten hervor?

Er setzte den Blinker und fuhr auf die Hauptstraße, die ihn von Marazion nach Penzance bringen würde. Und schon dachte er wieder an seine wunderschöne Frau und ihre gemeinsamen Anfänge und dass er sie die erste Zeit, nachdem sie zusammen nach England gezogen waren, jeden Tag ungläubig betrachtet hatte, weil er sein Glück kaum hatte fassen können.

Zwei Jahre lang war er in Oslo geblieben und hatte dort in einem kleinen und eher einfachen Stadthotel im Restaurant gearbeitet. Es hatte ihm keine sonderliche Freude bereitet, und von Anfang an war klar gewesen, dass er zurückkehren würde nach Port Magdalen, um mit seinem Vater das Familienhotel zu führen, doch er wollte Gretchen eine Möglichkeit geben, ihre Ausbildung zu beenden – und sie davon überzeugen, dass sie mit ihm nach England gehen musste, weil er sich sicher war, und das ziemlich schnell, dass sie die Eine für ihn war.

Gretchen war sanft. Wenn Ingvild das verrückte Huhn gewesen war, das ihn überrannt, angefixt und hierhergelockt hatte, war Gretchen der schöne Schwan, der ihn bezauberte, nicht weniger süchtig machte und am Ende in feinen, delikaten Fäden an sich band. Wenn er bei ihr war, ging in seinem Inneren die Sonne auf. Wenn er nicht bei ihr war, fühlte er sich wie der Riese ohne Herz. Weshalb es für ihn feststand, nach weniger als einem halben Jahr, dass er sie heiraten wollte. Auch wenn Christopher Wilde zuvor noch nie in seinem Leben daran gedacht hatte, sich in dieser Form an jemanden zu binden.

Gretchen sagte Nein. Etwa ..., Christopher überlegte ..., sechs Mal, bevor sie einwilligte, ihn zu heiraten und mit ihm nach Cornwall zu gehen. Bis heute wusste er nicht genau, was sie letztlich davon überzeugt hatte, ihre Meinung zu ändern, doch in dem Augenblick, in dem sie es tat, kam es ihm so vor, als fielen alle Teile seines Lebens mit einem Mal an ihren richtigen Platz.

Klick.

Sie waren nach Penzance gezogen. Gretchen hatte einen Job in einem Kindergarten angenommen. Er war gependelt, und erst, als Gretchen schwanger geworden war, hatten sie beschlossen, nach Port Magdalen zu ziehen – der Einfachheit halber und weil Gretchen ohnehin die erste Zeit zu Hause bleiben wollte.

Sie hatten die Scheune ausgebaut und die Räumlichkeiten renoviert, in denen Theo zuvor gewohnt hatte. Der war glücklich, über seiner Werkstatt zu hausen. Christopher war glücklich, wieder in seiner Nähe zu sein. Und wenn er heute die Anfänge betrachtete, was sie damals hatten und wie sie heute dastanden, dann hatten sie es weit gebracht. Von dem kleinen Hotel über den Klippen zum *Wild at Heart*, das schon bald, spätestens nach Ende der Renovierungsarbeiten, zu den Hotspots unter den Romantikhotels gehören würde.

War es der Gedanke an das Hotel oder der an seine Familie, den Christopher Wilde dachte, bevor er an diesem Vormittag die Kontrolle über seinen Wagen verlor und gegen die Mauer fuhr, kurz bevor er Penzance erreichte? Dachte er an Gretchen? Nettie? Das, was noch vor ihnen lag?

Warf er einen letzten Blick auf Port Magdalen?

Da thronte es, majestätisch und hoch erhobenen Hauptes vor der Küste Cornwalls, die das Letzte war, das Christopher Wilde in seinem Leben zu sehen bekam.

32.

Während Gretchen sich einzureden versuchte, dass es womöglich noch schlimmer hätte kommen können – angenommen, der Sturm hätte das komplette Dach weggefegt oder, noch sehr viel grausamer, den armen Sir James darunter begraben –, trugen sich draußen, auf den Klippen hinterm Haus, Dinge zu, die auch nicht sonderlich erbaulich waren. Doch dazu später mehr.

Zunächst einmal machte sich Nettie mit Damien im Schlepptau auf den Weg in Theos Scheune, wo sie den alten Herrn mit der Nase in seinem Notizbuch vorfanden. Es ruhte auf seiner Werkbank, dick und zerfleddert, und Netties Großvater beugte sich darüber, die Stirn in Falten gelegt. Sicher heckte er irgendetwas aus, was genau, konnte man bei ihm allerdings nie so recht wissen.

»Wir hatten doch mal ein Fernglas«, begann Nettie ohne Umschweife, als sie die Scheune betraten. »Ist es im Schuppen? Damien und ich würden es gern ausleihen.«

»Wollt ihr Vögel beobachten?« Theo hob den Blick nicht von seinen Unterlagen, doch sein Ton klang verwundert. »Diese Engländer. Wenn sie nicht Schlange stehen, halten sie sich einen Feldstecher vor die Nase, um Papageientaucher anzustarren.«

»Du bist ebenfalls Engländer, schon vergessen?«

»Natürlich nicht. Deshalb weiß ich es doch so genau.« Womit er sich von seinen Notizen löste, das Buch zuklappte, es hinüber zum Schrank trug, in einer Schublade verschwinden ließ und sich zu seinen Besuchern umdrehte.

»Das Fernglas«, begann er und tippte sich mit dem Zeigefinger gegen das Kinn. »Ah, ja. Ich denke, ich weiß, wo wir es gelassen haben.«

Sie folgten Theo in den Schuppen, wo er auf eine Leiter kletterte, um die Tasche mit dem Feldstecher vom obersten Brett des Regals zu ziehen. Umständlich stieg er wieder herunter, so, dass Damien schon einen Schritt nach vorne trat, als wollte er den alten Mann im Zweifelsfalle auffangen. Auch Nettie fand, ihr Großvater sollte sich seinem Alter entsprechend mehr schonen, als er es tat, und nahm ihm auf drittletzter Stufe zumindest die Tasche aus der Hand.

»Das hätte ich doch machen können«, sagte sie.

»Wollen mich heute denn alle als alt abstempeln?«, gab Theo mürrisch zurück.

Nettie beließ es dabei. Sie blickte auf das Fernglas in ihrer Hand, und ihr wurde bewusst, dass es ihrem Vater gehört hatte, doch daran wollte sie heute ausnahmsweise nicht denken. Auch nicht daran, dass er der Letzte gewesen war, der es um seinen Hals getragen, hindurchgesehen, es scharf gestellt hatte. Für eine Sekunde drohten die Erinnerungen sie zu überrollen, dann schob Nettie sie weg. Wenn jemand starb, wenn ein wichtiger Mensch aus dem Leben gerissen wurde, dann hinterließ er überall Spuren, selbst dort, wo man sie am wenigsten erwartete. *Der Letzte, der auf diesem Stuhl gesessen hatte. Der Letzte, der die Zuckerdose aufgefüllt hat. Der Letzte, der den Griff der Mülltonne berührt hatte.* In den Tagen, Wochen und Monaten, nachdem Netties Vater von ihnen gegangen war, hatten solche Gedanken ihr Leben dominiert, und es war zum Verrücktwerden gewesen. Und irgendwann hatte sie damit aufgehört, die Gedanken verbannt. Wenn man dem Schmerz zu viel Raum gab, ergoss er sich in jede Pore des Lebens und ließ sich nicht mehr daraus vertreiben.

Theo legte eine Hand auf ihre Schulter, und Nettie war klar, dass auch er an Christopher dachte. Dann aber tat er so, als wollte er lediglich ein imaginäres Staubkorn entfernen, und fragte: »Was habt ihr denn nun damit vor?«

»Wir wollten …«, begann Nettie, doch dann wurde ihr klar, dass sie ihren Großvater unmöglich in ihre Pläne einweihen konnten, und sie sah unsicher zu Damien.

» … es mal ausprobieren«, vervollständigte der, ohne zu zögern, ihren Satz und nahm ihr den Feldstecher aus der Hand. »Whale-Watching und dergleichen.«

Theo verdrehte die Augen. »Und da habe ich geglaubt, meine Jugend sei wild gewesen«, erklärte er nicht ohne Ironie, bevor er mit den Schultern zuckte und sich wieder zurückbegab zu seiner Werkbank.

Für einige Sekunden sahen sie ihm nach, dann machten sich die zwei Jugendlichen auf den Weg zu den Klippen.

Schon das kurze Stück durch den Wald zeigte deutlich, wie sehr der Sturm an der kleinen Insel gerüttelt und gerupft hatte: Zwar waren keine Bäume entwurzelt worden, doch hatte der Wind an den Ästen gerissen und sie, oder Teile davon, hierhin und dorthin gewirbelt.

»Der Wald sieht aus, als könnte er einen Friseur vertragen«, sagte Damien.

»Kann nicht jeder so gestriegelt herumlaufen wie du«, gab Nettie zurück, woraufhin Damien erst durch seine, dann durch ihre Haare wuschelte. Lachend duckte sie sich unter seiner Hand weg, und er grinste auf sie herunter, und Nettie schob den Gedanken beiseite, ob dies wirklich ihr Freund Damien war oder Damien, der Junge, der neuerdings mit ihr flirtete.

Sie passierten die Gärten, und Nettie winkte Sara zu, die in einem der Blumenbeete kniete. Als sie die Klippen erreichten, blieben sie stehen, und es schien, als hielten sie beide die Luft an bei diesem spektakulären Ausblick auf den Strand mit seinen Steinen und Felsen und dem Ozean dahinter, der glitzerte, türkis und blau und grau, und dessen Wellen nur noch ein kleines bisschen wild waren, in Erinnerung an den Sturm von letzter Nacht.

»Du weißt, dieser sogenannte *Herz*felsen …«, begann Damien, und Nettie prustete los.

»Wenn du jetzt wieder von Hintern anfängst«, warnte sie, doch sie führte den Satz nicht zu Ende.

»Ich weiß nicht, was du gegen Hintern hast. Meiner ist doch ganz nett.« Womit er den Hals reckte, um über seine Schulter zu sehen, bevor er Nettie einen flüchtigen Blick zuwarf. »Deiner übrigens auch«, sagte er und lachte dann los, während seiner Freundin der Mund offen stand.

Wortlos griff sie nach dem Zelt, das Damien getragen hatte, und zog es aus seiner Hülle. Genauso wortlos, wenn auch grinsend, ging Damien ihr zur Hand.

Sie brauchten nicht lange, um das kleine Zweimannzelt aufzubauen, was vor allem Damien und seiner nie abreißenden Geduld für Tüfteleien jeglicher Art zu verdanken war. Binnen einer halben Stunde stand es, und sie saßen in seinem Eingang, im Schneidersitz, nebeneinander.

»Hm«, machte Nettie nach einer Weile. »Vielleicht sollten wir noch ein paar Lichterketten auftreiben und sie an der Zeltdecke befestigen. Abends wird es hier sehr leicht sehr dunkel.«

»Und kalt, oder? Am besten bringen wir noch ein paar Decken und Kissen«, schlug Damien vor.

»Kissen? Er soll doch hier nicht übernachten.«

»Aber picknicken. Und mit Mitte fünfzig sitzt es sich womöglich nicht mehr so gut auf dem Zeltboden?«

»Mitte fünfzig?« Entsetzt riss Nettie die Augen auf. »Er ist doch noch nicht Mitte fünfzig!«

»Ha!« Damien grinste sie an. »Das war nur ein kleiner Test. Wie gut du mir zuhörst, und so weiter.«

»Witzbold. Nein, warte, *Nerd*.« Sie verdrehte die Augen. »Er ist vierzig-irgendwas, oder? Alles andere wäre zu krass.«

»Seine Exfrau ist neunundzwanzig.« Damien zuckte mit den Schultern. »Wenn wir Pech haben, steht er auf junge blonde Amerikanerinnen mit Silikonbrüsten und Zahnveneers.«

»Urgh.«

»Exakt. Ich will nur nicht, dass du alle Hoffnungen in dieses Projekt legst und am Ende enttäuscht wirst. Apropos: Sag mal, findest du ihn eigentlich nett? Ich meine, er ist schon ein bisschen schräg, oder? Und die Begegnung heute Morgen ... sah nicht so aus, als würden er und deine Mutter sich sonderlich gut verstehen.«

»Sie kennen sich doch noch gar nicht!« Nettie war ganz empört. »Und Harvey war sehr gestresst während des Gewitters, sicher hat er sich davon noch nicht komplett erholt.«

»Du meinst wohl, er hatte richtig, *richtig* Schiss«, sagte Damien lachend.

»Na, und? Die meisten Ängste sind irrational. Auch dann noch, wenn man erwachsen ist.«

»Hört, hört.« Er legte einen Arm um Netties Schultern und zog sie an sich. »Wann, kleine Nettie, bist du so weise und prophetisch geworden?«

»Ach, du.« Sie wand sich aus seiner Umarmung, und während Damien sich lachend aufrichtete, rieb sie über ihre Arme, um die Gänsehaut zu verjagen, die seine Berührung bei ihr ausgelöst hatte. Nettie, schalt sie sich selbst in Gedanken. Ausgerechnet jetzt in die Pubertät zu kommen, ist keine gute Idee. Ihre bisherige Teenagerzeit war sie von irrläufigen Gefühlen verschont geblieben, und sie hatte nicht vor, dass sich hier und jetzt und zudem mit ihrem besten Freund irgendetwas daran änderte.

»Ist das nicht einer von euren Gästen?« Mit der Hand hatte Damien die Augen gegen das strahlende Morgenlicht geschützt und sah die Klippen hinunter auf den Strand, der bis auf einen kleinen Streifen bereits vom Meer verschlungen worden war. Auf diesem schwankte eine Gestalt hin und her – ein Mann, wie Nettie erkannte, hager und geduckt und mit einem Korb bewaffnet, genau so einem, mit dem Mr. Tellson gestern losgezogen war, um seine wilden Pflanzen zu sammeln.

»Mr. Tellson!«, rief sie zu ihm hinunter. »Alles in Ordnung mit Ihnen?«, doch der Wind trug Netties Stimme übers Wasser hinweg, ungehört. »Mr. Tellson?«

»Er sollte raufkommen«, stellte Damien fest, »ziemlich bald wird nichts mehr vom Strand übrig sein, richtig?«

»Allerdings.« Nettie drehte sich um und lief auf den Weg zu, der steil und verschlungen die Klippen hinab nach unten führte, und Damien folgte ihr. Beide ließen sie Mr. Tellson nicht aus den Augen. Er sah gar nicht gut aus. Mit einer Hand stützte er sich an den Felsen ab, während er die andere auf seine Mitte gepresst hielt, und er schlurfte und wankte nur langsam voran. Je näher sie ihm kamen, desto mehr konnten sie erkennen, wie verzerrt sein Gesicht war. Und bleich – diese Art grünliches Weiß, das keinesfalls vom Morgenlicht herrührte.

»Oh-oh.« Sie erreichten ihn gerade so rechtzeitig, um zu verhindern, dass er in den Sand sackte, als Damien Mr. Tellson am Arm fasste, um ihn zu stützen. Der stöhnte und ließ den Kopf nach vorn sinken.

»Hey.« Damien schüttelte den armen Mann leicht, in der Hoffnung, er möge ihm sein Gesicht zuwenden. »Was ist los? Geht es Ihnen nicht gut?«

Während sie nur ein Brummen als Antwort erhielten, schob sich Nettie nun ebenfalls unter Mr. Tellsons Arm. »Wir müssen Sie vom Strand runterbringen«, sagte sie beinahe schon entschuldigend. »Das Wasser steigt schnell und …«

Und das war der Moment, in dem Mr. Tellson zu röcheln begann, beängstigend und unschön, bevor er einen Strahl grünlichen Breis vor ihnen in den Sand spuckte.

»Aaah, das darf doch nicht wahr sein.« Damien gab einen angewiderten Laut von sich. Seine violetten Chucks hatten etwas abbekommen, ebenso wie seine Jeans.

»Wäh«, machte Nettie.

Mr. Tellson zwischen ihnen würgte erneut.

»Lass ihn uns ein Stück den Pfad hinaufbringen, dort kann einer von uns mit ihm warten, während der andere Hilfe holt.«

Sie schleppten ihn ein Stück den Hang hinauf. Damien sah nicht gerade so aus, als wollte er unbedingt mit dem röchelnden Gast in der Wiese warten, also schickte Nettie ihn ins Hotel zurück, wo er Gretchen oder Theo Bescheid geben sollte, damit sie womöglich bei der Rettungsstelle anriefen. Sie selbst blieb einfach neben Mr. Tellson sitzen, der den Kopf zwischen die Knie genommen hatte und stöhnend ein- und ausatmete.

Für Netties Empfinden dauerte es ewig, bis sie endlich Stimmen hörte und dann der blonde Schopf ihrer Mutter hinter ihr erschien, gefolgt von Theo und Ashley.

»Wie geht es ihm?«, rief Gretchen denn auch sogleich.

»Er hat sich nicht noch einmal übergeben, doch er stöhnt recht viel.«

»Mr. Tellson?«

»Und er antwortet leider nicht, wenn man ihn anspricht«, fügte Nettie hinzu.

Mr. Tellson nutzte diesen Augenblick, um ein weiteres Mal aufzustöhnen und sich dann zur Seite fallen zu lassen, gekrümmt vor Schmerz.

»Ob eine dieser Pflanzen, die er immer sammelt, giftig gewesen ist?«, fragte sie, während Gretchen sich über Mr. Tellson beugte, um ihn näher zu betrachten.

»Er ist ganz grün im Gesicht.«

»Das lässt vermutlich auf den Verzehr einer *Grün*pflanze schließen«, warf Ashley ein. Drei Augenpaare landeten auf dem jungen Mann, der sich daraufhin schnell das Lächeln vom Gesicht wischte und räusperte. »Ich denke nicht, dass an der kornischen Küste irgendeine Pflanze tödlich ist«, erklärte er schnell, und Theo nahm die Hand von seinem Mund, hinter der bei dem Wort *tödlich* auch sein Grinsen verschwunden war.

»Wo ist Damien?«, fragte Nettie.

»Er wartet beim Hotel auf den Arzt, um ihn dann herzuführen«, erwiderte Theo, »falls es uns nicht gelingt, Mr. Tellson bis zu seiner Ankunft dorthin zurückzubringen. Was ich bezweifle.«

»Versuchen wir wenigstens, ihn den Hügel hochzuhieven«, schlug Ashley vor.

Alle vier standen sie noch eine weitere Minute um den sich windenden Mr. Tellson, dann schleppten sie ihn in gemeinsamer Anstrengung den engen Pfad hinauf.

An den Namen der Pflanze, die Mr. Tellson besser nicht hätte essen sollen, konnte sich später niemand mehr erinnern. Sie sollte ausgesehen haben wie wilder Kerbel, und der alte Mann gab vor, nicht viel davon erwischt zu haben, weshalb ihm nur kurzzeitig übel gewesen und er bereits nach einigen Stunden in der Lage war, die Stimme zu erheben gegen diesen Landstrich, die Insel im Speziellen, das Hotel im Besonderen und mit ihm alle, die damit zusammenhingen. Er habe sich bei der fraglichen Rettungsaktion beinahe den Arm ausgekugelt, fügte er am Ende noch hinzu, so unsensibel fest habe man an ihm gezerrt. Danach packte er seine Sachen und checkte frühzeitig aus.

»Das klang, als wollte er uns dafür verantwortlich machen, dass er sich mit seinen blöden essbaren Pflanzen offenbar nur halb so gut auskennt, wie er behauptet hat«, murrte Theo, während er, Nettie, Damien und Gretchen dem Mann nachsahen, der sich mit so schnellen Schritten davonmachte, als wäre ihm niemals schlecht gewesen.

»Dabei war er anfangs so freundlich«, wunderte sich Nettie, woraufhin Gretchen knurrte. Das tat sie oft in den vergangenen Tagen, stellte ihre Tochter fest. Und sie konnte es gar nicht erwarten, ihr mit ihrem geplanten Abend eine Freude zu bereiten.

Der ihr in diesem Moment wieder einfiel!

»Oh, wir müssen noch …«, begann sie, ehe ihr aufging, dass sie die anderen beiden lieber nicht an ihren und Damiens Plänen teilhaben lassen wollte. Also schnappte sie nur nach dessen Hand, zog ihn ins Innere des Hotels und rief über die Schulter: »Du hast doch heute noch nichts vor, Mum, oder? Halt dir den Abend frei, okay?«, bevor sie, ohne eine Antwort abzuwarten, in Richtung Küche verschwand.

33.

Mag sein, Gretchen wunderte sich über die Worte ihrer
Tochter, nicht so sehr aber wie Harvey Hamilton, als er einige Stunden später von seinem Ausflug ins Hotel zurückkehrte. Er hatte den Tag an der Küste verbracht, war mit
einem Wagen, den Peter (sein übereifriger Manager) ihm
organisiert hatte, von Marazion aus in den Westen aufgebrochen, über Penzance nach Porthcurno gefahren, von
Land's End nach Zennor und zurück. Und da dachte er
immer, die Küsten seines Landes seien an Schönheit kaum
zu übertreffen (und das nicht nur, weil sie zu seiner Heimat gehörten). Doch diese zerklüftete Landschaft mit ihren
urigen, wettergegerbten Dörfern dazwischen war schon
eine Sache für sich. Das kleine Dorf Mousehole hatte es
ihm besonders angetan: die Ansammlung dieser schmuck
hergerichteten Fischercottages, im Halbkreis um den romantischen Fischerhafen drapiert ... Und schon juckte
es ihn wieder in den Fingern. Er rieb sie sich, während
er durch das Foyer des *Wild-at-Heart*-Hotels schritt, was
ihm einen merkwürdigen Blick der noch merkwürdigeren
Besitzerin eintrug, der ihn nicht kümmerte. Ihrer schrof-
fen, uneinsichtigen und beinahe zickigen Art zum Trotz
strahlte dieses Haus eine Ruhe aus, die er in Amerika zuletzt vergeblich gesucht hatte. Es war nichts nach Plan gelaufen bisher, einiges war schiefgegangen, aber alles hatte
sich gefügt, was nicht zuletzt daran lag, dass er sich wirk-

lich geborgen fühlte in diesem Land, in diesem Cornwall und in diesem Hotel.

Er öffnete die Tür zu seiner Suite und stutzte. Dann bückte er sich nach dem Brief, der vor ihm auf dem Boden lag, und hob ihn auf. *Harvey Hamilton* stand darauf in zierlicher Handschrift, was keinen Zweifel daran ließ, dass dieser Umschlag für ihn bestimmt war.

Verehrter Mr. Hamilton,

stand darin.

als ich Sie das erste Mal sah, musste ich gleich an dieses eine Frühwerk von Ihnen denken, Sie wissen schon – Für immer nur, um dich zu retten. Und mir scheint, Sie hatten Port Magdalen, unseren wunderbaren Herzfelsen und womöglich sogar unser Haus im Sinn, als Sie diesen herrlichen Roman schrieben.

Damit Sie weiterhin in Erinnerungen schwelgen können, würde ich Sie heute Abend gern zu einer Überraschung einladen, die Ihnen bestimmt gefallen wird. Ziehen Sie sich etwas Bequemes an, seien Sie um 19 Uhr auf der Klippe oberhalb des Felsens, und freuen Sie sich auf einen fantastischen Abend, ganz im Sinne von Sabrina und Timothy.

Hochachtungsvoll, Ihre Nettie Wilde

Mmmh.

Hamilton kratzte sich am Kinn und beschloss, sich erst einmal zu rasieren. Währenddessen wunderte er sich über dieses Hotel, wie schon erwähnt. Über das Hotel, seine Bewohner und im Speziellen über die Besitzerfamilie. In den zwei Tagen, die er nun hier war, hatte es mehr seltsame (und unerfreuliche) Vorfälle gegeben als in seinem ganzen bisherigen Leben. Nun, das stimmte natürlich nicht annähernd, doch so aufregend, wie man sich ein Schriftstellerleben gemeinhin vorstellte, war seines auf gar keinen Fall. Wenn er absolut ehrlich zu sich gewesen wäre, hätte er wohl zugeben müssen, dass es im Grunde ziemlich langweilig war, insbesondere nach seiner Scheidung. Den überwiegenden Teil seiner Zeit verbrachte er allein in einem Kämmerlein, wo er sich Geschichten ausdachte, die er selbst nie erleben würde. Große Liebesgeschichten, von Menschen, die füreinander bestimmt waren, deren Schicksale miteinander verknüpft waren wie ... wie ... wie ein Donut mit einer Tasse Kaffee.

Nach Cornwall war er gekommen, um Inspiration zu finden – nach Port Magdalen, weil ihm sein Manager damit in den Ohren gelegen hatte. Was hatte er noch mal genau als Argument angeführt? Wie besonders dieser Ort war durch seine spektakuläre Lage? Wie er sich beschaulich den Hang hinauf erstreckte? Und dann dieser Felsen ...

Harvey Hamilton ließ die Hand mit dem Rasierer sinken. Er verließ das Bad, griff nach seinem Telefon und stellte sich damit ans Fenster, um seinem Manager einige wichtige Fragen zu stellen.

»Robertsen«, meldete der sich unwirsch.

»Es ist ein Wunder, dass dich überhaupt noch jemand anruft, so willkommen wirkt dein Tonfall«, sagte Hamilton spitz.

»Harvey!«

»In der Tat. Ich lebe noch. Du möchtest allerdings nicht wissen, was ich alles schon über mich habe ergehen lassen müssen, um dies nun sagen zu können.«

»Wie bitte? Wieso? Was ist …«

»Nichts weiter.« Harvey winkte ab. »Ich rufe an, weil ich dir eine Frage stellen wollte: Warum gleich wieder hast du mich nach Port Magdalen geschickt?«

»Ich … was? Gefällt es dir dort nicht mehr? Ich dachte, als du das erste Mal auf der Insel warst, habe dich die Muse nicht nur geküsst, sondern dich regelrecht *nieder-geliebt* – deine Worte, nicht meine, du bist schließlich der Autor, nicht ich. Dieses kleine Dorf, dieser Felsen in Form eines Herzens. Ich dachte, erst nach Port Magdalen sei dir die Idee zu deinem ersten Roman gekommen? Wie hieß der noch? *Für immer* … äh, *rette mich* …«

»*Für immer nur, um dich zu retten*«, murmelte Hamilton.

»Genau!«, rief Peter Robertsen aus.

»Mmmh.« Mit zusammengekniffenen Augen starrte Harvey zum Fenster hinaus, ohne wirklich etwas zu sehen. Es war keine Neuigkeit, dass ihm sein Manager irgendetwas erzählte oder etwas für ihn organisierte, ohne dass er davon wirklich etwas mitbekam (weil er ihn und seine Wichtighuberei in achtzig Prozent der Fälle einfach ausblendete, wie er zugeben musste). Insofern war es gut möglich, dass er im Vorfeld einfach nicht mitbekommen hatte, dass und warum Peter ihn hier auf Port Magdalen eingebucht hatte. Das eigentlich Interessante aber war, dass er die Insel nicht sofort wiedererkannt hatte. Jetzt, wo Peter es ansprach, wurde es ihm schlagartig klar: Natürlich war er hier gewesen! Und ja, deshalb kam ihm dieser Felsen auch so merkwürdig bekannt vor.

»Harvey? Bist du noch dran? Soll ich …«

»Schhhhhh«, machte Hamilton, der gerade keine Unterbrechung gebrauchen konnte, und Peter verstummte.

Er war noch sehr jung gewesen, als er nach Port Magdalen gekommen war, sinnierte Harvey. Er war durch Zufall hier gelandet, bei einer Reise durch Europa, gleich nach dem College. Er war sehr jung gewesen und hatte hier ein Mädchen getroffen, das noch etwas jünger war als er – und schön, daran erinnerte er sich jetzt, bildschön. Ein süßes blondes Mädchen, mit außergewöhnlichen blauen Augen und einer Ausstrahlung, die ihn sofort in den Bann gezogen hatte. Er konnte sich nicht mehr an ihren Namen erinnern, doch diesen Blick würde er nie vergessen.

Sie war zu seiner Muse geworden, nicht nur in einer Hinsicht. Ihr hatte er die Worte gewidmet, mit denen sein erster Roman endete: *»Ich liebe das Meer, die Sonne, die Wolken. Ich liebe den Regen, die Berge, das Tal. Am meisten aber liebe ich das Leben. Mit deiner Liebe als Schal.«*

»Was soll das jetzt wieder heißen? Harvey?«

»Peter, ich rufe dich zurück.«

»Zurück? Aber ich hab doch gar nicht ...«

Und da hatte Harvey Hamilton auch schon aufgelegt.

Er war also schon einmal hier gewesen. Wie hatte er das vergessen können? Und wie hatte er dieses Mädchen vergessen können? Nun gut, es hatte viele Mädchen in seinem Leben gegeben, das musste er sich wohl eingestehen. Vor dem College, danach, vor seiner Ehe, währenddessen ... leider, ja, auch dann. Und dass er sich an so manch heiße Affäre nicht mehr erinnerte ...

Und dann kam es ihm plötzlich.

Diese Frau.

Diese ... die Besitzerin dieses Hotels.

Mrs. Wilde. Mrs. Wilde! Oder Miss?

Harvey stützte sich mit beiden Händen auf dem Fensterbrett ab, während er nach wie vor blind nach draußen stierte, auf das Meer, den Horizont, in die Vergangenheit.

Sie war älter geworden, aber … ja. Sie könnte es gewesen sein. Diese schmale, elegante Statur. Die glatten blonden Haare. Die Augen … Früher waren sie blauer gewesen, doch die Zeit veränderte die Menschen, war es nicht so?

War das der Grund, warum sie von Beginn an so unwirsch zu ihm gewesen war? Weil er sich nach all den Jahren nicht mehr an sie erinnern konnte?

Und das Mädchen. Die Kleine. Nettie … War sie … war sie …

Mit einem Ruck richtete Harvey sich auf.

Er musste nachdenken.

Er musste rechnen.

Er brauchte Luft.

Also lief er zur Tür, zog den Mantel über und machte sich auf den Weg nach draußen, zu den Klippen, dem Felsen, dem Ort, an dem er damals auf dieses helle, liebliche Wesen gestoßen war, das ihn so sehr inspiriert hatte, dass er Schriftsteller geworden war.

Und Peter … er hatte absolut richtig gehandelt. Denn das Seltsame war: Allen Widrigkeiten zum Trotz hatte sie ihn hier tatsächlich wiedergefunden, seine vergessen geglaubte Muse! Und sie hatte ihn geküsst, so fest und bestimmt, als wäre es ihr ernst mit ihm, diesmal und für alle Zeiten. Und wo hatte er eigentlich sein Notizbuch gelassen, er musste das aufschreiben …

Dieser verrückte Ort beflügelte ihn. Letzte Nacht, nachdem das Gewitter abgeklungen war, der Strom aber nach wie vor nicht funktioniert hatte, da hatte er sich bei Kerzenschein an den Schreibtisch des kleinen Bücherzimmers gesetzt und sieben Seiten zu Papier gebracht. Sieben! Derart ausschweifend hatte er nicht mehr geschrieben, seit er vor vier Jahren versehentlich zu viele von diesen Tabletten eingenommen hatte, die Peter ihm manchmal in die Hand drückte, immer dann, wenn er besonders an sich selbst zweifelte.

Peter. Er musste ihm danken. Und Miss Wilde – er musste mit ihr reden und herausfinden, was sie beide noch verband. Und dieses Kind. Womöglich machte ihn diese Reise noch zum Vater!

Warum Harvey grinste bei diesem Gedanken, war ihm selbst nicht klar. Doch auch der Wind auf den Klippen über Cornwall konnte ihm sein Lächeln an diesem Nachmittag nicht mehr von den Lippen fegen.

34.

$\mathcal{W}$ährend Harvey Hamilton also in liebevollen Gedanken an Nettie Wilde vor sich hin lächelte, spielte sich vor den Augen derselbigen eine geradezu fürchterliche Szene in der Hotelküche ab.

»Wie bitte?«, fragte Oscar da gerade.

Nettie seufzte. »Es ist doch nicht das erste Mal, dass wir so ein Picknick herrichten, Hazel hat das schon Hunderte Male gemacht. Da sind so ein paar Sachen drin, die man leicht mit der Hand essen kann, so etwas wie ... Erdbeeren. Champagner. Cornish Pastys. Womöglich mit Artischocken drin. Und ... Sellerie. Avocado könnte auch ...«

»Artischocken?« Oscar hob die Augenbrauen. »Avocado in Cornish Pastys?«

»Was hast du denn vor?«, fragte Ashley, der in der Küche Geschirr abstellte, um gleich darauf wieder in Richtung Restaurant zu verschwinden. »Artischocken, Sellerie, Avocado ... Soll da jemand verführt werden?« Er zwinkerte Nettie zu, bevor sich die Tür hinter ihm schloss – ohne zu bemerken, dass das Mädchen röter anlief, als eine Tomate je sein könnte, und Damien sich beinahe an seinem Lachen verschluckte. Nettie warf ihm einen mahnenden Blick zu, weshalb er ausrief: »Und auf jeden Fall Schoko-Eclairs!«

Oscar verschränkte die Hände vor der Brust und blickte von einem zum anderen, einen amüsierten Zug um den

Mund. »Schoko-Eclairs?«, fragte er. »Und ... Pastys, die es in sich haben?«

Nettie gab ein knurrendes Geräusch von sich, was sie durchaus von ihrer Mutter übernommen haben könnte. »Ich bin mir sicher, Hazel würde ...«

»Hazel hat hier die Frühschicht gerockt, ohne Strom und für ziemlich durcheinandergeratene Gäste, sie kommt vor morgen nicht wieder.«

Nettie biss sich auf die Lippen. »Könntest du dann ...«

»Ich backe dir diese Schoko-Dinger«, unterbrach Oscar sie, »und die Liebes-Pastys, wenn du mir sagst, für wen das Picknick gedacht ist.«

»Es ist ...«, begann Nettie, stockte, holte tief Luft und begann noch einmal: »Es ist für Harvey Hamilton.«

»Den Schriftsteller? Den alten Griesgram, der noch kein gutes Haar an dem Hotel gelassen hat, seit er hier eingecheckt hat? Der zu allem Überfluss auch noch versucht hat, Sir James einen Tritt zu verpassen?«

»Er hat *was?* Das hat er nicht getan! Das würde er niemals tun!«

Oscar zuckte mit den Schultern. »Also – für wen ist das Essen wirklich?«

»Es ist *wirklich* für den grimmigen, alten Harvey«, kam Damien Nettie zu Hilfe.

»Und für wen noch?«, hakte Oscar nach.

Woraufhin die beiden Teenager schwiegen.

»Was führt ihr nur im Schilde?«, murmelte Oscar. Doch als ihm klar wurde, dass auf diese Frage nicht mit einer Antwort zu rechnen war, schüttelte er den Kopf. »Ihr könnt den Korb um fünf abholen, ist das in Ordnung?«

»Auf jeden Fall«, rief Nettie erleichtert. »Danke, Oscar.«

»Und nur für den Fall«, erklärte er, »dass dieser ganze

255

Aufwand hier doch für euch zwei sein sollte, fällt der Champagner eine Nummer kleiner aus.«

»Oh Gooottt«, hauchte Nettie, während sie vor Damien aus der Küche rannte.

»Nur Damien für dich«, kam die Antwort, und sie hörte das Grinsen in seinem Gesicht, obwohl sie es nicht wagte, ihn anzusehen.

»Das, mein Lieber, ist ja wohl der billigste Spruch, den man sich vorstellen kann.«

»Du glaubst ja gar nicht, wie oft Harvey den in seinen Büchern verwendet.«

»Wirklich?« Jetzt drehte sich Nettie doch zu Damien um. Zu ihrer Überraschung sah er ebenfalls aus, als wäre ihm vor Kurzem noch sehr, sehr heiß gewesen, aber er bemühte sich. »Heute Abend muss ich unbedingt noch das ein oder andere Buch von ihm lesen«, sagte sie.

»Dann nimm lieber das andere«, gab Damien zurück.

Ehrlich, dieser Junge. Nettie warf ihm einen verstohlenen Blick zu, während sie beide zurück in die Lobby eilten, um Gretchen zu suchen, der sie noch nichts von dem Picknick erzählt hatten und die es erst zu überzeugen galt. Und sie fragte sich, wie sie das nächste Jahr überstehen sollte, das sie einmal mehr ohne ihren Freund verbringen würde. Es war so schön, ihn hierzuhaben. Jemanden, der scheinbar genau die gleichen Interessen hatte wie sie, ihr Partner in Crime, einer, der mit ihr durch dick und dünn ging. Der nicht einmal ernsthaft hinterfragt hatte, was sie da taten, der ihr einfach zur Seite stand, no matter what. Sie würde ihn schrecklich vermissen, wenn die drei Wochen vorüber waren und er und seine Väter wieder abreisten. Sie wollte nicht darüber nachdenken.

Damien, der ihre Stimmungsschwankung durchaus bemerkt hatte, blickte sie an und grinste.

Würde sie sich jemals verlieben wollen, dachte Nettie, dann in einen Jungen wie Damien.

Und dann erschrak sie über diesen Gedanken. So sehr, dass sie über ihre eigenen Schuhspitzen stolperte und beinahe mit dem Gesicht voran auf dem dunkelroten Teppich gelandet wäre, hätte besagter Grund ihrer Gleichgewichtsstörungen sie nicht am Arm festgehalten.

Und dies. Dies war der Moment, in dem Nettie klar wurde, dass sie in Schwierigkeiten steckte. In ziemlich großen Schwierigkeiten sogar.

35.

*N*ein.«

»Nein? *Mum!* Du kannst nicht einfach Nein sagen zu einem Gast! Erst recht nicht zu einem wie Mr. Hamilton! Nach seinem Bad im Hafenbecken, dem Gewitter und ... allem eigentlich hat er es verdient, dass man ihm auch mal etwas Gutes tut. Und ich finde, du solltest es machen, als Oberhaupt dieses Hotels sozusagen. Um ehrlich zu sein, denke ich, Mr. Hamilton geht davon aus, dass du diejenige bist, die ihm sein Picknick bringt, als Zeichen des guten Willens quasi.«

Gretchen, die bis dahin ruhig und eher abgelenkt den enthusiastischen Ausführungen ihrer Tochter gelauscht hatte, ließ bei diesem letzten Absatz die Papiere auf ihrem Schreibtisch Papiere sein und hob den Kopf. »*Ich* soll ein Zeichen guten Willens zeigen?«, fragte sie ungläubig.

»Nun, es ist dein Hotel«, erklärte Nettie schnell, »deshalb solltest du diejenige sein, an die Hamilton denkt, wenn er es sich richtig gut gehen lässt.«

Gretchen blinzelte. Sie fragte sich, ob ihrer Tochter bewusst war, wie das klang, was sie da eben von sich gegeben hatte, doch ein Blick in Netties nervös und unschuldig dreinblickendes Gesicht ließ sie das Gegenteil vermuten.

»Als ich Mr. Hamilton das letzte Mal gesehen habe, schien es ihm gut genug zu gehen«, sagte sie deshalb nur. Schlechten Menschen geht es ja auch meistens gut, fügte sie in Gedanken hinzu, sagte es aber nicht laut. Aus irgendeinem Grund hatte ihre Tochter einen Narren an diesem amerikanischen Autor gefressen, und es lag ihr fern, über Leute herzuziehen, die in anderen irgendetwas auslösten, selbst wenn sie sich nicht erklären konnte, was.

»Wenn ein Picknick bestellt wird, holen es die Gäste normalerweise hier im Hotel ab«, sagte Gretchen. »Das weißt du doch, Nettie. In der Regel tragen wir es niemandem zu den Klippen hinterher, das ergibt doch auch gar keinen Sinn! Er hat ein Picknick bestellt, und das wird nun mal nicht serviert.« Sie musterte ihre Tochter, die nach wie vor am Türrahmen zu ihrem Büro lehnte und auf ihrem Daumennagel herumkaute. Nettie öffnete den Mund, um etwas zu sagen, schloss ihn dann aber wieder. Gretchen wollte schon mit den Schultern zucken und sich dem Kostenvoranschlag für den Wasserschaden widmen, der ihr bereits vorlag, als ihr plötzlich einfiel: »Warte! Du denkst, er will sich *tatsächlich* ein Picknick servieren lassen? So als wäre er ... ich weiß nicht ... der Präsident der Vereinigten Staaten und nicht nur ein ...« Schnöseliger Schmierenfabrikant? »Nicht nur ein mittelmäßig erfolgreicher Schriftsteller?«

»Er ist reichlich erfolgreich, Mum, und du weißt überhaupt nicht, wie das in den USA ist – bei denen soll der Service um so vieles größer geschrieben werden als bei uns in England.«

Woraufhin Gretchens Augen schmal wurden wie Schlitze und Nettie, die Gefahr witterte, wenn sie ihr um die Ohren wehte, einen Schritt zurückwich. Sie bückte sich, um den Picknickkorb, den sie bislang versteckt gehalten hatte, hervorzuziehen, und schob ihn ein Stück ins Zimmer hinein. »Bitte«, sagte sie. »Es kostet dich nur fünf

Minuten. Ich hab ihm schon gesagt, dass du den Korb bringen würdest.«

»Nettie …«

»Ich konnte doch nicht wissen, dass dich das gleich derartig nerven würde!« Sie machte einen weiteren Schritt in den Gang hinaus. »Um sieben bei den Klippen, hab ich ihm gesagt«, rief sie. Dann drehte sie sich um und rannte davon.

»Nettie!« Gretchen bekam keine Antwort mehr. Sie seufzte. Dann warf sie einen Blick auf die Uhr, seufzte noch ein bisschen mehr und stand auf, um ihre Jacke zu holen.

Als sie nach draußen trat, in die fantastisch kühle Abendluft, tat es ihr schon ein bisschen weniger leid, dass sie sich so von Nettie hatte überrumpeln lassen – es war ein harter Tag gewesen nach dieser durchwachten Nacht, der Überraschung im Zimmer der Angoves (die sich übrigens nicht überreden ließen, den Raum zu wechseln oder auch nur den Gedanken an ein Entgegenkommen vonseiten des Hotels zuzulassen, da sie Gretchen auf keinen Fall schaden wollten) und mit der Organisation der Renovierung des Ganzen. Sie sehnte sich nach ihrem Bett. Womöglich vorher noch ein heißes Bad. Eventuell eine Textnachricht an Nicholas. Besser noch – ein Telefongespräch?

Während sie sich mit Netties Picknickkorb auf den Weg zu den Klippen machte, zog sie ihr Handy hervor. Seit dem Morgen, kurz nachdem sie im Hotel angekommen war und er sie mittels einer WhatsApp-Nachricht gefragt hatte, ob alles in Ordnung sei mit den anderen, hatte er sich nicht mehr bei ihr gemeldet. Und sie wusste, dass er nicht deshalb schwieg, weil er sie ignorierte, sie vergessen hatte oder sich keinen Kontakt mit ihr wünschte. Er wollte ihr die Gelegenheit geben, auf ihn zuzugehen. Nicholas, er war … Wenn es schon einen anderen Mann geben würde in ihrem Leben, der nicht Christopher war, dann war Nick perfekt für sie. Etwa nicht?

Deshalb: Ja, sie würde sich bei ihm melden. Gleich, nachdem sie diesen dummen Picknickkorb bei Mr. Staatsoberhaupt Hamilton abgegeben hatte.

Wie sich herausstellte, hatte Harvey Hamilton keinesfalls mit ihr gerechnet, als Gretchen sich ihm näherte, Korb in der Hand, ein steif wirkendes Lächeln im Gesicht. Er blickte über alle Maßen erstaunt drein, und diese Verwunderung spiegelte auch seine Stimme wider.

»Miss Wilde!«

»Mr. Hamilton.« Sie blieb vor ihm stehen. »Meine Tochter sagte mir, Sie haben ein Picknick bestellt?«

»Nun …« Jetzt blickte Harvey noch eine Spur verblüffter drein. *Er* sollte dieses Picknick bestellt haben? Was hatte dieses Mädchen nur vor?

Und dann dämmerte es Harvey. Ein Picknick. Vor einem Zelt. Bei Sonnenuntergang. Herrje, wie hatte er nur so blind sein können? Wenn jemand die Zutaten einer würzigen Liebesgeschichte erkennen musste, dann ja wohl er, der Romancier!

Die Kleine wollte ihn mit ihrer Mutter verkuppeln. Aus womöglich höchst eigennützigen Gründen.

Ach du lieber Himmel!

Gretchen Wilde streckte ihm den Korb entgegen, doch Harvey reagierte nicht. Er wusste, wenn er ihn jetzt annahm, würde sie sich auf der Stelle umdrehen und von hier verschwinden. Also machte er einen halben Schritt zurück, und in den Sekunden, die sie brauchte, um zu reagieren, betrachtete er sie: Sie war älter geworden, ja. Aber noch genauso schön wie damals. Wie lange war das sehr? Zwanzig Jahre? Mehr? Weniger? Wie alt war ihre Tochter? Könnte es tatsächlich sein, dass sie sein Kind war?

»Wären Sie so nett? Der ist ganz schön schwer.« Immer noch hielt ihm Gretchen den Korb hin, doch Hamilton starrte nur darauf. Auf den Korb. Dann auf sie. Auf den Korb. Und so weiter. Hätte Gretchen es nicht besser gewusst, sie hätte annehmen können, er habe vor ihren Augen etwas auf den Kopf bekommen. Oder einen Schlaganfall erlitten.

»Hören Sie, Mr. Hamilton ...«

»Nein, wirklich, Miss Wilde, *ich* muss mich entschuldigen.«

»Ich ...« Gretchen klappte den Mund zu. Was meinte er jetzt wieder? *Er* musste sich entschuldigen im Sinne von ... Sie musste es nicht tun? Sie hatte überhaupt nicht vor, sich bei ihm zu entschuldigen, wofür auch? Empört schüttelte sie den Kopf und stellte den Korb entschieden vor Harvey Hamilton ins Gras.

»Es war mir nicht klar, dass Sie auf eine Entschuldigung von mir gewartet haben«, erklärte sie kühl.

»Wie bitte?« Harvey Hamilton blinzelte. »Das habe ich auch gar nicht. Ich sagte doch gerade, ich ...«

»Und es heißt Mrs. Wilde, nicht Miss.«

»Oh. Natürlich.« Jetzt lächelte er sie an auf eine Art, die Gretchen nur als gönnerhaft empfinden konnte und die ihre Wut noch mehr schürte. Ehrlich, dieser Kerl. Was bildete der sich ein? Und er machte es noch schlimmer.

»Wo ist er denn, Ihr Mann?«, fragte Hamilton.

»Er ist tot«, erklärte Gretchen kühl.

Dieses süffisante Zucken, das gerade noch die Lippen des Schriftstellers umspielt hatte, erstarrte.

»Oh«, sagte er. »Verzeihung, ich wollte nicht …«

»Ja, klar«, sagte Gretchen. Sie straffte die Schultern. »Wenn Sie mich jetzt entschuldigen würden? Ich habe noch etwas vor.«

»Aber … ich dachte … das Picknick!«

Doch da war Gretchen schon viele Schritte hinfortgeeilt, so schnell ihre Füße sie trugen.

36.

'Das lief nicht rund, oder?«

»Woraus schließt du das? Aus der Art und Weise, wie der Rauch aus den Ohren deiner Mutter dampft, oder der, wie der gute Harvey das Gras umpflügt auf seinem Marsch in die entgegengesetzte Richtung?«

Nettie ließ seufzend das Fernglas sinken und ebenso die Ellbogen, auf die sie sich gestützt hatte, um das Zusammentreffen ihrer beiden Liebesversuchsobjekte von dem etwas höher gelegenen Standort auf den Klippen aus zu beobachten. Sie und Damien hatten im Gras gekauert, dicht nebeneinander, und abwechselnd durch den Feldstecher auf das Zelt gestarrt, vor dem Harvey erst ganz allein gestanden hatte, einen hilflosen Gesichtsausdruck zur Schau tragend (er war nachdenklich gewesen, doch das ließ sich wirklich leicht missinterpretieren). Dieser Ausdruck wechselte zu Verwunderung, als Netties Mutter auftauchte, den Picknickkorb am Arm. Für den Bruchteil einer Sekunde wirkte es auf Nettie so, als fühlte sich Harvey geschmeichelt, Gretchen hier zu sehen. Doch schon einen Wimpernschlag später hatte sich eine offenbar hitzige Diskussion zwischen den beiden entsponnen, und auch ohne ein Wort davon zu verstehen, war Nettie klar geworden, dass dieser Abend nicht so enden würde wie erhofft.

Was er dann eben auch nicht tat.

Sie seufzte. Im Gras ausgestreckt, drehte sie den Kopf, um Damien anzusehen. »Ich verstehe es bloß nicht. Die beiden müssten doch prima zusammenpassen. Er, der Liebesromanautor auf der Suche nach Inspiration. Sie, die Inhaberin eines romantischen Hotels, mit genau den Impulsen, die er gerade braucht ...« Ihre Wange ruhte auf ihrem Oberarm. »Wieso klickt es nicht?«

Damien streckte sich ebenfalls im Gras aus und spiegelte ihre Position. »Es knallt eher«, erwiderte er.

»Kannst du nicht einmal ernst sein?«

»Ich bin die längste Zeit ernst gewesen, oder nicht? Ich meine, habe ich deinen Plan, deine arme Mutter mit diesem Fatzke zu verkuppeln, je infrage gestellt? Habe ich nicht bereitwillig die Recherchen übernommen, um herauszufinden, was der gute Harvey mag und wie wir ihn ködern können? Ich denke nur, an diesem Punkt unserer Mission sollten wir uns in ein bisschen Selbstironie üben. Offensichtlich.« Er grinste. »Sprich mir nach: HA-HA.«

Nettie verdrehte die Augen. »Ich weiß nicht, wie witzig ich das finde«, murmelte sie, während sie sich aufrappelte, sich das Gras von der Hose klopfte und anschließend Damien eine Hand entgegenstreckte, um ihm aufzuhelfen.

»Das Gleiche hat deine Mutter vermutlich gedacht, als sie eben davongestapft ist.«

Schweigend wanderten sie den Pfad hinunter zu dem Zelt, das nun verlassen dastand, während sich der Himmel über ihnen und dem Meer pfirsichfarben spannte, ein Indiz für den nahenden Sonnenuntergang, den sowohl Gretchen als auch Harvey Hamilton nun verpassen würden.

»Ein Jammer um den schönen Sonnenuntergang«, murmelte Nettie denn auch prompt, was ihr einen Seitenhieb von Damien einbrachte.

»Und da wirfst du mir vor, seltsame Dinge zu sagen«, stellte er fest.

Sie setzten sich. Nettie nagte auf ihrer Unterlippe herum. »Wir sollten es noch mal versuchen. Und diesmal gehen wir ein bisschen raffinierter vor.«

»Noch raffinierter?« Damien lachte.

»Sei bitte ernst! Womöglich war es dumm, das romantische Picknick für heute anzusetzen. Nach der Gewitternacht waren alle unausgeschlafen und gereizt, da kann es durchaus sein, dass man nicht empfänglich ist für … für was auch immer.«

»Jupp.«

»Jupp? Sag nicht *jupp*, sag, was du denkst. Es ist doch möglich, oder nicht? Und auf jeden Fall einen erneuten Versuch wert.«

»Was, wenn deine Mum Hamilton einfach nicht leiden kann? Für mich sah es schwer danach aus, aber ich glaube, das sagte ich dir bereits.«

»Aber sie kennt ihn doch gar nicht!«

»Du kennst ihn doch auch nicht.«

»Aber …«

Damien seufzte. »Sie ist auf alle Fälle zu gut für ihn, so viel steht fest.«

»Oh, mein Gott!« Nettie warf die Hände in die Luft, bevor sie sich ein Stück weiter zu Damien umdrehte. »Das klingt wie die Zeile aus einem Film oder einem Buch. Was macht jemanden wie Harvey unwürdig? Wer ist zu gut für wen?«

»Du definitiv. Für diese Typen in dem Café neulich zum Beispiel.«

Regungslose Stille folgte Damiens Worten, und für eine Sekunde sah es ganz so aus, als wollte er sie am liebsten zurücknehmen, wieder in die Tiefen seines Ichs stopfen, dorthin, wo sie hergekommen waren. Stattdessen räusperte er sich und griff nach dem Picknickkorb, den Gretchen neben dem Zelt abgestellt hatte, holte zwei der Pastys heraus und reichte Nettie eine davon, doch die hob lediglich die Augenbrauen.

Damien zuckte mit den Schultern. »Wieso nicht? Denkst du, du fällst mich an, wenn du das hier isst? Die Teile sind nicht verzaubert, und ich kann mir ehrlich nicht vorstellen, dass die aphrodisierende Wirkung von Artischocken- und Avocado-Pastys tatsächlich zu beweisen ist.«

»Uhm«, machte Nettie. Gerade hatte sie das Gefühl, kein weiteres Wort durch ihre zugeschnürte Kehle manövrieren zu können, wie sollte es ihr da gelingen, ein Stück Teig hinunterzuwürgen? Hatte Damien das ehrlich gerade gesagt? Wieso hatte er Kevin und Jeremy überhaupt erwähnt?

»Jeremy ist Charlottes Bruder«, brachte sie schließlich hervor, »und Kevin sein bester Freund. Du hast Charlotte schon mal getroffen. Sie hat mich im letzten Sommer besucht, und wir sind zusammen mit dem Boot rausgefahren. Wir kennen uns schon ewig. Es besteht überhaupt kein Anlass zu denken, dass irgendwer für irgendwen zu gut sein könnte.«

»Champagner?«, fragte Damien.

Nettie schüttelte den Kopf, doch sie nahm das Glas, das Damien ihr reichte, biss erst in die Pastete und nippt dann daran.

Sie sah nicht das Grinsen, das seine Lippen umspielte, während er in dem Picknickkorb nach der Schale mit den Erdbeeren wühlte. Und sie hatte keine Ahnung, wie gern

er sie küssen würde, hier, jetzt, vor der untergehenden
Sonne, einfach so und zum allerersten Mal.

Denn zu diesem Zeitpunkt wusste nicht einmal Damien
davon.

37.

Das mit den Sommern auf der Insel, das war so eine Sache. Gut möglich, das Thermometer kletterte an einem Tag wie diesem (nach reichlich Sturm und noch mehr Gewitter) auf sagenhafte zweiundzwanzig Grad Celsius – sobald aber die Sonne hinterm Horizont verschwand oder auch nur eine Wolke sich davorschob, kühlte es schneller ab als eine Suppe im Schneesturm. Gretchen wusste das. Und doch stand sie hier vor Nicholas' Haus, in ihrem dünnen Blazer, und sie fror schon eine ganze Weile hier, gefühlte drei Grad minus lang.

Nick bewohnte den ersten Stock des schmalen Cottages, das er sich mit seiner Schwester Lori teilte. Es war eines von insgesamt vier sich aneinanderreihenden Häuschen im oberen Teil von Port Magdalen, eine niedliche, pittoreske Häuserzeile mit schindelbedachten Erkern, hellblau gestrichenen Türen und warmem Licht hinter den Fenstern. Gretchen war in den Eingang des Gebäudes gegenüber getreten, um besagte Häuser zu betrachten und in ihrer Unentschlossenheit keinem der darin lebenden Port Magdalener aufzufallen. Wodurch sie sich nur noch lächerlicher vorkam als ohnehin schon. Ehrlich, sie musste verrückt geworden sein, hier seit geschlagenen siebzehn Minuten in der Kälte zu stehen, sie könnte schon längst oben in Nicks gemütlicher Küche sitzen, eine Tasse Tee oder ein Glas Wein in Händen, sie konnte es *hinter sich haben,* Herrgott noch mal. Sie war hier heruntergestürmt, auf Nicks Haus zu, und hatte nur einen Augenblick zu lange gezögert, bevor sie den Klingelknopf drückte – was zu viel war, das wusste sie jetzt, denn auf einmal war es mit ihrer Entschlossenheit vorbei gewesen.

Lori wohnte im Erdgeschoss. Sie hatte nicht darüber nachgedacht, was Nicks Schwester denken würde, wenn Gretchen auf einmal an dessen Tür auftauchte. Sie hatte Nick vorgeschlagen, dass sie es langsam angingen. Das beinhaltete, dass es Lori nicht vor Nettie oder Theo erfuhr. Woraufhin sie ins Grübeln gekommen war, ob es womöglich zu früh war, Nick in seiner Wohnung aufzusuchen, ob es nicht besser gewesen wäre, sich noch ein paarmal mit ihm auf neutralem Boden zu treffen anstatt in der Enge seiner kleinen Zweizimmerwohnung.

Da stand sie also, in ihre Überlegungen vertieft, als die Tür zu Nicks Cottage mit einem Mal aufgerissen wurde und niemand anderer als Lori herausstürmte.

»Hey!«, rief sie über die schmale Straße in Gretchens Richtung. »Gretchen, bist du das? Was machst du denn da? Willst du zu Graham? Ist der nicht längst im Pub?«

»Ich …«, begann Gretchen, dann sah sie sich hilflos um, nur um festzustellen, dass sie tatsächlich vor der Tür des Pubbesitzers ausharrte, was ihr bis eben gar nicht klar gewesen war.

»Scheint so«, gab sie zurück. Unverfänglich. Konnte alles heißen.

»Hm«, machte Lori. Dann zuckte sie mit den Schultern, warf ihre Handtasche über die Schulter und war schon fast an Gretchen vorbei, als sie lautstark erklärte: »Ich muss zum Hafen, das letzte Boot erwischen. Kelly und ich wollen ins Kino.«

»Oh.« Gretchens Hand ruhte auf der Stelle zwischen Hals und Brustkorb, wo ihr Puls raste, ruckelig wie eine Achterbahn. »Dann viel Spaß«, rief sie Lori nach. Doch die war schon den steilen Hang hinunter verschwunden.

»Wolltest du zu mir?«

»Oh, Gott! Soll ich einen Herzinfarkt bekommen? Was ist los mit euch?« Diesmal drückte Gretchen mit beiden Händen gegen ihren Brustkorb, besorgt, ihr Herz könnte vor lauter Aufregung das Weite suchen wollen, und warf Nicholas einen vorwurfsvollen Blick zu. Er lehnte im Türrahmen. Schwarze Jeans, grauer Kapuzenpulli, die Hände vor der Brust verschränkt. Er lächelte. Als Gretchen näher trat (nachdem sie sich verstohlen nach etwaigen Zeugen umgeblickt hatte), erkannte sie, dass seine Haare feucht waren vom Duschen, und seine Augen leuchteten vor stiller Freude.

»Tut mir leid, dass ich dich erschreckt habe.«

»Tut mir leid, dass ich seit einer halben Stunde vor deinem Haus herumlungere.«

»Seit einer halben Stunde?« Nicks Brauen hoben sich. »Weshalb?«

Gretchen zuckte mit den Schultern. »Lori?«, fragte sie halbherzig, und sie sah, wie etwas in Nicks Blick aufflackerte. Überraschung. Enttäuschung. Dann wurde sein Lächeln breiter, doch es erreichte seine Augen nicht mehr. Er öffnete die Tür ein Stück. »Dann kommst du besser rein«, sagte er, »bevor dich noch jemand anderer sieht.«

»Nick ...«

»Lori ist ins Kino gegangen.«

»Ich weiß.«

Sie waren hinter der geschlossenen Haustür stehen geblieben.

»Du hast nicht angerufen«, stellte Gretchen fest.

Sie bekam ein Schulterzucken als Antwort und einen fragenden Blick.

»Hattest du Angst, ich würde nicht rangehen?«

Erneut schwieg Nicholas, doch dann, nach einigen reichlich zähen Sekunden, holte er Luft und sagte: »Lass uns das Ganze nicht verkomplizieren, okay? Du bist hier, wenn auch in geheimer Mission, darüber freue ich mich. Kann ich dir etwas anbieten? Wein? Tee? Hast du zu Abend gegessen? Ich wollte mir eben ein paar Nudeln machen, falls du auch welche magst.«

»Ich wollte wirklich nicht …«, warf Gretchen ein, doch Nick legte eine Hand in ihren Nacken und zog sie an sich, woraufhin sie den Mund wieder zuklappte.

»Hast du gewusst, dass ich tatsächlich ein ganz passabler Koch bin?«, fragte er, bevor er seine Lippen auf ihre drückte und sie küsste, zart und flüchtig.

»Nun, mmmh«, machte Gretchen.

»Also …« Kuss, Kuss. »Hunger?«

»Mmmh.«

»Das Geheimnis liegt in der Sauce«, wisperte Nick gegen ihre Lippen. »Ein altes Rezept meiner Urgroßmutter. Lori will es unbedingt für den Laden haben, doch bisher konnte ich das verhindern.«

»Wieso …«, begann Gretchen, doch schon in der nächsten Sekunde hatte sie ihre Frage vergessen. Es war, als hätten Nicks Nähe und seine Berührungen und seine Küsse einen Schalter in ihrem Inneren umgelegt und auf *MUTE* gestellt. Ihr war ganz schwummrig. Sie fühlte sich wie eine Marionette, die mit jedem weiteren Kuss die Spannung in den Fäden verlor, welche an ihren Verstand geknüpft waren.

»Sauce«, murmelte sie. Und dann zog sie Nick ganz nah zu sich heran und küsste ihn, wie sie seit langer, langer Zeit niemanden mehr geküsst hatte.

Wie sich herausstellte, schmeckte Nicks Pasta-Sauce absolut himmlisch, eine cremige Mischung aus Gemüse und Sahne mit einer ganz speziellen Gewürznote, aus der Gretchen auf alle Fälle Nelken herausschmeckte. Sie war kaum hungrig gewesen, als sie in seiner Wohnung ankam, doch nun machte sie sich über die zweite Portion her und hatte keine Ahnung, wie sie es den Berg hinauf zum Hotel schaffen sollte. Denn ... das war doch der Plan, richtig? Nicholas zu sehen, ihn eventuell zu küssen und dann beruhigt und versöhnt mit dem Tag zurückzukehren ins eigene Bett. Zimmer! Ins eigene Zimmer. Von Bett war nie die Rede gewesen.

Stimmt's?

»Und schon habe ich sie wieder verloren«, sagte Nick.

»Wie bitte?«

»Du siehst aus, als wärst du mit deinen Gedanken überall, nur nicht in dieser Küche.«

»Ah, das tut mir leid.« Mit der einen Hand schob Gretchen den noch halb vollen Teller von sich, mit der anderen fuhr sie sich durchs Haar. »Es *war* ein verrückter Tag«, erklärte sie, den Mund halb Grimasse, halb Grinsen. Sie erzählte Nick von dem Wasserschaden im Hotel, von Harvey Hamilton und seiner Antipathie gegen Tiere und von der merkwürdigen Begegnung mit ihm am Rand der Klippen. Während sie das Gespräch in der Kurzversion für Nicholas wiederholte, wurde ihr klar, wie gut es ihr tat, mit jemandem zu sprechen. Mit Nicholas, um genau zu sein. Über ihren Tag, ihre Befindlichkeiten, über Banales und

Wichtiges. Gerade fragte er: »Und diesen Wasserschaden, hat sich den schon jemand angesehen?«, und Gretchens Herz zog sich zusammen, sie konnte nicht einmal genau sagen, weshalb. Weil sie das Gefühl hatte, dass sich schon sehr lange kein Außenstehender mehr dafür interessiert hatte, was in ihrem Leben geschah. Oder weil es sie glücklich machte, dass Nicholas wertzuschätzen schien, was sie leistete an jedem einzelnen Tag in diesem Hotel. Sie hatte den Gedanken kaum zu Ende gedacht, da verachtete sie sich dafür. Was, um Himmels willen, war los mit ihr? Sie hatte einen Job wie alle anderen auch, sie musste sich nicht bei jeder sich bietenden Gelegenheit selbst dafür bemitleiden, dass sie ein Hotel leiten durfte.

»Gretchen?« Nicholas betrachtete sie besorgt. »Was ist los? Ist der Schaden so hoch?«

»Nein.« Sie schüttelte den Kopf, dann schob sie ihr Weinglas ein Stück von sich weg, neben den Teller mit den übrig gebliebenen Spaghetti. »Vielleicht ist mir der Alkohol zu Kopf gestiegen, ich fühle mich irgendwie …« Erschöpft, dachte sie. Ausgebrannt. Von Selbstmitleid zerfressen.

»Soll ich dich nach Hause bringen?«

Sie sah Nicholas an. Dann schüttelte sie langsam den Kopf.

In den Sekunden, die verstrichen, bis Nicholas aufging, was Gretchen ihm mit ihren unausgesprochenen Worten sagen wollte, versuchte diese, an gar nichts zu denken, nicht den Mut zu verlieren und nichts zu bereuen.

38.

Sie waren beide aus der Übung. Und sie waren alt genug, um darüber lachen zu können. Der kurze Weg von der Küche den schmalen Gang entlang durchs Wohn- und schließlich in Nicholas' Schlafzimmer war gespickt von ungelenken Bewegungen, aufeinanderschlagenden Zähnen und der Tatsache, dass es nicht so einfach war, sich im Gehen zu entkleiden, wie es in Filmen immer aussah. Selbst wenn es nur eine Jacke war.

»Autsch«, machte Gretchen, nachdem Nicholas ihr auf den Fuß gestiegen war – bereits zum zweiten Mal –, doch sie lachte, und er vergrub ebenfalls lachend das Gesicht in ihren Haaren.

»Aaah, Mann, ging das mal einfacher?«, fragte er, und sie murmelte gegen seine Brust: »Falls ja, will ich nichts davon hören.«

Er liebte es, Gretchen zu küssen, also tat er es, wieder und wieder. Sie schmeckte genauso gut, wie sie roch: hell, zitronig, mit einem ganz leichten Blütenduft darüber. Sie ließen sich gemeinsam auf das Bett fallen, und Nicholas stützte sich mit einem Arm auf, während er die Finger der anderen Hand in ihren Haaren vergrub. Gretchens Augen lachten, doch darunter schien die gleiche Unsicherheit durch, die er empfand, wenn auch von unterschiedlichen Gründen motiviert. Er wusste, dass Gretchen das Gefühl hatte, sie würde Christopher betrügen, wenn sie sich auf einen anderen Mann einließ, das musste sie nicht erst aussprechen. Und er wusste auch, dass sie glaubte, keine Zeit und keinen Kopf für eine Beziehung zu haben, weil das Hotel ihre gesamte Aufmerksamkeit erforderte. Nicholas wünschte, er könnte die Bedenken aus Gretchens Blick verschwinden lassen, die Sorgenfalten auf ihrer Stirn glätten, aber dann blieb ja immer noch seine eigene Unentschlossenheit. Er hatte eine nicht gerade freundschaftliche Scheidung hinter sich, und er war bei Weitem kein vorbildlicher Ehemann gewesen. Für ihn hatte es viele Jahre lang hauptsächlich Arbeit gegeben, dann lange nichts. Wenn er mit seiner Frau zusammen gewesen war, dann immer nur mit halbem Herzen, mit den Gedanken woanders, und genau deshalb kannte er den Ausdruck in Gretchens Augen so genau. Weil er ihn jahrelang in seinem eigenen Spiegelbild hatte studieren können.

Mit dem Daumen strich er über ihre Stirn, die sich sogleich noch mehr in Falten legte.

»Was?« Sie lächelte, doch es wirkte unsicher jetzt.

»Nichts.« Nicholas schüttelte den Kopf.

»Es ist nicht *nichts*. Glaub mir, ich bin Expertin, wenn es um *nichts* geht.«

»Ja?« Er beugte sich vor und begann damit, die Konturen ihres Gesichts mit den Lippen zu erspüren, die Stirn, die Wangenknochen, die Nasenspitze, den Mund. »Was macht dich zur Expertin in Sachen *nichts?*«

»Meine Teenagertochter?«

Er nahm Gretchens Atem in seinen Haaren wahr, während seine Lippen über ihren Hals fuhren, die Hände die Seiten ihres Körpers entlang, unter den Stoff ihrer Bluse, zu den zarten Knöpfen daran. »Ich kann nicht glauben, dass du schon eine Tochter im Teenageralter hast«, murmelte er, während er sich zurück nach oben küsste, über Gretchens Kinn, auf ihre Lippen zu.

»Mmmh. Du willst mich nur ablenken.«

»Ablenken? Wovon?« Mehr Küsse, mehr Hände, der Atem immer lauter.

»Vergessen«, flüsterte Gretchen, während sie sich unter Nicholas' Händen wand, sich immer dichter an ihn drängte, die Finger unruhig von seinem Nacken den Rücken hinuntergleiten ließ und wieder zurück.

»Ich mach dir einen Vorschlag.« Nick schob die Bluse von ihren Schultern und fuhr mit den Fingerspitzen unter den Träger ihres BHs, während Gretchen an seinem Kapuzenpulli zerrte. In einem Rutsch zog er sowohl den Pulli über den Kopf als auch das T-Shirt darunter.

»Was für ein Vorschlag?« Gretchens Stimme klang genauso zittrig, wie sich ihre Hände anfühlten. Ihre Fingerspitzen federten über Nicholas' nackte Brust und hinterließen eine Spur von Gänsehaut. Als er nach dem Verschluss ihres BHs tastete und Gretchen als Reaktion darauf den Knopf seiner Jeans öffnete, stöhnte er lachend auf.

»Vergessen«, stieß er aus.

»Was?«, murmelte Gretchen.

Und dann mussten sie beide lachen, sehr kurz nur, bevor sich abermals Hände bewegten und Fingerspitzen Stromstöße auslösten und die Gedanken zu flirren begannen.

Liebe ohne Verfallsdatum und ein folgenschwerer Kuss

Belegungsplan

Raum 1: Jeff und Caren Silver, junges Paar aus London, feiert ersten Hochzeitstag.

Raum 2: Polly Morgan, Witwe aus Aberdeen.

Raum 3: Robert Calloway aus Swansea. Möchte gemeinsam mit Mrs. Morgan speisen, Verbindung ungeklärt.

Raum 4: Clive und Logan Angove, Väterpaar aus Brighton, mit ihrem Sohn Damien.

Suite: Harvey Hamilton, Bestsellerautor aus Omaha, Nebraska, auf der Suche nach Inspiration für den nächsten Liebesroman.

39.

*A*tme ein. Atme aus. Sauge den Sauerstoff in dich hinein, bis er dich erfüllt, vom Ansatz deines Haars bis in die Spitzen deiner Zehen. Lass die Kraft der Ruhe den Geist durchströmen und die Energie des Tages deinen Körper durchfluten. Mit dem ersten Tropfen goldenen Sonnenlichts, der in dein Inneres fließt, sollen deine Sinne geweckt und deine Kräfte mobilisiert werden.«

Stille folgte Theos Worten, nicht einmal der Wind war zu hören, kein Vogel, nur das Rauschen des Meeres unter ihnen, wie es in der sachten Morgenbrise gegen die Klippen schlug. Misstrauisch wandte Theo den Kopf und warf einen Blick hinter sich.

»Position halten«, verlangte Nettie in gespielter Strenge, dabei sah ihr Adler absolut so aus, als würde er schon in der nächsten Sekunde reichlich unprätentiös im Gras landen.

»Ist deine Mutter immer noch nicht da?« Theo löste seine Figur, hob die Arme lang über den Kopf, bevor er sich vornüberbeugte, um die Beine zu dehnen.

»Sieht nicht so aus«, erwiderte Nettie, »es sei denn, sie gibt gerade den unsichtbaren Baum oder so.«

»Oder so«, murmelte Theo und schüttelte den Kopf. »Ein Bein nach hinten strecken«, ordnete er an, »dann das andere. Und nun langsam mit den Fußsohlen auf dem Boden ankommen.«

»Komisch«, befand Nettie, als sie sich auf den Weg zurück ins Hotel machten, »ich dachte eigentlich, Mum sei schon längst aufgestanden. In ihrem Zimmer war es komplett ruhig.«

»Dann hat sie vermutlich verschlafen«, sagte Theo. Das hoffte er zumindest. Seit dem plötzlichen Tod seines Sohnes … und weiter wollte er den Gedanken nicht zulassen. Was auf der anderen Seite nichts daran änderte, dass ihn das Yoga an diesem Morgen weit weniger entspannt hatte als an den Morgen zuvor.

Als sie jedoch Gretchens Küche betraten, brannte dort Licht, das Radio lief und die Espressokanne röchelte. Es roch süß. Theos Schwiegertochter stand am Waschbecken, um den Wasserkocher zu befüllen, und warf ihnen über die Schulter ein Lächeln zu. »Na, wie war der Frühsport heute? Ich habe es nicht ganz geschafft, tut mir leid. Dafür ist das Frühstück gleich fertig.«

Sie deutete auf den Tisch, wo sich Pancakes auf einem Teller stapelten, neben einer Schüssel voll frischer, aufgeschnittener Früchte.

»Hast du verschlafen?«, fragte Nettie, während sie sich auf die Eckbank fallen ließ und nach einem der kleinen Pfannkuchen griff.

»Etwas in der Art«, erwiderte Gretchen. Womit sie sich wieder dem Wasserkocher widmete.

Etwas in der Art, dachte Theo. Mmmmh. »Oh, ich hab das Buch vergessen.« Sagte es und lief ins Foyer zurück, um sein Terminbuch zu holen.

Seine Schwiegertochter kam ihm seltsam vor. Zum einen wusste er, dass sie eigentlich nur dann kochte oder backte, wenn sie aufgeregt oder wütend war oder beides, zum anderen log sie wirklich, *wirklich* erbärmlich schlecht. Und sie hatte *nicht* verschlafen, so viel stand für ihn fest. Also, weshalb war sie dann nicht zum Yoga gekommen?

»Heute reisen an eine gewisse Mrs. Morgan aus Aberdeen sowie ein Mr. Calloway aus Swansea. Mrs. Morgan möchte gegen 15 Uhr am Hafen abgeholt werden, Mr. Calloway wird etwas später erwartet, möchte aber zum Hotel laufen.«

Geistesabwesend nickte Gretchen, während sie an ihrem Kaffee nippte und dem Rest der Familie dabei zusah, wie sie Pancakes und Früchte in sich hineinschaufelten, gefolgt von brühend heißem Frühstückstee. Während sie Nettie betrachtete, fiel ihr nicht auf, dass Theo sie seinerseits beobachtete, über den Rand seiner dampfenden Tasse hinweg. Sie hatte Pfannkuchen gebacken, aß aber nichts. Sie sah nicht wütend aus, aber absolut so, als wäre sie viel zu aufgeregt, um verschlafen zu haben.

Aha, dachte Theo bei sich. AHA! »Gretchen, holst du Mrs. Morgan vom Hafen ab?«

»Wie bitte?« Verwirrt blinzelte seine Schwiegertochter ihn an.

»Mrs. Morgan – holst du sie um 15 Uhr am Hafen ab?«

»Natürlich.« Gretchen schüttelte den Kopf, doch es sah eher so aus, als wollte sie etwas darin zurechtrütteln. »Das mache ich auf jeden Fall.« Woraufhin sie rot wurde (warum, fragte er sich …), ihn anlächelte und die Nase wieder in ihrer Kaffeetasse vergrub.

AHA!

Mittlerweile war es hell draußen, der Tag jedoch noch so jung, dass das Haus erst allmählich erwachte: zunächst in Gretchens Küche, wo sich zur Verwunderung aller Netties Freund Damien zu ihnen gesellte, der offenbar aus dem Bett gefallen war, weil seine Väter ihn an diesem Tag mit zum Segeln nehmen wollten. Der Junge hatte sich gestreckt, wobei sein T-Shirt über den Rand der Hose gerutscht war und einen Streifen Haut freigelegt hatte, den Nettie fasziniert betrachtete, während eine ähnliche Röte über ihre Wangen kroch, wie sich soeben schon bei ihrer Mutter beobachten ließ.

Theo hatte von einer Wilde zur anderen gesehen und sich gefragt, ob er irgendetwas Wesentliches verpasst hatte. Dann aber hatte er nur mit den Schultern gezuckt und sich auf den Weg zum Empfangstresen gemacht.

Dort war er die Post durchgegangen, die gestern liegengeblieben war, und wollte eben den großen Umschlag mit der silbernen, schnörkeligen Schrift öffnen, der ihn neugierig gemacht hatte, als Dottie wie ein Wirbelwind ins Foyer wehte.

»Liebste Dorothy«, begrüßte Theo sie überschwänglich, »was für eine Augenweide du bist. Erzähl mir nicht, deinem bösen Fuß geht es besser, und du beehrst uns ab heute wieder umfassend mit deiner reizenden Präsenz.«

»Theo Wilde«, grummelte Dottie, während sie an ihm vorbeistolzierte und dabei nur noch kaum merklich humpelte. »Wenn du nicht redest, schläfst du, oder? Ah, womöglich quasselst du im Schlaf.«

»Das wüsstest du, Liebste«, rief Theo, während Dottie schon beinahe durch die Tür ins Restaurant verschwunden war, »hättest du jemals in Erwägung gezogen ...«

»Sprich das laut aus, und es gibt Rührei zum Frühstück«, kreischte Dottie über ihre Schulter, und Theo musste so arg lachen, dass er sich verschluckte.

Während er, immer noch kichernd, erneut nach dem

284

Umschlag griff, lief Nettie an ihm vorbei, auf dem Weg in den Stall zu den Tieren.

»Nanu, ist das Bruno da draußen?«, fragte sie, und als Theo aufsah, erblickte er tatsächlich den alten Kauz Fortunato durch das Fenster, wie er – schnaufend und schnaubend und hustend vom steilen Aufstieg – auf den Eingang des Hotels zuwankte.

»Esel«, murmelte Theo, während er abermals die Post Post sein ließ und um den Tresen herumkam, um ihm entgegenzugehen.

»Mein Stichwort«, sagte Nettie grinsend. Damit schob sie sich durch die Tür, winkte Bruno freundlich zu und überließ es Theo, den alten Mann zu begrüßen.

»Meine Güte«, rief er denn auch, »reicht ein Inhalator, oder soll ich dir ein Sauerstoffgerät besorgen?«

»Stronzo«, erwiderte Bruno, zwar keuchend, aber dennoch energisch. »Das ist ein Klacks für mich, ich bin nur etwas zu schnell gegangen.«

»Genau.« Theo nickte, dann deutete er auf die Tüte in Brunos Hand. »Was ist das?«

»Fisch für die gute Dottie«, erklärte Bruno stolz. »Seezunge, fangfrisch vom Hafen.«

»Bist mit den Blumen wohl nicht weitergekommen«, brummte Theo, woraufhin der alte Fortunato abwinkte, sich an ihm vorbeischob und selbstbewusst in Richtung Küche spazierte.

»Wenn sie dich einen Kopf kleiner gemacht hat, komm vorbei, dann flöße ich dir einen Schluck Wasser ein für den Rückweg«, rief ihm Theo hinterher.

Tatsächlich klopfte der alte Bruno auf dem Weg zurück ins Dorf an Theos Scheunentür. Denn manchmal, wenn auch extrem selten, schien es eben hinter den rauen Fassaden doch durch, dass die beiden sich schon jahrzehntelang kannten, wenn sie auch den Großteil der Zeit mit Frotzeleien verbracht hatten.

»Was treibst du da?«, fragte er, einen Blick über Theos Schulter auf seine Werkbank werfend, auf welcher der alte Wilde an seiner neuesten Erfindung herumtüftelte. Und so kam es, dass Bruno Fortunato aus erster Hand erfuhr, wie nützlich diese manchmal sein konnten – und wie viel Spaß man damit hatte.

Port Magdalen, viereinhalb Jahre zuvor

An dem Tag, an dem Christopher Wilde starb, geschahen andernorts mehrere Dinge auf einmal. Theo war nach dem Frühstück nicht gleich in seine Scheune zurückgekehrt, sondern hinunter ins Dorf spaziert, zu Bruno, und auf dem Weg dorthin stattete er Dottie einen Besuch ab. Während sie oben im Hotel renovierten, blieb seine Lieblingsköchin in ihrem Cottage unten im Dorf, und mit regelmäßiger Zuverlässigkeit schaute Theo bei ihr vorbei, um nach dem Rechten zu sehen. Er klopfte an ihre Tür und sagte Dinge wie: »Niemandem steht ein kleiner Urlaub so schön ins Gesicht geschrieben wie Ihnen, Verehrte« oder »Kaum möglich, ohne Ihre Pasteten zu leben – darf ich mich heute bei Ihnen zum Essen einladen?«, doch sosehr er sich auch um sie bemühte, aus der guten Dottie war nie mehr als ein Knurren herauszubekommen, und das schon, seit er sie kannte.

Was schon eine kleine Ewigkeit zu nennen war. Und noch viel länger kannte er Bruno Fortunato, der mit seiner Frau Allegra ein kleines Haus unten am Hafen bewohnte. Wenn Allegra nicht gerade die Wäsche fürs Hotel reinigte (was sie dieser Tage wegen bereits erwähnter Renovierungsarbeiten nicht bemüßigt war zu tun), gelang es ihr ausreichend, sich anderweitig zu beschäftigen – mit Einkaufen, beispielsweise, Telefonaten oder, wie an diesem

Freitagmittag, mit zwei bis fünf Anwendungen in einem Schönheitssalon in Penzance.

Für Bruno, der zwar nicht gern sah, wie seine Frau Geldschein um Geldschein in etwas investierte, das seiner Meinung nach ohnehin nichts für sie tun konnte, waren diese Tage die besten von allen. Weil es bedeutete, dass seine so liebreizende wie anstrengende, weil überaus temperamentvolle Frau die Insel verließ und Bruno einfach mal Bruno sein ließ. Und er, auf der anderen Seite, zu dem Hörer seines orangefarbenen Telefons (das noch aus den Achtzigerjahren stammte) greifen und Theo Bescheid geben konnte, dass er auf ein zweites Frühstück bei ihm vorbeikommen möge. Das meistens aus Tee bestand, allerdings etwas aufgepeppt (durch einen Schuss Whisky vorzugsweise), und daraus, dass der alte Wilde ihm von seinen neuesten Erfindungen erzählte, die allesamt zu verrückt waren, um wahr zu sein (ein Gerät auf Rollen beispielsweise, das Äpfel aufsammelte), aber einen phänomenalen Unterhaltungswert hatten.

An diesem strahlend frischen Tag also saßen die beiden Männer dick eingepackt vor dem Haus, schlürften mit Alkohol versetzte Heißgetränke, debattierten über dieses und jenes und starrten wahlweise zum Hafen oder die Straße hinauf, wo Mrs. Bailey vor ihrem Laden die Postkarten sortierte. Schauen durfte man wohl, befanden die zwei, während sie eventuell etwas mehr Versatz tankten als sonst, durch Hinsehen war noch nie jemand in Schwierigkeiten geraten.

Es sei denn … Nun, es waren nicht direkt Schwierigkeiten, die Theo dieser schwippsduselige Zustand einbrachte, jedoch sorgte er dafür, dass er sich viel zu spät auf den Weg zurück ins Hotel machte. In dem Augenblick, in dem er sich von Bruno verabschiedete, war Gretchen längst auf dem Weg ins Dorf – sie raste in ihrem Wagen die Straße hinunter, in ihren Arbeitergummistiefeln, ohne Jacke, das Telefon in der noch zitternden Hand.

Zur gleichen Zeit saß Nettie in ihrem Unterricht (Mathe, dachte sie später, musste es wohl gewesen sein, denn Mathe war schon immer scheußlich gewesen). Ihr Handy lag nicht auf dem Tisch, sondern steckte in ihrer Tasche, und so bemerkte sie die Anrufe ihrer Mutter nicht. Hätte sie mitbekommen, wie oft und eindringlich Gretchen an diesem Tag versuchte, ihre Tochter zu erreichen, sie wäre nicht so vollkommen überrascht gewesen, als ihre Mutter sie aus dem Unterricht holte, kreidebleich, einem Nervenzusammenbruch nah.

Gretchen selbst hatte der Anruf erreicht, als sie gerade die Teppichbestellung entgegennahm, die zwar erst für den nächsten Tag angekündigt gewesen war, sie aber schon heute überraschte. Sie ließ die ersten beiden Male, die das Telefon klingelte, verstreichen, ohne das Gespräch anzunehmen, und beendete ihre Teppichinspektion – flaschengrün für das Zimmer mit der Pfauen-Tapete, altrosa für das Schlafzimmer mit den Bienen –, weshalb die Stimme des Anrufers beim dritten Versuch womöglich noch eine Spur eindringlicher klang.

»Mrs. Wilde? Hier ist Dr. Soundso. Ihr Mann hatte einen Unfall. Können Sie ins Krankenhaus Soundso kommen?«

Gretchen hatte dagestanden wie eine Steinskulptur, mit großen Augen, offenem Mund, Telefon am Ohr. Weder hatte sie den Namen der Ärztin noch den des Krankenhauses verstanden, alles, was in ihrem Hirn angekommen war, war der Satz *Ihr Mann hatte einen Unfall.*

»Was für ein Unfall?«, fragte sie. »Wie geht es meinem Mann?«

»Können Sie herkommen? Melden Sie sich am Empfang, man wird Sie dann nach oben führen.«

»Was ist denn passiert?«

»Kommen Sie her? Am besten gleich.«

Sie war losgelaufen. War wie auf Watte und Wolken zu ihrem Auto gestolpert, die Worte *Dr. Soundso* und *Krankenhaus Soundso* in Dauerschleife im Ohr. Was, wenn sie ins falsche Krankenhaus fuhr? Was, wenn sie die Ärztin nicht fand und damit auch Christopher nicht?

Im Nachhinein fragte sich Gretchen oft, wieso sie in diesen Minuten vom Hotel zum Hafen nach Marazion und zum Krankenhaus nach Penzance nicht darüber nachgedacht hatte, was mit Christopher war und wie es ihm ging. Ob sie geahnt hatte, dass er schon nicht mehr leben würde, wenn sie in der Klinik ankam.

Sie hatte keine Antwort darauf.

40.

Verehrte Mrs. Wilde,

sollten Sie meine Worte gestern bei den Klippen verärgert haben, tut mir dies unendlich leid. Bitte verstehen Sie diesen kleinen Blumenstrauß als Bitte um Vergebung. Er erinnert mich an das Kleid, in dem ich Sie jüngst sah und das mir wahrlich den Atem raubte. Selbst wenn es heißt: Nichts kleidet einen Menschen mehr als die Liebe, die aus jeder seiner Poren strahlt.

Herzlichst und hochachtungsvoll
Ihr
Harvey Hamilton

Gretchen schob den Brief zurück in seinen Umschlag und wandte sich dem Strauß Blumen zu, in dem er gesteckt hatte. Es war ein üppiges, überwiegend rotes Bouquet (ohne weiße Tulpen), und Gretchen könnte schwören, jeder einzelne Bestandteil davon war ihrem eigenen Garten entwendet worden. Sie seufzte entnervt, machte sich aber dennoch daran, eine Vase aus einer der Kommoden im Foyer zu holen. Sie wurde nicht schlau aus diesem Mann. Was der sich einbildete! Blumen aus ihrem eigenen Garten!
»Mrs. Wilde.«
Und nun wäre Gretchen beinahe die Vase aus der Hand

gerutscht, beim übertrieben sonoren Klang von Harvey Hamiltons Stimme, den sie offenbar kraft ihrer Gedanken in die Lobby befördert hatte. Himmel noch mal! Sie musste ohnehin zum Hafen, um Mrs. Morgan abzuholen, wieso war sie nicht längst losgefahren?

Sie atmete einmal tief ein. »Mr. Hamilton.« Nickte ihm zu und verschwand hinter ihrem Empfangstresen, wo sie damit begann, die Blumen in die Vase einzusortieren.

»Ein hübscher Strauß«, sagte Hamilton anerkennend.

Zwischen einer rosafarbenen Nelke und einer roten Margerite rollte Gretchen mit den Augen. »Mmh-mmh.« Sie würde den Teufel tun, ihn auch noch dafür zu loben, dass er in ihrem Garten geräubert hatte.

Harvey Hamilton betrachtete Gretchen aufmerksam. Täuschte es ihn, oder war die junge, zarte Frau, die er vor so vielen Jahren gekannt hatte, mittlerweile zu einer verhärmten Maske ihrer selbst geworden? Was hatten die Jahre ihr angetan? Wie übel hatte das Schicksal ihr mitgespielt?

Es kribbelte in Harveys Fingerspitzen.

»Hören Sie«, begann er, »mir ist klar, ich habe einiges gutzumachen, und wir haben uns von Beginn an auf dem falschen Fuß erwischt. Ich hätte Sie nicht dafür verantwortlich machen dürfen, dass ich ins Hafenbecken gestürzt bin, das hat ganz allein dieser schauderhafte Bootsmann verschuldet. Hätte ich geahnt, dass *Sie* es sind ... Allerdings sind auch Sie nicht mehr die Jüngste und deshalb womöglich auch reizbarer ...«

»Wie bitte?« Gretchen trat um das Blumenbouquet herum und starrte zu Harvey Hamilton auf. »Ich bin nicht mehr die Jüngste?« Sie war ehrlich fassungslos. »Wieso fangen Sie andauernd eine Entschuldigung an, um sie dann doch in einer Beleidigung enden zu lassen?«

»Oh, das ...« Harvey raufte sich die Haare. »Das habe ich natürlich nicht *so* gemeint. *Was* ich meinte, war ... wir sollten reden. Über früher! Über alte Zeiten. Darüber, wie alles begann hier auf der Insel und wie wir in Zukunft damit umgehen wollen.«

»Was?« Und nun raufte sich Gretchen ebenfalls die Haare, wenn auch nur im Geiste. »Die Hälfte von dem Unsinn, den Sie mir erzählen, verstehe ich nicht einmal!«

Autsch, dachte sie im nächsten Moment. So hatte sie noch nie mit einem Gast gesprochen, aber ehrlich, dieser Hamilton brachte sie um den Verstand.

»Gehen wir essen«, sagte er plötzlich. »Nur wir zwei.«

»Essen?«

»In einem schicken Restaurant, irgendwo an der Küste. Was richtig Edles. Nicht so wie hier.«

»*Nicht so wie hier?*«

41.

Oh, oh«, murmelte Nettie.

»Was heckst du jetzt wieder aus?« Damien hatte die Worte nur geflüstert, doch Nettie, die zwischen einem Blumenkübel und einem Ledersessel kauerte, zuckte erschrocken zusammen.

»Himmel«, wisperte sie, »du hast mich zu Tode erschreckt.« Sie griff den Saum von Damiens T-Shirt, um ihn dazu zu bewegen, sich neben sie zu hocken, dann zog sie ihn ein Stück weiter in Deckung und deutete mit einem Nicken in Richtung Rezeption, wo sich ihre Mutter mit Harvey Hamilton unterhielt. Beziehungsweise, wo die beiden wieder einmal diskutierten. Gestenreich und relativ laut mittlerweile.

»Shit«, murmelte Nettie. »Wieso schaffen die zwei es, sich sogar über Blumen und Liebesbriefe zu streiten?«

»Bitte, was?« Damien lachte auf, und Nettie versetzte ihm einen Stoß, um ihn zum Schweigen zu bringen.

»Schhh.«

Mit gerunzelter Stirn sah Gretchen in ihre Richtung, und Nettie duckte sich tiefer hinter den Sessel. Eine Sekunde später ging das Gezeter von vorne los.

»Sie werden schon etwas Angemessenes finden.«

»So habe ich es nicht gemeint, das wissen Sie genau.«

»Ich weiß sehr gut, wie Sie das gemeint haben.«

Nettie seufzte. Dann setzte sie sich auf den Boden,

den Rücken an den Sessel gelehnt, und Damien tat es ihr gleich.

»Ich hab einen Blumenstrauß gepflückt und eine Karte geschrieben, in der sich Harvey bei meiner Mum entschuldigt. Für gestern. Für was auch immer.«

»Du gibst nie auf, oder?«

»Doch nicht schon jetzt. Wir sind erst ganz am Anfang.«

Damien schüttelte den Kopf, aber er grinste dabei. »Und du denkst nicht, dass deine Mutter deine Schrift erkennt?«

»Hab's getippt.«

»Klar.«

Nettie seufzte. »Was machst du eigentlich schon wieder hier? Dauern Segeltrips normalerweise nicht den ganzen Tag? Wie spät ist es?«

»Kurz vor drei. Wir sind schon seit einer halben Stunde wieder hier. Logan ist bei seinem Tauchgang einem Fisch begegnet und hat solche Panik bekommen, dass er in rasender Geschwindigkeit aufgetaucht ist. Was man nicht darf«, fügte er nach einem Blick in Netties ratloses Gesicht hinzu. »Hat man mir gesagt. Es ist nichts passiert, aber der Tauchgang wurde vorzeitig abgebrochen.«

»Hm«, machte Nettie. »Kann ich verstehen. Mir ist auch nicht wohl bei der Vorstellung, was da unten in der Tiefe auf mich warten könnte. Dass man sich das freiwillig antut …« Sie schüttelte den Kopf.

»Es war ein Fisch, Nettie.«

»Du bist gemein.«

»Wer Angst vor Fischen hat, sollte vermutlich keinen Tauchkurs belegen.«

»Hast du das deinem Vater auch gesagt? Fies.«

»Was sich neckt, das liebt sich eben.«

»Denkst du das wirklich?«

Worauf Damien sie ansah, einen ganz und gar verschmitzten Zug um den Mund. »Ich weiß nicht, Sherlock. Sag du's mir.«

»Was treibt ihr zwei denn da hinter dem Sessel?«

Einmal mehr zuckte Nettie zusammen, diesmal wegen der Stimme ihrer Mutter, die durch die Lobby hallte. Sie warf einen letzten, verwirrten Blick auf Damien (denn Himmel, was hatte er jetzt wieder andeuten wollen?), dann rappelte sie sich auf und lief zu Gretchen hinüber, die sich inzwischen wieder hinter dem Tresen und dem riesigen Blumenstrauß vor Harvey Hamilton zu verstecken schien.

»Gar nichts«, rief sie ihr entgegen, »wir haben nur … Damien hat …«

»Ich hab ihr nur von unserem Segeltörn heute erzählt«, kam ihr Freund ihr zu Hilfe, und Gretchen, die ihre volle Aufmerksamkeit gerade nicht auf ihre Tochter und deren Belange zu werfen in der Lage war, nickte nur abwesend.

»Ja, ja. Nettie, wärst du so nett und zeigst Mr. Hamilton hier ein paar der Restaurants in der Umgebung auf? Er gedenkt, heute Abend auswärts zu speisen.« Und, auf Netties Stirnrunzeln hin: »Ich muss los und Mrs. Morgan vom Hafen abholen.«

»Dann passen Sie aber auf, dass niemand im Becken landet«, murmelte Harvey Hamilton, dem gar nicht aufzufallen schien, dass er sich zu Sir James hinuntergebeugt hatte, um den Kater hinter den Ohren zu kraulen.

»Es stellt sich ja nicht jeder so un … ach, vergessen Sie es«, gab Gretchen zurück, lächelte gequält und kam hinter der Rezeption hervor. »Also, dann …«

»Wieso essen Sie heute Abend nicht mit uns?«, platzte Nettie heraus.

»Nettie!«, kreischte Gretchen.

Damien lachte schon wieder.

Und Mr. Hamilton stand der Mund offen, als wäre die Frage zu absurd, um darauf zu antworten.

»Hier.« Nettie lief zu einem der Bücherregale, suchte einige Sekunden lang, wedelte währenddessen nervös mit einer Hand über ihrem Kopf herum, was Damien noch lauter lachen ließ. Auf ihrem Rückweg brachte sie ihn mit einem Blick zum Schweigen.

»Da, sehen Sie?« Sie hielt Harvey einen seiner eigenen Romane unter die Nase. »*So schmeckt die Luft nach Mandarinen.* Ich mache Lasagne«, verkündete Nettie triumphierend. »Und zum Nachtisch den Mandarinenkuchen aus Ihrem Buch.« Womit sie den Deckel aufklappte und Hamilton die Innenseite unter die Nase hielt, auf der das Rezept abgedruckt war, als benötigte er eine Erinnerung daran, was in seinen eigenen Büchern stand.

Was gar nicht so abwegig war, unter uns gesagt. Harvey Hamilton hatte in seinem Leben so viele Bücher geschrieben, dass er sich wahrlich nicht mehr an jedes einzelne erinnern konnte. Er konnte sich ja nicht einmal mehr an alle Frauen erinnern, die er ... Nun gut. Er warf einen flüchtigen Blick auf Gretchen, die ihre Tochter anstarrte (ebenfalls mit offenem Mund, was nicht sonderlich charmant wirkte, aus Hamiltons Sicht), dann räusperte er sich. An dieses Buch nämlich konnte er sich nur zu gut erinnern. Es hatte einen Kampf mit dem Verlag gegeben, um den Titel und sogar um die Frucht, die er persönlich verabscheute. Ganz zu schweigen von dem Kuchen, den die Redaktion für ihn ausgesucht und ohne seine Zustimmung in die Klappe gedruckt hatte.

»Äh ...«, begann er, was Nettie als Ja auffasste. Immerhin auch zwei Buchstaben. »Prima!«, rief sie, klappte den Roman zu und steckte ihn geschäftig unter den Arm. »19 Uhr? Passt Ihnen das?«

Er kam gar nicht dazu zu antworten, denn das Mädchen bewegte sich bereits von ihm weg, rückwärts erst, bevor sie, auf sein hilfloses Nicken hin, den Daumen hob, sich umdrehte, Damien am Arm packte und ihn wegzog.

»Hast du gesehen?«, raunte sie ihm zu. »Er freut sich total!«

»Oh, Nettie. Ja, sicher.«

Kichernd stolperte Damien hinter seiner Freundin her, doch sobald sie die Tür zu Netties Zimmer erreicht hatten, tat er etwas absolut, unglaublich, unfassbar Ungewöhnliches: Er umfasste ihr Gesicht mit beiden Händen und drückte einen Kuss auf ihre Lippen, bestimmt, selbstbewusst und eine Spur zu lange, um als Versehen durchzugehen.

Unter Damiens Lippen war Nettie erstarrt. Und er selbst, er kicherte jetzt auch nicht mehr. Einige Sekunden lang blickten die beiden sich an, dann räusperten sie sich, gleichzeitig, was die Situation noch ein wenig … blamabler erscheinen ließ, dann redeten beide drauflos, über Mandarinen, Buchklappen und wie Harvey ausgesehen hatte, als ihm Nettie das Rezept unter die Nase hielt.

Und dann passierte es noch einmal, doch diesmal war Nettie diejenige, die sich auf die Zehenspitzen stellte, um Damien einen Kuss auf die Lippen zu drücken. Sie blickte ihn mit großen Augen an. Und wartete. Bis Damien beide Arme um seine Freundin schlang und den Kuss erwiderte, zögernd erst, doch dann immer entschlossener und irgendwann so, als hätten sie nie etwas anderes getan, doch ihr Leben lang darauf gewartet.

42.

Neulich erst, sie wusste nicht mehr, wann genau, da hatte Gretchen von sich behauptet, mit der fabelhaftesten Tochter der Welt gesegnet worden zu sein. Ehrlich – sie war fest davon überzeugt gewesen, ein besseres Kind als Nettie konnte es nicht geben. Nettie war intelligent, fleißig, liebenswert, überhaupt nicht von sich eingenommen und immer für andere da. Sie war tierlieb *und* menschenfreundlich. Und ganz offensichtlich war sie über den kurzen Zeitraum, in dem Gretchen dies gedacht hatte bis heute, verrückt geworden.

Sie presste die Lippen aufeinander und griff so fest um das Lenkrad des Jeeps, dass ihre Fingerknöchel weiß hervortraten. Ihr fehlten wahrlich die Worte für das, was sie gerade für ihre Tochter empfand.

Grrr.

GRRRRR.

Im Hafen angekommen, ließ Gretchen das Auto stehen und spazierte den kurzen Weg über die Kaimauer zu der Stelle, an der Jets Boot anlegen würde. Es hatte aufgefrischt an diesem Nachmittag, der Wind schob die Wolken energisch unter dem Blau des Himmels davon. Gretchen legte den Kopf zurück und atmete tief ein. Es ließ sich ja nicht mehr ändern, was Nettie da gerade getan hatte (warum auch immer). Sie würde an diesem Abend gute Miene zum bösen

Spiel machen und im Anschluss ein ernstes Wort mit ihr reden, damit ihr nicht einfiel, ihrer Mutter künftig noch mehr Zeit mit diesem ärgerlich selbstgefälligen Amerikaner aufzuzwingen. Falls Nettie also noch weitere dieser Angriffe auf ihre kostbare Freizeitgestaltung plante, würde sie sich schlichtweg weigern.

Für einen Moment fragte sich Gretchen, was ihre Tochter wohl damit bezweckte. Und für einen Wimpernschlag kam ihr in den Sinn, dass es so aussah, als wollte Nettie sie verkuppeln. Gretchen stieß einen ungläubigen Laut aus, während sie den Kopf wieder sinken ließ. Nein, dachte sie, das war lächerlich. Wieso sollte sie das tun? Sie und Nettie hatten nie darüber gesprochen, dass Gretchen womöglich irgendwann einmal einen neuen Mann finden würde – einen, der ihr so nahekam, dass er womöglich Teil ihrer kleinen Familie werden würde. Nicht ein einziges Mal hatte Nettie ihr zu verstehen gegeben, dass sie sich nach jemandem sehnte, der ihr eine Vaterfigur sein könnte. Und wieso, in aller Himmelgötters Namen, sollte sie ausgerechnet Harvey Hamilton dazu auserkoren haben?

Nein, dachte Gretchen. Auf keinen Fall. Es sei denn … War Nettie vielleicht selbst in den Schriftsteller verliebt? »Oh, Gott.« Diesmal murmelte sie laut vor sich hin. Sie hatte in den vergangenen zwei Tagen eindeutig zu wenig geschlafen, wenn ihr Gehirn Gespinste dieser Art hervorbringen konnte.

Und apropos zu wenig Schlaf.

Sie sah in die Richtung, in der sie nun Jets Boot erkannte, das gerade in Marazion abgelegt hatte, und zog gleichzeitig ihr Handy aus der Jackentasche. Sie wählte, und Nicholas meldete sich beinahe unmittelbar.

»Hey, Schönheit, lange nichts gehört.«

Gretchen grinste. »Oh ja, ungefähr ein paar Stunden«, erwiderte sie. Sie hatte wahnsinniges Glück gehabt, dass sie bei ihrem Walk of Shame in den frühen Morgenstunden nicht Theo oder Nettie über den Weg gelaufen war, oder einem Frühsport treibenden Gast. Stattdessen war sie um kurz nach halb sechs bei Nick aufgebrochen und hatte es gerade noch rechtzeitig in die Küche geschafft, um es so aussehen zu lassen, als wäre sie die ganze Zeit schon dort gewesen.

»Kommt mir länger vor«, sagte Nick. »Wo steckst du?«

»Am Hafen. Ich hole einen Gast ab.«

»Ehrlich? Was für einen Gast? Sieht er gut aus?«

Gretchen konnte das Lächeln in Nicholas' Stimme hören, und mit einem Schlag verbesserte sich ihre Laune. Erheblich. Wie kam es, dass sie vergessen hatte, wie es sich anfühlte, wenn einen ein anderer Mensch glücklich machte? Durch Nichtigkeiten. Einfach so.

»Womöglich sieht *sie* fabelhaft aus«, erwiderte sie ebenfalls grinsend. »Und falls dem so ist, werde ich dir das in jedem Fall vorenthalten, also warte gar nicht erst auf eine detaillierte Beschreibung.«

»Das ist wirklich zu schade. Wo ich bekanntermaßen eine Schwäche für gut aussehende Frauen habe.«

»Hast du das?«

»Willst du das bestreiten, Gretchen Wilde?« Und auf einmal klang seine Stimme ganz ernst, irgendwie tiefer und, wenn sie sich nicht täuschte, voller Sehnsucht nach ihr.

Gretchen holte Luft.

»Sehen wir uns heute Abend?«, fragte Nick.

Jets Boot war inzwischen so nah, dass sie den Skipper

deutlich hinter seinem Steuerrad erkennen konnte, die halblangen braunen Haare, die ihm ins Gesicht wehten, das gelbe Spongebob-T-Shirt.

»Meine Tochter«, begann sie. Dann stockte sie für einen Augenblick. Wollte sie das wirklich tun? Wollte sie sich tatsächlich abends rausschleichen und heimlich einen Liebhaber treffen, wie eine … wie … keine Ahnung? Okay, ja, sie wollte. »Nettie hat für heute ein Abendessen geplant«, erklärte sie deshalb schnell. »Danach kann ich mich eventuell …« *Rausschleichen.* » … loseisen«, schloss sie.

»Ich bin zu Hause«, sagte Nick. Nichts weiter. So, als würde er die ganze Nacht lang auf sie warten, wenn es sein müsste.

Gretchen seufzte. Was auch immer der Mann mit ihr machte, es fühlte sich warm an und unglaublich gut.

»Ich muss auflegen. Das Boot ist da.«

»Bis später, Gretchen.«

»Bis später, Nick.«

Sie ließ das Handy sinken, steckte es in die Tasche zurück und winkte Jet zu, bevor sie jeden weiteren Gedanken an ihr neuerdings extrem aufregendes Liebesleben auf später verschob.

Wie sich herausstellte, war Mrs. Morgan (»Nennen Sie mich Polly, bitte«) eine sehr alte Dame mit erstaunlichem Elan, festem Händedruck und einem strahlenden Lächeln. Sie bewegte sich so sicher vom Boot auf den Anlegesteg, dass Gretchen gern ein Video davon für Harvey Hamilton gedreht hätte, und genauso zielstrebig stieg sie in den Jeep. Niemand hätte sie jemals für achtzig gehalten, hätte sie es nicht selbst erwähnt.

»Mit meinen achtzig Jahren habe ich mich noch auf

nichts so sehr gefreut, wie diese Insel wiederzusehen«, erklärte sie auf dem Weg zum Wagen.

»Gibt es denn die kleine Kapelle noch?«, fragte sie, während Gretchen den Jeep vom Parkplatz auf die Straße lenkte, die hinauf ins Hotel führte.

»Selbstverständlich«, erwiderte Gretchen. »Die hat es doch immer schon gegeben, und das wird sicherlich auch so bleiben.«

»Mmmh.« Polly lächelte. »Und der Herzfelsen?«

Jetzt lachte Gretchen. »Für den gilt das Gleiche, schätze ich.« Von der Seite warf sie ihrer Beifahrerin einen Blick zu. »Sie waren also schon mal auf Port Magdalen? Wann war das?«

»Aaaah. Das muss jetzt ... vierundvierzig Jahre her sein.« Sie zwinkerte Gretchen zu. »Ich will Sie nicht schockieren, aber ich weiß es auf den Tag genau.«

»Wirklich?«

»Es war der 31. Juli 1974. An diesem Mittwoch war ich hier, das erste und einzige Mal.«

»Heute ist der 31. Juli«, sagte Gretchen überrascht. Sie wartete, ob Polly noch etwas hinzufügen würde, doch sie tat es nicht. Stattdessen sah sie aus dem Fenster, eine Hand an dem Griff darüber, um in den Kurven die steile Straße hinauf nicht den Halt zu verlieren.

»Tut mir leid wegen des Geruckels«, sagte Gretchen. »Die Steigung hier ist mörderisch.«

»Damals bin ich mit dem Esel hier heraufgeführt worden.«

»Oh ja, davon hat mein Schwiegervater oft erzählt. Dass die Esel früher noch sehr beansprucht wurden, meine ich. Heute gibt es zwar auch noch ein paar, aber die sind eigentlich nur noch für die Touristen da. Für die Kinder hauptsächlich«, fügte Gretchen hinzu, »damit sie nicht so schwer schleppen müssen.«

»Ich war damals auch noch nicht sonderlich schwer«, sagte Polly, aber sie lachte dabei.

»Das sind Sie heute sicherlich auch nicht«, betonte Gretchen.

»Heute …«, begann Polly. »Heute …« Und dann stockte sie erneut.

Der Jeep schleppte sich die Straße hinauf bis an die Spitze der Insel, an der Abzweigung zur Kapelle vorbei und dann hinunter in Richtung Hotel, wo zwischen den Bäumen und Steinen, die den Weg säumten, dunkelblau und verheißend das Meer schimmerte.

Gretchens Beifahrerin setzte sich ein Stück aufrechter hin. »Können wir beim Felsen vorbeischauen, bevor wir ins Hotel fahren?«, fragte sie.

»Man kann dort nicht hinfahren«, erklärte Gretchen. »Es führt nur ein Pfad hinunter zum Strand.«

Oh, machte Polly, ohne einen Ton von sich zu geben. Sie sah Gretchen an, die Augen wässrig und blau, wie ein regenverhangener Himmel, und auf einmal wusste Gretchen, dass dies sicher nicht einfach nur ein Kurzurlaub für Polly war, dass es tiefliegende Gründe für ihren Besuch gab, dass diese mit dem 31. Juli 1974 zusammenhingen und mit dem herzförmigen Felsen. Kurz entschlossen nahm sie die nächste Abzweigung, die zu einem Aussichtspunkt führte, fuhr so nah an die Klippen, wie es möglich war, und hielt dort an.

»Von hier aus können wir ihn sehen«, sagte sie, und dann stieg sie aus, um Polly Morgan aus dem Wagen zu helfen.

Es war verrückt, wie sehr sich die Frau, der sie gerade die Hand hinhielt, von der unterschied, die vor gut fünf Minuten unten am Hafen eingestiegen war. Ihr Gang war immer noch aufrecht und sicher, doch die Energie, die sie zuvor umwoben hatte wie eine knisternde Wolke, die war ganz offensichtlich verpufft.

»Da«, sagte Gretchen und deutete auf einige Bänke etwas unterhalb des kleinen Parkplatzes. »Setzen wir uns doch eine Minute.«

Gut. Sie hatte eigentlich keine Zeit hierfür, richtig? Gerade als Harvey Hamilton sie wieder einmal komplett aus der Fassung gebracht hatte mit seinen Blumen und Briefen und den wirren Unverschämtheiten, die er darüber hinaus von sich gab, hätte sie sich doch um die Post kümmern müssen, die Theo liegen gelassen hatte, und dann um den Check-in des jungen Londoner Paares, das kurzfristig heute anreisen würde, nachdem Mr. Tellsons Zimmer frei geworden war. Doch irgendetwas an Pollys Wunsch, den Felsen zu sehen, beziehungsweise der Tonfall, in dem sie sie darum bat, hatte sie reagieren lassen, ganz gegen ihre ursprünglichen Pläne.

»Aaah, Gott, genauso habe ich ihn in Erinnerung behalten«, sagte Polly jetzt, als sie sich nebeneinander auf einer der Aussichtsbänke niederließen. »Oder nein – ich hatte ihn größer in Erinnerung. Vieles, was wir nur noch in unseren Träumen sehen, hat mit den Jahren an Gewicht gewonnen, meinen Sie nicht?«

Gretchen dachte an Christopher. Natürlich tat sie das.

»Ich möchte die Stelle finden«, murmelte Polly.

»Die Stelle?« Gretchen räusperte sich. »Welche denn?«

»Man konnte den Felsen sehen, aber wir waren näher

dran. Ungefähr ...« Sie wedelte mit der Hand in Richtung Osten, wo eigentlich nicht mehr viel war außer den Klippen. Dann seufzte sie. »Ich fürchte, ich bin zu alt, um durch das Gelände zu wandern, richtig, Kindchen?«

»Vielleicht in Begleitung«, sagte Gretchen. »Und mit einem Wanderstock?«

»Ja, vielleicht. Wenn er kommt.«

»Wer?«

»Robert.«

»Robert? Oh.« Gretchen nickte. »Mr. Calloway, ja. Er wollte nicht vom Hafen abgeholt werden. Vermutlich reist er im Laufe des Nachmittags an. Sie beide gehören zusammen?«

Pollys Kopf schoss zu ihr herum, dann sog sie Luft ein, scharf und kurz, bevor sie ihr Gesicht wieder dem Meer zuwandte, und dann – Stille. Als hätte sie den Atem angehalten. Sekundenlang. So lange, dass Gretchen begann, sich Sorgen zu machen.

»Polly?«

Polly blinzelte.

»Geht es Ihnen nicht gut?«

Ganz langsam ließ die Frau neben Gretchen die Luft durch ihre Nase entweichen, dann atmete sie erneut ein. Und begann zu lachen, während sie sich eine Träne von der Wange wischte.

»Ich fürchte, Sie haben gerade eine Bombe platzen lassen, Kindchen«, sagte sie.

»Wie bitte?«

Polly schüttelte den Kopf. Sie wischte noch einmal über ihre Wangen, mit beiden Händen diesmal, dann zupfte sie ihre Haare zurecht, als würde der Wind sie nicht ohnehin wieder in alle Himmelsrichtungen scheuchen.

»Ich kann nicht glauben, dass wir sogar im selben Hotel unterkommen«, murmelte sie. Seufzend wandte sie sich Gretchen zu. »Ich kann überhaupt nicht glauben, dass er auch hier sein wird.«

»Nein?« Verwirrt runzelte Gretchen die Stirn. »Waren Sie denn nicht verabredet?«

Erst blinzelte Polly, dann lächelte sie, ein reichlich schiefes, halb gequältes, halb ironisches Lächeln. »Ja«, sagte sie. »Vor vierundvierzig Jahren.«

»Wie bitte?«, wiederholte Gretchen.

»Vor vierundvierzig Jahren standen Robert und ich da unten, und wir sagten zueinander: ›Wenn es uns in vierundvierzig Jahren noch gibt, dann treffen wir uns hier, bei diesem Felsen, und fangen noch einmal von vorne an.‹«

Es war eine reichlich tragische Geschichte, die Polly Gretchen Wilde an diesem Nachmittag erzählte. Sie handelte von zwei Menschen, die sich bereits in der Schule gekannt und dann aus den Augen verloren hatten, weil das Mädchen mit seinen Eltern von Cornwall nach Schottland gezogen war. Sie handelte von einem zufälligen Wiedersehen viele Jahre später, in denen ein einziger Blick über die Köpfe vieler anderer hinweg genügt hatte, um zu erkennen, dass sie aufeinander hätten warten sollen. Doch zum Zeitpunkt des Klassentreffens waren beide bereits mit anderen verheiratet gewesen.

»Ich habe nie so sehr an die Liebe geglaubt wie an dem Tag, an dem ich Robert in diesem Pub sah«, sagte Polly leise. »Unsere Blicke trafen sich, und wirklich – wörtlich –, die Welt blieb stehen für mich.«

»Wieso haben Sie sich nicht scheiden lassen?«

»Nein«, sagte Polly. »Dafür waren wir beide nicht der

Typ.« Sie seufzte. »Stattdessen haben wir das Schicksal herausgefordert: ›Wenn wir in zehn Jahren frei wären‹, hat Robert gesagt, ›dann treffen wir uns hier wieder, an diesem Felsen.‹ – ›Und was, wenn wir nicht frei sind bis dahin?‹, habe ich ihn gefragt. ›Dann‹, hat Robert erklärt, ›treffen wir uns eben in zwanzig. Oder in dreißig. In vierzig. Spätestens in vierundvierzig Jahren.‹«

»Warum vierundvierzig?«

Polly zuckte mit den Schultern. »Wir wussten, wir würden dann beide um die achtzig sein. Und dies hier unsere letzte Chance.«

Polly zog ihre Jacke enger um den Körper und stellte den Kragen auf, um sich vor dem kühlen Wind zu schützen.

»Sollen wir fahren?«, fragte Gretchen. Sie war ganz benommen von der Geschichte und wäre am liebsten den ganzen Tag hier gesessen, um Polly zuzuhören, aber sie konnte förmlich sehen, wie die alte Dame neben ihr in der Brise zu zittern begann.

»Oh, nein, Kindchen, ich kann da nicht runtergehen.«

»Aber …« Gretchen lachte. »Deshalb sind Sie doch hier?«

Wieder schwieg Polly eine ganze Weile lang, dann murmelte sie: »Er ist wirklich gekommen.«

»Ja. Das ist gut, oder?«

Erneut blinzelte Polly, dann drehte sie sich ruckartig zu Gretchen um.

»Was, wenn er die letzten Male auch schon hier gewesen ist?«

43.

Wenn sich etwas sagen ließ über Hazel Bligh, dann, dass sie über so etwas wie den siebten Sinn verfügte, und das nicht nur in der Küche, obwohl – hier tat sie es womöglich im Besonderen. Wenn die junge Britin etwas abschmeckte, eine Creme oder einen Teig oder eine Sauce, dann dauerte es oft nur Sekunden, bis ihr einfiel, was das Dessert oder den Kuchen oder den Pudding noch besser machen könnte. Wacholderbeeren zu den gebackenen Birnen. Rosmarin an die Sahnecreme. Kardamom in den Kaffee. Insbesondere bei den Süßspeisen kannte Hazel sich aus – bei den Süßspeisen und bei den Menschen. Weshalb ihr auch nicht entging, dass etwas anders war zwischen Nettie und ihrem Freund, diesem großen Jungen mit der Hornbrille und dem breiten Lächeln. Es war, als hätte sich die Energie zwischen den beiden verlagert. Waren sie beim letzten Mal noch gut gelaunt und unverkrampft durch die Küche gefegt, schienen sie jetzt angespannt, beinahe roboterhaft, inklusive mechanischer Bewegungen und weit aufgerissener Augen.

Hazel verengte ihre nur ein klitzekleines bisschen, während sie Nettie und Damien dabei beobachtete, wie sie in die Küche einmarschierten, etwas von *Abendessen* und *keine Zeit, einzukaufen,* murmelten und in der Speisekammer über die Vorräte herfielen. Sie sah, wie gleichzeitig nach einem Salatkopf gegriffen wurde und beide Hände zurückschnellten, als hätte eine Flamme sie versengt. Sie sah, wie zufällige Berührungen zu stromstoßähnlichen Zuckungen führten und ertappte Blicke auf den Steinfliesen landeten.

»Hey.«

Und nun zuckte Hazel zusammen.

»Ablöse naht. Bist du so weit? Wo soll ich einsteigen?«

Seit Dotties Fuß genesen und die Küchenchefin wieder einsatzfähig war (rund um die Uhr, wie es schien), war es Oscar und Hazel möglich, die Dinge etwas entspannter anzugehen und zu ihren Schichten zurückzukehren. Hazel hatte heute die Früh- und Nachmittagsschicht übernommen, nun stand Oscar hinter ihr (beziehungsweise hatte er sich angeschlichen), um sie abzulösen. Sie blickte über die Schulter. »Es soll vegetarische Lasagne geben heute Abend«, erklärte sie. »Mit Salat.«

»Wurde das geplant, bevor oder nachdem feststand, dass die Tochter der Chefin unsere Vorratskammer ausräumen würde?« Auch Oscar hatte einen neugierigen Blick auf Nettie und Damien geworfen, allerdings bekam Hazel nicht den Eindruck, dass er das Gleiche sah wie sie. Das tat er eigentlich nie. Was an Hazels Sicht der Dinge liegen mochte oder daran, dass Oscar eben Oscar war.

»Was macht Mrs. Penhallow eigentlich noch hier?«, murmelte er, den Blick nach wie vor auf Nettie gerichtet.

»Mir gehört diese Küche, schon vergessen?«, rief Dottie zu ihnen herüber, »und mach dich lieber nützlich, ich brauche ein paar Kräuter aus dem Garten. Petersilie, Dill, Estragon.«

»Jawoll«, erwiderte Oscar und salutierte.

Die Küchenchefin schnalzte mit der Zunge.

Hazel wisperte, sehr viel leiser als Oscar eben: »Mr. Fortunato hat ihr Fisch gebracht. Es gefiel ihr sehr.«

»Wer? Der alte Fortunato oder der Fisch?«

»Himmel, Junge, wenn du so ambitioniert kochen würdest, wie du flüsterst, dann wärst du längst fertig mit deinem Tagwerk«, wetterte Dottie. »Kräutergarten.«

»Ist ja schon gut.« Er wollte sich gerade auf den Weg machen, als Nettie ihm zurief: »Kannst du uns auch welche mitbringen? Für den Salat. Bitte, danke.«

»Was darf es denn diesmal sein? Aphrodisierende Liebeswürze?«

Hazel blickte auf und sah zu, wie Nettie rot anlief. Damien ebenso.

»Witzig«, grummelte Nettie. »Petersilie, Schnittlauch, was da eben so reingehört.«

»Und für wen ist der Salat?«, fragte Oscar, und Nettie seufzte.

»Harvey Hamilton«, brummte sie.

»Schon wieder?«

Mehr Brummen.

»Hat ihm das Picknick so gut geschmeckt, dass er gleich noch eins bestellt hat?«

»Immer diese Extrawünsche«, mischte sich Dottie missmutig ins Gespräch. »Nur Gemüse, ohne Eier, ohne Milch, ohne Fleisch, oder andersrum, High Fat, Low Carb oder weiß der Himmel, Hauptsache, wir hier in der Küche sind beschäftigt.«

»Amen«, sagte Oscar.

»Kräutergarten!«

»Jaja.« Der Koch lachte. »Was hat es nur auf sich mit diesem dichtenden Amerikaner? Ach, sei's drum. Will ich das wirklich wissen?«

Hazel hätte viel lieber gewusst, was es auf sich hatte mit der prickelnden Elektrizität, die da zwischen Nettie und Damien hin- und herknisterte, doch wurden ihre Überlegungen abgelenkt, als sich die Tür öffnete und Florence den Kopf hereinsteckte. Das Zimmermädchen war so schüchtern, man fragte sich, wie es ihr gelungen war, überhaupt an diesen Job zu kommen, aber dann … Sie war eine Schulfreundin von Oscar, und es war allgemein bekannt, dass er den Kontakt zum Hotel hergestellt hatte. Weil er in Florence verliebt war.

Hazel biss sich auf die Lippen. So etwas sollte sie nicht einmal denken, nachher rutschte es ihr noch heraus, was fatal wäre, wo doch niemand sonst davon wusste, was Oscar für dieses große, linkische Mädchen mit den riesigen Brillengläsern empfand. Florence ganz sicher nicht. Sie benahm sich Oscar gegenüber beinahe so ambivalent, wie sie auch allen anderen begegnete. Und Oscar selbst – wenn Florence im Zimmer war, war das die einzige Zeit des Tages, an der der selbstbewusste junge Koch auf einmal seine Sprache verlor. Als hätte er seine Zunge verschluckt. Und seinen Charme. Bis er sich wieder aufrappelte und überspielte, was auch immer da auf Brusthöhe hinter seiner Kochschürze vor sich ging.

Sie warf ihm einen wissenden Blick zu. Und er, der nie mit Hazel über seine Gefühle für Florence gesprochen hatte und dennoch ahnte, dass seine Kollegin ihn durchschaute, starrte unbeirrt zurück. Bevor Hazel sich versah, hatte Florence die schmutzige Wäsche eingesammelt und hinter Oscar, Nettie und Damien die Küche verlassen.

»Mmh, perfekt«, murmelte Hazel, ließ die Muskat-Zimt-Mischung in ihre Beerengrütze rieseln und probierte ein letztes Mal, bevor sie das Dessert für den Abend in der Kühlung verschwinden ließ.

44.

Als Theo am Nachmittag die Hotellobby betrat, fand er sie verlassen vor: Kein Gast hatte es sich in einem der Sessel oder Sofas bequem gemacht, keine Nettie und auch kein Gretchen streckten den Kopf hinterm Rezeptionstresen hervor, nicht einmal Sir James war in seinem Katzenhaus im Windfang anzutreffen. Stattdessen erwarteten ihn gähnende Leere und das mechanische Gemurmel des Anrufbeantworters, der das jüngste Gespräch entgegengenommen hatte.

Auch gut, dachte sich Theo, der gerade ohnehin keine Ablenkung gebrauchen konnte, immerhin befand er sich auf einer Mission. Für eine Sekunde überlegte er, zu Dottie in die Küche zu gehen und sie um die weiteren Zutaten zu bitten, die er für sein Experiment benötigte, dann aber entschied er sich um und lief stattdessen zu Gretchen hinüber. Vor zwei Stunden hatte er Dottie bereits ein Pfund Erdbeeren abgeschwatzt, was gar nicht so leicht gewesen war, und Theo bezweifelte, dass sie noch mehr für ihn lockermachen würde. Also öffnete er Gretchens Kühlschrank und beäugte die Lebensmittel, die sie darin verstaut hatte: ein bisschen Käse, Oliven, salzige Butter, Marmelade, Orangensaft, eine angebrochene Flasche Weißwein ...

»Theo?«

... keine Früchte. Überhaupt keine. Also, Oliven, gut, das könnte eventuell ...

»Theo?«

»Ach, Himmel noch mal.« Ungeduldig ließ er die Kühl-schranktür zufallen, sodass die Flaschen aneinanderrap-pelten, und machte sich auf den Weg in die Lobby, um dem Ruf seiner Schwiegertochter zu folgen. »Was ist denn, Gretchen?«, fragte er, nicht in seinem geduldigsten Ton, doch als er sah, wen Gretchen da untergehakt hatte, wurde seine Stimme sogleich weicher. Die Dame sah aus, als wäre sie im besten Alter – seinem nämlich –, und war darüber hinaus eine absolute Schönheit.

»Gnädigste.« Er griff nach ihrer Hand und hauchte einen Kuss darauf. »Sie müssen Mrs. Morgan sein.«

Polly, die sich zwar wieder ein wenig gefangen hatte, aber nach wie vor leicht neben sich stand, hob über-rascht die Augenbrauen. Nicht nur ob der altmodi-schen Begrüßung des Mannes, sondern auch wegen des Alkoholgeruchs, den sein Atem verströmte. »Äh ... ja«, brachte sie schließlich hervor, während Gretchen neben ihr mit den Augen rollte. Ihr war noch nichts Ungewöhn-liches an Theo aufgefallen, doch das sollte sich bald än-dern.

»Ich wollte dich bitten, mir ein paar Wanderstöcke aus dem Schuppen zu holen«, sagte sie und zog gleichzeitig an Theos Ärmel, weil er immer noch Pollys Hand in seiner hielt, dieser alte Schlawiner. »Polly möchte einen Spazier-gang hinunter zum Herzfelsen machen, dafür ...«

»Ich werde Sie liebend gern begleiten«, erklärte Theo sogleich, und diesmal stieß Gretchen einen ungeduldigen Seufzer aus. »Ich begleite Mrs. Morgan, und wir haben es auch ein bisschen eilig. Würdest du also ...«

»Von mir aus.« Theo zuckte mit den Achseln. »Als wäre ich der Einzige, der sich in diesem Schuppen auskennt«, murmelte er, und Gretchen rief ihm nach: »Bei deiner Ordnung bist du das unglücklicherweise auch!«

»Jaja.«

Gretchen sah ihrem Schwiegervater nach, mit zur Seite geneigtem Kopf und aus schmalen Augen. Irgendetwas stimmte doch hier nicht, dachte sie bei sich. So unwirsch war Theo normalerweise nicht zu ihr, und dieser Gang ...

»Ist das ein Angestellter von Ihnen?«, fragte Polly.

»Mein Schwiegervater.«

»Oh.«

»Ja, tut mir leid, normalerweise benimmt er sich nicht so seltsam. Keine Ahnung, was da gerade los ist.«

»Trinkt er denn öfter am helllichten Tag?«

Gretchen blinzelte. »Bitte?«

»Oh«, wiederholte Polly, leiser diesmal, nickte nur und sah dann weg. Falls das ein Tabuthema in diesem Hause war, wollte sie nicht diejenige sein, die Staub aufwirbelte.

»Ich bin mir sicher, es geht auch ohne die Wanderstöcke«, erklärte sie also im gleichen Moment, in dem vom Eingang her Tumult zu hören war.

»Was du immer erzählst«, rief der alte Fortunato, als er neben Theo ins Foyer des Hotels stolperte. »Dass überhaupt noch jemand auf deine Geschichten hereinfällt, ist mir ein ...« Abrupt brach er ab. Stellte sich aufrechter hin, legte eine verheißungsvoll charmante Miene auf und schlenderte auf Polly zu.

»Verehrteste«, brummte er. »Mein Freund hier hat mir bereits von Ihnen berichtet, aber ich dachte nicht ...«

»Um Himmels willen, Bruno!«, rief Gretchen. Sie schob sich zwischen ihn und Polly. »Und Theo!« Sie starrte von einem zum anderen, wie sie da vor ihr standen, die Augen glasig, aber irgendwie auch beseelt, die knittrigen Wangen gerötet, ob von Alkohol oder Aufregung, wusste sie nicht zu sagen.

Sie zog beide am Ärmel und einige Schritte zur Seite. »Habt ihr getrunken?«, wisperte sie aufgebracht. »Wisst ihr, wie spät es ist? Es ist noch nicht einmal halb vier!«

»Oh, so spät schon«, murmelte Bruno undeutlich, während er das Handgelenk hob, um auf eine Uhr zu sehen, die da gar nicht war. »Ich sollte mich auf den Weg machen. Es warten noch Berge von Wäsche auf mich. Meine Damen.« Er beugte sich um Gretchen herum, um Polly ein reichlich beschwipstes Lächeln zukommen zu lassen, dann richtete er sich auf und schwankte in Richtung Eingangstür, während Theo weiterhin auf Polly fixiert war. Gretchen konnte gar nicht fassen, dass ihr nicht sofort aufgefallen war, wie betrunken ihr Schwiegervater wirklich war, und auf einmal wusste sie nicht mehr, was sie zuerst tun sollte.

»Oh, nein«, rief sie, hakte Theo unter und zog ihn in die Richtung, in die Bruno gerade verschwinden wollte. »Niemand geht hier irgendwo hin. Ich fahre dich nach Hause, Bruno. Polly.« Gretchen drehte sich zu Polly Morgan um, die nach wie vor mit erhobenen Brauen in der Mitte des Foyers stand und schweigend der Szene folgte, die sich vor ihr ausgebreitet hatte. »Meinen Sie, Sie könnten zehn Minuten hier auf mich warten. Ich muss nur eben …«

»Huch, was ist denn hier los?«

Nettie stand auf einmal vor ihnen, Damien hinter ihr, beide trugen Lebensmittel im Arm, die Gretchen entfernt daran erinnerten, warum sie derzeit nicht wirklich gut auf ihre Tochter zu sprechen war. In diesem Augenblick aber war sie heilfroh, sie zu sehen.

»Nettie! Wärst du so nett und begleitest Mrs. Morgan hinunter zum Herzfelsen? Zu der Bank. Zu … Christophers

Bank. Sie ist dort mit jemandem verabredet. Oh, und ...«
Sie warf Theo einen Blick zu. »Die Wanderstöcke?«

»Ups«, sagte Theo, dann grinste er schief.

»Perfekt«, knurrte Gretchen, währende Nettie von einem
zum anderen sah.

»Grandpa?«, fragte sie zögernd. »Hast du ... bist du ...«

»Ich könnte Mrs. Morgan zu ihrem Treffpunkt bringen«,
mischte sich Damien ins Gespräch. »Ich bin mir sicher,
wir schaffen das ohne Stöcke ... wenn Ihre Verabredung
Sie dann zurückbringen kann?«

»Nun ...«, begann Polly, die über die ganze Aufregung
beinahe vergessen hatte, wie nervös sie war.

»Ich bin nicht sicher ...«, begann Gretchen.

»Ich hole meine«, warf Nettie ein. Während sie loslief,
um ihre Wanderstöcke zu holen, drehte sich Gretchen zu
Polly um.

»Es tut mir schrecklich leid, dass es hier so drunter und
drüber geht«, sagte sie entschuldigend. »Ich kann Ihnen
versichern, das ist nicht der Normalfall.« Sie ließ Theo los,
der sich aus ihrem Griff befreien wollte, um zu Bruno Fortunato hinüberzuwanken, der vor einem der Fenster stehen geblieben war und hinausstarrte. Theo legte dem alten
Mann einen Arm um die Schulter und begann, auf ihn einzureden, und Bruno – immer noch vor sich her starrend –
nickte an einigen Stellen und kicherte und drehte sich
dann zu Gretchen um, um ihr zuzurufen: »Ganz genau,
du hast unser Experiment unterbrochen. Und nun bist du
schuld, wenn wir morgen von vorn anfangen müssen.«

»Was, um Himmels willen?«, murmelte Gretchen.

»Ist schon gut«, sagte Polly freundlich. »Kümmern Sie
sich nur um Ihren Schwiegervater.«

»Die Stöcke.« Nettie reichte sie Damien, doch sie sah

ihn nicht an dabei, was Gretchen bemerkte, wenn auch nur flüchtig – sie hatte schließlich gerade genug um die Ohren, oder etwa nicht?

»Mrs. Morgan?« Damien hielt Polly erst einen der Stöcke hin, dann seinen Arm. »Zum Abstieg bereit.« Er hatte nicht gefragt, mit wem Polly dort unten bei der Bank über dem Felsen verabredet war, und Polly war ihm dankbar dafür. Sie fragte sich, ob Robert wohl schon hier war – ob er womöglich schon eingecheckt hatte und unten beim Treffpunkt auf sie wartete – oder ob er erst später kommen würde. Wenn überhaupt. Als sie merkte, dass sich einmal mehr Unruhe in ihrem Körper ausbreitete, hakte sie sich schnell bei dem jungen Mann unter und holte tief Luft.

Nettie sah ihnen nach, während Damien mit der alten Dame am Arm nach draußen ging. Sie fragte sich, wie viele Jungs sich wohl so widerstandslos für eine solche Aufgabe hätten einspannen lassen, und einmal mehr kam er Nettie viel erwachsener vor als ihre Klassenkameraden, viel reifer und … toller. Das sowieso.

Wenn er sie nur nicht geküsst hätte.

Beziehungsweise – hatte Nettie nicht selbst schon daran gedacht, wie es wäre, Damien zu küssen, hatte sie nicht schon auf seine Lippen gestarrt und sich gefragt …

»Nettie? Hey, hörst du mir zu?«

»Huh?«

Ungeduldig wedelte Gretchen mit einer Hand vor den Augen ihrer Tochter herum, die immer noch dorthin starrten, wo Damien längst mit Polly verschwunden war.

»Ich muss Bruno nach Hause fahren, sagte Gretchen jetzt. »Kannst du deinen Großvater in die Scheune begleiten? Er soll sich hinlegen, ja? Er ist in keiner sonderlich guten Verfassung.«

»Bist du betrunken, Grandpa?«

»Ach was, Kindchen! Deine Mutter übertreibt, wie üblich. Bruno und ich haben lediglich eine meiner neuesten Erfindungen getestet. Bisher läuft es sehr gut, würde ich meinen, ausgesprochen gut, man könnte sogar sagen …«

Nettie hörte ihrem Großvater kaum zu, während der unermüdlich vor sich hin brabbelte, lange nachdem Bruno in den Jeep und er in seine Scheune verfrachtet worden war. Er erzählte auch dann noch, als Nettie ihm die Leiter zu seiner Kammer hinauf und anschließend ins Bett half – ahnungslos, dass seine Enkelin mit ihren Gedanken ganz woanders, nämlich immer noch bei Damien war. Theo redete, gähnte, dann drehte er sich mit dem Rücken zu ihr und begann augenblicklich zu schnarchen.

Nettie schüttelte den Kopf, dann ging sie hinunter und räumte im Vorbeigehen das Chaos zusammen, das ihr Großvater und Bruno hinterlassen hatten: halb volle Gläser, gefüllt mit etwas, das wie Fruchtbowle aussah, angeknabbertes Obst, Löffel und Strohhalme. Sie nahm alles mit in ihre eigene Küche, wo sie sich der Reste entledigte und das Geschirr in die Spülmaschine räumte.

Ach, Nettie.

Hätte sie doch nur ein wenig mehr Sinn dafür gehabt, was genau sie da gerade entsorgt hatte.

45.

Als Gretchen etwa fünfzehn Minuten später die Küche betrat, stand Nettie mit dem Rücken zu ihr an der Spüle und zupfte Salat. Sie hatte das Radio nicht angemacht, weshalb nur das Plätschern des Wassers zu hören war, in dem sie die Blätter wusch, darüber hinaus herrschte angenehme Stille im Raum. Gretchen lehnte sich gegen den Türrahmen und atmete ein. Es war so selten so still in ihrem Leben, dass sie beinahe vergessen hatte, wie sich das anhörte.

»Siehst du dir meinen dicken Hintern an?«

»Wenn dein Hintern dick ist, ist meiner Amerika.«

Über ihre Schulter grinste Nettie ihre Mutter an. »Danke für die Blumen. Der Apfel fällt eben nicht weit vom Stamm.«

»Ich fürchte, für diesen hübschen Po kann ich nichts«, sagte Gretchen, »den hast du allein deinem Vater zu verdanken.«

Sie trat hinter ihre Tochter und stützte das Kinn auf ihre Schulter. »Wie geht es deinem Großvater?«

»Schläft wie ein Baby.«

Gretchen prustete. »Ein reichlich besoffenes Baby.«

»Ja, das war …« Nettie schüttelte den Kopf. »Aber egal. Andere sind in seinem Alter längst in Rente, und er arbeitet von morgens bis abends. Da darf er sich ruhig mal am Nachmittag ein bisschen was gönnen, oder? Was mich mehr wundert, ist, dass er sich ausgerechnet mit Bruno einen angeschickert hat.«

»Ja, allerdings.« Gretchen richtete sich auf. »Was sich neckt, das liebt sich eben doch.«

Woraufhin Nettie das Gesicht verzog, was ihre Mutter allerdings nicht bemerkte. Stattdessen sagte sie: »Heute Morgen, da war ich reichlich sauer auf dich.«

»Ja?« Nettie warf ihr einen flüchtigen Blick zu. »Was hab ich getan?«

»Tu nicht so. Du weißt genau, dass ich nicht begeistert bin von Harvey Hamilton, also konntest du dir auch denken, wie wenig erfreut ich über ein gemeinsames Abendessen mit ihm sein würde.«

»Ich wollte doch nur …«, begann Nettie, doch dann überlegte sie es sich offenbar anders. »Heute Morgen warst du also noch sauer«, sagte sie, »und jetzt?«

»Jetzt«, erklärte Gretchen, »hat sich der Wind gedreht und bläst deinem Großvater ins Gesicht. Apropos.« Sie ging zum Kühlschrank, nahm den Weißwein heraus und ein Glas aus dem Schrank. »Ich wäre jetzt auch so weit«, erklärte sie, während sie sich eingoss. »Dieser Tag war irgendwie …«

»Irgendwie?«

Gretchen zuckte mit den Schultern. »So ein Tag eben.« Sie nippte an ihrem Wein. Nettie wischte sich die Hände an einem Geschirrtuch ab, schaltete das Radio ein und bückte sich zum Schrank unter der Spüle, um einen Sack Kartoffeln hervorzuziehen.

»Was gibt es eigentlich?«, fragte Gretchen.

»Steak mit Pommes frites und Salat.«

Gretchen schnaubte, sagte aber nichts.

»Was?«, fragte Nettie. »Ist doch etwas edler als Lasagne, oder etwa nicht?«

»Als hätte er die gegessen. *Oder* Pommes frites. Der Mann verzehrt keine Kohlenhydrate, hast du das noch nicht mitbekommen?«

»Nein.« Sie sah ihre Mutter verwirrt an.

»Und hast du schon mal ein Steak gebraten? Das ist gar nicht so einfach. Man muss ganz schön aufpassen, dass es nicht zäh wird.«

»Deshalb hatte ich ja auch gehofft, du würdest mir helfen. Und vielleicht den Mandarinenkuchen backen.«

»Ich? Erst verdirbst du mir quasi den Abend, indem du diesen furchtbaren Mann zum Essen einlädst, und jetzt soll *ich* auch noch für ihn backen?« Eigentlich hätte dieser Satz gar nicht so böse klingen sollen, wie er womöglich rüberkam, und um ihn abzuschwächen, seufzte Gretchen, bevor sie Nettie die Hand auf die Schulter legte.

»Lass. Ich schaff das schon allein«, knurrte die. Doch als Gretchen ihre Tochter an sich zog und nun auch noch die Wange an ihre Schulter schmiegte, drehte sich Nettie um und schloss ihre Mutter in die Arme. Zwei Sekunden verstrichen. Dann: »Damien hat mich heute geküsst.«

»Was?« Gretchen wollte Nettie von sich schieben, um ihr ins Gesicht zu sehen, doch die schüttelte nur den Kopf gegen die Brust ihrer Mutter und hielt sie ganz fest.

»Oh, Liebes«, murmelte Gretchen. Für den Moment war sie sich nicht sicher, was sie sagen sollte. War es gut, dass Damien sie geküsst hatte? War es ihr unangenehm? Weinte Nettie etwa? Sie hielt ihre Tochter fest, bis diese den Kopf hob und sich einige Haarfransen aus der Stirn pustete.

»Ist schon okay«, sagte sie. »So schlimm war's nicht. Es war nur ein kleiner, sehr flüchtiger Kuss.« *Ähem.* Womit sie die Nase hochzog und sich wieder den Kartoffeln zuwandte. »Hilfst du mir schälen?«

»Mhm«, machte Gretchen. »Wie kam es denn, dass Damien dich geküsst hat? Und wie ging es dir …«

»Ehrlich, Mum!« Lauter als nötig öffnete Nettie die Schublade mit den Küchenutensilien, um noch geräuschvoller nach dem Kartoffelschäler zu kramen, so, als wollte sie Gretchens Worte auch ganz sicher übertönen. »Es war so gut wie gar nichts.«

»Okay.«

»Okay.«

Gretchen blinzelte, dann öffnete sie ebenfalls eine Schublade, um ein Messer herauszunehmen, während Nettie ihren Schäler wieder von sich warf und sich zu ihrer Mutter herumdrehte. »Wieso küsst er mich denn plötzlich? Ich meine, wir … So ist das nicht zwischen uns. Das war es doch noch nie!«

»Vielleicht«, begann Gretchen, aber dann hielt sie inne. Sie betrachtete ihre Tochter, die glänzenden Augen, die geröteten Wangen, der beinahe verzweifelte Blick aus großen braunen Augen. Die dunklen Haare, die ihr ovales Gesicht umrahmten und in jeder Minute so wirkten, als wäre gerade ein Sturm durch sie gefegt. Gretchen strich mit einer Hand darüber und schüttelte dann lächelnd den Kopf. »Ich fürchte, das wirst du ihn selbst fragen müssen«, sagte sie, und Nettie stöhnte auf. »Er ist dein bester Freund, oder? Dann werdet ihr auch darüber sprechen können, selbst wenn es superduper peinlich wird.«

»Sag nicht superduper, *Mum*.«

»Wieso denn nicht?«

»Weil niemand so redet, auch wenn du das für Jugendsprache hältst.«

»Mmh.« Ein letztes Mal drückte sie die Schulter ihrer Tochter, dann nahm sie sich eine Kartoffel und begann zu schälen, während sie überlegte, was sie Nettie noch sagen könnte. Sie versuchte, sich an ihren eigenen ersten Kuss zu erinnern und daran, was sie empfunden hatte, als sie sechzehn Jahre alt gewesen war. *Oh, Gott.* Innerlich krümmte sie sich, so grauenvoll blamabel hatte sie diesen ersten Kuss in Erinnerung, dann lachte sie laut auf. »Ragnar Haugland. Lieber Himmel, das hatte ich fast vergessen.«

»Was?«

»Ragnar Haugland war der erste Junge, der mich geküsst hat. Auf einer Nikolausfeier und vor der halben Schulklasse. Wie ich hinterher erfahren habe, war es eine Wette gewesen, doch erst mal steckte er mir seine Zunge ...«

»Mum!«

Gretchen lachte immer noch, und einmal mehr stöhnte Nettie auf. »Lass uns das Thema wechseln, alles klar? Du bist keine große Hilfe.«

»Das tut mir sehr leid. Ich ...«

»Lass es, Mum.«

»Okay.« Gretchen nickte, doch sie biss sich auf die Lippen, um ihr Grinsen zu verbergen.

Beide standen mit dem Rücken zur Tür, und so bekamen sie nicht mit, dass Damien inzwischen in deren Rahmen lehnte. Eine ganze Weile stand er da schon. Und trotzdem brauchte sich Nettie keine Sorgen darum machen, wie viel von dem Gespräch zwischen ihrer Mutter und ihr er wohl gehört haben mochte, denn Damien war mit seinen Gedanken ganz woanders.

Nach wie vor sah er die alte Dame vor sich – Polly – und wie sich deren Augen geweitet hatten beim Anblick des Mannes, der bei der Bank oberhalb des Herzfelsens auf sie gewartet hatte. Er war alt, aber immer noch groß, mindestens eins fünfundachtzig. Und Polly, diese zähe, zierliche Person, war in seine Arme gesackt, als wäre sie in dem Augenblick verstorben, in dem die Hand des Mannes ihren Arm berührte. Damien hatte einen riesigen Schreck bekommen. Doch dann hatte er Polly lachen hören, einen seltsamen Laut zwischen Schreien und Glucksen, und der Mann – Robert – hatte sie nach oben gezogen und sie fest umschlungen. Die Szene war Damien so innig vorgekommen, so intim, dass er beinahe rot geworden war. Er hatte einen Blick mit Robert gewechselt, ihn so verstanden, dass er quasi entlassen war, und sich ziemlich eilig auf den Rückweg begeben.

Und dann hatte er an Nettie gedacht.

Daran, dass er sie geküsst hatte.

Und wie sie ihn zurückgeküsst hatte.

Und wie entsetzt sie ihn daraufhin angeblickt hatte, nicht nur überrumpelt, wirklich ... schockiert. Über ihn und auch über sich selbst vermutlich.

Seine Chancen, dass sie ihm jemals so in die Arme sinken würde wie Polly ihrem Robert, die schätzte er sehr gering ein.

Sehr, sehr gering.

46.

Positiv formuliert war nicht alles furchtbar an dem Essen, das Nettie mithilfe ihrer Mutter für diesen Abend fabriziert hatte. Das Steak zum Beispiel, das war laut den Angaben derer, die es wissen müssen, ganz fantastisch. »Großartiges Stück Fleisch«, hatte Harvey Hamilton gelobt, der entgegen Gretchens von Vorurteilen behafteten Annahmen sogar einige Kartoffelecken dazu verzehrt hatte, und Damien hatte Bissen für Bissen gebrummt. Verstohlen warf Nettie ihm einen Blick zu. Sie hatte nach wie vor nicht das Gefühl, dass sie normal miteinander umgingen, und ehrlich – diese Laute, die Damien von sich gab, die machten sie nervös. Also nahm sie schnell einen Schluck ihrer Limonade und setzte dann erneut dazu an, Harvey Hamilton von den Vorzügen ihrer Insel zu überzeugen.

»Für einen Autor muss Port Magdalen doch die Urquelle aller Inspiration sein«, erklärte sie also, »ich meine, nicht nur wegen des Herzfelsens, wobei – offensichtlich. *Offensichtlich* ist der Felsen magischer Anziehungspunkt unzähliger Liebestouristen, die das Jahr über hierherkommen, um ihr Glück zu suchen.« Sie stopfte sich eine Gabel Salat in den Mund und kaute bedächtig. »Und es zu finden, natürlich. Ich könnte Ihnen einige Geschichten erzählen von Paaren, die ihren Urlaub bei uns nie vergessen werden. So viele haben sich hier verlobt.

Oder heimlich getroffen. Oder ihren Hochzeitstag gefeiert. Oder …«

Damien brummte immer noch. Nettie schob sich eine Kartoffelecke in den Mund. Ein Wasserfall aus Unsinn quoll da heraus, sie wusste es, doch es schien, als funktionierte ihr Gehirn heute nicht mehr normal, mit Damiens Kuss auf den Lippen und seiner Nähe in diesem engen, viel zu kleinen Raum. Wieso war auf einmal alles so schrecklich kompliziert?

»Nettie?« Ihre Mutter warf ihr einen besorgten Blick zu. »Alles in Ordnung mit dir?«

»Bestens.« Beherzt stach sie in ihr Steak und säbelte ein Stück davon ab, bemüht, nicht an all die Rinder zu denken, denen sie normalerweise den Kopf kraulte, sobald sich die Gelegenheit dazu bot. Was nicht oft war. Kühe waren sehr scheue Tiere. Und sie kamen auch nicht an den Zaun gelaufen, wenn man sie rief, da konnte man noch so vertrauensvoll …

»Nettie?«

»Huh?« Diesmal blinzelte sie ihre Mutter verwirrt an, die einen bedeutsamen Blick auf den Teller ihrer Tochter warf. Das Steak lag mittlerweile in klitzekleine Stücke geschnitten neben ihrer Pommes-Portion; sie hatte es geradezu seziert, aber kaum einen Bissen davon probiert.

»Oh«, machte sie. Dann legte sie seufzend das Besteck beiseite und ignorierte Damiens Blick, der sich heiß in ihre Seite bohrte.

»Also.« Harvey Hamilton räusperte sich. »Was war das Romantischste, das sich in diesem romantischen Hotel je zugetragen hat?« Er vermied es, Gretchen dabei anzusehen, immer noch unsicher, was sich wohl zwischen ihnen beiden zugetragen hatte, doch das fiel niemandem auf, nicht einmal Gretchen. Die wollte gerade den Mund öffnen, um Harvey zu antworten, als Damien dazwischenplatzte.

»Was ist das eigentlich für eine Geschichte mit der alten Dame, die ich heute zum Felsen gebracht habe? Polly? Sie war dort offensichtlich verabredet, mit einem großen, ziemlich alten Typen ...«

»Mit Robert.« Gretchen nickte. Sie hatte Mr. Calloway begrüßt und ihn und Polly in ihre Zimmer eingecheckt, kurz bevor Hamilton zu ihnen in die Küche gekommen war. Die beiden machten einen derart beseelten Eindruck, dass Gretchen ganz warm ums Herz geworden war. »Das ist tatsächlich eine sehr romantische Geschichte *und* tragisch dazu, und ... da fällt mir ein, ich sollte allmählich hinüber ins Restaurant gehen und sehen, ob alles in Ordnung ist. Nachdem Theo heute Abend nicht mehr ... äh ...« Aus dem Augenwinkel warf sie einen Blick auf ihren Gast, der nicht wissen musste, dass ihr Schwiegervater angetrunken im Bett lag. »Ich sollte einfach drüben nach dem Rechten sehen.«

»Ach, bitte, Mum, Ashley ist doch da. Erzähl Harvey von Polly und Robert. Was ist an der Geschichte so romantisch und so tragisch?«

»Ja, was?« Neugierig sah Harvey Hamilton von einem zum anderen, während er auf einem Stück Fleisch kaute. Am liebsten hätte Nettie Damien gepackt und aus der Küche gezogen, um ihrer Mutter und Harvey Gelegenheit zu geben, allein über gefühlvolle Herzschmerzgeschichten zu plaudern (und dabei womöglich zu erkennen, dass sie füreinander bestimmt waren, und sich seufzend in die Arme zu sinken), doch dann fiel ihr ein, dass sie Damien heute besser nicht mehr berühren wollte.

»Mum?«

»Also, gut, die beiden ...«

» ... sahen aus, als wären sie nur deshalb so alt geworden, um den anderen hier wiederzutreffen«, erklärte Damien mit ernster Stimme, und Nettie bekam eine Gänsehaut.

»Vermutlich war es genau so«, stimmte Gretchen zu, und dann erzählte sie den anderen, was Polly ihr an diesem Nachmittag anvertraut hatte, von ihrer großen Liebe, die sie zu spät wiedertraf, als sie beide schon an jemand anderen vergeben waren, und von ihrer Vereinbarung, sich hier zu treffen, wenn sie frei wären füreinander. Und dass es vierundvierzig Jahre gedauert hatte, bis es so weit war und sie sich endlich wiedersahen.

Als Gretchen geendet hatte, herrschte Schweigen am Tisch. Nettie stand der Mund halb offen, und Damien starrte Gretchen an, als hätte sie ihm gerade eröffnet, seine Väter wären auf einmal heterosexuell. Alles war ruhig, bis Harvey plötzlich murmelte: »Das könnte gut auf zwei Ebenen funktionieren. Eine im Hier und Jetzt und die andere in den Siebzigerjahren, wenn die beiden sich verlieben.« Sein Messer quietschte auf dem Teller, als er ein weiteres Stück Fleisch absäbelte, und ließ die anderen drei zusammenfahren. Und selbst Nettie musste sich in diesem Augenblick eingestehen, dass Harvey Hamilton wohl nicht der feinfühligste Mensch sein konnte, zumindest nicht in dem Ausmaß, wie sie es sich bei einem Schnulzenautor vorgestellt hatte.

Sie gab dennoch nicht auf. Dafür war sie nun schon zu weit gekommen, mit Gretchen *und* Hamilton an einem Tisch, an dem ausnahmsweise einmal Frieden herrschte zwischen den beiden und ihre Hoffnung nährte, dass sie sich vielleicht doch noch gut verstehen könnten. Also schlug Nettie ihm einmal mehr vor, doch länger in Cornwall zu bleiben, wo es quasi auf der Hand lag, dass er hier Geschichten finden würde, die er nur noch aufzusammeln brauchte. Und sie erwähnte die Lodge, die – hätten sie sie erst einmal renoviert – einen perfekten Rückzugsort für ihn abgeben könnte. Ihre Mutter sah sie groß an bei diesem Thema, denn ja – sie hatten über die Restauration der Lodge nicht mehr gesprochen, seit Dad gestorben war. Das hieß jedoch nicht, dass sie die Renovierung nicht irgendwann einmal angehen mussten, richtig? Das *Wild at Heart* konnte schließlich nicht stillstehen, es musste sich weiterentwickeln, sie hatten doch noch viel vor, oder nicht? Nettie merkte selbst, wie die Gedanken in ihrem Kopf immer schnellere Purzelbäume schlugen – sobald sie anfing zu reden, schienen sich die Wörter gegenseitig anzurempeln, um einander zu überholen. Sie wusste, dass das mit Damiens Kuss zusammenhing und der Tatsache, dass sie die anderen Gedanken in Hochgeschwindigkeit versetzen musste, damit dieser eine nicht in den vorderen Teil ihres Bewusstseins gelangen konnte.

Oder wo war sie gerade?

Da, schon wieder.

Damien starrte sie an, Nettie wurde nervös, Gretchen warf ihrer Tochter Blicke zu, die zwischen Besorgnis und Ärger schwankten. Und Harvey kaute auf seinem Essen herum, als hätte er nie etwas Besseres vorgesetzt bekommen, während er in Gedanken vermutlich schon seine Geschichte zusammenschmiedete, ohne dem albernen Gewäsch der Sechzehnjährigen ihm gegenüber Beachtung zu schenken. Nettie hatte ja keine Ahnung, dass ihr Alter tatsächlich gerade in Harveys Gedanken eine Rolle spielte, weil er immer noch rätselte, wie alt sie wohl sein mochte. Diese Geschichte um das tragische Paar und die Vorstellung, hier auf dieser seltsamen Insel tatsächlich die Inspirationsquelle für seinen nächsten Roman zu finden, hatten ihn beinahe vergessen lassen, was dieses seltsame, freundliche Mädchen (und seine etwas weniger freundliche Mutter) ihm für Rätsel aufgaben. Er konnte einfach fragen, richtig? Konnte man nicht ein, sagen wir ... achtzehn Jahre altes Mädchen fragen, wie alt es war? Jünger konnte Nettie kaum sein, oder? Wie geschäftig sie manchmal redete. Und wie bravourös sie die Gäste durch diese gruselige Gewitternacht geführt hatte, beinahe ohne jede Unterstützung. Also, bis auf den Jungen, der nie von ihrer Seite zu weichen schien.

Aus dem Augenwinkel warf er Damien einen Blick zu. »Und wie lange seid ihr beide schon ein Paar?«, fragte er dann in der Hoffnung, diese Zahl möge ihn auf Netties Alter schließen lassen.

Für zwei Sekunden starrte ihn der Junge an, dann öffnete er den Mund genau im selben Moment, in dem Nettie ausrief: »Ach, du lieber Gott, wir sind doch kein Paar! Himmel, nein!« Mit einer energischen Handbewegung unterstützte sie die Aussage noch, und Hamilton, der nur die Schultern zuckte, bevor er sich seinem Weinglas widmete, bekam den Blick nicht mit, den Damien Nettie zuwarf. Aber Gretchen sah ihn. Und ihre Tochter letztlich auch, weshalb sie hinzufügte: »Wir sind nur Freunde. Schon seit wir ganz klein waren. Mandarinenkuchen?«

Oje, dachte Gretchen.

Damien blickte auf seinen Teller, und Nettie verschluckte sich an ihrer Ingwerlimonade.

Als Sir James ins Zimmer spazierte, um dann mit einem

eleganten Satz auf Harvey Hamiltons Schoß zu landen, richtete sich alle Aufmerksamkeit auf den Kater. Doch Harvey nickte nur, schon wieder tief in seine eigenen Gedanken versunken, während er Sir James geistesabwesend unter dem Kinn kraulte.

47.

Vier Tage waren vergangen, seit Nettie ihn quasi als Neutrum ausgewiesen hatte, und noch immer war Damien nicht darüber hinweggekommen. Wie entsetzt sie ausgesehen hatte, wie schockiert sie gerufen hatte: *Wir sind doch kein Paar! Wir sind nur Freunde! Seit wir ganz klein waren!* Selbstverständlich hatte sie recht damit, das wusste Damien auch, er hatte nur gedacht ... also ... Wenn er auch nur den leisesten Zweifel daran gehabt hatte, wie Nettie zu ihrem Kuss stand, dann war der hiermit wohl ausgeräumt.

Sie hasste es, dass er sie geküsst hatte.

Sie versuchte verzweifelt zu vergessen, dass es überhaupt passiert war, und gleichzeitig, ihn zurück in die Freundesschublade zu drängen, wo er vermutlich auch hingehörte. Und nie richtig rausgekommen war.

Damien stand vor dem Spiegel in dem kleinen Badezimmer, das er sich die vergangene Woche mit Nettie und ihrer Mutter geteilt hatte, und starrte seine Reflexion an. Er setzte die Brille auf, die er eigentlich gar nicht brauchte, von der er jedoch angenommen hatte, sie würde ihn interessanter wirken lassen (wenn nicht attraktiver), auch für Nettie, oder aber für Nettie im Speziellen. Er hatte ihr nie gesagt, dass er jedes Mädchen in seinem Umfeld mit ihr verglichen hatte, so lange, bis ihm aufgegangen war, dass es nur ein Mädchen für ihn gab. Er hatte sich nichts anmerken lassen wollen, als er in diesem Sommer hergekommen war, vor allem dann nicht, als klar wurde, dass Nettie offenbar genau dort anknüpfen wollte, wo sie im vergangenen Jahr aufgehört hatten – verspielt, oberflächlich und absolut harmlos.

Mit einem Seufzer nahm Damien die Brille ab, steckte sie in ein Etui und dann in seinen Waschbeutel, bevor er sich entmutigt in Gretchens Zimmer schleppte. Die vergangenen Tage waren schwierig gewesen, gelinde gesagt. Am liebsten wäre er zu seinen Vätern ins Doppelzimmer gezogen, aber bei näherer Betrachtung wollte er das lieber doch nicht tun. Stattdessen verbrachte er die meiste Zeit in Netties Nähe und war dabei weiter von ihr entfernt als je zuvor in seinem Leben.

Nicholas dagegen hatte gänzlich andere Probleme mit der Frau seines Herzens. Er genoss Gretchens Nähe (ihre weiche Haut, ihren süßen Duft, stundenlang konnte er darüber erzählen, was er alles an Gretchen genoss), und zwar in jeder Nacht, seit sie das erste Mal zusammen gewesen waren. Allerdings war dies genau der Punkt. Dass Gretchen immer nur nachts zu ihm kam. Wenn die Arbeit im Hotel beendet war, der letzte Gast zufriedengestellt, wenn das halbe Haus bereits schlief oder sogar jeder Einzelne von ihnen. Gretchen kam zwischen zwölf und ein Uhr nachts in seine Wohnung, um dann, nach kaum Schlaf, um kurz nach fünf wieder zu verschwinden.

Ihm war klar, dass dies nicht ewig gehen konnte, und das nicht nur, weil Gretchen auf Dauer nicht ohne Schlaf auskommen würde. Er hatte gewusst, dass sie noch nicht so weit war, sich quasi öffentlich zu ihm zu bekennen, und dennoch – sich wie ein schmutziges Geheimnis zu fühlen war neu für Nick und nicht gerade das, was er sich am Anfang einer neuen Beziehung wünschte. Und er wollte unbedingt eine Beziehung mit Gretchen, auch wenn das, was sie jetzt hatten, sich wie eine Affäre anfühlte. Das konnte sie nicht wirklich anstreben, oder? Oder war es genau das, wonach sie sich sehnte?

Nick verlangsamte sein Lauftempo und kam allmählich zum Stehen. Er sah auf seine Trekkinguhr und befand, dass sechs Kilometer für heute ausreichten, weil auch er den Schlafmangel der vergangenen Tage in seinen Gliedern spürte. Während er in behaglicher Geschwindigkeit über den Strand zum Damm und zurück nach Port Magdalen lief, dachte er daran, dass er derjenige gewesen war, der Gretchen geraten hatte, die Dinge zwischen ihnen beiden nicht zu verkomplizieren, doch ganz allmählich, befand er, war unkompliziert nicht mehr das, was ihn glücklich machte. Zumindest nicht mit ihr.

In den Gedanken eines anderen Mannes spielte Gretchen Wilde im beinahe selben Augenblick ebenfalls eine vorherrschende Rolle. Harvey Hamilton nämlich grübelte seit dem äußerst stimulierenden Abendessen darüber nach, ob es nicht an der Zeit war, die Vergangenheit zwischen ihm und der Hotelbesitzerin ruhen zu lassen und ganz von vorn anzufangen. Mit ihr. Als seine gleichberechtigte Partnerin, die eventuell auch in Zukunft mehr für ihn sein könnte als nur eine flüchtige Urlaubsbekanntschaft. Denn dass dies nicht die Rolle war, die eine Frau wie Gretchen Wilde einzunehmen gedachte, hatte sie mehr als deutlich gemacht, indem sie ein ums andere Mal von sich wies, überhaupt mit ihm bekannt zu sein. Er würde sie nicht noch einmal darauf ansprechen, im Gegenteil. Er plante, sie an den verbleibenden Tagen seines Aufenthalts hier auf Port Magdalen mit seinen Visionen von einer gemeinsamen Zukunft zu betören. Bei der Tochter, dachte er, war ihm das ohnehin schon gelungen. Und dieser Ort hielt für ihn mehr Inspiration bereit, als er sich wünschen konnte, das spürte er schon jetzt. Allein diese beiden Alten ... (Und wieder kribbelte es in Harveys Fingerspitzen.) Zunächst einmal würde er diese Geschichte in den Kasten bekommen, beschloss er. Er versetzte dem Kater einen letzten Klaps auf das Köpfchen und machte sich auf die Suche nach jemandem, der wissen mochte, wo die beiden steckten.

48.

Theo Wilde hatte keine Ahnung, wo sich Polly Morgan und Robert Calloway aufhielten, und nichts hätte ihm in diesem Moment gleichgültiger sein können. Aus dem Augenwinkel nahm er wahr, wie dieser Schriftsteller sich ihm von der Kaminecke her näherte, allerdings stehen blieb, als er Theos Blick bemerkte und den Tonfall, mit dem dieser am Telefon sprach. Selten war der alte Mann aufgebrachter gewesen, was auch Harvey nicht verborgen blieb. Als hielte ihm jemand eine Pistole vor die Brust, hob er deshalb die Hände, murmelte etwas, machte kehrt und eilte in die entgegengesetzte Richtung davon.

Theo war so damit beschäftigt, der Stimme am anderen Ende der Leitung zu folgen, dass er gar nicht bemerkte, wie er den Brief in seiner Hand zerknüllte. »Aber das kann doch nicht Ihr Ernst sein«, rief er jetzt. »Na, hören Sie mal. Dann wird es wohl das Beste sein, wenn wir ebenfalls … Bitte? Wir sollen *was*?«

»Grandpa?«

Theo zuckte zusammen, als Nettie nach ihm rief. Er hatte nicht gehört, dass sie sich ihm genähert hatte, doch da stand sie nun, auf der anderen Seite des Tresens, und warf ihm einen besorgten Blick zu. Sicherlich war er ganz blass um die Nase, er spürte förmlich, wie immer mehr Farbe aus seinem Gesicht wich. Doch er nickte seiner En-

kelin zu, gab ein paar weitere, kurze Sätze von sich und
legte dann den Telefonhörer auf die Gabel.

»Worum um Himmels willen ging es da?«, wollte Nettie denn auch gleich wissen, die lediglich Wörter wie *ungeheuerlich*, *Schuldzuweisungen* und *Anwalt* verstanden
hatte.

Anstelle einer Antwort seufzte Theo, rieb sich mit einer
zittrigen Hand über die Stirn und hielt die andere Nettie
hin, die ihm daraufhin den zerknüllten Brief abnahm.

»Mr. Tellson hat einen Anwalt eingeschaltet«, begann er.
»Er will uns verklagen, weil wir ihn nicht vor den giftigen
Pflanzen gewarnt haben, die an unseren Klippen wachsen.
Obwohl von Anfang an klar gewesen sei, dass er hier nach
diesem wilden Kerbel suchen wollte.«

Nettie, deren Mund offen stand vor Staunen, sah ihn mit
großen Augen an.

Noch einmal seufzte Theo. »Mehr ist dazu vorerst nicht
zu sagen«, erklärte er. »Wir müssen uns ebenfalls einen
Anwalt nehmen und sehen, wie weit er kommen kann mit
dieser Anschuldigung.«

»Aber …«, stammelte Nettie. »Das ist doch lächerlich!«

»Mit Sicherheit. Damit befassen müssen wir uns trotzdem.« Theo nahm den Brief, den Nettie nicht einmal gelesen hatte, strich ihn glatt und faltete ihn dann, um ihn
zurück in das Kuvert zu stecken. »Ich kümmere mich darum. Sag Gretchen nichts davon.«

»Was? Wieso nicht? Mum muss doch wissen …«

»Deine Mutter hat derzeit genug um die Ohren. Der
Wasserschaden hat sie schon beinahe an ihre Grenzen gebracht, und sie wirkt in letzter Zeit so … Ich weiß nicht.
Hast du nicht den Eindruck, sie ist derzeit ein wenig angespannt?«

»Nun ja.« Nettie blinzelte. Und dann ereilte sie das schlechte Gewissen so plötzlich, dass es sie beinahe umwarf. Es war Hauptsaison. Gäste kamen und gingen im *Wild-at-Heart*-Hotel, sie hatten ständig zu tun mit den Buchungen, dem Speiseplan, personellen Engpässen. Wenn dann auch noch so etwas wie ein Stromausfall, ein Wasserschaden und eine Klage hinzukamen, konnte man leicht die Nerven verlieren, insbesondere dann, wenn man ohnehin schon so überlastet war wie ihre Mutter, die über alldem auch noch die Buchhaltung allein bewältigte. Und was hatte sie, Nettie, den bisherigen Sommer über getan? Die meiste Zeit über hatte sie sich mit Damien in eine Art Blase zurückgezogen, war nur noch mit sich selbst und ihren Hormonen beschäftigt gewesen.

Weshalb damit jetzt Schluss war.

Mit allem.

Mit ihr, Damien und auch mit der verrückten Idee, ihre Mutter mit einem Mann verkuppeln zu wollen, den sie offenbar nicht leiden konnte. Selbst wenn das Essen einigermaßen friedlich verlaufen war, waren ihr die Blicke ihrer Mutter nicht entgangen, mit denen sie Harvey oder auch ihre Armbanduhr bedacht hatte, bevor sie dann irgendwann geflohen war, um im Restaurant zu helfen.

»Was hast du denn vor?«, fragte sie also ihren Großvater, genau in dem Augenblick, in dem Gretchen mit zwei neuen Gästen vorfuhr und Theo nach draußen eilte, um ihr mit den Koffern zu helfen.

»Mit fällt schon was ein«, rief er über die Schulter. »Und bis dahin – pssst.«

Nettie sah ihm nach. Und auf einmal fühlte sie sich schrecklich ausgebrannt. Für eine Sekunde wusste sie nicht, wohin mit sich, ihren Gedanken und Gefühlen.

Letztlich aber lief sie nach draußen, an ihrer Mutter und Theo vorbei in Richtung Stall, um ihren Tieren einen Besuch abzustatten. Dort vergrub sie die Nase in dem Fell des Esels, während Fred über sie beide hinwegkletterte und sich das ganze Leben wieder etwas flauschiger anfühlte.

Im Laufe desselben Tages hatte Theo beschlossen, bei Nicholas Rat zu suchen. Er war der Einzige, den er auf Port Magdalen kannte, der aus dem großen, geschäftigen London zu ihnen gezogen war, und somit auch derjenige, dem er am ehesten zutraute, einen Kontakt zu einem brauchbaren und bezahlbaren Anwalt herstellen zu können. Nach einem kurzen, aber denkwürdigen Telefonat mit Nick, das dieser mit den Worten »Ah, das Hotel der Liebe, wie kann ich Ihnen heute zu Diensten sein?« begann (»Nick? Bist du das? Hier ist Theo, Theo Wilde. Ich wollte fragen, ob …« »Theo! Oh! Klar. Ich hatte lediglich die Nummer vom Hotel gesehen und angenommen …« Räuspern. »Theo. Wie kann ich dir helfen?«), hatten die beiden vereinbart, sich am frühen Abend in *Lori's Tearoom* zu treffen. Die Aussicht darauf hatte den alten Theo ein ganzes Stück versöhnlicher gestimmt. Es tat gut, mit einer solchen Bürde nicht allein dazustehen, das musste er schon zugeben.

Er seufzte, während er das kurze Stück vom Garten zurück ins Haus lief. In solchen Momenten vermisste er seinen Sohn am meisten. Dann, wenn er sich selbst allein fühlte – so egoistisch das auch klingen mochte. Doch es half ja nichts. Theo schüttelte den Kopf über sich selbst. Sie mussten klarkommen, und immer wieder würde es Tage geben, an denen sie meinten, es nicht zu schaffen. Am Ende aber hatten sie noch immer alles gemeistert.

In der Küche setzte Theo sein charmantestes Lächeln auf.

»Dürfen es ein paar Himbeeren sein, Gnädigste?«

Dotties Augenrollen war beinahe so hübsch wie ihre Beine. Sie brummte etwas, das er lieber nicht verstehen wollte, und nahm ihm das Körbchen aus der Hand.

»Nicht sonderlich üppig«, kommentierte sie.

»Für deinen süßen Zahn wird es sicher reichen.« Theo zwinkerte Dottie zu, dann machte er kehrt und trat summend den Rückzug an, denn: Es würde noch ein guter Tag werden, richtig? Sicher wusste Nicholas Rat, bestimmt war schon morgen alles Weitere geklärt, und Gretchen würde erst dann etwas von dieser Angelegenheit erfahren, wenn er sie schon aus dem Weg geräumt hatte.

Immerhin war er heute ohne Kopfschmerzen aufgewacht. So herrlich der Nachmittag mit dem alten Esel Bruno auch gewesen sein mochte, seinen Gehirnzellen hatte er nicht sonderlich gutgetan. Zum Beispiel vermisste er seine Strohhalme. Er hatte keine Ahnung, wo sie abgeblieben sein konnten, und wenn er sie nicht fand, musste er noch mal von vorn anfangen mit der Herstellung seines Prototypen. Er hatte Nettie danach fragen wollen, schließlich hatte sie ihn zurück in die Scheune gebracht (soweit er sich erinnerte), doch über den Schreck mit Tellson und der drohenden Klage hatte er es glatt vergessen.

Man musste so vieles im Kopf behalten, dachte Theo, als er zurück in die Lobby trat. Gretchen hatte wirklich recht, wenn sie behauptete, es sei immer irgendetwas. Und wenn gerade einmal nichts war, dann kam sicher ein Gast daher, der einen zu beschäftigen wusste.

Wie er da.

Im Vorbeigehen warf Theo einen Blick auf Harvey Hamilton, der es sich einmal mehr auf seinem schon angestammten Platz vor dem Kamin gemütlich gemacht hatte. Theo fragte sich, ob ihm eigentlich klar war, dass Sir James ganz offenbar zu seinem ständigen Begleiter geworden war – gerade saß er wieder neben dem Sessel des Schriftstellers, putzte die Vorderpfoten und schien nebenbei auf die Worte des Mannes zu lauschen, die er in sein Handy sprach, laut genug, dass man sich kaum anstrengen musste, ihn zu belauschen. Weshalb auch Theo der ein oder andere Satzfetzen zu Ohren kam von dem, was Hamilton da von sich gab.

Und über das, was er da hörte, konnte der alte Mann ehrlich nur staunen.

49.

Harvey Hamilton schwebte auf einer Wolke, das ließ sich kaum leugnen. Seit er hier angekommen war und die Insel quasi vom Grund des Hafenbeckens aus erklommen hatte, war es mit ihm und seiner Kreativität nur noch bergauf gegangen. Er hatte Polly Morgan und Robert Calloway in einem kleinen Café angetroffen, auf halbem Wege die Dorfstraße hinunter. Die beiden hatten draußen gesessen, an einem der etwa ein Dutzend Tische, die verstreut in einem kleinen, sonnigen Garten standen und einen herrlichen Blick auf den Hafen und die davorliegende Küste boten.

Robert hatte Pollys Hand gehalten. Und sie hatte ihn angesehen, den Blick voller Wunder. Auf der Stelle hatte Harvey sein schwarzes Notizbuch hervorgezogen und sich diesen einen Satz schon mal notiert. Dann hatte er sich die Geschichte erzählen lassen, die der Stoff seines nächsten Romans werden sollte. Sie war seine Chance auf ein fulminantes Comeback als romantischster Liebesromanautor aller Zeiten.

Das spürte er.

Und in seinem Kopf formte sie sich bereits, während er nach zwei musenhaften Stunden im Garten von *Lori's Tearoom* wie benommen vor Tatendrang zurück ins Hotel eilte.

343

Zwei Menschen. Ein Schicksal. Unausweichliche Liebe.
Als sich Holly Halloway und Bob Belgado im Frühjahr des
Jahres 1974 durch einen puren Zufall begegneten, ahnten
sie noch nicht, dass dieses Zusammentreffen ihrer bei-
der Leben für immer verändern sollte. Holly war verlobt.
Bob verheiratet. Keiner von beiden vermochte sich zu be-
freien aus den Fesseln, die ihnen das Leben bereits ange-
legt hatte. Und dennoch konnten sie einander nie verges-
sen. Nicht nach dieser einen, alles verändernden Nacht,
in der sie spürten, dass sie zusammengehörten, dass sie
im anderen genau das Puzzleteil gefunden hatten, das sie
selbst perfektionierte.

Sie leisteten einen Schwur: Wenn sie an genau diesem
Tag in zehn Jahren frei wären, würden sie sich treffen an
der Stelle, wo sie sich einst ewige Liebe schworen, mit
Blick auf das Herz im Meer, das so furchtlos den Fluten
trotzte. Und wenn nicht in zehn, dann in zwanzig Jahren,
oder in vierzig. Am Ende, so glaubten sie beide, würden sie
ewig zusammen sein.

Polly, nein, Unsinn – Holly vergaß *nicht in einem ein-*
zigen Jahr, an ihren Bob zu denken, doch sie war nicht frei
und kehrte deshalb erst vierzig Jahre später zu dem Felsen
zurück – zu spät. Bob indes wartete in jedem Jahr auf seine
Liebste, Jahr für Jahr für Jahr. Er ahnte nichts davon, dass
Holly nie mehr zu ihm zurückkehren würde. Und auch
nichts von dem Kind, das in dieser schicksalhaften Nacht
unter dem Himmel von Cornwall gezeugt wurde ...

Nun. In Wahrheit hatte Robert nicht in jedem Jahr auf Polly
gewartet, und auch das Kind hatte Harvey erfunden, doch
mit irgendetwas musste man die Geschichte ja anreichern,
befand er. Die Leser wollten über einen Zeitraum von min-

destens vierhundert Seiten gefesselt sein, dazu bedurfte es eben einiger Konflikte. Womöglich würde Polly, Himmel: *Holly* ein Opfer häuslicher Gewalt werden. Vielleicht würde Bob über die Jahre zu trinken beginnen. Am Ende verpassten sich die zwei an diesem Felsen, und schwupps: Nichts würde schöner sein als die Vergangenheit, als die gemeinsame, wenngleich ach so kurze Zeit, die die beiden hier in Cornwall verbracht hatten. Und womöglich hing es letztlich an dem in Liebe gezeugten Kind, an diesem tragischen Ende einen winzigen Hoffnungsschimmer aufflackern zu lassen.

Wow.

Harvey bekam eine Gänsehaut, wenn er daran dachte, wie viele Emotionen sich in diese Geschichte packen ließen, unermessliches Leid, entsetzliche Tragik.

Unter Cornwalls düsterem Himmel.

Selbst beim Klang des Titels breitete sich ein wohliger Schauer über seinen Rücken, er konnte kaum erwarten, endlich mit dem ersten Entwurf zu beginnen.

Zuvor allerdings hatte er noch ein paar Kleinigkeiten zu erledigen, angefangen damit, im Hotel anzufragen, ob es wohl möglich war, seinen Aufenthalt hier auf der Insel noch um ein paar Wochen zu verlängern. Doch als er im *Wild at Heart* ankam, fand Harvey die Lobby verlassen vor, weshalb er noch einmal umdrehte und stattdessen den Weg in Richtung der Klippen einschlug.

Was hatte die Kleine beim Abendessen geplappert? Es gebe eine Art Lodge mit Blick über die Felsen, die ein perfekter Rückzugsort wäre für einen Künstler wie ihn? Also nahm er den Pfad in diese Richtung, und da nicht wirklich viele Abzweigungen auf andere Wege führten, fand er das alte Häuschen auf dem Vorsprung denn auch ohne große Schwierigkeiten.

Und, ja. Nettie hatte erwähnt, dass es renovierungsbedürftig war, richtig? Denn das war es, das erkannte Harvey sofort, als er einen ersten Blick auf die kleine Hütte warf. Sie bestand aus Holz, das vermutlich noch gar nicht so alt, doch abgeblättert war und verwittert von seiner exponierten Lage über dem Strand. Eine Veranda umgab es, die der Autor jetzt betrat und die unter seinen Schritten knarzte, was einmal mehr Harveys Sinne berieselte (was, fragte er sich, hatten diese Holzplanken schon alles gesehen? Wen hatten sie getragen?). Die Scheiben waren blind vor Schmutz, doch als er die Nase dicht ans Glas hielt, erkannte er im Inneren einen Raum – nicht zu groß, nicht zu klein – mit einer offenen Küche, einem Schwedenofen und einer steilen Treppe, die zu einem Zwischengeschoss führte, das ebenfalls halb offen war und vermutlich Schlafzimmer und Bad beherbergte.

Mit einem Mal klopfte Harveys Herz schneller.

Das hier, das war das Amerikanischste, das er bislang in ganz Cornwall gesehen hatte.

Es war wie ein Stück Heimat in der Fremde.

Es war genau das, was Harvey brauchte.

Zurück im Hotel, betätigte er die Klingel am Empfangstresen, doch die hatte eigentlich noch nie jemanden auf den Plan gerufen. Also wandte sich Harvey seufzend dem Aquarium zu, betrachtete einige Minuten lang den Putzerfisch, überlegte, was er Peter sagen wollte, und zog dann das Handy aus der Tasche, um seinen Manager anzurufen. Er war schon eine Weile in dieses Gespräch vertieft und so in den Lesesessel versunken, dass ihm weder Sir James auffiel, der sich neben dem Möbel niedergelassen hatte, noch Theo, der aus dem Restaurant in die Lobby getreten war und nun nicht schlecht staunte, als er Harveys Teil des Telefonats mitbekam.

»Ja, sie ist traumhaft, Peter, wenn ich es dir doch sage. Es war quasi Liebe auf den ersten Blick. Kann sein, es ist nicht das, was ich normalerweise gewohnt bin, aber ein bisschen Lack hier und da ... Was willst du damit sagen, *aber sie ist in Cornwall* – selbstverständlich ist sie in Cornwall! Und ich bin es auch! Und sie ist genau das, was ich gerade brauche. Sie gibt mir Kraft und Inspiration und ... Mit ihr kann ich Großes vollbringen, und – ich will sie!«

Theo, der die Augen weit aufgerissen hatte (was Harvey in seinem Sessel natürlich nicht mitbekam), hatte sich vor Schreck über das eben Gehörte am Tresen festgehalten und versehentlich die Klingel angestoßen, die in der Folge erst über das glatte Holz rutschte und dann auf der anderen Seite der Theke mit einem dumpfen Schellen zu Boden fiel, was wiederum den Autor aufmerksam machte.

»Ich muss auflegen, Peter«, sagte der denn auch sogleich. »Hier ist jemand, mit dem ich sprechen muss.«

Theo blinzelte einmal. Was war das hier? Dieser Mann wollte doch wohl nicht um Gretchens Hand anhalten, oder? *Bei ihm?* Er blinzelte noch stärker, als Harvey Hamilton mit einem ungewohnt strahlenden Lächeln auf dem Gesicht auf ihn zutrat und seine Schulter umfasste.

»Wunderschönes Fleckchen Erde haben Sie hier«, sagte er in breitem amerikanischem Akzent. »Wer würde da nicht bleiben wollen? Also ...«

Theo hielt die Luft an.

»Könnten Sie mal nachsehen, ob ich die Suite noch ein wenig länger haben kann?«

Erwartungsvoll sah Theo Harvey an. Und als er sicher

war, dass diesem Satz kein weiterer mehr folgen würde, stieß er erleichtert Luft aus und erklärte: »Aaaah. Sicher. Kleinen Augenblick.« Womit er sich daranmachte, hinter der Rezeption zu verschwinden, sein dickes Terminbuch aufzuschlagen und die Nase darin zu vergraben.

Falls er Gretchen tatsächlich Avancen machen wollte, sollte dieser Schriftsteller sich gegebenenfalls schön selbst die Finger verbrennen.

50.

*J*ch denke nicht, dass dieser Tellson damit durchkommen wird. Unfassbar, dass er es überhaupt versucht.« Nicholas schüttelte den Kopf. Dann ließ er den Brief, den Theo ihm in die Hand gedrückt hatte, sinken. »Was sagt Gretchen dazu?«

»Oh, sie weiß es noch nicht, und es wäre mir lieber, wenn wir ihr erst mal nichts davon erzählen«, erklärte Theo. »Sie hat gerade genug zu tun, mit dem Wasserschaden und ... ach ...« Er machte eine abwehrende Handbewegung. »Es wäre mir einfach lieber, wenn wir das erst mal für uns behielten, ja?«

»Natürlich.« Nicholas nickte. Er konnte Theo nur zustimmen. Gretchen war ausreichend gestresst mit dem, was das Hotel ihr abverlangte, es war nicht nötig, sie auch noch mit einem solchen Unsinn zu belasten. Denn das war es tatsächlich, oder? Jemanden verklagen zu wollen, weil man selbst töricht genug war, wilde Pflanzen in sich hineinzustopfen? »Ich werde ihr nichts sagen.«

»Danke, Nick. Du bist ein guter Junge.« Für einen Augenblick sahen die beiden einander nur an, in dem Garten von *Lori's Tearoom,* der sich allmählich leerte, weil sich der Himmel schon leicht verfärbt hatte mit dem einsetzenden Abendrot und die Luft deutlich kühler geworden war. Im Gegensatz zu den Touristen störte die beiden Männer das nicht, ganz im Gegenteil. Nick genoss die salzige, frische

Luft auf der Insel an jedem einzelnen Tag, den er nicht in einem Londoner Büro verbringen musste. Und Theo, nun … er kannte es gar nicht anders, oder?

»Ich wünschte«, begann dieser jetzt, schwieg dann aber erneut. Nick warf ihm einen fragenden Blick zu, und der alte Mann seufzte. »Ich wünschte«, begann er erneut, »dass Gretchen irgendwann jemanden findet, der so gut ist wie du. Ich meine, sie ist eine wunderschöne junge Frau, und sie sollte nicht allein sein, habe ich recht? Auch Christopher hätte das nicht gewollt, da bin ich mir hundertprozentig sicher.« Womit er den Blick nach oben richtete, gen Himmel, und so nicht mitbekam, wie sich Nicholas' Augenbrauen hoben bei seinen Worten.

Sieh mal einer an, dachte Nick. Und da gibt sich Gretchen so viel Mühe, das zwischen ihnen beiden vor ihrer Familie zu verheimlichen.

»Ich bin allerdings nicht sicher, ob dieser amerikanische Autor der Richtige für sie ist«, fuhr der alte Mann fort. »Ich meine, er sieht sicher nicht schlecht aus, und Geld hat er auch, aber irgendetwas an seiner Art …« Bedeutungsvoll ließ er den Satz in der Luft schweben, und Nicholas, der in Gedanken noch bei Gretchen und – zugegebenermaßen – ihrer letzten, gemeinsamen Nacht hängengeblieben war, runzelte verwirrt die Stirn. »Entschuldige bitte, was hast du gesagt?«

»Dieser Amerikaner«, wiederholte Theo, »Hamilton. Ich denke, er hat sich Hals über Kopf in unser Gretchen verliebt. Und ich fürchte, er hat schon angesetzt. Zur Eroberung, meine ich.«

Und nun setzte sich Nick ein Stück aufrechter hin. »Du denkst … dieser Schriftsteller, denkst du? Er hat sich in Gretchen verliebt?«

Zur Antwort machte Theo eine theatralische Geste und erklärte:»Niemanden hat das so sehr überrascht wie mich! Ich meine, im einen Augenblick kabbeln sich die zwei wie räudige Straßenkatzen im Revierkampf, im nächsten erklärt der Mann, dass es ›Liebe auf den ersten Blick‹ gewesen sei und er sie ›haben muss, weil sie ihn so inspiriert‹. Ich bin gespannt, was Gretchen dazu sagen wird«, fügte Theo hinzu.»Scheinbar meint es Hamilton ernst, denn er ist fest entschlossen hierzubleiben.«

Es kam selten vor, dass Nicholas sprachlos war, doch in diesem Moment wusste er wahrhaftig nicht, was er sagen sollte. Er starrte Theo an, dann blinzelte er. War er wirklich erstaunt darüber, dass ein anderer sich ebenfalls für Gretchen interessierte? Das konnte ihn unmöglich überraschen. Und die Eifersucht hatte keinen Grund, in seine Magengegend vorzudringen (wo sie kurzzeitig für ein mulmiges Gefühl gesorgt hatte), denn er kannte Gretchen − sie war aufrichtig und hatte sich schwer genug getan, sich ihm zu öffnen. Sie würde auf keinen Fall hinter seinem Rücken mit einem anderen etwas anfangen.

Dachte er.

Bis Theo lautstark einatmete und sodann erklärte:»Und die Zeiten, in denen man sich mit einem Mann eingelassen hat, bloß, weil er eventuell Kapital lockermachen könnte, die sind vorbei, nicht wahr? Ich meine, bestimmt ist Harvey Hamilton ein vermögender Mann, und ich weiß, dass das Hotel und seine Reparaturen und die meistens nicht kalkulierbaren Kosten Gretchen dann und wann an die Grenzen ihrer Existenzängste bringen, aber … das wird nicht der Grund sein, sich einem Mann hinzugeben, nicht wahr?«

»Äh …«, machte Nicholas verwirrt, um dann zu stottern:»N-nein, vermutlich nicht.«

Theo nickte. Er murmelte etwas darüber, dass Gretchens Geldsorgen vermutlich ohnehin bald der Vergangenheit angehörten, wenn er seine jüngste Erfindung an den Mann bringen könnte, die er allerdings ein zweites Mal herstellen musste, da Nettie sie unglücklicherweise aus Versehen weggeworfen hatte.

»Was?« Nick hatte überhaupt nicht mehr zugehört.

»Ach, nichts weiter«, sagte Theo und winkte ab. »Wärst du so nett und befragst deinen Anwalt-Freund wegen dieser Pflanzengeschichte? Ich kann dir gar nicht sagen, wie dankbar ich dir bin, dass du mir in dieser Sache behilflich bist.«

»Natürlich. Ich kümmere mich drum«, erwiderte Nick, doch es klang mittlerweile reichlich abwesend.

Theo hatte sich längst verabschiedet, als Nicholas Gretchens Telefonanruf erreichte. Das erste Mal seit Tagen sagte sie ihm für den späteren Abend ab, weil sie dringend Schlaf nachholen musste, wie sie betonte. Darüber hinaus war sie wie immer, befand Nick. Nichts deutete darauf hin, dass es in Wahrheit einen anderen Grund gäbe, ihn nicht sehen zu wollen.

Ach, verdammt noch mal. Nicholas schüttelte über sich selbst den Kopf. Natürlich gab es keinen anderen Grund, was redete er sich da ein? Entschieden schob er jeden weiteren Gedanken an Hamilton und das, was Theo ihm erzählt hatte, beiseite.

Was er jedoch nicht verhindern konnte, war, dass die Gedanken zu ihm zurückgekrochen kamen, verschlungen und aus allen Richtungen, um sich in seinem grüblerischen Geist zu verheddern und für Unruhe zu sorgen.

Von Feuersbrünsten und Eisprinzessinnen

Belegungsplan

Raum 1: Kristin und Melody Thomson aus Torquay, Devon. Grund des Aufenthalts: Fotoaufnahmen.

Raum 2: Polly Morgan und Robert Calloway (haben inzwischen in ein gemeinsames Zimmer gewechselt).

Raum 3: Madeline Jameson aus Dublin. Kommt jedes Jahr einmal eine Woche zum Wandern. Womöglich oder auch nicht mit der bekannten Whiskey-Destillerie verwandt.

Raum 4: Clive und Logan Angove, Väterpaar aus Brighton, mit ihrem Sohn Damien.

Suite: Harvey Hamilton, Bestsellerautor aus Omaha, Nebraska, auf der Suche nach Inspiration für den nächsten Liebesroman.

51.

$\mathcal{S}$o ein Esel kann zwar nicht sprechen, doch auf seine Weise erzählte Paolo Nettie eine Menge, was ihr am Ende sehr hilfreich vorkam, beispielsweise, dass das Mädchen glücklich war mit ihrem Leben, genau so, wie es gerade verlief, dass sie es nicht würde anders haben wollen (außer natürlich die Tatsache, dass ihr Vater nicht mehr hier war – den hätte sie nur zu gern wieder zurück). Doch mit der Nase im Fell des Tieres erkannte sie eben auch, dass sie ihre verbleibende Familie liebte, das Hotel, die Insel und … ihre Freundschaft mit Damien. Weshalb sie am Morgen nach ihrem Eselsrat beschloss, einfach so zu tun, als wäre nie etwas zwischen ihnen beiden gewesen.

»Atme ein, atme aus – Nettie, wir sind längst eine Figur weiter, schläfst du etwa noch? Es ist schon Viertel vor sechs!«

»Ja, Nettie, wer wird denn um diese Zeit noch schlafen?« Gretchen gähnte, dann grinste sie ihre Tochter träge an.

»Weil du einmal wach bist beim Yoga«, brummte sie, »im Gegensatz zu den letzten Tagen, an denen du ganz sicher nur physisch anwesend warst.«

»Das reicht aber doch.«

»Still jetzt«, befahl Theo.

Also tauschten Mutter und Tochter lediglich einen kleinen, gequälten Blick, bevor sie sich den Kommandos des

Yoga-Drillmeisters ergaben und ihren Baum standen, so gut es eben ging.

»Mrs. Jameson checkt heute ein zu ihrer jährlichen Wanderwoche. Und dann haben wir da noch Mutter und Tochter Kristin und Melody Thomson«, schloss Theo später am Küchentisch seine Vorstellung der Neuankömmlinge. »Die beiden sind aus der Gegend rund um Devon, glaube ich. Sie haben sich hier mit einem Fotografen verabredet, der Bilder von der Jüngeren schießen soll. Warum, weiß ich nicht, ich weiß nur, ich musste ihnen für übermorgen ein Segelboot mit Skipper buchen und für den Tag darauf eine Yacht.«

»Wow.« Gretchen nickte. Ausnahmsweise nahm sie an diesem Morgen nicht nur Kaffee zu sich, sondern gleich zwei Scheiben Toast, dick mit Orangenmarmelade beschmiert. »Eine Yacht. Vielleicht ist sie ein Model.«

»Dann müsste sie sich wohl kaum selbst Schiffe mieten«, murmelte Nettie.

Sie war brummig, fiel Theo auf. Die vergangenen Tage schon, aber heute mehr als sonst. Da saß sie und schaufelte Müsli in sich hinein, ohne auch nur einmal aufzusehen. Ein Wunder, dass sie überhaupt der Unterhaltung folgte. Theo warf Gretchen einen Blick zu, die ebenfalls mit gerunzelter Stirn Nettie betrachtete.

»Also gut.« Er räusperte sich. »Wenn du dich um Empfang und Büro kümmerst, übernehme ich heute mal die Wäschetour. Und die Gäste kann ich auch holen, wenn du möchtest.«

»Zieht es dich zu Bruno?«, fragte Gretchen grinsend. »Seid ihr jetzt beste Kumpel, nachdem ihr zusammen ...« Sie machte eine Handbewegung, wie wenn jemand ein

Glas an die Lippen führt, und Nettie vervollständigte: » ...
gesoffen habt. Das wolltest du doch sagen, oder? Tu dir
keinen Zwang an, ich war dabei, schon vergessen? Ich
habe Großvater ins Bett gebracht.«

»Jetzt übertreibst du aber, Liebes«, sagte Theo, während
Gretchen fragte: »Ist es nicht noch ein bisschen früh, um
so schlecht gelaunt zu sein?« Sie sagte es lächelnd, doch
Nettie schien nicht zum Spaßen aufgelegt zu sein. Wortlos
stand sie auf, stellte ihre Schüssel in die Spülmaschine
und verschwand in Richtung Badezimmer.

Die Zurückgebliebenen sahen ihr nach.

»Die Pubertät?«, fragte Theo.

»Etwas in der Art«, erwiderte Gretchen, und Theo nahm
an, dass seine Schwiegertochter wohl noch etwas mehr
über die Befindlichkeiten seiner Enkelin wusste als er
selbst. Er konnte ja nicht ahnen, dass es einen Kuss gegeben hatte, von dem Nettie ihrer Mutter erst erzählt hatte,
nur um dann nie wieder darüber reden zu wollen. Mädchen. Was wusste er davon?

»Hat Harvey Hamilton eigentlich schon mit dir sprechen können?«, fragte er jetzt, und Gretchen warf ihm
einen überraschten Blick zu.

»Nein, hat er nicht. Was will er denn jetzt wieder von
mir? Soll ich einen Stein aus seinem Schuh fischen?«

Nur weil Gretchen gar so aufgebracht war, unterdrückte
Theo ein Lachen und räusperte sich stattdessen. »Er würde
gern verlängern«, begann er, doch noch bevor er »allerdings wird das kaum möglich sein« anfügen konnte, war
Gretchen in schallendes Gelächter ausgebrochen. Während Theo eine Braue hob, kriegte sie sich überhaupt nicht
mehr ein, und sie lachte immer noch, als Nettie aus dem
Bad zurück in die Küche kam.

»Was ist denn hier los?«

»Er will«, begann Gretchen unter Prusten, »er will ... verlängern.«

»Was? Wer?«

»Ha-ha-Hamilton.« Gretchen wischte sich erst Tränen aus den Augenwinkeln, dann funkelte sie in Theos Richtung: »Weißt du, erst bin ich schuld, dass er ins Hafenbecken fällt, dann, dass er das falsche Zimmer bucht, *dann,* dass der dumme Kater ihn mag, was Summa Summarum dazu führte, dass er kein gutes Haar an mir oder diesem Hotel lässt – und *dann* will er *verlängern?*«

»Du fandest das nicht wirklich lustig«, stellte Theo nüchtern fest, bevor er beschloss, Gretchen nun lieber nichts mehr davon zu erzählen, was er belauscht hatte. Nämlich, dass Hamilton inzwischen bis über beide Ohren in sie verliebt war.

Nettie war bei Gretchens harschen Worten zusammengezuckt. Sie verzog das Gesicht, während sie sich an den Türrahmen lehnte und beinahe mitleidig ihre Mutter betrachtete, der sie – trotz aller Bemühungen – nicht zu einem romantischen Liebesabenteuer hatte verhelfen können.

»Ich habe ihm bereits gesagt, dass das so gut wie unmöglich ist«, erklärte Theo beschwichtigend, »aber er wollte unbedingt noch mit dir darüber sprechen.«

»Genau«, grummelte Gretchen. »Unbedingt.«

»Damien wird auch irgendwann wieder weg sein«, sagte Nettie plötzlich. Sowohl Theo als auch Gretchen sahen überrascht zu ihr auf. Immerhin waren Damien und seine Väter erst eine Woche hier.

»Ich sollte vielleicht ... vielleicht sollte ich die Zeit noch nutzen, um mit ihm was zu unternehmen. Kann ich heute freihaben?«

»Sicher«, sagte Gretchen sofort. »Und auch noch länger, wenn du möchtest.«

»Okay. Danke.« Nettie nickte einmal. »Ein Ausflug wäre gut. Nach Penzance. In den Pool?«

»Das ist eine fabelhafte Idee, Schatz«, stimmte Gretchen zu.

»Mit einem Picknick.« Wieder nickte Nettie, als müsste sie sich selbst von ihrem Vorhaben überzeugen.

»Ausgezeichnet«, sagte Gretchen. »Ein Picknick.«

Theo sah von einer zur anderen, als folgte er einem Theaterstück. Was spielte sich da ab zwischen den Zeilen? Schlussendlich verließ eine der beiden die Bühne, machte auf dem Absatz kehrt und lief in ihr Zimmer.

»Sie ist so ernst«, murmelte Gretchen.

»Und so erwachsen«, stimmte Theo zu.

»Gefällt uns gar nicht.«

»Nein. Gefällt uns gar nicht.«

52.

Dieser Kuss.

Seit Tagen konnte Nettie an nichts anderes mehr denken. Das Gefühl, als sich Damiens Lippen auf ihre legten, so selbstverständlich, als gehörten sie dorthin und nirgendwo anders und wären auch nie woanders gewesen. Wenn man es recht bedachte, dann konnte man es als bodenlose Frechheit erachten, dass er es überhaupt gewagt hatte, Nettie zu küssen. Und dass er sie dazu gebracht hatte, es ebenfalls zu wollen. Immerhin hatte sie das nie zuvor getan, und selbst wenn sie sich eine Vorstellung davon gemacht hätte, wie es sein würde, dieses erste Mal, wäre es nicht so gewesen – zwischen Tür und Angel, ohne darüber nachzudenken, einfach aus einer Laune heraus. Wenn Nettie zuvor darüber nachgedacht hätte, wie ihr erster Kuss wohl verlaufen würde, dann wären auf jeden Fall Kerzen im Spiel gewesen. Und Musik. Ein Kaminfeuer womöglich. Sie wäre allein gewesen mit dem Rezipienten dieses Kusses, dem alle Zeit der Welt zur Verfügung gestanden hätte, nicht bloß ein Wimpernschlag. Oder zwei. Wer ganz sicher nicht in Netties Kussfantasie aufgetaucht wäre, das war Damien. Ihr bester Freund seit Kindertagen, der Mensch, den sie von allen am meisten kannte (oder glaubte zu kennen). Damien Angove, hochgewachsener, dunkelhaariger, braun-grün-äugiger Kerl, den sie schon immer als unverschämt gut aussehend erachtet hatte, aber nie für sich selbst in Betracht gezogen hätte. Weil – Damien eben.

Damien.

Jetzt gerade saß er neben ihr. Den gesamten Weg die Fishstreet hinunter, zum Hafen, ins Boot und hinüber nach Marazion, wo sie einmal mehr in den Bus gestiegen waren nach Penzance, hatten sie kaum drei Sätze miteinander gewechselt. Weshalb sich Nettie nicht darüber wunderte, dass er nun, da sie von ihrem Sitzplatz neben seinem zu ihm aufsah, so wirkte, als betrachtete er sie. Als hätte er es schon die ganze Zeit getan, während sie darüber nachgegrübelt hatte, wieso sie nicht aufhören konnte, an diesen Kuss zu denken.

»Hast du vor, jemals wieder mit mir zu reden?«

Nettie blinzelte. »Was? Wie meinst du das? Ich rede doch mit dir.«

»Ach, wirklich? Was ist das für eine Sprache? Die, in der man weder den Mund aufmacht noch die Lippen bewegt, noch einen Ton hervorbringt?« Damien grinste sie an, doch das Lächeln erreichte seine Augen nicht. Nettie wandte den Blick wieder dem Fenster zu, wo Straße und Bäume an ihnen vorbeisausten und Penzance in der Ferne bereits zu sehen war. Sie hörte Damien seufzen. Und sie fragte sich, ob es tatsächlich eine gute Idee gewesen war, diesen Ausflug zu unternehmen, der ja nicht nur bedeutete, dass sie sich nicht mit Arbeit ablenken konnte, sondern auch, dass sie mit Damien allein sein würde, im schlimmsten Fall einen ganzen Tag lang.

Damien seufzte, doch er sagte nichts mehr. Erst, als sie in Penzance aus dem Bus stiegen und Nettie sich entschlossen auf den Weg in Richtung Schwimmbad begab, ohne auch nur einen Blick hinter sich zu werfen, um sich zu vergewissern, ob er ihr folgte, machte er einen entschiedenen Schritt nach vorn und griff nach der Hand seiner Freundin.

»Nettie.«

»Was?« Erschrocken blieb sie stehen. Damien musste es vorkommen, als hätte Nettie ihn vergessen in der Sekunde, in der sie gemeinsam aus dem Bus gestiegen waren und sie ihm den Rücken zugekehrt hatte.

»Jetzt mal ernsthaft – was ist los mit dir? Du gehst mir seit Tagen aus dem Weg. Dann schlägst du plötzlich diesen Ausflug vor, und jetzt tust du wieder so, als wäre ich gar nicht hier.« Er ließ ihre Hand los. »Ich weiß nicht, warum ich dich geküsst habe, und es tut mir leid. Ich hätte das nicht tun sollen. Wenn ich gewusst hätte, dass wir danach nicht mehr normal miteinander umgehen können, hätte ich es nie getan.«

Und … *bäm*.

Nettie kam es so vor, als hätte ihr jemand einen Kübel kaltes Wasser über den Schädel gekippt, eisiger als der Inhalt des Jubilee Pools, den sie gerade ansteuerten. Dabei wusste sie gar nicht genau, was ihr mehr zu schaffen machte: die Tatsache, dass Damien den Kuss ansprach, den *Kuss-der-nicht-genannt-werden-sollte*, oder dass er es bereute, mit seinen Lippen jemals ihre berührt zu haben.

Womöglich beides.

Jedenfalls stand sie vor ihm, auf dem Gehsteig der stark befahrenen Straße, die sie später am Wasser entlang zu dem alten Freibad führen würde, und starrte ihn ungläubig an.

»Was?«, fragte Damien erneut, ungeduldiger diesmal. »Du redest nicht mehr über alles andere mit mir, und diese Sache darf ich auch nicht erwähnen? Willst du mir erzählen, dass dein komisches Verhalten nichts damit zu tun hat?«

»*Mein komisches Verhalten?* Was ist denn mit *deinem* komischen Verhalten? Du ... du ...« Nettie starrte Damien an. »Was ist mit deiner Brille?«, fragte sie plötzlich. »Hast du beschlossen, dass du doch nicht mehr intellektueller aussehen möchtest, als du eigentlich bist?«

»Ähm. Autsch?«

Für den Bruchteil einer Sekunde empfand Nettie ein schlechtes Gewissen darüber, dass sie ihren ältesten Freund auf diese Weise beleidigt hatte, dann schüttelte sie das Gefühl ab. »Ehrlich, du kommst hierher«, sagte sie stattdessen, »mit dieser Poser-Brille und diesem Film und ...«

Und jetzt sah Damien wirklich verletzt aus, doch Nettie bekam es nicht mit.

» ... und dann küsst du mich auch noch, einfach so, aus heiterem Himmel. Und wenn wir schon dabei sind zu besprechen, dass du das lieber nicht getan hättest, kannst du mir vielleicht auch erklären, warum es trotzdem passiert ist? Wieso hast du das getan? Wieso denn?«

»Weil ...«, begann Damien. »Ich ...« Stille. Ein weniger aufgebrachter Mensch als Nettie wäre womöglich auf die Idee gekommen, dass sich Damien eventuell genau daran erinnerte, weshalb er Nettie geküsst hatte, es aber unter diesen Umständen lieber nicht laut aussprach. »Es ist eben passiert«, sagte er jetzt. »Vergessen wir es einfach.« Und vergessen wir besser auch, dass du mich ebenfalls geküsst hast, fügte er in Gedanken hinzu.

Nettie sah zu ihm auf, der Gesichtsausdruck fragend, dann ungläubig, dann kühl. Sie drehte sich um und marschierte einige Meter in Richtung Schwimmbad, bevor sie abrupt stehen blieb und Damien in kühner Überlegenheit erklärte: »Du bist nach wie vor mein bester Freund. Es mag jetzt nicht danach aussehen, aber ich möchte nicht, dass sich daran irgendetwas ändert, okay?«

»Okay«, erwiderte er zögernd.

»Okay.« Nettie nickte. Dann machte sie erneut kehrt und rannte geradezu voran.

Der Jubilee Pool in Penzance war eine der Attraktionen der Gegend, die man im Sommer mindestens einmal aufsuchen sollte. Das aus den 1930er-Jahren stammende Freibad war vor einigen Jahren von heftigen Stürmen zerstört und später restauriert worden, weshalb der Pool nun wieder in seinem alten, kühlen Glanz erstrahlte. Auch Damien war schon hier gewesen, in den vergangenen zwei Jahren. Er hatte auf den Stufen am Beckenrand gesessen oder darüber, in dem kleinen Café oder auf der schmalen Tribüne ganz hinten, an der Breitseite des Bads. Dorthin steuerte Nettie nun, nachdem sie Eintritt gezahlt und an dem Kassenhäuschen vorbei ins Innere getreten waren.

Tiefblaues Wasser glitzerte dunkel und geheimnisvoll, sowohl um das wie eine Landspitze ins Meer ragende Bad herum als auch im Inneren des Beckens, und setzte sich ab von den weiß und hellblau gestrichenen Mauern des Art-déco-Bauwerks. Die hoch am Himmel stehende Sonne, deren funkelnde Strahlen das Wasser kitzelten und die Nasen der Besucher drum herum, konnte fast darüber hinwegtäuschen, wie kühl das Badevergnügen hier wirklich war, mit dem echten, nicht erhitzten Meerwasser, dessen Temperatur beinahe an jedem Sommertag für Gänsehaut sorgte. Abkühlung war hier wörtlich zu nehmen, und wer wirklich schwimmen wollte, der zog besser einen Neoprenanzug über.

Einen solchen hätte auch Damien gut gebrauchen können. Bei der Kälte, die Nettie ihm gegenüber gerade ausstrahlte, war jegliche Wärme mehr als willkommen. Es war so eigenartig: In dem Augenblick, den sie da im Türrahmen standen und ... nun, *es* taten, da hätte er schwören können, es funkte zwischen ihnen. Etwas. Irgendwas. Immerhin hatte sie ihn zurückgeküsst, und er dachte tatsächlich, dass sie es genauso gewollt hatte wie er. Das dachte er bis zu dem Moment, in dem er sich von Nettie gelöst und sie ihn angesehen hatte, als hätte er ihr Frettchen getreten. Sie hatte so fassungslos gewirkt und so anklagend, er hätte sich am liebsten in eine Zeitmaschine gesetzt und die letzten zehn Minuten rückgängig gemacht.

Und wenn er alles, was seither geschehen war, mit einbezog, musste er sich wohl eingestehen, dass das Ganze ein großer Fehler gewesen war. Was entweder bedeuten konnte, dass er es schlicht technisch nicht draufhatte (was durchaus im Bereich des Möglichen lag, denn so oft hatte er es schließlich noch nicht getan), oder ... ja. Es war eben ein Fehler. Und Damien hatte keine Ahnung, was ihn geritten hatte. Nettie war seine Freundin, richtig? Allerdings, wenn er es genauer betrachtete ... so wirklich bereuen konnte er es auch nicht, dafür hatte er es als viel zu fantastisch empfunden. Denn Nettie war wirklich ein tolles Mädchen. Das wusste er nicht erst seit diesem Sommer, doch hatte er gedacht, mit dem ganzen Liebeskram und den Romanen und Harvey Hamilton und manchmal, wenn Nettie ihn so ansah – da hatte er gedacht, es wäre womöglich eine gute Idee, ihr zu zeigen, wie großartig sie war.

Nun. Mission gescheitert, könnte man sagen. Aber vielleicht war er ja auch nur nicht der Richtige für Nettie.

Dieser Gedanke verfestigte sich noch, als sie die hintere Tribüne des Jubilee Pools erreichten und er schon von Weitem die Gruppe sah, die ihnen wild entgegenwinkte. Er erkannte Charlotte, Netties Schulfreundin, die er ebenfalls schon ein paarmal getroffen hatte in den Sommern, die er hier gewesen war, und die beiden Typen, die in dem Café in Penzance gewesen waren. Das blonde Mädchen mit den Zöpfen und die beiden weiteren Jungs, die offenbar gerade damit beschäftigt waren, es zu kitzeln, hatte er dagegen noch nie gesehen. Was nicht weiter tragisch war, beschloss er, kurz davor, mit den Augen zu rollen. Wie alt waren diese Kerle, zwölf?

»Nettieeeee!« Charlotte kreischte. Sie sprang auf, trat dabei einem der Jungs auf die Hand, weshalb der ebenfalls schrie, und stolperte über Decken, Picknickutensilien und Wassertiere auf die beiden zu. Ehrlich? Wer nahm Spielzeug mit in dieses eiskalte Wasser?

Charlotte fiel Nettie um den Hals, und diese lächelte, wenngleich etwas gezwungen.

»Wieso hast du nichts gesagt?«, rief Charlotte immer noch in einer Lautstärke, die sicher beinahe bis Port Magdalen reichte. »Wir hätten uns verabreden können.«

»Na, jetzt haben wir uns doch auch so getroffen«, erwiderte Nettie. Es klang matt. Damien warf ihr einen prüfenden Blick zu, den Charlotte auffing.

»Hey. Damien, richtig?«

»Genau richtig.« Langsam strengte es ihn an, ein Augenrollen zu unterdrücken. Charlotte wusste genau, wie er hieß, das sah man ihr an. Dieses Mädchen liebte es zu kokettieren, das hatte sich von letztem auf dieses Jahr nur noch verschlimmert, und schon damals hatte sich Damien gefragt, was Nettie an dieser Göre fand. Sie war der Inbegriff von Barbies böser Schwester. Lange schwarze Haare,

366

kühle blaue Augen, Beine bis zum Mond. Dafür einen recht hölzernen Charme, positiv ausgedrückt, der Damien beinahe mehr frösteln ließ als das siebzehn Grad kühle Meerwasser.

Sie zwinkerte Damien zu.

Ernsthaft.

Der blinzelte.

Nettie neben ihm verspannte sich, schob sich an Charlotte vorbei, um die anderen dieser Gang zu begrüßen, und winkte am Ende Damien zu sich herüber, damit er sich neben sie setzte.

Die folgenden Stunden, die sie auf den Tribünenstufen des Jubilee Pools in Penzance verbrachten, wurden zu den nervtötendsten, die Nettie je dort erlebt hatte. Sie begannen damit, dass Charlotte ab Sekunde eins versuchte, sich an Damien heranzuschmeißen – anders ließ es sich einfach nicht bezeichnen. Er setzte sich auf den Platz neben Nettie, Charlotte quetschte sich dazwischen. *Dazwischen!* Sie erzählte ihm dumme Geschichten aus ihren Ferien an der ligurischen Küste (unter anderem hatte sie einen italienischen Kellner dazu betört, ihr ein seit Generationen streng gehütetes Familienrezept zu verraten, was ihm eine Tracht Prügel von seiner keifenden Großmutter eingebracht hatte), und Damien lachte darüber – *hahaha* –, und dann fütterte sie ihn mit Trauben, später mit Kuchen, und all das ließ Damien, *ihr* Damien, über sich ergehen, als wäre Nettie gar nicht hier, als wäre sie nicht diejenige, die ihn hergebracht hatte, in deren Bett er die vergangene Woche geschlafen hatte.

Zimmer.

Nicht Bett.

Dennoch.

»Hey, Nettie, wollen wir ins Wasser? Ich rette dich, falls sie versehentlich einen Hai mit ins Becken gepumpt haben.«

Har-har. Charlottes Bruder Jeremy war beinahe so komisch wie Charlotte selbst.

Hinter seinem Rücken verdrehte Nettie die Augen, doch dann sah sie, wie ihre sogenannte Freundin mit ihrem nackten Knie immer wieder gegen das von Damien stieß, ohne dass er auch nur einmal etwas dagegen unternahm, also griff sie nach Jeremys Hand, die er ihr hinstreckte, und ließ sich von ihm hoch und an seine Brust ziehen.

Gott. Seit wann flirtete Jeremy mit ihr? Waren in diesem Sommer denn auf einmal alle Jungs verrückt geworden?

53.

Durch eines der Fenster zur Terrasse beobachtete Nicholas diesen Schriftsteller – wie hieß er gleich? Hamilton, richtig. Bereits zum zweiten Mal in zwei Tagen hockte der auf einem der Gartenstühle, die zu *Lori's Tearoom* gehörten, und redete auf ein älteres Paar ein, das dann und wann pflichtbewusst lächelte, den Mund öffnete, ihn wieder schloss, weil dieser Amerikaner offenbar gar nicht vorhatte, jemanden zu Wort kommen zu lassen, um dann einen hilfesuchenden Blick in Nicks Richtung zu werfen. Zumindest verstand er diesen Blick so. Also nahm er ihn zum Anlass, nach draußen zu gehen, sich durch die Tische zu schlängeln, Gläser und Geschirr abzuräumen und die Wünsche der anderen Gäste entgegenzunehmen, bis er schließlich vor dem Trio stand, das er von Beginn an im Visier gehabt hatte.

»Kann ich Ihnen noch etwas bringen?«

» ... wann es mir das letzte Mal so ergangen ist, vermutlich nie«, schloss Hamilton, dann sah er zu Nicholas auf.

»Wie bitte?«

»Kann ich ...«

»Die Rechnung, bitte«, erklärte der alte Mann – ein ziemlich groß gewachsener, gesund wirkender Kerl, den Nicholas weit über siebzig schätzte, obwohl er einen absolut aufgeweckten Eindruck machte.

»Ach, was, die Rechnung übernehme ich«, warf Ha-

milton ein, »bringen Sie uns noch eine Runde Tee, bitte.«
Schon hatte er Nick mit einer fahrigen Handbewegung aus
seinem Dienst entlassen und sich wieder dem alten Mann
zugewandt sowie seiner Begleitung, die ihr Seufzen gerade
nicht mehr unterdrücken konnte.

Nicholas sah sie an und zuckte mitleidig mit den Schultern. Hamilton sagte: »In den meisten Fällen ist es so: Ich
habe eine Idee, eine Art ... Geistesblitz, aus der sich dann
etwas Einzigartiges ergibt, das ...«

Bla, bla, bla, dachte Nick. Er war schon beinahe wieder
im Café, bevor es ihm gelang, Hamiltons Stimme auszu-
blenden. »Der hört sich echt gern selbst reden«, murmelte
er, während er die Tür hinter sich schloss.

»Wer?«, fragte Lori. Sie kam aus der Küche, zwei Platten
ihres berühmten Ploughman's Lunch in der Hand. »Würdest du die an Tisch vier bringen, bitte? Danke.«

»Also, über wen hast du da vorhin gelästert?«, fragte Lori,
als Nick in die Küche zurückkehrte. Es war Mittagszeit,
warm, solange die Sonne schien, und der Garten entsprechend gut besucht, worin begründet lag, dass die beiden
bis zu diesem Zeitpunkt kaum einmal hatten durchatmen
können. Auch jetzt hielt sich Nicholas nicht lange auf,
sondern setzte Wasser auf für den gewünschten Tee und
griff zwei Scones aus der Vitrine, deren Bestellung er gerade auf seinem Rückweg entgegengenommen hatte.

»Ach.« Er winkte ab. »Nicht direkt gelästert. Nur eine
scharfsinnige Beobachtung.« Er lächelte seine Schwester
an. »Der Typ da draußen, der mit dem älteren Paar am
Tisch sitzt? Er schwafelt sie zu, offenbar ohne zu merken,
dass er ihnen allmählich damit auf die Nerven geht.«

»Vielleicht tut er das ja auch gar nicht. Ich meine, das ist immerhin ein berühmter Schriftsteller, dem hängt doch jeder gern an den Lippen, oder?«

»Du kennst ihn?« Überrascht sah Nicholas von der Erdbeerkonfitüre auf, die er gerade vom Glas in ein kleines Schälchen füllte.

»Wer kennt denn Harvey Hamilton nicht?«, fragte Lori zurück. »Und seit wann ist diese Insel so groß, dass es sich nicht herumspräche wie Flüsterpost, wenn ein berühmter Autor hier Urlaub macht?« Sie schlug zwei Eier am Rand einer Pfanne auf, und eine Sekunde später zischte und knackte deren Inhalt im heißen Fett. »*Du und ich sind wir, Du bist das Leben, du bist das Licht* – ich habe einige Bücher von ihm oben.«

»Aha«, sagte Nick, doch er schüttelte den Kopf, während er sich wieder seiner Bestellung widmete. Ob Gretchen auch so begeistert davon war, diesen Typen zu beherbergen?, fragte er sich. Wenn er dann auch noch anfing, sie zu umgarnen? Sie hatte nie ein gutes Wort über diesen Hamilton verloren, aber ... das musste nichts heißen, oder?

»Ein Jammer, dass Dottie ausgerechnet jetzt klein beigegeben hat wegen der Veggie-Küche«, sagte Lori. »So haben wir gar keinen Grund mehr, nach oben ins Hotel zu gehen.«

»Wozu solltest du das auch tun? Er sitzt auf unserer Terrasse.« Nick klang mürrisch, er hörte es selbst, und seine Schwester, die ihn besser lesen konnte als jeder andere Mensch auf der Welt, sah auf.

»Eifersüchtig?«

»Auf einen Schnulzenschreiber?«

Lori lachte. Dann gab sie die Spiegeleier auf den Teller, auf dem sie bereits Salat angerichtet hatte, legte eine dicke

Scheibe Brot daneben und reichte ihm das Ganze. »Tisch zwei«, sagte sie.

Ihr Bruder nickte. Er war dabei, die Scones, Tee und Eier auf einem Tablett anzuordnen, als Lori ihm eine Hand auf die Schulter legte. »Wenn ich wetten müsste, dann darauf, dass Gretchen noch nicht einmal bemerkt hat, wie gut Harvey Hamilton aussieht.«

»Äh …« Nicholas blinzelte. »Nein?«

»Nein.« Und Lori grinste. »Ich bin nicht taub, weißt du? Die letzte Nacht war die erste, die ich mal wieder durchgeschlafen habe.«

Es dauerte nur drei Sekunden für Nick, den Zusammenhang herzustellen – gestern war die erste Nacht nach einigen davor, die Gretchen nicht bei ihm gewesen war. Und obwohl er generell nicht der Typ war, der rot wurde, spürte er nun Hitze in seine Wangen steigen. Die drei Sekunden verstrichen, und Lori drückte seine Schulter.

»Du musst dazu nichts sagen, Lieblingsbruder. Was man nicht ausspricht, wird auch weiter ein Geheimnis bleiben. Du sollst nur wissen, dass ich überschäume vor Freude. Weil ihr beide es so sehr verdient habt, wieder glücklich zu sein. Und weil ich schon dachte, du würdest dich nie von dieser ekelhaften Scheidung erholen und einer neuen Frau eine Chance geben.«

»Äh …«, wiederholte Nick. Lori küsste ihn auf die Wange und wandte sich wieder dem Herd zu. Und Nicholas beschloss, der neuen Frau in seinem Leben zu sagen, was er zu sagen hatte, bevor es womöglich ein anderer tat.

54.

$\mathcal{H}$ätte Gretchen geahnt, dass Nicholas genau diesen Nachmittag dazu auserkoren hatte, um sich auf den Weg ins Hotel zu begeben, sie hätte ihm abgeraten. Mehr noch, sie hätte vehement versucht, dies zu verhindern, denn so, wie die Sachlage sich darstellte, hatten sie hier oben gerade wahrlich Aufregung genug.

»Sie müssten bitte ein wenig leiser sein mit Ihrem Telefon«, erklärte Mrs. Thomson ihr gerade. Sie war die Mutter der allerhöchstens Sechzehnjährigen, die sich in diesem Augenblick neben dem flackernden Kamin die Mauer entlangrekelte, bekleidet lediglich mit einer Art Weihnachtsfrau-Bikini und einem glitzernden Elch-Reif auf dem dunkelbraunen Haarschopf. Das Mädchen war geschminkt wie eine Pole-Tänzerin und Gretchen drauf und dran, eine der Decken über sie zu werfen, um sie vor den Augen des unermüdlich um sie herumscharwenzelnden Fotografen zu schützen.

»Okay, es tut mir leid, aber Sie können hier drinnen keine Aufnahmen machen«, erklärte Gretchen jetzt, nachdem ihr – entgegen zuvor selbst auferlegter Schwüre – nun doch allmählich der Geduldsfaden riss. Sie stand auf, ging um den Rezeptionstresen herum auf Kristin Thomson und ihre Tochter zu und bedeutete mit einer ausladenden Geste: »Es steht Ihnen frei, unten beim Felsen oder auf den Klippen zu fotografieren, aber ich fürchte, schon für den Garten werden Sie eine Genehmigung benötigen, denn der gehört dem National Trust. Hier im Hotel würde ich Sie bitten, auf Aufnahmen zu verzichten. Wir möchten nicht ...«

»Aber ich habe Ihnen gesagt, wir werden Sie auf unserer Seite erwähnen. Mit freundlicher Unterstützung, blabla, mit detaillierter Adresse.«

Genau das fürchte ich auch, dachte Gretchen. Laut erklärte sie: »Wie ich schon sagte, ich möchte es nicht. Das Hotel steht nicht für Innenaufnahmen zur Verfügung. Oder außen«, fügte sie rasch hinzu, als sie dem Blick des Fotografen zum Fenster folgte.

»Das hätte uns Ihr Mann wirklich schon am Telefon sagen können.« Mrs. Thomson klang entrüstet. »Dann hätten wir uns woanders eingebucht.«

»Mein Schwiegervater ist ... alt. Und vergesslich. Er bringt so einiges durcheinander in letzter Zeit.« Hinter ihrem Rücken kreuzte Gretchen die Finger übereinander angesichts dieser Lüge, von der sie hoffte, Theo würde sie niemals zu Ohren kommen, dann machte sie einige energische Schritte nach vorn, schnappte sich eine der Wolldecken, die auf den Sofas und Sesseln für die Gäste bereitlagen, und legte sie dem Mädchen über die Schultern.

»Es tut mir sehr leid«, raunte sie der Kleinen zu. »Ich hoffe, da draußen ist es nicht zu kalt für dich.«

»Wer in diesem Business was werden will, dem darf es nicht zu kalt sein oder zu warm oder zu wenig«, erwiderte Tochter Thomson kühl und ließ die Decke von ihren Schultern gleiten. Aus der Nähe betrachtet, wirkte das Make-up des Mädchens noch schauriger. Die Mutter sagte: »Wir checken aus. Aufnahmen auf Felsvorsprüngen

können wir auch machen, ohne in dieser teuren Bruch-
bude zu übernachten. Wir werden Ihnen nichts bezahlen.
Wir wurden unter Vorspiegelung falscher Tatsachen hierhergelockt.«

Gretchen seufzte. Und Theo wählte ausgerechnet diesen
Augenblick, um mit einem Huhn unter dem Arm in die
Lobby zu spazieren.

»Können wir zum Tierarzt fahren?«, fragte er. Mit einem
Nicken zu dem Vogel in seinem Arm erklärte er: »Sie hat
sich den Fuß eingeklemmt. Scheint schlimm zu sein. Ist
ganz hysterisch, das arme Ding.«

Wie aufs Stichwort begann das Huhn zu strampeln und
aufgeregt zu gackern, und Mrs. Thomson riss den Mund
auf.

»Wir sollten erst anrufen, ob er in der Praxis ist. Warte.«
Gretchen also lief zurück zur Rezeption, während Theo
dem Vogel an seiner Brust beruhigende Worte zuraunte
und gleichzeitig das Weihnachtsmodel vor dem Kamin genauer betrachtete.

»Himmel, ist es schon wieder so weit?«, murmelte er, zu
niemandem im Bestimmten, und Mrs. Thomson, die ihre
Sprache wiedergefunden hatte, rief: »Was sind das hier für
Verrückte? Halten sich nicht an Vereinbarungen und tragen Hühner im Haus spazieren!«

»Sie kann nicht laufen. Hat sich den Fuß eingeklemmt«,
wiederholte Theo und streichelte dem Huhn über den
Kopf.

»Können die nicht Krankheiten übertragen?«, fragte die
schöne Tochter, die Stimme voller Ekel.

»Allerdings können sie das«, rief die Mutter aufgebracht,
riss Melody am Arm hinter sich her und die Treppe hinauf zu den Zimmern. »Man sollte Sie verklagen. Wegen …

wegen … Wir reisen ab! Und Sie brauchen es gar nicht mit einer Rechnung versuchen!«

Während die stampfenden Schritte im Gang verhallten, packte der Fotograf seine Tasche zusammen, nuschelte etwas von »besser draußen warten« und verschwand.

Theo sah Gretchen an, die bereits den Hörer am Ohr hielt. »Tut mir leid«, sagte er. »Ich dachte, es geht schneller, wenn wir sie selbst zum Tierarzt fahren.«

»Geht keiner ran.« Sie verschwand im Büro und kam eine Minute später mit dem Autoschlüssel in der Hand wieder heraus. »Lass uns fahren, wir können es von unterwegs weiter versuchen.«

»Wo ist Nettie? Irgendjemand sollte im Hotel bleiben.«

»Mist.« Gretchen zögerte. Das Hühnchen auf Theos Arm gab einen gurrenden Laut von sich. »Sie ist mit Damien am Pool in Penzance.«

»Dann bleib du hier. Ich werde sehen, ob ich Ashley in der Küche auftreiben kann, er soll mich fahren.«

»Theo?«

»Ja?«

»Du solltest lieber nicht mit dem Huhn in der Küche auftauchen, denn es könnte dort sein Leben lassen. Aus den unterschiedlichsten Gründen.«

Theo kicherte. »Du hast recht. Wir wollen doch nicht, dass dir die gute Dottie dein hübsches Köpfchen abreißt, nicht wahr?« Womit er das Huhn Gretchen in den Arm drückte, die nun ihrerseits einen überraschten Laut von sich gab.

Konnte dieser Tag eigentlich noch ein bisschen verrückter werden?

Er konnte. Das wurde Gretchen spätestens in dem Augenblick bewusst, in dem Harvey Hamilton in der Lobby auftauchte, mit hinter dem Rücken verschränkten Armen und einem verzückten Lächeln im Gesicht.

»Oh, Mrs. Wilde«, sagte er. »Gretchen. Sie sind ein ganz zauberhafter Anblick, ob mit oder ohne Huhn in Ihrem Arm.«

55.

Den gesamten Weg die Fishstreet hinauf ins *Wild-at-Heart*-Hotel hatte Nicholas sich gefragt, wie er es wohl anstellen und was genau er Gretchen sagen wollte, um ihre Beziehung einen Schritt weiter, nämlich hinaus aus der Geheimniskrämerei in die Öffentlichkeit zu führen.

Währenddessen hatte sich Damien den größten Teil der Busfahrt von Penzance zurück nach Port Magdalen damit beschäftigt, ob zu diesem Zeitpunkt alles kaputt war zwischen ihm und Nettie, ob der Kuss, ihr Streit und der Nachmittag im Freibad ihre Freundschaft unwiederbringlich zerschmettert hatten. Jahre der Verbundenheit, zerstört in weniger als drei Stunden.

Er hatte mit Charlotte geflirtet. Hatte ihre offensichtliche Vorliebe dafür, ihre Hände allüberall auf seinem Körper zu platzieren, geduldet und nicht unterbunden. Dafür hatte Nettie sich von diesem Trottel aus ihrer Schule mit Wasser bespritzen und auf einem Gummi-Flamingo durch den eiskalten Pool ziehen lassen. Und sich dann, bibbernd vor Kälte, in ein von ihm ausgebreitetes Handtuch rollen lassen. Woraufhin Damien einen Arm um Charlotte gelegt hatte, einfach nur, um auch etwas in der Hand zu halten. Was Nettie ihrerseits mit einem stoischen Blick quittiert hatte.

Es war ehrlich verfahren zwischen ihnen beiden. So

verfahren, dass Damien, kaum hatten sie das *Wild at Heart* erreicht, eine Entschuldigung murmelte und sich an Nettie vorbeischob, um diesen unheilvollen Ausflugstag so schnell wie möglich zu beenden. Entschlossen stiefelte er also durch die Eingangstür und in die Empfangshalle, wo Gretchen ihm zunickte (hielt sie ein Huhn im Arm?) und nichts von der Aufregung, die er verspürte, wahrnahm, dafür war sie viel zu abgelenkt. Der Mann, der vor ihr stand – Harvey Hamilton in persona – redete auf sie ein, als wollte er ihr einen Staubsauger verkaufen. Damien hörte: »Mir ist klar, was Sie ... Nicht der beste Beginn ... jung, dumm ... noch mal von vorn ...«, dann war die Tür hinter ihm zugefallen und er in Gretchens und Netties Räumen, um seine Sachen zu holen.

Nicholas dagegen hatte Gretchen und Hamilton perfekt im Blick, wenngleich ihm der Ton zu der Szene fehlte. Durch eines der Fenster ins Foyer sah er lediglich, wie die beiden einander gegenüberstanden, Gretchen mit einem zappelnden Huhn im Arm, Hamilton mit hinter dem Rücken verschränkten Händen, mit denen er eine Blume umklammert hielt – eine weiße Tulpe, soweit Nicholas das beurteilen konnte, doch er machte sich weniger über die Art der Blume Gedanken als darüber, was zum Teufel Hamilton damit anstellen wollte.

»Na, sieh mal einer an.«

Erschrocken fuhr Nick zusammen, als Nettie neben ihm auftauchte, erschrocken und ertappt. »Ich wollte nur ...«, begann er, doch Nettie beachtete ihn gar nicht, sie starrte durch das Fenster ins Innere des Hotels auf ihre Mutter und den Schriftsteller und rückte in ihrem Bemühen, besser und mehr zu sehen, dich an ihn heran.

»Was meinst du?«, flüsterte sie. »Sehen die beiden aus, als könnte da was laufen?«

»Was …« Nicholas sah auf Nettie herunter, dann wieder durch das Glas der Scheibe. Hamilton redete nach wie vor auf Gretchen ein, die nun zu lächeln begann und – Mist, war sie etwa *geschmeichelt?* In all ihrer Mimik und Gestik und in ihrem Blick wirkte Gretchen so, als gefiele ihr das, was Harvey Hamilton da erzählte, ganz außerordentlich, was Nicholas wiederum gar nicht freute.

»Ich dachte, sie kann ihn nicht leiden«, murmelte Nettie. »Doch jetzt sieht es gar nicht mehr danach aus, oder? Ich meine, es wirkt eher so … Ach, du lieber Himmel! Was geht denn jetzt ab?«

Netties Nase klebte nun beinahe an der Scheibe, und um ihren wilden Haarschopf herum versuchte Nick, einen Blick auf Gretchen zu werfen – Gretchen, die nach wie vor im Foyer stand und mit Hamilton sprach, der inzwischen allerdings nicht mehr stand, sondern vor ihr kniete, die weiße Blume in der Hand, ein furchtbar dämliches Grinsen auf dem Gesicht.

Nicholas' Mund öffnete sich, doch es kam kein Ton heraus. Nettie dagegen lächelte, ungläubig zwar, aber breit. »Ist das zu glauben? Die ganze Zeit über habe ich versucht, die beiden zu verkuppeln, und immer haben sie so getan, als könnten sie sich nicht ausstehen. Beide! Und nun sieh sich das einer an.« Sie blinzelte verzückt, während sie sich aufrichtete und einen Schritt nach hinten machte. »Das ist wirklich völ…«, begann sie, und dann brach das Chaos los.

»Aaaah«, rief Nettie, während sie rückwärts stolperte und mit rudernden Armen gerade so verhindern konnte, dass sie auf eines der Hühner trat, die zwischen ihren und Nicks Füßen umherwuselten. Vor lauter Spioniererei hatte keiner von beiden bemerkt, dass die Tiere aufgescheucht um sie herumliefen, sie gackerten sogar, und Nicholas war es ein Rätsel, wie er den Lärm, der da von seinen Schuhen zu ihm heraufdrang, hatte überhören können.

»Was macht ihr denn hier?«, fragte Nettie das halbe Dutzend. »Chicky, Mary, kusch, kusch, wir werden noch auf euch drauftreten.«

»Das, oder … Aaah.« Nick wich einen Schritt zurück, als eines der Hühner sich aufgescheucht daranmachte, an seinem Bein hochflattern zu wollen. »Woah, was …«

»Nicholas?«

Gretchens Stimme. Ungläubig bis eisig. Vermutlich nach draußen gelockt durch den Lärm.

Hervorragend, dachte Nick. Nicht genug, dass er hier vor ihrem Fenster herumlungerte wie ein liebeskranker Stalker, nun fand er sie auch noch mit einem Huhn am Hosenbein. Wobei – sie hatte ja auch eins gehabt.

Wo hatte sie ihr Huhn gelassen?

»Was war das denn?«, fragte Nettie.

»Was? Das mit den Hühnern? Theo ist gerade mit einem von ihnen zum Tierarzt gefahren, das muss die anderen aufgescheucht haben.« Sie warf einen erstaunten Blick auf die schnatternden Federviecher. »Wie ungewöhnlich, oder? Seltsam. Würdest du sie bitte zurück in ihren Stall bringen?«

»Welches fehlt denn? Warte … Jeannie ist nicht hier. Herrje, hat sich eure kleine Schwester wehgetan? Und ihr macht euch Sorgen um sie? Na, kommt, sicher ist sie bald wieder da.« Nettie griff nach einem Huhn, dann nach einem zweiten, und die Vögel legten sich in ihren Arm, als wäre es das Normalste auf der Welt, dass das Mädchen sie umhertrug. »Und dann wirst du mir erzählen, Mum, warum gerade ein Mann vor dir gekniet hat, ja?« Nettie lachte. »Ich kann es nicht glauben. Du und Harvey Hamilton! Das ist ...« Und dann schwieg sie abrupt, weil ihr auf einmal und warum auch immer Damien einfiel und somit die Tatsache, dass ihr gerade überhaupt nicht zum Lachen zumute war. »Buutbutbut«, rief sie, drehte sich um und stapfte in Richtung Hühnerstall davon. Die restlichen Tiere folgten ihr rasch.

Gretchen sah ihrer Tochter hinterher. Nicholas riskierte einen Blick in die Lobby und stellte mit Erleichterung fest, dass Hamilton verschwunden war.

»Was tust du hier, Nick?«, hörte er sie fragen, weshalb er sich umwandte und Gretchen musterte, einige zähe Sekunden lang.

»Ehrlich, das hätte ich beinahe vergessen«, erwiderte er. »Vergessen?«

»Nun ja, über den Wirbel mit den Hühnern. Und dann.« Er nickte zum Fenster. »Hamilton.«

»Wie lange stehst du denn schon hier?« Gretchen klang amüsiert, was Nicholas nicht recht nachvollziehen konnte. Er runzelte die Stirn.

»Lange genug, um zu sehen, dass der Kerl sich dir vor die Füße geworfen hat.«

Gretchen lächelte erst, dann brach sie in voluminöses Gelächter aus. »Das hast du gesehen? Wie er vor mir auf die Knie gefallen ist?«

Nicks Stirnrunzeln vertiefte sich. Da standen sie, keine zwei Schritte voneinander entfernt, aber doch so weit, dass die Distanz unüberwindlich erschien. War er nicht gekommen, um ihr zu sagen, dass er sich in sie verliebt hatte? Und dass er mit ihr zusammen sein wollte, ganz offiziell, mit dem Segen ihres Schwiegervaters und ihrer Tochter, der Hühnerbeschwörerin, die offenbar ihre Zeit damit zugebracht hatte, ihre Mutter zu verkuppeln, leider mit dem falschen Mann?

»Hör mal«, begann Nick. Dann schüttelte er den Kopf. Keinen Augenblick glaubte er daran, dass die Frau vor ihm, die nun schon einige Nächte mit ihm verbracht hatte, gleichzeitig in einen anderen, in diesen Hamilton verliebt war, doch er musste sich schon fragen, was ihr an der Situation so viel Freude bereitete. Gerade wollte er nachhaken, da sagte Gretchen:

»Weißt du, warum er das getan hat? Warum er vor mir auf die Knie gegangen ist?« Sie lächelte immer noch.

Nick lächelte nicht. »Ich habe ehrlich keine Ahnung.«

»Er ist an der Lodge interessiert.«

»Welche Lodge? Die, die zum Hotel gehört?«

Gretchen wandte den Kopf zur Seite, sie blickte in Richtung des Waldes, durch den ein Pfad hinunter zu den Klippen führte, und als sie Nick wieder ansah, war ihr Gesicht ernst. »Christopher wollte sie schon renovieren lassen, aber er schaffte es nicht mehr, bevor er … Nun. Sieht so aus, als wäre Hamilton gestern darüber gestolpert, und jetzt möchte er sie herrichten lassen. Für sich. Damit er hier eine eigene Hütte hat, wenn er nach Cornwall kommt, um zu schreiben.«

»Er will die Lodge kaufen?«

»Nein, er will nur die Renovierung bezahlen. Und ein Messingschild am Eingang, auf dem steht *Harvey Hamiltons Retreat.*« Nun lachten zumindest ihre Augen wieder.

»Und dafür ist er vor dir niedergekniet?«

»Als ich abgelehnt habe, ja.«

Sie sahen einander an. Nach dem Tumult mit den Hühnern und dem Rauschen in Nicks Ohren, als er Gretchen mit Hamilton beobachtete, war es inzwischen beinahe gespenstig still hier draußen.

»Hast du wirklich gedacht, er macht mir einen Heiratsantrag?«, fragte Gretchen.

»Nein.« Sie hatte sich immer noch nicht bewegt, keinen
Millimeter, deshalb machte Nick einen Schritt auf sie zu.
»Beziehungsweise, ja – ich dachte, er macht dir womöglich einen Heiratsantrag, aber ich habe keine Sekunde gedacht, dass du ihn annehmen würdest.«

»Aber du hast zugesehen? Durchs Fenster?«

Wenn sie es so ausdrückte, klang es ehrlich seltsam, und
Nick hatte ohnehin keine Ahnung, wie er dazu gekommen
war, seine Nase gegen die Scheibe zu pressen. Warum war
er nicht einfach ins Innere des Hotels gegangen?

»Ich habe sozusagen …«

»Spioniert.«

»Was? Nein!«

»Was wolltest du dann hier?«

»Mit dir reden.«

»Mit mir reden. Worüber?«

»Dein …« Nick hielt inne. Dein Schwiegervater war gestern bei mir, hatte er sagen wollen und sich gerade noch
rechtzeitig daran erinnert, dass er das besser nicht laut
aussprechen sollte. Immerhin hatte Theo ihn um Still-
schweigen gebeten, was die Sache mit der Klage anging.
Aber wie sonst sollte er Gretchen erklären, was Theo überhaupt bei ihm zu suchen hatte? *Ich habe mit Theo gesprochen, und ich denke nicht, dass er etwas dagegen hätte,
wenn es einen neuen Mann in deinem Leben gäbe?*

Ja. Genau. Nicht.

Doch vielleicht hatte ihm Nettie da eine ganz andere
Möglichkeit offenbart.

»Weißt du, dass Nettie dich mit Hamilton verkuppeln
wollte?«

»Was?«

»Sie hat es mir eben erzählt. Sie wollte euch verkuppeln und dachte schon, sie sei gescheitert. Deshalb war sie eben auch so gut gelaunt, schätze ich.«

Gretchen gab einen ungläubigen Laut von sich. »Also, das ist doch ...« Sie hatte ja zuvor schon daran gedacht, dass dies möglicherweise der Grund für Netties seltsames Verhalten Hamilton gegenüber sein könnte, doch es jetzt bestätigt zu bekommen ... »Das darf ehrlich nicht wahr sein.«

»Bevor du jetzt sauer auf deine Tochter wirst«, sagte Nick und trat endlich den letzten Schritt nach vorn und nah an Gretchen heran, so nah, dass er ihre Hand nehmen konnte. »Ich habe dir das eigentlich nur verraten, weil es etwas Wesentliches zeigt.«

»Was?« Verwirrt blickte Gretchen ihn an.

»Dass Nettie nichts dagegen hat, wenn es einen neuen Mann in deinem Leben geben würde, vielleicht sogar im Gegenteil – vielleicht wünscht sie sich, dass du wieder glücklich wirst.«

»Oh, Nick.« Es hätte zu ihrem Tonfall gepasst, Nicholas mit diesen Worten ihre Hand zu entziehen, doch sie tat es nicht. Stattdessen sah sie ihn an, eine Mischung aus Zuneigung, Mitleid und Unentschlossenheit im Blick, die er kaum ertragen konnte.

»Du glaubst mir nicht?« Er sah sie an, und nun war er derjenige, der seine Hand zurückzog, um sich damit durchs Haar zu streichen. »Wieso fragst du deine Familie nicht einfach mal direkt danach? Wieso fragst du Theo nicht, ob er etwas dagegen hätte, dass wir zwei zusammen sind? Wieso sprichst du nicht mit Nettie?« Er starrte Gretchen an, die Frau, die er wahrlich mehr schätzte als jeden anderen Menschen auf der Welt, und die starrte zurück, mit zusammengezogenen Brauen und zusammengepressten Lippen, misstrauisch, fragend, kein bisschen so, wie er es sich erhofft hatte. Enttäuscht.

»Du hast gesagt, du wirst mir Zeit geben.«

»Ja. Natürlich.« Er klang jetzt ungeduldig. »Aber diese Heimlichtuerei, Gretchen. Wir lügen alle an. Lori – sie weiß es ohnehin schon.«

»Wieso hast du es Lori gesagt? Du wusstest doch, dass ich es erst meiner Familie sagen wollte, wenn überhaupt jemandem.«

»Wenn überhaupt?«

»So habe ich es nicht gemeint.«

»Nein?«

»Nick! Wer hat hier wen verraten?«

»Verraten? Gretchen, hörst du eigentlich, was du da sagst?«

Sie starrten aneinander an. Und sie waren laut geworden. Und über ihren Streit und das ganze Adrenalin hinweg hatten sie nicht bemerkt, dass Theo auf einmal neben ihnen stand. Er räusperte sich. »Ashley hat mir die Fahrt zum Tierarzt abgenommen«, sagte er. »Ich wollte eben nach den anderen Hühnern sehen.«

»Oh, bestens«, rief Gretchen und warf die Arme in die Luft.

56.

Es half nichts, dass Nicholas einzulenken versuchte. Dass er Gretchen versicherte, er habe ihr keine Szene machen und sie noch weniger verletzen wollen. Dass er betonte, es gebe nichts, wofür sie sich schlecht fühlen müsse, dass er bereits mit Theo gesprochen habe (er verschwieg allerdings, wann) und ... Ja, und dann riss Gretchen endgültig der Geduldsfaden, und sie ließ ihn stehen, draußen vor dem Hotel, bevor er den Satz zu Ende sprechen konnte.

Sie hatte einen Fehler begangen. Das war der Satz, der sich in ihrem Kopf drehte, während sie durch die Hotelhalle stapfte, das Telefon überhörte, Dottie ignorierte, die ihr hinterherrief, und in ihre eigene Küche stob, wo sie sich mit beiden Händen rechts und links vom Waschbecken abstützte und aus dem Fenster sah.

Sie hatte einen Fehler begangen. Und der hatte nichts damit zu tun, dass Theo auf diese Weise von ihrer Verbindung mit Nicholas erfahren hatte und dass Nettie es deshalb auch bald wissen würde. Es hatte nicht einmal etwas damit zu tun, dass Nick heute hier gewesen war, um ihr ... was zu sagen? Sie konnte sich nicht mehr erinnern. Das alles nämlich hatte so oder so in keinster Weise mit einem anderen zu tun, sondern einzig und allein mit ihr. Nicholas war ein toller Kerl. Ein außergewöhnlicher, wunderbarer Mann. Einer, den sie auf keinen Fall verdient hatte.

Nicht in der Situation, in der sie sich gerade befand. Nicht in ihrer Gemütslage.

Sie schloss die Augen und atmete tief ein, dann drehte sie sich um und blickte zu der Uhr über der Tür. Wie ein Mahnmal starrte die auf sie herab, und Tränen traten in Gretchens Augen.

Wann würde das endlich aufhören?

Was, wenn sie nie darüber hinwegkäme? Wenn sie nie aufhörte, Christophers Stimme zu hören? Was, wenn sie niemals einen Neuanfang starten, wenn sie ihn niemals wagen würde? Alles hier erinnerte sie an Christopher – England, Cornwall, die Insel, das Hotel. Diese Uhr.

Noch einmal atmete Gretchen ein, noch tiefer. Dann griff sie nach einem der Küchenstühle. Sie schob ihn zur Tür und war dabei hinaufzuklettern, als sie Netties Stimme hörte, schon von Weitem.

»Mum?«

Panisch wischte sich Gretchen über Augen und Wangen. Ihre Tochter durfte sie auf keinen Fall so sehen, also schob sie schnell den Stuhl zurück an seinen Platz und lief zum Waschbecken hinüber, wo sie sich kaltes Wasser ins Gesicht spritzte. Sie hatte sich gerade abgetrocknet und einigermaßen beruhigt, als Nettie in die Küche platzte.

»Mum! Großvater hat erzählt ...« Sie stockte. Dann lief sie auf Gretchen zu und setzte eine besorgte Miene auf. »Hast du geweint? Was ist denn los?«

»Ich habe nicht geweint.« Mit der Hand wedelte Gretchen sich vor dem Gesicht herum. »Ich hatte irgendetwas an den Fingern, als ich mir die Augen gerieben habe, und jetzt tränen sie. Das ist alles.«

»Ach so«, sagte Nettie, leichtgläubig und leichthin, bevor sie sich neben ihre Mutter an die Spüle lehnte und die

Arme vor der Brust verschränkte. »Also«, begann sie erneut, »was hat Großvater da aufgeschnappt? Du und Nick? Wirklich? Wieso hast du mir nie davon erzählt?«

Gretchen blinzelte. Immer noch klopfte ihr Herz wie wild. Das hier, dieser Augenblick, genau der … Er wäre die perfekte Gelegenheit, mit ihrer Tochter zu sprechen, ihr zu erklären, dass sie sich in Nicholas verguckt hatte, dass das nichts zu tun hatte mit ihr oder Theo oder ihrer Familie und auch nichts damit, dass sie Netties Vater nicht mehr liebte. Sie war lediglich weitergegangen, nur ein kleines Stück. Winzig. Nur ein mikrokurzes Stück in eine andere Richtung.

Sie lauschte in die Stille.

Tick, tack machte die Uhr.

Christopher. Christopher.

Gretchen richtete sich auf und sagte: »Es ist gar nichts zwischen mir und Nick. Und wäre dein Großvater nicht so schnell davongelaufen, dann hätte ich es ihm gern erklärt.«

»Erklärt? Was denn? Grandpa sagte, du und Nick, ihr hättet …«

»Wir haben über etwas völlig anderes geredet. Das wirst du mir einfach mal glauben müssen.«

Wie sich Gretchen von dem sentimentalen Häufchen Elend, das sie gerade noch gewesen war, in diese emotionslose Hülle verwandeln konnte, die nun auf Nettie herabsah, war ihr selbst ein Rätsel, doch sie war dankbar dafür. Sie war kurz davor, für sich zu entscheiden, dass diese Sache zwischen ihr und Nicholas keinerlei Zukunft hatte, also war es zu diesem Zeitpunkt absolut unnötig, ihre Tochter mit einzubeziehen. Ihre Tochter, die nun verwirrt aussah, verwirrt, aber auch verletzt, was alles nur noch schlimmer machte. Also wechselte Gretchen schnell das Thema.

»Mich würde viel mehr interessieren«, begann sie, »was du mit Harvey Hamilton zu tun hast. Beziehungsweise damit, dass er daran denkt, Cornwall zu seinem Zweitwohnsitz zu machen.«

»Das hat er vor? Er will hierbleiben?«

Gott, wenn ich mich so leicht ablenken ließe, dachte Gretchen. Ich wäre unbedarft, aber glücklich.

Sie blickte Nettie ins nun wieder hoffnungsfrohe Gesicht. »Das habe ich überhaupt nicht gesagt. Die Rede war von *Zweitwohnsitz*. Er interessiert sich für die Lodge.«

»Oooh, ich wusste es!«

Gretchen seufzte. Sie wiederholte, was sie eben schon Nick erzählt hatte – erzählte von dem Messingschild, das sie anbringen sollten im Gegenzug dafür, dass Hamilton für die Instandsetzung aufkäme.

»Ich habe natürlich abgelehnt. Es wird hier kein Harvey-Hamilton-Denkmal geben. Genauso wenig, wie es eine Verbindung zwischen ihm und mir geben wird. Was hast du dir dabei gedacht, mich mit diesem Mann verkuppeln zu wollen?«

Nettie blinzelte. »Er ... er hat ... Hat er dir einen Heiratsantrag gemacht?«

»Ha!« Bereits zum zweiten Mal lachte Gretchen an diesem Tag auf beim Gedanken daran, dass Hamilton vor ihr auf die Knie gegangen war. Doch diesmal klang es bitter. »Er hat mir *keinen* Heiratsantrag gemacht, stell dir vor. Alles, was dieser Mann liebt, ist sich selbst und die Vorstellung davon, hier auf der Insel irgendwo seinen Namen draufstempeln zu können.«

»Oh.«

Und wieder wirkte Nettie verletzt. Offenbar besaß Gretchen heute ein Händchen dafür, ihre Tochter zu kränken. Dennoch sagte sie: »Mach das nie wieder, in Ordnung? Versuch nie wieder, mich mit einem Mann zusammenzubringen, der nicht dein Vater ist. Ich meine …«

Nettie starrte sie an, und ihre Augen füllten sich mit Tränen, schneller, als Gretchen sich das Ende dieses Satzes überlegen konnte. Das schlechte Gewissen schnürte ihr die Kehle zu. Das schlechte Gewissen und dieses vertraute Gefühl von Weltschmerz, Selbstmitleid und Frust.

»Du weißt, was ich meine«, stieß sie schließlich hervor, bevor sie an Nettie vorbeistürmte, zur Küche hinaus, in ihr Zimmer.

Nettie blieb zurück, zur Eisfigur erstarrt. Die Tränen, die sie gerade noch glaubte weinen zu müssen, waren wie schmerzhafte Kristalle in ihren Augenwinkeln. Sie blinzelte sie weg. Sie war sich nicht im Klaren darüber gewesen, wie brüchig die Decke des Vergessens war, die sie über den Tod ihres Vaters gespannt hatten, und wie wenig sie darüber wusste, wie es in ihrer Mutter aussah. Wen kannte man denn schon gut genug, um zu wissen, was das Beste für einen anderen war?

Wie aufs Stichwort hörte sie Schritte, und dann stand auf einmal Damien in der Küchentür. Auch so ein Fall, schoss es Nettie durch den Kopf. Da dachte sie, sie kannte ihren besten Freund, all die Jahre lang, aber dann … Damien hielt eine Tasche in der Hand, und er war nicht aus der Eingangshalle in die Küche gekommen, sondern aus ihrem Zimmer. Er hatte seine Sachen gepackt.

Nettie stellte sich aufrechter hin.

»Vielleicht ist es besser, wenn du früher zurück nach

Brighton fährst«, sagte sie, und das Herz der Eisfigur klirrte leise.

Damien starrte sie an. »Ich wollte nur … Ich dachte, ich könnte bei meinen Vätern im Zimmer …«

»Du hast es sicher bequemer, wenn du gleich zurück nach Hause fährst.«

»Was … Das meinst du doch nicht ernst!« Damien wollte noch mehr sagen, irgendetwas in die Richtung, dass sie es schon wieder hinkriegen würden, was auch immer da schiefgelaufen war, doch etwas in Netties Blick hielt ihn davon ab. Am Ende brachte er nur noch einen weiteren Satz hervor: »Wir sind doch Freunde, oder nicht?«

Nettie dachte daran, wie euphorisch sie gewesen war, Damien wiederzusehen. Daran, wie viel Spaß sie gehabt hatten. An den Nachmittag vor dem Zelt und den Filmabend in ihrem Zimmer. Und auch daran, dass ihr von Beginn an etwas anders vorgekommen war als sonst. Als wäre von vornherein klar gewesen, dass in diesem Sommer etwas Außergewöhnliches geschehen würde, etwas, das alles veränderte, was vorher zwischen ihnen gewesen war. Sie dachte an diesen Kuss – natürlich dachte sie an diesen Kuss. Daran, wie Damien im Schwimmbad mit Charlotte geflirtet hatte. Und jetzt, fünf Minuten später, hatte er seine Sachen gepackt.

Und wieso, fragte sie sich außerdem, schmerzen Herzen aus Eis noch viel mehr als die aus Fleisch und Blut?

»Gerade weiß ich nicht, was wir sind«, sagte sie, und es war die Wahrheit. Sie hatte keine Ahnung, was sie fühlen sollte, und keinen blassen Schimmer, wo sie standen, wer sie füreinander waren.

Am Ende schob sie sich an Damien vorbei und rannte in die Lobby, von dort ins Restaurant und dann in die Küche auf der Suche nach ihrem Großvater, denn irgendwer musste dieses Hotel wohl am Laufen halten, auch wenn alles andere in Stücke zerfiel. Oder etwa nicht?

Es war in dieser Nacht, gegen zwei Uhr dreißig, als das Feuer ausbrach. Es entzündete sich in Theos Werkstatt und arbeitete sich von dort den Scheunenboden entlang, die Wände hoch, in Theos Schlafräume, zu den angrenzenden Gebäuden, dem Schuppen, dem Stall.

Stunden zuvor war Nettie ins Bett gefallen, erschöpft nach einem Nachmittag voller Arbeit, ohne Damien, mit einem schweigenden, zerknirschten Gretchen. Sie hatte darüber nachgegrübelt, was sie ihrer Mutter sagen wollte, wie sie wiedergutmachen konnte, was sie offensichtlich angestellt hatte. Und sich gefragt, ob Damien wach lag, so wie sie, auf dem Beistellbett im Zimmer seiner Väter. Er war noch nicht abgereist, das immerhin hatte sie mitbekommen. Sie hatte nicht gewusst, ob sie deshalb Erleichterung empfinden sollte oder nicht.

Als sie endlich eingeschlafen war, träumte Nettie von ihm. Sie hatte sein Gesicht vor Augen, das strahlende Lächeln, die Grübchen, die dunklen Haare, die ihm immer wieder in die Stirn fielen. Sie sah Damien, wie er mit Charlotte flirtete, am Beckenrand des Jubilee Pools, doch dann sah sie ihn, wie er auf sie zukam, und der Hintergrund verschwamm, und dann waren es auf einmal nur noch sie beide, nur Damien und sie, und er beugte sich zu ihr herunter, und seine Lippen schoben sich näher und näher ins Bild, bis sie auf ihren lagen, und Nettie wurde warm, sogar in ihrem Traum. Sie hatte das Gefühl, die Hitze strömte durch ihren gesamten Körper, sie breitete sich langsam aus, über ihren Mund, die Kehle hinunter, in Bauch und

Magen, in die Zehenspitzen und dann den ganzen Weg wieder zurück. Ihre Wangen brannten. Die Hitze flackerte hinter ihren Lidern.

Als Nettie mit einem Schlag erwachte, war sie verwirrt, denn immer noch loderte die Hitze um sie herum, Flammen tanzten auf ihrem Gesicht.

Feuer.

Feuer!

Sie schreckte auf im selben Augenblick, in dem ihre Mutter die Tür zu ihrem Zimmer aufriss.

»Nettie! Schnell!«

Hinter den Vorhängen tanzten Flammen, als Nettie die Decke zurückwarf, aus dem Bett sprang in ihre Flipflops und hinter ihrer Mutter herrannte.

Da brannte die Scheune bereits lichterloh.

57.

Als Theo bemerkte, dass etwas nicht stimmte, hatte das Feuer bereits die Treppe zu seinen Schlafräumen erreicht. Für den längsten Teil eines Augenblicks stand er oben auf der Empore und starrte hinunter in seine Werkstatt, deren Mobiliar mitsamt seines Inhalts den Flammen Nahrung gab. Er dachte daran, was sich alles in diesem Raum befand, was es zu ersetzen galt – seine Werkbank, die Strohhalme, schlimmer noch, sein Ideenbuch –, dann erschrak er fürchterlich darüber, wie er in einem solchen Moment überhaupt an etwas anderes denken konnte als daran, so schnell wie möglich aus dem Gebäude zu kommen. Er machte auf dem Absatz kehrt, rannte zum Fenster im entgegengesetzten Teil der Scheune und riss es auf.

Die Luft war klar und kühl in dieser Nacht, was Theo den Unterschied zu dem verrauchten Zimmer hinter ihm so stark verdeutlichte wie Kontrastmarker. Er reckte den Kopf nach draußen, atmete, sah nach unten, spürte die Wärme in seinem Rücken. Der Boden war nicht fürchterlich weit weg, doch weit genug, um sich ein paar hübsche Knochenbrüche zuzuziehen, die in seinem Alter womöglich nicht allzu schnell verheilten. Er war dabei, es trotzdem zu wagen, griff schon hinter sich nach einem Stuhl, auf den er klettern konnte, als er die aufgeregte Stimme wahrnahm. Gretchen lief auf die Scheune zu, sie schrie, wie er sie noch nie hatte schreien hören, erst seinen Namen, dann nach Gott, dann irgendetwas von einer Leiter.

»Wo ist die Leiter?«, rief sie, als sie ihn schon beinah erreicht hatte.

Die Leiter. Theo runzelte die Stirn. In seiner Verwirrung blickte er hinter sich, in das Zimmer, in dem sich der Rauch verdichtet hatte, er konnte kaum noch etwas erkennen. Hustend wandte er sich wieder dem Fenster zu und rief: »Ich weiß es nicht. Im Stall vielleicht.«

Um Gottes willen, der Stall … Gretchen dachte exakt das Gleiche wie ihr Schwiegervater, und auf einmal wirkte sie noch panischer als die Sekunde zuvor. Hilfesuchend drehte sie sich zu dem Fenster der Scheune, während Theo, hustend und vor Adrenalin zitternd, auf den Stuhl stieg.

»Du kannst da nicht runterspringen!«

Gretchen kreischte. Was in Anbetracht der Lautstärke, die die tosenden Flammen verursachten, dennoch kaum auszumachen war. Theo wurde schwindlig, wenn er nach unten sah, aber auch durch den Rauch, der ihn immer mehr umwaberte, und er wusste, ihm blieb kaum noch Zeit, um ins Freie zu springen, bevor das Feuer auch ihn erreichte. Es fraß sich in rasender Geschwindigkeit durch das alte Holz.

»Grandpa! Schneller. Himmel, *schneller!*«

Theo stand bereits mit einem Bein im Fensterrahmen, als Nettie auftauchte, einen Teil der Hotelgäste im Schlepptau, die wiederum etwas hinter sich her zerrten, das Theo erst auf den zweiten Blick erkannte: das alte Trampolin, das schon wer weiß wie lange im Garten vor sich hin rottete, seit Nettie das Interesse daran verloren hatte. Die beiden Angove-Männer trugen es zwischen sich und stellten es genau unter dem Fenster ab, in dem Theo stand, während Harvey Hamilton zwei Schritte später einige Decken und Kissen darauf fallen ließ – damit er nicht allzu sehr abfederte, wie Theo annahm.

Doch eigentlich nahm Netties Großvater gar nicht mehr allzu viel an. Stattdessen stieg er mit dem zweiten Bein auf den Fensterrahmen, auf dem er wobbelte und wackelte, bevor er einen Schritt nach vorn machte und sich fallen ließ, gerade noch rechtzeitig, wie man ihm später erzählen würde, bevor die Flammen ihm den Hosenboden verbrannten.

Denn sehen konnte Theo dies nicht mehr. Er war kaum auf dem Trampolin gelandet, da verspürte er auch schon einen scharfen, diffusen Schmerz, bevor es schwarz wurde um ihn herum.

»Grandpa?«

»Theo?«

»Mr. Wilde?«

»Wir müssen ihn hier wegschaffen, kommt schon. Wir müssen weg von der Scheune.«

»Was ist mit ihm, Mum? Mum? Er blutet am Kopf.«

»Uuuh … was … Auweia, bin ich raus? Haben wir's geschafft?«

»Grandpa! Geht es dir gut? Du bist auf den Kopf gefallen. Ist alles in Ordnung mit dir?«

»Schhhh, Nettie, du darfst ihn nicht so schütteln, beruhige dich. Damien? Bring Nettie … bring sie … ich weiß nicht, ein Stück von hier weg.«

»Natürlich. Komm, Nettie. Wir …«

»Lass mich los! Was ist mit Paolo? Ich muss in den Stall.«

»Nettie, sei doch ...«

»Lass mich los!«

Während sich die Stimmen um Theo herum in sein Bewusstsein schoben und wieder hinaus, während ihn Männer wegtrugen von der brennenden Scheune und Platz schafften für den Einsatzwagen der Freiwilligen Feuerwehr von Port Magdalen, während alle anderen in Deckung gingen vor den Flammen, lief Nettie mit vor den Mund gepressten Fingern um das Gebäude herum zum angrenzenden Stall.

»Nettie!«

Damien war dicht hinter ihr. Und im Gegensatz zu seiner Freundin war er nicht in Flipflops unterwegs, weshalb er sie in wenigen Schritten eingeholt und an ihrem dünnen Schlafanzugoberteil festgehalten hatte. »Komm schon, Nettie, sei nicht blöd«, rief er verärgert, während er die Arme von hinten dicht um ihren Körper schlang, um sie daran zu hindern davonzulaufen.

»Damien!« Nettie kreischte. Sie zappelte in seiner Umklammerung, und am Ende tat sie etwas, das sie nicht mehr getan hatte, seit sie vier Jahre alt war: Sie biss ihn in den Unterarm.

»Was zum Teufel!«

»Es ist noch nicht zu spät!«

Womit sich das irre Mädchen erneut losgerissen hatte und nun auf den Stall zuhielt, dessen linke Außenwand – die, die nur etwa zwei Meter vom inzwischen lodernden Schuppen entfernt war – bereits brannte.

Nettie lief zu der Tür auf der anderen Seite.

Und Damien lief ihr hinterher.

Zwar murmelte er einige Kraftausdrücke, während er auf die Flammen starrte und versuchte zu berechnen, wie lange sie wohl brauchen würden, den kompletten uralten, morschen Stall zu verschlingen und sie zwei gleich mit, doch er ließ auch Nettie nicht aus den Augen, die jetzt beinahe die Tür erreicht hatte.

»Lass mich.« Er schob sie hinter sich.

Nettie dachte nicht einmal daran, die Augen zu verdrehen oder einen bissigen Spruch über Damiens heroischen Ton anzubringen, sie blieb einfach dicht hinter seinem Rücken, hielt sich den Ärmel ihres Schlafanzugs vor Mund und Nase und versuchte, durch den dichter werdenden Qualm etwas zu erkennen.

Den Rauch hatte sie eindeutig unterschätzt. Und die Hitze. Nettie hatte den Eindruck, von innen her zu schmelzen, während sie durch den Stall stolperte, annähernd blind jetzt, weil der Brandgeruch in ihren Augen biss.

Sie konnte Damien nicht mehr sehen.

Bis er auf einmal wieder vor ihr stand.

»Sie sind nicht hier«, rief er.

»Was?«

Er griff nach ihrem Handgelenk, so fest, dass es wehtat, und zog sie hinter sich her auf die Tür zu, durch die sie gekommen waren, und dann noch ein Stück weiter, bis sie aus dem Dunstkreis der Hitze in die Kühle der Nacht strauchelten. Beide husteten sie. Bis zu dieser Sekunde hatte Nettie gar nicht bemerkt, wie schlecht sie Luft bekam, doch nun japste sie danach, als hätte sie sie ewig angehalten. Ihre Kehle fühlte sich an, als hätte sie glühende Kohlen verschluckt.

»Was soll das?«, krächzte sie, sobald es ihr möglich war,

und schüttelte Damiens Hand ab. »Ich hab nicht einmal einen Blick hineinwerfen können, wie kannst du so sicher sein ...«

»Paolos Box war leer«, unterbrach Damien, »und Fred ... Ich konnte sein Gehege nicht erreichen. Aber der kleine Kerl ist clever, und ...«

Und schon hatte sich Nettie umgedreht und stapfte zurück zum Stall.

»Herrgott noch mal, Nettie Wilde!« Damien packte sie erneut. Vor ihnen fraßen sich die Flammen schneller und lauter durch das Holz, sie waren nicht mehr weit von der Tür entfernt, durch die sie eben noch gerannt waren, und auch nicht davon, das gesamte Gebäude zu verschlingen. Selbst Nettie musst nun einsehen, dass dieser Weg endgültig abgeschnitten war.

Damien wusste, dass die Feuerwehr von Port Magdalen bereits Hilfe angefordert hatte, und er betete, dass gerade Ebbe war und noch mehr Einsatzwagen den Weg über den Damm antreten konnten, denn wenn sie sich nicht beeilten ... Er zog Nettie noch ein Stück von dem Flammenmeer weg. Das Feuer loderte in die Nacht, orange, gelb, rot, so heiß, dass er es in seinen Haarspitzen spürte, und er konnte kaum den Blick abwenden. Weshalb er erst dann merkte, dass Nettie in seinem Griff zappelte, als sie ihm mit voller Wucht auf den Fuß trat.

»Au!«

»Lass. Mich. Los.«

»Nettie ...«

Hinter ihnen kreischten Sirenen durch die Nacht.

»Es kommt noch mehr Feuerwehr, Gott sei Dank«, murmelte Damien. Er wagte es nicht, noch einmal nach Nettie zu greifen, also versuchte er stattdessen, sie mit der flachen Hand gegen ihren Rücken ein Stück vom Feuer wegzuschieben, dorthin, wo sich inzwischen eine Menschentraube versammelt hatte, die auf die Einsatzkräfte wartete. Doch auch diesmal entzog sie sich seiner Berührung.

»Ich muss zu meinem Großvater.« Und das war das Letzte, was sie an diesem Abend zu ihm sagte.

Das Feuer, es zerstörte am Ende alle drei Gebäude und alles, was darin war. Und obwohl Nettie zutiefst beunruhigt war über den Verbleib von Paolo und Fred, schickte Gretchen sie los, ihren Großvater in die Klinik nach Penzance zu begleiten. Weil sie fürchtete, ihre Tochter würde durch Schutt und Asche waten, um die Tiere zu finden. Und auch, weil Theo in dasselbe Krankenhaus eingeliefert werden sollte, in das Christopher nach seinem Unfall gebracht worden war.

Entschieden schob sie den Gedanken von sich.

Theo hatte sich nach der extrem schrägen Landung auf dem Trampolin den Kopf angeschlagen, war aber sehr schnell wieder bei Bewusstsein gewesen. Nun ging es darum festzustellen, ob er eine Gehirnerschütterung erlitten hatte – über Blutungen wollte Gretchen gerade ebenso wenig nachdenken. Doch sie hatte ihre versteinerte Tochter mit ihrem Schwiegervater losgeschickt und war allein im *Wild at Heart* zurückgeblieben.

Nun, nicht ganz allein. Damien war hier mit seinen Vätern, Harvey Hamilton und die anderen Gäste. Dottie, Hazel und Oscar waren aus dem Dorf nach oben geeilt, Letzterer hielt eine zitternde Florence im Arm. Sie alle standen in gebührendem Abstand, denn wegen seiner Nähe zu Scheune und Stall war auch das Hotel vorsichtshalber evakuiert worden.

Leute aus dem Dorf waren nach oben gekommen. Sie hatten Decken gebracht und heiße Getränke, und noch nie war es an irgendeinem Ort stiller gewesen, an dem sich so viele Menschen versammelt hatten. Da standen sie und sahen den Feuerwehrleuten dabei zu, wie sie die letzten Brandnester unter ihre Kontrolle brachten, jeder in seine eigenen Gedanken vertieft.

Damien dachte an Nettie. Er dachte an ihre Tiere und daran, wie er sich auf die Suche machen würde, sobald die Feuerwehrleute ihre Arbeit beendet hatten. Er hatte das untrügliche Gefühl, er würde sie ganz verlieren, wenn er nicht diesen Esel fand, und sie im Gegenteil wiederbekommen, wenn er ihr zumindest die Tiere zurückgeben konnte. Dieses Frettchen war ein Schlossknacker, etwa nicht? Fred könnte es geschafft haben, sich und den Esel zu befreien, und beide warteten nun irgendwo in Sicherheit darauf, dass jemand sie holte.

Gretchen dachte daran, dass sie unfassbares Glück im Unglück gehabt hatten. Wenn es Theo nicht gelungen wäre … Sie konnte den Gedanken nicht zu Ende denken. Sie stand nach wie vor unter Schock und brachte es nicht einmal fertig, sich über die Bedeutung des Ganzen den Kopf zu zerbrechen – wie lange würde es dauern, all das wiederaufzubauen? Würde die Versicherung zahlen, und wenn ja, was? Wie hatte das Feuer überhaupt ausbrechen können? War es wieder eine von Theos Dummheiten gewesen? Sie zwang sich dazu, nicht weiterzugrübeln, und als sich schließlich ein Arm um ihre Schultern legte und sie aufschaute, in Nicholas' tröstliches Gesicht, da zögerte sie kaum zwei Sekunden, bevor sie ihren schweren Kopf gegen seine Brust sinken ließ und an gar nichts mehr dachte.

58.

Es hatte einige Stunden gedauert, den Brand endgültig
zu löschen, und dann noch ein paar, um die Ruine zu si-
chern und abzusperren. Am Ende beschloss die Freiwil-
lige Feuerwehr, Wache zu halten – nur für alle Fälle –, den
Gästen war es allerdings erlaubt, in ihre Zimmer zurückzukehren. Der schwere, dunkle Geruch von Verbranntem
lag über allem, er zog durch jede Ritze des Hauses in die
Zimmer, in die Stoffe. Gretchen wurde bewusst, dass sie
so oder so in den kommenden Wochen keine Gäste würde
empfangen können, zumindest bis der Schutt abgetragen
war, denn unter diesen Umständen war das Hotel einfach
nicht bewohnbar, auch wenn es selbst keinen Schaden genommen hatte. Irgendwann käme der Aufbau der Scheune
und mit ihm der Lärm. Ihr schmerzte der Kopf, und daran
war nicht das Feuer schuld.

Gegen neun Uhr morgens kehrte Nettie aus dem Krankenhaus zurück. Sie sah blass aus und durchgefroren,
und Gretchen schloss ihre Tochter wortlos in die Arme.
Sie wusste, Theo ging es inzwischen besser, er hatte eine
leichte Gehirnerschütterung und würde zur Beobachtung
in der Klinik bleiben, und das auch nur noch bis zum
nächsten Tag. Deshalb also weinte Nettie nicht. Also sagte
Gretchen zu ihr: »Sir James ist in Harvey Hamiltons Zimmer«, und Nettie rückte ein Stück von ihr ab, um in ihr Gesicht zu sehen. »Er hat offenbar die Nacht dort verbracht«,

erklärte sie. »Und nun hat Hamilton ihn eingesperrt, damit er nicht durch den Brandschutt läuft.«

Nettie zog die Nase hoch. Unter allen anderen Umständen hätte sie darüber lächeln können, dass sich Harvey Hamilton mittlerweile als fürsorglicher Katzenretter entpuppt hatte, doch heute konnte sie es nicht. Nicht, wenn sie nicht wusste, was mit Paolo und Fred geschehen war.

»Damien sucht nach den beiden«, sagte Gretchen so, als hätte sie die Gedanken ihrer Tochter gelesen. Sie drückte ihre Schulter, und Nettie schloss die Augen.

»Was war die Ursache? Für den Brand, meine ich?«

»Die Feuerwehr geht von einem Kabelbrand aus. Es soll aber noch ein Sachverständiger von der Versicherung kommen.«

»Warum?«, fragte Nettie bitter. »Denken diese Leute wirklich, wir würden unsere eigene Scheune in Brand stecken? Mit unserem Großvater drin? Und den Tieren?«

Sie weinte jetzt wieder, und Gretchen zog ihre Tochter erneut an sich. »Geh erst mal duschen, dann ruh dich aus«, flüsterte sie. »Ich kümmere mich um den Rest.«

Dieser Rest sollte Gretchen den verbleibenden Tag beschäftigen, und es war die wohl destruktivste Arbeit, die sie je geleistet hatte. Sie schrieb den Gästen Rechnungen aus, mit großzügigen Abzügen für die Umstände der vergangenen Nacht. Sie ließ sich nicht beirren von den Angoves, die anboten, länger zu bleiben und ihr zu helfen – bei was auch immer. Sie buchte Harvey Hamilton für die verbleibende Zeit bis zu seinem Rückflug in zwei Wochen ein Hotel in Penzance. Polly und Robert zeigten sich als die reizenden und verständnisvollen Menschen, als die Gretchen sie kennengelernt hatte, und versprachen, im nächsten Jahr wiederzukommen.

Sie telefonierte die Gäste durch, deren Aufenthalt im *Wild at Heart* anstand, und sagte zumindest denen für die kommenden zwei Wochen ab – eine nervenzehrende Abfolge enttäuschter und vorwurfsvoller Gespräche. Darüber hinaus hatte sie so ein Gefühl, dass die Versicherung unmöglich für alles aufkommen würde: nicht für den Wiederaufbau von Scheune und Stall, nicht für jeden Gegenstand, der in Theos Räumen verbrannt war, und auch nicht für den Ausfall der Gäste, denen man die Zimmer in einem Hotel, das nach Verbranntem roch und bald neben einer Großbaustelle liegen würde, unmöglich zumuten konnte. Sie würden jede Menge Einnahmen verlieren, ganz abgesehen von den Nerven, die es sie kosten würde, alles wiederaufzubauen.

Erschöpft rieb sich Gretchen die Stirn. Noch in der Nacht, als sie vor der lodernden Scheune gestanden hatte, in eine Decke gehüllt und halb in Nicholas' Armen, da hatte sie gespürt, dass das nicht nur das Ende der alten Scheune gewesen sein könnte.

Port Magdalen,
viereinhalb Jahre zuvor

Ein Aneurysma im Kopf. Das war es, was die Untersuchung im Nachhinein ergeben hatte. Es musste geplatzt sein, während Christopher hinterm Steuer gesessen hatte, und in der Folge war er gegen die Mauer gefahren. Die Mauer, an der sowohl Gretchen als auch Theo als auch Nettie immer dann vorbeimussten, wenn sie den Bus nach Penzance nahmen.

Sie hatten Christopher auf dem Friedhof in Marazion begraben, in dem Familiengrab, in das seine Mutter so viele Jahre vor ihm hinabgelassen worden war.

Von dort konnte man Port Magdalen sehen. Es erhob sich aus dem Meer wie ein riesiger Fels in der Brandung, stark und kraftvoll, jedem Sturm zum Trotz.

59.

$\mathcal{U}$nd dann kam der Tag, an dem einfach alles den Bach runterging.

Willkommen in der Apokalypse.

Gretchen hörte den Wagen, doch sie drehte sich nicht um. Sie stand da, lauschte dem Motorengeräusch, dem Kies, der unter den Reifen knirschte, dann auf Autotüren, die zuschlugen, und Theos Lachen, das zu ihr herüberklang, während sie dumpf und ausdruckslos vor den Trümmern dessen stand, was einmal ihre Scheune gewesen war. Der Sachverständige hatte den Kabelbrand, den die Feuerwehrleute zuvor vermutet hatten, bestätigt. Nun würde bald ein Unternehmen anrücken, um den Schutt zu beseitigen, währenddessen Gretchen sich zunächst mit einem Haufen Papierkram beschäftigen musste, um den Sachverhalt mit der Versicherung zu klären, und später dann mit dem Scherbenhaufen, der ihr Leben war.

»Ich hab gehört, ich war nicht schuld? Das ist doch schon mal was.«

Theo war neben ihr stehen geblieben, und Gretchen hörte das Lächeln in seiner Stimme. Sie drehte sich zu ihm um und versuchte ihrerseits ein Lächeln, doch sie erkannte in Theos Blick, dass es eher wie eine Grimasse rüberkam.

»Was ist los?«, fragte er prompt.

»Was los ist?« Ungläubig sah sie ihn an. Ein ganzer Gebäudekomplex war hier vor zwei Tagen niedergebrannt, sprichwörtlich bis auf die Grundmauern, immer noch lag der Geruch von verkohltem Holz in der Luft, er selbst musste sich aus einem Fenster retten und hatte eine Verletzung am Kopf davongetragen. Und nun wollte ihr Schwiegervater tatsächlich wissen, was los war?

Gretchen seufzte. So war Theo eben, fiel ihr ein. Ihn brachte so schnell nichts aus dem Gleichgewicht, während sie an manchen Tagen schon der kleinste Schubser ins Wanken versetzte.

»Wie geht es deinem Kopf?«, fragte sie schließlich.

»Noch dran«, erwiderte Theo. Er wirkte jetzt besorgt, ließ den Blick von Gretchen zu den Trümmerresten schweifen und wieder zurück. »Wir kriegen das hin«, erklärte er. »Es war nur ein bisschen Holz.«

»Es war dein Zuhause.«

»Es war ein morsches Gebäude mit ein bisschen Kram drin. Ein Zuhause ist etwas ganz anderes.«

Die nächsten Stunden köchelte etwas in Gretchens Innerem, etwas, das sie immer wieder verdrängte aus Angst, dass es aus ihr herausbrechen würde. Sie hatte noch sehr viele Dinge zu erledigen. Formulare ausfüllen. Nach möglichen Firmen für den Wiederaufbau suchen. Sich überlegen, bis wann das Hotel besser geschlossen bliebe. Mit dem Personal klären, was inzwischen mit ihnen passierte. Nach Nettie sehen.

Ein Zuhause ist etwas ganz anderes.

Gretchen war in Norwegen zu Hause gewesen, bevor Christopher sie nach Cornwall geholt hatte. Das hier, dieses Hotel, Port Magdalen, das war der Ort, an dem er auf-

gewachsen war. Es war *sein* Zuhause. Das von Nettie. Inzwischen war es auch das von Gretchen, doch wenn sie
ehrlich zu sich war, dann fühlte es sich für sie immer noch
so an, als wäre sie in Christophers Leben gestolpert und
hätte seinen Platz eingenommen.

Der Schreibtisch, an dem sie gerade saß – Christophers.

Sie fuhr mit den Fingerspitzen über die Holzplatte, ließ
den Blick über die Wände gleiten, die dunkelrot gestri-
chen waren und mit alten Fotos dekoriert, Christophers
Mum, das Hotel vor dem Anbau, der zu einem Herzen ge-
formte Felsen.

Gretchen stand auf und stellte sich vor das Bild. Es war
eine Zeichnung, sehr fein und nur blass koloriert, und
Gretchen dachte, dass zu dem Zeitpunkt, an dem sie entstanden war, noch alles in Ordnung gewesen sein musste.

»Was machst du?«

»Uuh, du hast mich erschreckt.« Mit einer Hand fasste
sich Gretchen ans Herz, während sie sich zu Nettie umdrehte. Sie stand in der Tür und wirkte derart schmal, dass
Gretchen sich fragte, ob ihre Tochter in diesem Sommer abgenommen hatte. War sie so sehr mit ihrem eigenen Kram
beschäftigt gewesen (mit Nicholas!), dass ihr die Probleme
ihrer Tochter völlig aus den Augen geraten waren?

Was war mit Damien? Und diesem ersten Kuss? Sollte
sie das Thema nicht noch einmal ansprechen?

»Ich geh raus und suche nach Paolo und Fred«, erklärte
Nettie jetzt, und automatisch nickte Gretchen. Das war es,
was Nettie seit dem Brand beschäftigte und weshalb sie
heute noch eine Spur blasser wirkte als am Tag zuvor. Die
Insel war klein. Wo, um Himmels willen, konnte sich ein
Esel schon groß verstecken?

»Mach das«, stimmte Gretchen zu.

Nettie nickte müde. Sie drehte sich um und war schon halb aus der Tür, als ihre Mutter ihr nachrief: »Clive und Logan reisen heute ab. Mit Damien.« Die anderen Gäste hatten bereits gestern ausgecheckt, doch Damien wollte unbedingt nach Netties Tieren suchen und Harvey Hamilton das Haus erst verlassen, wenn alle anderen auch fort waren. Dieser ... Gretchen rieb sich die Stirn. Sie war jedenfalls froh, wenn sie diesen Mann nicht mehr jeden Tag zu sehen bekam.

»Ist okay«, sagte Nettie und ging.

Nettie wusste, dass Damien nur ihretwegen geblieben war, und sie wusste auch, dass seine Väter ihm deshalb gestern bereits Druck gemacht hatten. Sie wollten hier nicht weiter im Weg herumstehen, sagten beide. Gretchen und ihre Familie habe mit den Folgen des Brandes genug zu tun, sie sollte sich nicht auch noch um sie und Damien kümmern müssen.

Doch der hatte darauf bestanden, Nettie bei der Suche nach Paolo und Fred zu unterstützen. Und sie hatte den Eindruck, er war davon ebenso besessen wie sie, nur aus gänzlich anderen Gründen.

Nettie wappnete sich dafür. Für den Fall, dass sie ihre Tiere nicht wiederfinden würde, und dafür, Damien gehen zu lassen, diesmal womöglich für immer.

Und auch Nicholas machte sich bereit – allerdings hatte er noch keine genaue Vorstellung, wofür eigentlich. Er war mit dem unbestimmten Gefühl aufgewacht, dass heute nicht sein Tag werden würde, und diese Vorahnung begleitete ihn den Morgen über. Als ihm klar wurde, dass er nicht bis zum Abend warten konnte, um Gretchen zu sehen, bat er Lori noch vor dem Mittagsgeschäft um eine kurze Pause. Er musste ohnehin mit Theo sprechen. Nick nahm an, dass er die neueste Entwicklung des Tellson-Falls gern so rasch wie möglich erfahren wollte. Hätte er geahnt, was er mit dem Überbringen dieser Nachrichten in Gang setzen würde, er wäre vermutlich im *Tearoom* geblieben und hätte Gläser poliert. Stattdessen griff er nach seiner Kapuzenjacke, rief Lori ein »Bis später« zu und war schon beinahe aus der Tür, als ihm bei dem flüchtigen Blick hinunter zum Hafen etwas auffiel.

Nick kniff die Augen zusammen. Das war doch ... Das konnte doch nicht ... oder etwa doch?

»*Nick!*«

Nettie kreischte seinen Namen. Sie stürmte aus Richtung der Gärten auf ihn zu, fiel aber nicht ihm um den Hals, sondern dem Esel, den er, an einen Strick geleint, hinter sich hergezogen hatte. Im wörtlichsten Sinne – ihm war jetzt auch klar, weshalb diese Tiere stur genannt wurden –, denn Paolo legte ihm gegenüber eine gesunde Portion Skepsis an den Tag, die Nicholas nur mittels gutem Zureden und Apfelstücken aus dem Laden hatte beschwichtigen können. Vor gut zwei Stunden hatte er den Esel auf dem Damm zwischen Marazion und Port Magdalen entdeckt und bis jetzt gebraucht, um ihn hoch ins Hotel zu locken. Lori würde ihn später dafür umbringen. Er hätte am liebsten den Esel umgebracht. Doch jetzt, da der Sturkopf Netties Stimme hörte, setzte sich Paolo auf einmal in Trab, als wäre er ein dressierter Pudel und kein störrischer Bock.

»Gern geschehen«, murmelte Nick kopfschüttelnd.

»Oh, mein Gott, wo hast du ihn gefunden?« Netties Augen glitzerten feucht. Sie drückte die Wange an den Hals des Tieres und Küsse in sein struppiges Fell. Paolo auf der anderen Seite schien sich dicht an das Mädchen zu drängen, als könnte auch er gar nicht genug Nähe bekommen.

»Er stand auf dem Damm«, erklärte Nick. »Quer. Ließ die Touristen um ihn herum wandern und rührte sich keinen Millimeter. Ich habe eine halbe Ewigkeit gebraucht, ihn hier raufzuziehen«, fügte er hinzu, doch wenn er Mitleid von Nettie erwartet hatte, konnte er darauf noch länger warten. Sie blinzelte lediglich, dann schloss sie ganz die Augen und begann damit, Wörter in das Eselsfell zu murmeln, die Nicholas nicht verstehen konnte. Also schüttelte er nur den Kopf, klopfte Paolo ein letztes Mal auf die Flanke und machte sich auf den Weg ins Innere des Hotels, wo er am Eingang Damien zunickte, der ihm entgegenkam.

Er machte nicht das glücklichste Gesicht, und für eine Sekunde dachte Nick: Willkommen im Club, Junge.

»Er ist wieder da?«

Beim Klang von Damiens Stimme öffnete Nettie die Augen, doch was sie sah, gefiel ihr nicht sonderlich. Ihr Freund blickte geradezu enttäuscht drein, und das, obwohl er doch genau wie sie seit gestern unermüdlich nach dem Esel gesucht hatte.

Nettie sparte sich die Antwort. Stattdessen wischte sie sich mit einer Hand über die Augen, verstohlen, wie sie meinte, und hob schließlich den Kopf.

»Was ist mit Fred?«, fragte Damien.

»Ich weiß nicht. Nick hat Paolo unten beim Damm gefunden.«

Damien nickte. Dort hatte er auch schon gesucht, allerdings vergeblich, und nun konnte er nichts gegen das Gefühl der Eifersucht unternehmen, die an ihm nagte, weil Nicholas offensichtlich mehr Glück gehabt hatte als er.

»Gott sei Dank«, sagte er nur.

Nettie schwieg. Es war das, was sie in den letzten beiden Tagen am meisten getan hatte, und es brachte Damien beinahe um, weil er das Gefühl hatte, er konnte sich ihr überhaupt nicht mehr nähern, weder tatsächlich noch ... Nun. Spirituell. Fest stand, er hatte bleiben wollen, bis es Nettie besser ging, bis sie Paolo *und* das Frettchen wiedergefunden hatten, doch allmählich hielt er es in ihrer Gegenwart einfach nicht länger aus. Es fühlte sich an, als hätte sich ein Eisberg zwischen ihnen aufgetürmt, und statt zu schmelzen, legte er nur immer mehr an Gewicht zu. Vielleicht war es besser, ein bisschen Abstand zwischen sie beide zu bringen, um dann, und sei es auch erst im nächsten Sommer, da anzuknüpfen, wo sie im vergangenen Jahr aufgehört hatten.

»Wir brechen heute auf«, sagte er also. »Meine Eltern glauben, dass es deiner Mutter lieber ist, wenn sie sich nicht auch noch um Gäste kümmern muss. Wenn du aber willst, dass ich dir bei der Suche nach Fred ...«

»Nein«, unterbrach ihn Nettie. »Nein, das wird schon gehen.«

»Okay.«

»Okay.«

»Ich packe dann mal.«

»Ja.«

»Okay.« Ein letztes Mal wollte Damien Paolo durch die struppige Mähne streichen, genau in dem Augenblick, in dem Nettie ihre Hand darin vergrub. Die Finger der beiden Teenager berührten sich. Und diese Berührung fuhr wie ein Blitz in Damiens Körper, und sie fühlte sich wie brennende Lava an auf Netties Haut.

Die zwei tauschten einen letzten, bekümmerten Blick. Dann gingen sie auf getrennten Wegen davon.

»Theo?«

Unschlüssig stand Nicholas vor dem verlassenen Empfangstresen. Er wagte es nicht, die Klingel zu betätigen – normalerweise hörte die sowieso niemand, doch er wollte nicht riskieren, dass Gretchen vor Theo auf ihn aufmerksam wurde –, also stand er einige Minuten einfach da und wartete, bevor er es erneut versuchte.

»Theo?«

»Nick?«

Gretchen. Unwillkürlich ließ Nicholas die Schultern hängen. Er hatte sich nicht überlegt, wie er ihr gegenübertreten wollte – nach ihrem Streitgespräch vor ein paar Tagen und ihrer wortlosen Zusammenkunft beim Scheunenbrand. Sie hatte sich von ihm umarmen lassen, aber hieß das, dass nun alles gut sein würde zwischen ihnen beiden? Ein Blick in Gretchens Augen ließ ihn daran zweifeln. Sie sah müde aus, nachdenklich und distanziert, alles in einem. Und sie wirkte nicht nur erstaunt, ihn zu sehen (weshalb erstaunte es sie dermaßen?), sie machte zudem nicht den Eindruck, als würde es sie freuen.

»Hey«, brachte er schließlich hervor. Grandios. »Wie geht es dir?«

»Es geht. Viel zu tun.«

»Ja, sicher. Kann ich mir denken.«

Innerlich stieß Nicholas Flüche aus, er hoffte nur, man

sah es seinem Gesicht nicht an. Weshalb benahm er sich wie ein Idiot, wenn es darauf ankam?

»Du wolltest Theo sprechen?«

»Äh, ich …« Wollte er Theo sprechen? Ah, ja, richtig. »Genau«, sagte er, und inzwischen klang seine Stimme besorgt. »Ist er da?«

»Ich hole ihn.«

»Okay, ja. Gut«, bestätigte Nicholas, doch da hatte sich Gretchen bereits umgedreht und war in die Richtung ihrer Wohnung marschiert. »Verdammt noch mal«, fluchte Nick, diesmal im Flüsterton. Sie mussten das wieder einrenken, bevor ihre Beziehung komplett in Schieflage geriet. Was war denn nur passiert? Er konnte sich nicht mehr daran erinnern, wie sie von diesen unvergleichlichen gemeinsamen Nächten zu dieser kühlen Distanz gelangt waren.

Hätte er geahnt, was als Nächstes passieren würde, er hätte auf dem Absatz kehrtgemacht und wäre die Fishstreet zurück ins Dorf gerannt.

»Also, was habt ihr zu besprechen?«

Gretchen hatte Theo geholt, im Anschluss kehrte sie jedoch nicht in ihr Büro zurück, sondern blieb vor Nicholas und ihrem Schwiegervater stehen, die Arme vor der Brust verschränkt.

Sie blickte von einem zum anderen. »Na?«

Dachte ich mir, dachte Gretchen in das Schweigen hinein. Innerlich vibrierte sie quasi vor Enttäuschung, dass Nicholas sich ins Hotel geschlichen hatte, um mit Theo zu sprechen – über sie, wie sie annahm, denn was konnten die beiden sonst zu bereden haben? Sie war gespannt, wie sich Nick jetzt herausreden wollte, wie er die Kurve bekam zu …

»Ah«, setzte er an, und Gretchens Gedankenkarussell blieb abrupt stehen. »Es geht um diese Sache. Du weißt schon, Theo. Das mit Mr. Tellson?«

Theo gab einen Laut von sich, der beinahe einem Winseln gleichkam, und Gretchen faltete die Arme auseinander.

»Welche Sache mit Mr. Tellson?« Erneut sah sie von Theo zu Nick und zurück. »Theo?«

»Nun, du erinnerst dich vielleicht an …«, begann der gequält, und Gretchen unterbrach ihn.

»Natürlich erinnere ich mich an Mr. Tellson. Was ist mit ihm? Und was hat Nicholas damit zu tun?«

Mehr Blicke wurden getauscht. Schließlich fuhr Nick sich mit einer Hand durch das Haar und erklärte: »Mr. Tellson hat angedroht, das Hotel zu verklagen, weil ihr ihn nicht davor bewahrt habt, diese giftige Pflanze zu essen.«

»*Was?*«

»Er hat …«, begann Theo, doch wieder unterbrach ihn Gretchen.

»Ich habe das verstanden, Theo. Ist der Mann verrückt geworden? Und wieso erfahre ich erst jetzt davon?«

»Nun, ich bin davon ausgegangen … Du hattest sehr viel um die Ohren in den letzten Wochen, und Nick kennt noch einige wichtige Leute aus seiner Zeit in London …«

»Es ist keine große Sache«, erklärte Nicholas schnell. »Und auch schon erledigt. Wie sich herausstellte, war das nicht die erste Klageandrohung dieser Art, die Mr. Tellson auf den Weg gebracht hat. Als Ken – das ist ein befreundeter Anwalt – das klar wurde, hat er noch ein bisschen tiefer gegraben, und dabei kam heraus, dass Mr. Tellson sich außerdem nicht halb so gut auskennt, wie es für eine solche Lüge notwendig wäre. Die Pflanze, die er vorgab, gegessen zu haben, wäre schon in geringer Menge tödlich gewesen, also war das schon mal nicht die Wahrheit, woraufhin er sich in noch mehr Schwindeleien verstrickte. Nachdem Nettie und Damien ihn unten am Strand gefunden haben, wo gar keine Pflanzen wachsen, ist es zudem viel wahrscheinlicher, dass er irgendetwas dabeihatte, das Übelkeit hervorruft. Letztlich würde man ihm wohl auch zutrauen, das Ganze bloß vorgespielt zu haben.«

»Nicht dein Ernst«, sagte Theo entrüstet, doch Nick hatte nur Augen für Gretchen, die mit zusammengepressten Lippen seinen Ausführungen lauschte.

»Ehrlich«, wiederholte er, »es ist keine große Sache. Er wird mit dieser Klage nicht durchkommen, und Ken will sogar dafür sorgen, dass er es nicht noch einmal woanders versucht.«

»Ken.« Gretchen sah zu, wie sich Nicholas' Lippen verzogen, ganz leicht nur.

»Hör zu, ich …«

»Nein, ich habe schon verstanden.« Dafür, dass sie sich vor zwei Minuten noch über ihn und Theo empört hatte, kam Gretchen Nick nun gespenstisch ruhig vor. Viel zu ruhig.

»Ihr habt angenommen, es ginge mir besser, wenn ihr Dinge von mir fernhaltet, und …«

»Nicht *Dinge*«, warf Theo ein, »nur diese eine Sache.«

Gretchen nickte. »Gut. Nur diese eine Sache.«

»Hör mal …«, begann Nick sanft, im selben Augenblick, in dem sie mit Eisesstimme klirrte: »Theo, kann ich dich sprechen?«

Theo blinzelte verwirrt. »Natürlich, wieso …«

»In meinem Büro?«

Womit sie den Weg ins Büro einschlug, ohne auf ihren

Schwiegervater zu warten. Oder Nick auch nur noch eines Blickes zu würdigen.

»Shit«, sagte der.

»Ich regle das.« Theo drückte Nicholas' Arm.

Doch der hatte nicht das Gefühl, dass Theo gegen Gretchens derzeitige Verfassung viel würde ausrichten können. Und er ebenso wenig. Weshalb er sich seufzend auf den Weg zurück zu *Lori's Tearoom* machte.

60.

$\mathcal{E}$s besteht kein Grund, sich aufzuregen«, erklärte Theo, als er das Büro betrat. Gretchen stand mit dem Rücken zum Raum und sah aus dem Fenster. Sie drehte sich auch dann nicht um, als ihr Schwiegervater weitersprach.

»Ich habe es gut gemeint, als ich das von dir fernhielt, ich verstehe aber auch, wenn dir das nicht recht ist, und werde es künftig ganz sicher nicht mehr machen.« Er schwieg zwei Sekunden, dann fügte er hinzu: »Und Nicholas hatte nichts damit zu tun. Er wollte nur helfen.«

Gretchen seufzte. Sie ließ einige weitere Minuten verstreichen, in denen Theo abwog, wie ernst diese Situation wohl für ihn war und was ihm einfallen konnte, um Gretchen aufzuheitern.

Ah!

»Weißt du noch, die Strohhalme, die ich mit Bruno getestet habe? Nun, du erinnerst dich sicher, das war immerhin ein ziemlich denkwürdiger Nachmittag, und ...« Den Rest des Satzes sparte er sich, und Gretchen ihrerseits hatte noch keine Andeutung gemacht, ihn überhaupt gehört zu haben.

»Wie dem auch sei«, fuhr Theo nichtsdestotrotz fort, »im Krankenhaus, da habe ich jemanden kennengelernt. Einen Japaner, der hatte sich hier im Jubilee Pool das Steißbein gebrochen, kannst du dir so etwas vorstellen?« Theo schüttelte sich. »Er konnte kaum laufen, liegen aber auch nicht und … Gut, ich brabble. Jedenfalls: Er fand die Idee, dass man mit einem Strohhalm nicht nur trinken, sondern auch gleich die Früchte aufpiksen kann – und zwar so, dass sie wirklich halten und sich nicht nur die Spitze verbiegt, wie bei den herkömmlichen Plastikhalmen – jedenfalls, er fand die Idee genial. Und er kennt sich offensichtlich aus mit der Produktion von Haushaltsartikeln, und nun will er prüfen, ob die Herstellung meiner Halme profitabel wäre für einen größeren Markt. Was sagst du nun? Er hat mir seine Visitenkarte gegeben, und wir bleiben in Kontakt, sagte er. Ich muss natürlich erst einen neuen Prototyp basteln, aber, nun ja. Hat schließlich schon mal geklappt. Also. Mmmh? Gretchen?«

Noch einmal hörte Theo seine Schwiegertochter seufzen, dann drehte sie sich zu ihm um. Und für den längsten Teil einer Sekunde wünschte er sich, sie hätte es nicht getan, und er hätte nie diesen Ausdruck in ihren Augen gesehen, denn dieser Blick … Gretchens Blick verhieß nichts Gutes. Er sah sie an und fühlte sich zurückkatapultiert zu dem Nachmittag auf dem Friedhof in Marazion, als sie Christopher begraben hatten, als sie alle unter fassungslosem Schock standen, doch niemand so sehr wie diese junge Frau, deren Blick auf das Grab ihres Mannes so leer gewesen war, so leer, als wäre nur noch die Hülle übrig und nichts mehr, was sie mit Leben füllen konnte.

So leer. Wie jetzt gerade.

Dieser Blick heißt Abschied, dachte Theo, und dann schüttelte er sich aus seinen trüben Gedanken, denn nie und nimmer würde sich Gretchen jetzt und hier verabschieden, von wem oder was denn auch?

»Also?«, fragte er deshalb in betont lockerem Tonfall. »Wie findest du das?«

»Großartig«, sagte Gretchen mit so wenig Enthusiasmus, dass Theo eine Grimasse zog. »Theo ... ich habe nachgedacht.«

Nein, dachte Theo.

Nein, nein.

»Die Scheune ...«, begann sie, doch dann brach sie ab. »Der Brand ...«

»Ist doch alles gut, Kindchen«, sagte Theo. »Die Versicherung zahlt das, wir werden alles wiederaufbauen, sind im Null Komma nichts fertig und werden wieder Gäste haben. Alles wird gut«, wiederholte er, »und ehe wir uns versehen ...«

»Sprich doch nicht in diesem Ton mit mir«, unterbrach ihn Gretchen. »So wie Nettie mit ihrem Esel spricht. Ich muss nicht beruhigt werden oder beschwichtigt.« Sagte sie, doch in Theos Ohren klang das überhaupt nicht so, aber das nur nebenbei. Gretchen hatte eine Rede geplant, Theo ahnte das, und so wenig er sie hören wollte, so sehr war ihm klar, dass er leider keine Wahl haben würde. Also nahm er sich vor, Gretchen ausreden zu lassen, als sie erneut begann.

»Der Brand war nur der letzte Tropfen auf einem ziemlich heißen Koloss von einem Stein, meinst du nicht? Seit Christophers Tod ...« Sie holte Luft. »Nichts ist mehr richtig gut gegangen, seit Christopher ... Erst der Blitzeinschlag, dann die vielen Reparaturen hier und da, nun der Brand. Leute drohen, uns zu verklagen, wie die Mutter von diesem Weihnachtsmodel – oder sie tun es wirklich, wie Mr. Tellson. Und zwischendrin haben wir noch mit Personalengpässen zu tun, damit, dass die Einnahmen gerade so die Ausgaben decken, und all das zusammengenommen lässt uns kaum Luft zum Atmen.«

421

Ein paar Sekunden lang wartete Theo, dann fragte er: »Bist du fertig?«, und, als Gretchen schwieg: »Es ist noch nie leicht gewesen, ein Hotel zu führen, erst recht eines wie dieses, das exklusiv ist, aber klein, und das nicht von Halsabschneidern betrieben wird, wie diesem Anzugträger aus Newquay, der uns seinerzeit aufkaufen wollte für einen Apfel und ein Ei.« Er sah Gretchen an, und an ihrem Blick erkannte er, dass sie bereits an diesen Halsabschneider gedacht hatte, was unwillkommenen Ärger in ihm aufsteigen ließ.

Sie dachte doch nicht wirklich daran, das Hotel aufzugeben, oder etwa doch? Das konnte unmöglich ihr Ernst sein!

»Gretchen«, sagte er, und sie sah überallhin, nur nicht in das Gesicht ihres Schwiegervaters. Stattdessen verschränkte sie die Arme vor der Brust und starrte auf den Boden.

»Dieses Hotel«, begann Theo erneut, »ist alles, was wir noch haben. Es war Christophers Lebensinhalt, und das, was er daraus gemacht hat, ist sein Vermächtnis. Behalte das im Hinterkopf, bei allem, was du dir als Nächstes zusammenspinnst. Christopher hätte gewollt, dass wir weitermachen. Dieses Hotel war seine erste große Liebe, so wie es auch meine war.«

Nun.

Das hätte er besser nicht sagen sollen, das mit der Liebe. Denn nun schnellte Gretchens Kopf nach oben, und der Blick, den sie ihm zuwarf, war hitzig und kein bisschen reumütig mehr.

»Seine erste Liebe«, stieß sie hervor, und Theo sagte: »Nicht in diesem Sinne, du weißt, wie ich es meine«, doch Gretchen schüttelte den Kopf. Und dann atmete sie tief ein, wie es jemand tat, der sich vernünftigerweise beruhigen wollte, und erklärte: »Christopher hat uns auch geliebt. So wie wir ihn. Hast du dir je überlegt, was er für uns gewollt hätte? Was er sich für uns wünschen würde?«

Theo blinzelte. »Er würde sich wünschen, dass es uns gut geht. So gut wie möglich eben, ohne ihn. Dass wir glücklich sind.«

»Ja. Genau das denke ich auch.«

»Und? Bist du etwa nicht glücklich? Ich dachte, du fühlst dich wohl in Cornwall? Du magst die Arbeit im Hotel. Du ...«

»Ich weiß nicht mehr, ob ich das mag«, sagte Gretchen. »Und ob ich mich wohlfühle. Ich weiß es ehrlich nicht mehr.«

Und dann war es ganz still im Raum.

Gretchen sah Theo an, doch alles, was sie sah, war Christopher. Seine Augen. Seinen Mund. Sein Lächeln, obwohl Theo keine Miene verzog, ganz im Gegenteil. Er starrte sie an, als wartete er darauf, dass vor ihm eine Bombe detonierte. Doch Gretchen sah nur ihren Mann vor sich, wie er ihr Zuversicht gab und so viel Liebe und das Gefühl, dass sie nichts falsch machen konnte und dass sie alles schaffen würden, gemeinsam.

»Ich werde nie darüber hinwegkommen«, flüsterte sie. »Ich sehe dich an, und ich blicke mich hier um, und ich höre das Ticken der Uhr, und ich gehe hinunter zu den Klippen und setze mich auf diese Bank und ... Ich werde nie darüber hinwegkommen können. Solange ich lebe nicht. Nicht, solange ich hierbleibe.«

Theo öffnete den Mund. Und dann schloss er ihn wieder.

»Ich bin mir ziemlich sicher, dir geht es genauso.« Mit einer Hand wischte sich Gretchen über die Augen, doch sie weinte nicht. »Dieses Yoga am Morgen, mit dem du versuchst, innere Ruhe zu finden. Die du nicht hast. Du bist ruhelos, seit er weg ist. Du versuchst, dich zu beschäftigen, mit der Arbeit im Hotel, mit diesen komischen Erfindungen, die du machst und die nirgendwohin führen. Dabei füllst du auch nur die Leere aus, die wir alle in uns tragen. Im Grunde sind wir genauso ausgebrannt wie deine Scheune da draußen.«

»Ich weiß, dir geht es gerade nicht sonderlich gut, Gretchen, aber bitte sprich nur für dich.« Theo sagte es ganz ruhig. »Ich bin nicht ausgebrannt, ich fülle keine Leere, und ich vermisse meinen Sohn an jedem Tag, und das ist gut so. Ich habe nichts dagegen, dass mich das Meiste an ihn erinnert, denn ich habe nicht vor, ihn zu vergessen.«

»Denkst du, ich will das?« Gretchen starrte ihn entsetzt an. »Ich habe nicht vor, meinen verstorbenen Ehemann zu vergessen, ich möchte nur nicht bei jedem Schritt daran erinnert werden, dass er nicht mehr da ist!«

Das erste Mal war sie laut geworden jetzt, also nahm sie einen weiteren beruhigenden Atemzug, bevor sie erneut ansetzte: »Hast du dich je gefragt, wie dein Leben aussehen könnte ohne das Hotel? Dass du sicherlich einen guten Preis für das *Wild at Heart* bekommen würdest und was für ein Leben du damit führen könntest? Du müsstest nicht mehr arbeiten. Und du solltest nicht mehr arbeiten müssen. Du bist fast achtzig Jahre alt ...«

»Gretchen Wilde, hör jetzt sofort auf zu reden.«

Und *jetzt* war Theo laut geworden.

»Du weißt, ich liebe dich wie eine Tochter, aber was ist in dich gefahren? Und was erlaubst du dir? Dieses Hotel gehört seit Jahrzehnten meiner Familie. Und das wird auch so bleiben. Kein öliger Raffgeier wird hier je seine schmierigen Hände reinbekommen. Und ich bin noch längst nicht achtzig Jahre alt!«

»Okay«, sagte Gretchen, doch bestimmt hätte sie lieber etwas anderes gesagt.

»Okay«, stimmte Theo brummend zu.

Von außen betrachtet wäre es sicherlich am besten gewesen, diese Unterhaltung genau hier zu beenden: Gretchen hatte ihre Zweifel geäußert, Theo seine eigenen Vorstellungen, und nun traf man sich in der Mitte beziehungsweise blieb man genau dort, wo man ohnehin schon war, ohne am bestehenden System zu rütteln. Und, wer weiß, vermutlich wäre es so gekommen. Sehr wahrscheinlich sogar. Gretchen hätte seufzend eingelenkt, Theo in seiner Großmütigkeit über den Aussetzer seiner Schwiegertochter hinweggesehen. Wäre da nicht …

»Nettie!«

»Wie kannst du nur? Wie kannst du überhaupt daran denken, das Hotel weggeben zu wollen?«

»Was?«

Für eine Sekunde war Gretchen zu überrascht darüber, welche Energie ihre Tochter, die sich da im Türrahmen aufgebaut hatte, ausstrahlte (keine positive, so viel stand fest) und welchen Ton sie anschlug, und diese Sekunde nutzte Nettie, um die Situation noch ein bisschen schlimmer zu machen. Was hatte sie auch zu verlieren? Sie hatte Paolo wieder, ja, aber Damien klappte womöglich gerade seinen gepackten Koffer zu und würde schon heute Abend nicht mehr hier sein, und wer weiß, wann sie ihn je wiedersah. Sie hatte es nicht geschafft, was auch immer da

425

zwischen ihnen schiefgelaufen war, wieder einzurenken, und nun reiste er ab. Und sie blieb zurück, hier, in diesem Hotel, an dem einzigen Ort, der sie glücklich machen konnte.

Was war mit ihrer Mutter los, dass sie nicht sah, was für ein fabelhaftes Zuhause sie hier hatten?

»Niemand hat davon gesprochen, das Hotel wegzugeben«, sagte Gretchen jetzt, aber Nettie wusste, dass sie log. Und das machte sie wütend.

»Dad hat das *Wild at Heart* zu dem gemacht, was es ist. Er hat all seine Liebe und sein Geld und seine Kraft hier reingesteckt. Und du hast nichts Besseres zu tun, als über einen *guten Preis* nachzudenken, den du dafür bekommen würdest?« Ja, sie stand schon etwas länger in der Tür.

»Nettie.« Gretchen seufzte. Sie war müde. Sie hatte keine Lust, neben all den anderen Windmühlen auch noch gegen ihre eigene Familie anzukämpfen.

»Das hätte er nie zugelassen«, sagte Nettie. »Das hätte ihn so unglaublich enttäuscht.«

»Nettie«, mahnte jetzt auch Theo, doch da hatte die Pfeilspitze schon Gretchens Herz getroffen. Sie starrte ihre Tochter an, aus weit aufgerissenen Augen, und dann ihren Schwiegervater. Sie war es so leid, das sah man ihr an. Sie war müde und ausgebrannt, und sie bekam augenscheinlich gar nichts geregelt, und sie … sie musste hier raus.

»Kommt ihr ein paar Tage ohne mich klar?« Sie schob sich an Nettie vorbei und rannte geradezu in Richtung ihrer Wohnung. »Ich muss mal durchatmen.«

»Was? *Was?*« Nettie war dicht hinter ihr, sie wollte Gretchen am Jackett ihrer Hoteluniform packen, doch die ließ sich nicht aufhalten. Sie stob in ihre Wohnung, gefolgt von ihrer Tochter und Theo, sie stieß die Tür zu ihrem Schlafzimmer auf, zerrte den Koffer aus dem Wandschrank und warf ihn aufs Bett.

Bestürzt sah Theo zu, wie Gretchen wahllos Kleiderstapel aus ihren Schubladen in den Koffer katapultierte, wie sie Blusen von ihren Bügeln riss und Schuhe hinterherschmiss. Nettie beobachtete sie aus großen Augen. Instinktiv machte Theo einen Schritt auf seine Enkelin zu und legte einen Arm um sie.

»Der wichtige Papierkram ist erledigt, alles andere kann ein paar Tage liegen bleiben«, erklärte Gretchen.

Netties Oberlippe zitterte.

Gretchen, die den Reißverschluss ihres Koffers malträtierte, sah wohlweislich nicht zu ihr hin. Sie hievte den Trolley vom Bett und rollte ihn in Richtung Tür, dann hinaus ins Foyer.

Eine Schrecksekunde später lief ihre Tochter neben ihr.

»Was auch immer du dir ausdenkst, ich werde auf jeden Fall hierbleiben!«, rief sie aufgebracht.

»Wir reden später.« Wenn sich alle beruhigt haben, fügte Gretchen in Gedanken hinzu. Gott, sie war wie elektrisiert von der Vorstellung, ein paar Tage nicht im Hotel zu sein, nur eine kurze Zeit, um wieder Luft in ihre Lungen zu bekommen statt Brandgeruch, um neue Kraft zu tanken und mit etwas Abstand zu überlegen, wie es weitergehen sollte.

Alles kam ihr so verfahren vor. Das Hotel, Nicholas …

Gretchen beschleunigte ihre Schritte. Und als könnte Theo hinter ihr direkt durch sie und ihren inneren Tumult hindurchsehen, legte er ein weiteres Mal einen Arm um Nettie, diesmal in dem Versuch, sie zurückzuhalten.

»Lass deine Mutter ein paar Tage ausspannen«, sagte er. »Wenn sie wieder da ist, reden wir in Ruhe weiter.«

427

»Ich gehe hier nicht weg.«

»Du musst hier nicht weg.«

»Es ist nicht so, dass das Hotel ihr gehört, oder? Sie kann uns nicht zwingen zu verkaufen?«

»Herrgott noch mal, Nettie!« Wütend blieb Gretchen stehen und drehte sich zu ihrer Tochter um. »Sprich nicht in der dritten Person von mir. Ich habe gesagt, wir reden, wenn ich zurück bin.«

»Zurück? Wovon?«

»Oh, der hat mir gerade noch gefehlt.« Beim Klang von Harvey Hamiltons Stimme griff Gretchen erneut nach ihrem Gepäck und eilte in doppeltem Tempo auf den Ausgang zu.

»Hey, wo wollen Sie denn hin?« Verwirrt setzte Hamilton den alten Sir James auf einer Sofalehne ab und kam auf Nettie zu. »Sie hat einen Koffer dabei!«

»Ich weiß. Das liegt daran, dass sie die Nase voll hat von dem Hotel.« Und von mir, dachte Nettie. So wie Damien, dachte sie.

»Noch ein Wort«, rief Gretchen, die schon fast draußen war, über ihre Schulter, »und ich verkaufe den alten Kasten wirklich!«

Theo schüttelte den Kopf. Obwohl eigentlich nichts an dieser Situation komisch sein sollte, ließ sich langsam, aber sicher der Humor in dem Ganzen nicht mehr verleugnen. Welch seltsame Botenstoffe waren durch den Brand nur freigesetzt worden?

Gretchen war kurz vorm Durchdrehen. Nettie war kurz vorm Durchdrehen. Und zu allem Überfluss fühlte sich auch noch Harvey Hamilton zuständig, der durch die Schiebetür nach draußen stob, Gretchen hinterher.

»Was ist denn passiert?«, fragte er, während Gretchen die Tür zu ihrem Jeep aufriss, den Koffer in den Fußraum katapultierte, die Tür zuschlug und zur Fahrertür eilte, um sich hinters Steuer zu setzen. »Es kann doch sicherlich nicht so schlimm sein, dass Sie gleich die Insel verlassen müssen. Wo wollen Sie denn hin?«

»Mr. Hamilton, bitte lassen Sie die Tür los. Danke. Ich habe Ihre Rechnung schon fertig gemacht, meine Tochter wird den Rest mit Ihnen regeln. Heute checken alle aus. Auf Wiedersehen.«

Womit sie die Tür zuschlug und sich daranmachte, den Wagen zu starten. Zweimal.

Als der Jeep auch beim dritten Versuch nur ein halbherziges Röcheln von sich gab, schlug sie einmal mit der Hand auf das Lenkrad, bevor sie die Tür öffnete, ausstieg, um das Auto herumlief, um sich ihren Trolley zu greifen und ihn dann vehement hinter sich herzuziehen, über die Fishstreet, in Richtung Hafen.

»Mrs. Wilde!«

Gott, dieser Kerl gab nicht auf.

»Gretchen. Bitte.«

Gretchen schlug die Augen gen Himmel, während sie ihr Gepäck über das Kopfsteinpflaster zerrte und sich gleichzeitig dafür verfluchte, nicht die andere Straße genommen zu haben – sie und ihr Koffer machten schon einen Heidenlärm, dann noch der brabbelnde Hamilton, der ihr auf den Fersen war, und jeder Zweite in Port Magdalen würde mitbekommen, dass sie auf der Flucht war. So fühlte es sich jedenfalls an. Dabei hatte sie nur vor, für ein paar Tage nach Marazion zu Sara zu fahren, um den Kopf klarzukriegen und sich zu überlegen, wie es mit ihr weiterging. Mit Nicholas. Dem Hotel. Mit allem.

»Ist es wegen des Brandes? Dafür konnte niemand was. Manchmal spielt das Schicksal einem Streiche, aber gerade aus den schwierigen Situationen geht man oftmals gestärkt hervor. Und wegen des Geldes brauchen Sie sich nicht zu sorgen, oder? Zweifelsfrei wird die Versicherung hier greifen, und im Null Komma nichts füllen wieder Gäste Ihr schönes Haus, und ...«

»Mr. Hamilton!« Gretchen blieb stehen. Sie drehte sich zu Harvey Hamilton um, sich ihrer Umgebung kaum mehr bewusst – sonst wäre ihr womöglich aufgefallen, dass sie sich nur ein paar Schritte entfernt von *Lori's Tearoom* aufhielt –, und pikste ihn mit dem Zeigefinger in die Brust. »Bitte«, sagte sie eindringlich. »Hören Sie endlich auf zu reden. Und hören Sie auf, mich zu verfolgen. Ich möchte nichts weiter als ein bisschen Abstand. Von allem. Ganz sicher von Ihnen!«

So. Jetzt hatte sie es also wieder getan. Sie war unfreundlich zu einem Gast gewesen, und das auf eine sehr persönliche Weise. Als hätte sie sich bereits verabschiedet von ihrem Job, was definitiv nicht der Fall war.

War es nicht. Oder doch?

»Ist es wegen dem, was damals passiert ist?«

»Huh?«

»Sie wissen schon – als ich das erste Mal auf der Insel war?«

Gretchen betrachtete Hamilton, als hätte er den Verstand verloren (was ihrer Ansicht nach ganz sicher auch der Fall war), als sie hinter ihm eine Bewegung wahrnahm.

»Ach, das darf doch nicht ...«, murmelte sie, drehte sich um und eilte erneut in Richtung Hafen davon. Nicht nur, dass Nettie und Theo da die Fishstreet hinunterliefen, sie wurden bereits von einigen Dorfbewohnern begleitet, die offensichtlich auf die Turbulenzen vor ihren Häusern aufmerksam geworden waren.

Fehlt wirklich nur noch Nick, dachte Gretchen, während sie aus dem Augenwinkel einen Blick auf den *Tearoom* warf, den sie gerade passierte, doch erkennen konnte sie nichts. Was ein Glück war, sie gaben nämlich auch so schon ein höchst merkwürdiges Bild ab. Die Frau mit dem Koffer, verfolgt von einem Mann im dreiteiligen Anzug, der es ganz offensichtlich nicht gewohnt war, sich in diesem Tempo fortzubewegen, und dahinter eine Traube Menschen, die in neugierigem, aber gebührendem Abstand folgte.

Wie eine Passion sah das aus.

Nur ein bisschen weniger andächtig.

»Also, ist es wegen damals?«, rief Hamilton jetzt, während er keuchend versuchte, mit Gretchens rasantem Schritt mitzuhalten.

»Ich habe überhaupt keine Ahnung, wovon Sie reden, Himmel noch mal!«

»Wir waren jung. *Ich* war jung. Ich dachte, mir liegt die Welt zu Füßen, und ich muss nur zugreifen, verstehen Sie, was ich meine? Und das habe ich … wiederholt und … wiederholt …«

Mit gerunzelter Stirn sah Gretchen Hamilton an, bevor sie den Blick wieder nach vorn richtete. Es war nicht mehr weit, dann hatte sie den Hafen erreicht.

Flut.

Uhg!

Sie konnte nur hoffen, dass Jet mit dem Boot gerade hier war und nicht an der gegenüberliegenden Küste, dass sie einsteigen und sofort losfahren konnte, ohne dass sich dieser Autor hinterherwarf.

»Rhabarberrhabarberrhabarber«, brabbelte Hamilton weiter und weiter, während Gretchen den Koffer zum Anlegesteg zog.

Kein Boot.

Mist.

Sie sah Jet in der Ferne, wie er auf Marazion zusteuerte, und Theo, Nettie und die anderen hinter ihr, die sie bald erreicht haben würden. Für eine Sekunde fragte sie sich, wie lächerlich das Ganze hier eigentlich war, doch dann schob sie den Gedanken energisch beiseite. Sie war nicht diejenige, die eine arme Frau verfolgte, *die einfach nur mal ein paar Tage für sich sein wollte.* Hamilton sagte: »Es tut mir leid, dass ich dich nicht gleich erkannt habe, aber es waren so viele«, und dann drehte sie sich endlich wieder zu ihm um.

»Was haben Sie gesagt?«

»Ich sagte, es tut mir leid, dass ich dich nicht gleich erkannt habe, aber du kannst jetzt aufhören, mich deswegen mit Ignoranz zu strafen, denn ich habe meine Buße schon getan. Ich habe damals dieser Insel den Rücken gekehrt, obwohl ich ganz offensichtlich hier meine Muse fand, und ich habe dich verlassen, weil mir der Begriff *Liebe* damals noch so fremd war. Und statt zu bleiben und mich dem zu stellen, was wir hatten, habe ich den Fehler meines Lebens begangen, dich und diese magische Insel verlassen und mich in eine Ehe gestürzt, die weitestgehend lieblos war. Selbst wenn sie eine Schönheit war, damals, und jung, also, *jünger*, und … Nicht meine Ehe, meine Frau meine ich …«

»Mr. Hamilton.«

» … ich habe natürlich nicht gleich geheiratet, wie ich schon erwähnte, habe ich viele Testrunden …«

»Hamilton!«

»Aber die Verbindung blieb kinderlos und ...« Harvey warf einen Blick hinter sich, wo Nettie und Theo in einem Abstand von etwa zehn Metern stehen geblieben waren.

»Hey!« Gretchen zupfte ihn am Ärmel.

»Äh, ja. Was?«

»Wovon reden Sie denn da? Wer war mit wem verheiratet, und wann waren Sie schon mal hier?«

»Wenn ich das wüsste, wäre diese ganze Situation nur halb so unangenehm.« Harvey legte die Stirn in Falten. »Wann warst du das erste Mal hier?«

Gretchen blinzelte. »Was hat das damit zu tun?«

»Na, wir ... Ich dachte ... damals, als wir uns das erste Mal begegnet sind, unten beim Felsen. Du hast gesagt ... Ich weiß nicht mehr, was du gesagt hast, ich hatte gehofft, du erinnerst dich daran. Immerhin bist du die Frau. Und du sagtest, dies sei die schönste Nacht deines Lebens gewesen, und ...«

»Ich habe *was* gesagt?«

Mittlerweile hatte Gretchen die Hände in die Hüften gestemmt und starrte Harvey Hamilton an mit einer Mischung aus Abscheu und Verwunderung im Blick. Ihre gemeinsame Nacht? Unten, am Felsen? (Von allen Plätzen auf dieser Insel – dort konnte man nicht übernachten.)

Sie war die Frau?

»Ich dachte die ganze Zeit über, du strafst mich mit kühler Gleichgültigkeit, weil ich dich nicht sofort erkannt habe. Aber jetzt erinnere ich mich, Gretchen. Und ich möchte, dass du weißt, dass ich es zutiefst bereue. Ich bereue es, die Insel verlassen zu haben, *dich* verlassen zu haben, Nettie ...«

»*WAS?* Stopp!«

»Gretchen …«

»Sind Sie von allen guten Geistern verlassen? Ich kenne Sie überhaupt nicht, Sie … Sie …« Fassungslos starrte Gretchen Hamilton an. Die vergangenen zwei Tage hatte er sich nicht rasiert, stellte sie fest, und sein makelloses, scharfkantiges Gesicht hatte diesen leicht verlotterten Touch angenommen, der sein verstörendes Geplapper nur noch verrückter klingen ließ.

»Ich liebe das Meer, die Sonne, die Wolken«, erklärte er nun. *»Ich liebe den Regen, die Berge, das Tal. Am meisten aber liebe ich das Leben. Mit deiner Liebe als Schal.«*

»Oh, Gott, das darf ehrlich nicht wahr sein.«

»Du und diese Insel, ihr habt mich damals zum Schreiben gebracht. Die Inspiration, die ich hier fand, ließ sich mein restliches Leben vermissen. Du darfst jetzt nicht gehen« – (Hamiltons Stimme hatte an Theatralik mächtig zugelegt) –, »glaub mir, ich habe Port Magdalen einmal hinter mir gelassen, und es hat mir nicht gutgetan. Wer das Glück hat, das hier sein Zuhause nennen zu dürfen, darf es nicht leichtfertig aufgeben.«

Gretchen schloss die Augen. Als sie sie wieder öffnete, stand Hamilton leider immer noch vor ihr, und zu allem Überfluss erkannte sie nun, dass sich hinter ihm mittlerweile das ganze Dorf versammelt hatte, dazu die Angoves, die neben Theo standen, inklusive Damien, Dottie, Hazel, Oscar, Florence – und dann Nick. Er kopierte ihre Haltung, stand mit in die Seite gestemmten Armen da und starrte zu ihnen herüber.

Gretchen sah wieder Harvey an. »Gratulation. Es ist Ihnen gelungen, das komplette Dorf auf meine Fersen zu hetzen.«

Hamilton warf einen Blick über die Schulter, dann

grinste er, und nur mit äußerster Willenskraft gelang es Gretchen, dem Wunsch zu widerstehen, ihm dieses dämliche Grinsen aus dem Gesicht zu hauen. Stattdessen seufzte sie.

»Hören Sie, es geht Sie zwar nichts an, aber ich kam vor circa sechzehn Jahren auf die Insel, gemeinsam mit *meinem Mann, dem Vater meiner Tochter Nettie.* Er ist mittlerweile verstorben.« Gretchen schluckte. Nach wie vor brachte sie Sätze wie diese kaum über ihre Lippen.

»Und du … äh, ich meine, Sie haben nie, vorher oder auch …«

»Ich würde vorschlagen, wir belassen es dabei«, knurrte Gretchen, »bevor Sie sich noch um Kopf und Kragen reden und ich wirklich sauer werde.«

Sie wandte sich um und blickte Jet entgegen, der inzwischen mit einer Ladung Touristen in Marazion abgelegt hatte und sich auf halbem Weg nach Port Magdalen befand.

»Wir haben also nicht …«

»Mr. Hamilton!«

»Sie sollten dennoch nicht …«

»Was stimmt denn nicht mit Ihnen?« Verärgert drehte sich Gretchen wieder zu ihm um. »Weder hatten wir je etwas miteinander, noch werden Sie mir vorschreiben, wo ich wie meine Zeit verbringe. Fernab von Port Magdalen oder sonst wo. Wie wäre es damit? *Sie* werden die Insel als Nächster verlassen.« Womit sie ihm den Zeigefinger quasi in die Brust rammte, um ihren Worten Kraft zu verleihen.

»Ihre Rechnung ist bereits fertig und *Sie*« – (der bohrende Finger bohrte weiter) – »sind bereits mit halbem Fuß zurück in den Staaten.«

»Ha!« Hamilton hob nun ebenfalls die Hand und stieß

mit dem Zeigefinger gegen Gretchens Schulter. »Und wenn ich das aber nicht will?«

»Es wird Ihnen nichts anderes übrig bleiben. Das Hotel bleibt bis auf Weiteres für Gäste geschlossen.«

»Es gibt noch andere Übernachtungsmöglichkeiten auf dieser Insel.«

»Guter Gott, was ist los mit Ihnen? Haben Sie sich bei Ihrem Sturz ins Hafenbecken den Kopf gestoßen? Seit Sie hier angekommen sind, benehmen Sie sich vollständig irrational. Das ist nicht Ihre Insel, okay?«

»Aber Ihre ist es? Und wieso stehen Sie dann mit einem gepackten Koffer am Pier?«

»Das geht Sie überhaupt nichts an!«

»Ach, nein? Vielleicht sind Sie diejenige, die sich den Kopf gestoßen hat! Oder vielleicht könnten Sie auch nur eine kleine Erfrischung vertragen. Da!« Und mit diesem vorerst letzten Wort verlieh Hamilton seinem forschen Zeigefinger noch ein wenig mehr Elan und schubste Gretchen, einfach so, ins Hafenbecken von Port Magdalen.

61.

Empörung.

Das war das, was Gretchen schmeckte, während sie im Hafenbecken unterging. Sie war so überrascht gewesen über Hamiltons Stoß, dass sie rückwärts und mit weit aufgerissenem Mund ins Wasser gestürzt war. Nun brannte Meersalz in ihrer Kehle und in ihren Augen, und der Stoff ihres Jacketts hatte sich seltsam um ihre Schultern gedreht, was zusätzlich zu ihrem Unwohlsein beitrug. Sie trat und strampelte, und dennoch dauerte es einige Sekunden, bis sie wieder auftauchte, bis das hohle Geräusch des Wassers in ihren Ohren dem Tumult auf dem Steg Platz gemacht hatte.

»Mum!«

»Gretchen!«

»Herrgott, Hamilton, gehen Sie mir bloß aus dem Weg.«

»Gib mir deine Hand!«

»Komm hierher, Gretchen, wir ziehen dich hoch.«

Während alle durcheinanderriefen, die Leute sich dicht auf dem Anlegesteg drängten und ihr wahlweise die Hand entgegenstreckten oder aufmunternde Worte zuriefen, trat Gretchen Wasser und wischte sich Haarsträhnen aus der Stirn. Es war, als wäre die Zeit für einen Augenblick stehen geblieben, zumindest aus ihrer Sicht. Für die anderen an Land wirkte es so, als stünde Gretchen unter Schock, weil sie nicht sofort Anstalten machte, aus dem Wasser zu steigen, sondern auf der Stelle trat wie eine Synchronschwimmerin bei den Olympischen Spielen.

Das Meer war kühl. Nicht eisig kalt, aber ... erfrischend. Einige Sekunden lang starrte Gretchen auf die Meute über ihr und die Hände, die sich ihr entgegenstreckten. Hamilton stand dort, ziemlich kleinlaut unter Theos anhaltender Schimpftirade. Gretchen strampelte ein bisschen mehr und wandte den Blick in die andere Richtung, aus der Jets Boot ihr entgegenfuhr.

Sie sah die Küste von Marazion. Sie blickte zu den Häusern, hinter denen sich der Friedhof verbarg.

Christopher.

Gretchen schloss die Augen, dann legte sie den Kopf in den Nacken und öffnete sie wieder. Sie starrte in den Himmel, ohne wirklich etwas zu erkennen, denn wieder sah sie nur sein Gesicht. Die Augen. Der Mund. Er war zu einem breiten Grinsen verzogen, jawohl, er lachte sie aus, und unverzüglich musste auch Gretchen lächeln. Zaghaft erst, doch dann, mit Christophers strahlendem Antlitz vor Augen, immer mehr. Sie schüttelte die Haare aus und drehte sich wieder zu den Menschen auf dem Steg um, die aufgehört hatten, nach ihr zu rufen, und sie nun eher unsicher betrachteten. Netties Blick war voller Fragen, Theo sah besorgt aus, sie erkannte Bruno, der mit einer Decke auf die anderen zugerannt kam, Dottie, die ihn wild fuchtelnd herumkommandierte, und Nick, der seinen Blick nicht von ihr abwandte. Er hatte das Lächeln auf ihrem Gesicht bemerkt, es spiegelte sich in seinen Augen wider und füllte ihr Herz mit Wärme.

Immer noch trat sie Wasser.

Dann rief sie: »Na, machen Sie schon, Hamilton, ziehen Sie mich raus«, bevor sie auf ihn zuschwamm, zu der Stelle, an der er auf der Kaimauer stand.

Für eine Sekunde blickte der Schriftsteller überrascht drein, dann beugte er sich nach vorn, wo Gretchen nach seiner Hand griff und ihn mit einem Ruck zu sich ins Wasser zog. Ein Raunen ging durch die Menge, dann setzte Gelächter ein. Hamilton prustete und strampelte, und jetzt begann auch Gretchen zu lachen, laut und sehr, sehr befreit.

»Sie hatten recht«, rief sie ihm zu. »Es geht doch nichts über ein erfrischendes Bad, um einen klaren Kopf zu bekommen.« Und Hamilton, der verzweifelt versuchte, seine Haare zu ordnen, nutzte die Gelegenheit, um einmal das Richtige zu tun. Er hielt den Mund.

Gretchen schwamm bis zu der Leiter, die an der Kaimauer befestigt war, hievte sich die Sprossen nach oben und griff nach Nicholas' Hand, der ihr das letzte Stück hinaufhalf. Sie ließ es zu, dass er die Decke um ihre Schultern schlang, und sie beruhigte ihre Tochter, indem sie ihr lächelnd versicherte, dass ihr nichts geschehen sei.

Theo legte ihr eine Hand auf den Arm, und Gretchen legte ihre darauf. Er nickte ihr zu.

Ein Zuhause ist etwas ganz anderes ...

Noch einmal ließ sie den Blick schweifen, hinüber nach Marazion, zu dem Friedhof, auf dem ihre große Liebe begraben lag.

Ein Zuhause ist auch etwas, das einen erinnert, dachte sie. An gute Zeiten und an schlechte, an das, was man schon überstanden hat, und daran, dass noch vieles Schöne vor einem liegt. Ein Zuhause hilft einem dabei, nicht zu vergessen, was man nicht vergessen sollte. Und auch nicht vergessen will.

Sie würde sich immer an Christopher erinnern. Ganz egal, wo auf Erden sie sich befand.

Also zog Gretchen die Decke enger um ihren nassen Körper und rückte ein Stück näher in Nicholas' Arm. Sie spürte die neugierigen Blicke der Umstehenden, die ihr gleichgültig waren, den von Nettie, der freudiges Erstaunen ausdrückte und dann zu Damien huschte, der ohnehin nur Augen für sie hatte. Gretchen lächelte Oscar zu, der neben Florence stand, und Hazel, die zwischen Dottie und Bruno Fortunato schlichtete. Nick führte sie durch die Menge, und Gretchen dachte daran, dass ein Zuhause Erinnerungen waren, oder aber Menschen, oder aber die Aussicht auf ein glückliches Morgen, oder aber alles zusammen.

62.

Nicholas erwachte von einem Geräusch, nicht wirklich laut, doch so kontinuierlich, dass es ihn aus seinen Träumen zog, langsam und ausdauernd. Ein Scharren. Sehr unangenehm. Als säße eine Katze auf dem Fensterbrett und versuchte, ein Loch durch das Metall zu graben. Eine kleine Katze. Nichtsdestotrotz. Er lag still und lauschte. Er hatte einen Arm unter Gretchens Kopf geschoben und den anderen um ihre Körpermitte, und sie schlief noch, was möglichst so bleiben sollte. Es war noch keine fünf Uhr, die letzten Tage waren aufregend und anstrengend gewesen, und es gab keinen Grund, jetzt schon aufzustehen.

Vorsichtig löste er sich von ihr und schob sich aus dem Bett. Aus ihrem Bett. Für eine Sekunde hielt Nick inne und dachte daran, was in ihm vorgegangen war, als Gretchen sich am Tag der sogenannten Hafenbecken-Affäre wie selbstverständlich zu ihm bekannt hatte, als sie später erst mit ihm, dann mit Theo und Nettie gesprochen hatte, voller Entschlossenheit und Zuversicht, so, als hätte sie diesen sprichwörtlichen Sprung ins kalte Wasser tatsächlich gebraucht, um klar zu sehen, nicht nur, was ihn, auch was sie und das Hotel betraf. Es war verblüffend. Und nicht leicht nachzuvollziehen. Doch Nicholas hatte sich dazu entschlossen, keine Fragen zu stellen und stattdessen das zu genießen, was ihm offeriert wurde.

Gretchen.

Und womöglich eine Zukunft mit ihr.

Auf dem Fensterbrett saß ein Marder oder ein Frettchen, oder etwas in der Art. Es sah aus wie eine Mischung aus Ratte und Bär. Und es saß da, die Nase neugierig in die Luft gereckt, und starrte ihn durch die Scheibe an, und mit dem nächsten Wimpernschlag war es verschwunden.

Nick blinzelte, dann schüttelte er den Kopf. Er ließ den Vorhang zurückfallen und schlich wieder zu Gretchen ins Bett, wo er sich in genau dieselbe Position zu manövrieren versuchte, die er vorhin schon innehatte.

»Mmmh«, machte Gretchen.

»Schlaf weiter«, flüsterte Nick. Er rückte ein Stück näher an sie heran, bevor er das Gesicht dicht an ihrem Hals vergrub, da, wo er mit der Nasenspitze die Kuhle zwischen Kopf und Nacken streifen konnte und mit den Lippen Gretchens Ohrläppchen. Sie erschauerte unter seinem Atemhauch. Dann drehte sie sich in seinen Armen um und schmiegte sich an seine Brust.

Gretchen atmete den Duft von Nicholas' Haut ein und seufzte. Dies war nicht Christopher. Es fühlte sich völlig anders an.

Aber es war fast genauso schön.

Einige Worte zum Schluss

Sie haben es sich womöglich schon gedacht: Port Magdalen, wunderschöne Gezeiteninsel vor der Küste Cornwalls, gibt es leider in Wahrheit nicht. Ich habe sie erfunden, um mir mein eigenes, kleines Idyll zu schaffen und meinem *Wild-at-Heart*-Hotel den bestmöglichen Standort. Wenn Sie jetzt sagen: Wie enttäuschend! Wenn ich schon mal in Südengland Urlaub mache, möchte ich nichts lieber, als auf den Spuren von Anne Sanders' Romanen zu wandeln (wenn *das* mal einer sagt, schmeiße ich eine Party ☺), dann kann ich Ihnen folgende Orte und Landstriche ans Herz legen, die mich zu diesem Roman inspiriert haben.

Da wäre zum einen St. Michael's Mount, das als Vorlage für meine Gezeiteninsel dient. St. Michael's Mount *ist* eine Gezeiteninsel, allerdings befindet sich darauf kein Dorf wie Port Magdalen, sondern ein Schloss mit Kapelle. Es gibt einen kleinen Hafen und eine Handvoll Häuser drum herum, einen schön angelegten Garten, mehr aber nicht. Was nicht erfunden war, ist die Umgebung: Die kleine Insel liegt vor Marazion, der nächstgrößere Ort ist Penzance, und St. Ives ist mit dem Auto in weniger als einer halben Stunde zu erreichen.

Das Vorbild für mein Dorf habe ich dagegen woanders gefunden: Im Norden Devons, ganz knapp nicht mehr Cornwall, liegt Clovelly, das als eines der schönsten Dörfer dieser Gegend gilt. Der Ort wirkt wie ein kleines Freilicht-Museum (es kostet sogar Eintritt, ihn zu besuchen), und ich kann jedem nur empfehlen, sich ihn einmal anzusehen. Und wenn Sie dort im Garten des kleinen Tearooms sitzen und Scones verspeisen oder einen Ploughman's Lunch, dann denken Sie vielleicht an Gretchen oder Nettie oder Harvey Hamilton, wie er durchs Dorf streift auf der Suche nach Geschichten ...

Meine Geschichte wäre nicht entstanden ohne einige fantastische Menschen, die mich von der Idee über die Umsetzung bis hin zur Veröffentlichung unterstützt haben:

das Team vom Blanvalet Verlag (insbesondere meine Lektorinnen Julia und Lisa), das die Idee vom *Wild-at-Heart*-Hotel so sehr mochte, dass es sogar mehr als ein Buch darüber geben wird. Der nächste Band, *Winterglück im Hotel der Herzen,* erscheint im Herbst 2019 (mit einem wunderschönen Cover. Ich bin schwer verliebt). Und apropos Liebe: Ohne meinen Lieblingsmann wäre auch dieser Roman 1. nie fertig geworden und 2. die Autorin zwischendurch verzweifelt. Deshalb danke ich dir, lieber blö, für unzählige Stunden, in denen wir gemeinsam beraten, konzipiert und gefeilt haben. Diese kleine Schreibwerkstatt in der Münchner Au ist der beste Ort, den man sich wünschen kann (abgesehen von Cornwall, natürlich).

Weiterer Dank gilt meinen Schreib-Kolleginnen Lilli Beck, Katharina Herzog und Manuela Inusa (für Inspiration und Gespräche), meiner Agentin Rosi Kern, Angela Kuepper für den Feinschliff, Cornelia Nolte und ihrem Mann Dirk Weischenberg, der mich in Sachen Großbrand beraten hat, sowie all meinen treuen Leserinnen und Lesern. Auf Wiedersehen im *Wild-at-Heart*-Hotel!